ダムゼル　運命を拓きし者

イヴリン・スカイ

杉田七重訳

理文庫

DAMSEL

by

Evelyn Skye

Based on a screenplay written by Dan Mazeau.
This edition is published in Japan
by TOKYO SOGENSHA Co., Ltd.
Japanese translation published by arrangement
with Random House Worlds, an imprint of Random House,
a division of Penguin Random House LLC,
through Japan UNI Agency, Inc., Tokyo

ダムゼル　運命を拓きし者

この世界をつくりかえようと挑む、雄々しき人々に捧げる。

エロディ

　イノフェ公国は後ろへ進んでいる。世界の諸国が前進を続けるなか、不毛の地イノフェだけは、過去へ地滑りするように、どんどん後退していた。七十年にわたる干魃《かんばつ》のせいで、公国のわずかな農耕地は果てなき砂丘と化し、民は水を得るために庭でサボテンを育てている。経済は物々交換に依存し、手織りの布いくらかと引き換えに、壊れた柵《さく》の修繕をしてもらい、卵一ダースを、歯痛に効くチンキと交換するといった案配《あんばい》である。特別なときにはヤギ一頭を差しだして、貴重な輸入品の小麦粉を小袋ひとつ分、わけてもらうこともあった。

「いろいろあるが、この国は美しい」

　台地のへりへ馬を進めながら、この国の君主であるリチャード・ベイフォード公爵がいった。眼下には、やわらかな茶色の風景が遠くどこまでも広がっている。その単調さを破るのは、ところどころに見える、痩せこけた硬質の枝を広げる樹木と、アカシアの黄色い花だけだ。公爵はすらりと背の高い屈強な男で、四十五年にわたって容赦ない日差しを浴び続けた結果、顔には無数のしわが寄っている。

「いろいろあるから、この国は美しいのです」

娘のエロディが父のそばに馬を寄せ、やんわりたしなめる。当年二十歳のプリンセスは、物心ついた頃からイノフェ公国の諸事全般において何くれとなく父を助けてきた。いつの日か、この国を守る役目を父から引き継ぐことになっている。

公爵が満足そうに、ふくみ笑いをもらす。

「いつものように、おまえは正しいな。いろいろあってのイノフェだ」

エロディはにっこり笑った。台地の下に見える砂漠ヤナギの木陰から、耳の長いキツネが飛びだしてきた。大岩をぐるりと巡って何か追いかけている。たぶんアレチネズミかトカゲだろう。東には砂丘がうねうねと広がり、高い砂山が雪崩《なだれ》落ちる先には、きらめく海が広がっている。肌を焼く熱波でさえ、久しぶりに会った懐かしい友の抱擁を受けるように心地よかった。

背後の低木の陰から物音がした。

「すみません、ベイフォード閣下」

手に杖を持った男が現れた。後ろにぞろぞろとヤギの群れを連れている。あごひげのある砂漠ヤギで、そのへんに生えるとげのある植物を、花も茎も無差別に食いちぎっては飲みこんでいる。これだけの強い歯茎《はぐき》と鉄の胃がこの国の民にも備わっていれば、厳しい自然のなかで、もっと楽に生きていけるだろうに。

「こんにちは、レディ・エロディ様」

ヤギ飼いがくたびれた帽子をさっとぬいで、馬から下りた君主とその娘に頭を下げる。

「やあ、イマニュエル、何か困りごとでもできたかね？」

ベイフォード公爵がきいた。

「それがその……うちの長男のセルジオが結婚することになりまして。家族が暮らす新しい家が必要になりました。それで、その……」

気まずい沈黙がそれ以上長びかぬよう、ベイフォード公爵が口を挟む。

「建築資材が必要ということかな？」

イマニュエルはしばらく杖をいじくっていたが、それから思いきってうなずいた。イノフェでは昔から結婚式の日に、父親が息子に家を与え、母親は娘に手作りの婚礼衣装を贈るしきたりがあった。しかし何十年も前から、この国の生活は困窮《こんきゅう》の一途をたどっており、この伝統を守っていくのが、徐々に難しくなっていた。

「もちろん、セルジオの新家庭のためにこちらで資材を用意しますよ。建築の際には手伝いが必要ですかな？　太陽熱蒸留器の設置でしたら、うちのエロディは、お手の物ですから」

「そうなんです」とエロディ。「それに、便所穴を掘るのも得意です。セルジオと奥さんが蒸留器で集めた水を飲んだあとには、当然、出るものが出ますから、そちらも必須です」

イマニュエルが目を大きく見ひらいて、プリンセスの顔をまじまじと見る。

しまったと、エロディは心のなかで思う。場をわきまえずにはしたないことを口走るのは性分だったが、その悪い癖が困ったことに、君主の娘としての威厳と慎みが必要な場で顔を出す。

そういう場に立つと肩が緊張し、喉はからからになって頭が真っ白に。きちんと並べておいた決まり文句が、書棚が倒れて落ちた本のように、バラバラに積み重なる。あわてていちばん上にのっている文句に飛びつくのだが、これが決まって、その場にそぐわない言葉なのだった。

しかし熱意は伝わるもので、イノフェのために一心に力を尽くしてくれている君主の娘に、民は皆感謝をしていた。エロディは毎週数日を割いて、焼けつく日差しをものともせず、民の家を一軒、一軒まわって、困っていることがないか、たしかめる。鶏小屋のまわりにネズミ捕りの罠《わな》を仕掛けもすれば、プリンセスとドラゴンが登場するお話を子どもたちに読みきかせもする。他者のために、命を捧げる覚悟で励む。これほど気高い犠牲はありませんと、かつて母親がよくいっていたように、エロディもそう信じているのだった。

「エロディがいいたいのはつまり、手を汚す仕事であろうと、なんでも任せてくださいと、そういうことです」

父親が娘の窮地を救った。

まだお父様が健在でよかったと、エロディは思う。自分もいつの日か女君主となって、父のあとを継いでこの国を守らねばならない。それでもいまはまだ、イノフェ公国の指揮を執るのが、カリスマ性を持つリチャード・ベイフォードであって本当によかったと、胸をなでおろすのだった。

どれだけの木材と釘が必要か、イマニュエルが詳しく語る話に耳だけかたむけながら、エロディはべつの方角へ体をむけた。そちらには、ほこりっぽい風景の先に、とうとうたる海が広がっている。子どものときからいつでも、海を見ると心が落ちついた。日差しを反射してちらちら光る海を眺めていると、便所穴などと下品なことを口走った失態などどうでもよくなり、肩からすーっと緊張が解けていく。

海を見つめながら、思わずため息がもれた。

きっとわたしは前世で、船乗りだったに違いない。あるいはカモメ。あるいは風。日中はイノフェの民のために働くことに没頭しているものの、夜になると、海への憧れが募ってくる。地元の人たちが集まる居酒屋にすわって、船乗りたちが外国から持ち帰る話に耳をかたむけるのも、うれしいひとときだった。海のむこうの国々には、どんなお祭りや風習があるのか。どんな風景が広がっていて、どんな気候に恵まれているのか。そこで民はどのように暮らしを営み、いかに人を愛し、いかに死んでいくのか。船乗りたちの語る話の数々をエロディは胸のうちに大切にとっておく。カラスがきらきらしたボタンを集めるように、ひとつひとつの話が、エロディにとっては貴重な宝物なのだった。

セルジオの新しい家に必要な資材のリストができあがると、イマニュエルはヤギたちを連れて去っていき、リチャードも娘と並んで海を見おろす台地のへりに立った。ふたりして海を眺めていると、水平線の上に小さな染みのような点が浮かびあがった。こちらへやってくる船らしい。

エロディはわけがわからず、首をかしげた。

「お父様、あれはなんでしょう?」

イノフェの貿易船が、民の待ちに待った穀物や果物や綿を外国から積んでもどる季節にはまだ早すぎる。

「たしかめるには、方法はひとつしかない」

いうが早いかリチャードは馬に飛びのり、娘に片目をつぶってみせる。

「どちらでも、波止場に遅れて着いたほうが、セルジオの便所掘りをするのだ！」

エロディの答えを待たずに、父と馬は早くも台地を駆けおりている。

「ずるい！」

エロディは父親の背中にむかって大声でいい、遅れまいと急いで馬に飛びのった。

「こうでもしないと、おまえには勝てないからな」

父が肩越しに振りかえって、大声をはりあげた。

そのあとを追いかけながら、エロディは笑っている。父のいうとおりだった。

船舶旗《せんぱく》が見えるところまで近づくと、その船は豊かな国からやってきたものとすぐわかった。へりに金箔《きんぱく》を貼った、こっくりした緋色の旗には、鱗《うろこ》を誇らしげに光らせる黄金のドラゴンが描かれている。高級船員たちが身につけているのはベルベットの制服で、胸のボタンやカフスボタンのひとつひとつに、金糸をつかって精緻《せいち》な刺繍《ししゅう》が施されている。一般の船員たちがかぶる深紅のベレー帽にも、しゃれた房飾りが揺れている。

それとは対照的に、イノフェの波止場は老朽化して目も当てられない。まるで干からびた老人のようだった。あちこち割れて白茶けているのは、塩と日差しにさらされたせいで、海面から突き出している杭《くい》に至っては、フジツボの群れでできているかのように、木の面がまったく見えず、波が打ち寄せるたびにキーキーきしんで、老体に風と水はつらすぎると愚痴をこぼしている。

それでも、波止場の規模はかなりのものだった。というのも、イノフェの民は貿易に依存しないと食べていけないからだ。イノフェ公国の天然資源はたったふたつ。アカシアの木から採れるゴムと、肥料になる板状の鳥糞石だ。それと交換でイノフェの民に必要な、大麦、トウモロコシ、綿などを入手する。

今日まで生きてきて、乾燥した台地に立っていたのと同じぐらい長く、エロディィは波止場に立って輸出入の物品を帳簿につけてきた。そうしながら、貿易商人たちが覚えてきた新しい言語に耳をかたむけ、わずかでもききとれる言葉をかたっぱしから覚えていった。しかし、これまで外国からやってくるさまざまな船を見てきたエロディィの目にも、この船の旗はまったくなじみがないし、紋章も初めて見るものだった。黄金のドラゴン一頭が、片方の爪に小麦の束を、もう一方の爪にブドウかベリーのようなものの房を握っている。

波止場に先に到着していた父親に、エロディィはため息をついていう。

「お父様の勝ちです。でも、セルジオのお便所掘りは、どうせわたしがやるものと決めていましたから、ぜんぜんかまいません」

リチャードはさっと手を動かして、娘の言葉をはねのけた。

「そんなことより、もっと重要なことがある。エロディ、おまえにオーリア国の大使、アレクサンドラ・ラヴェラを紹介しよう」

父が手で示した先には、五十代くらいの引きしまった体の女性が立っていた。金色の三角帽子をかぶって、緋色のベルベットの軍服を身につけている。

「ラヴェラ大尉、わたしの長女をご紹介します。イノフェ公国のレディ・エロディ・ベイフォードです」

「お会いできて光栄です」

ラヴェラ大尉は流暢なイングレッターでそういった。イングレッターは国際貿易でつかわれる共通言語のひとつで、イノフェ国の公式言語でもある。帽子をぬいできれいに結んだ銀髪を露《あら》わにすると、ラヴェラ大尉は深々とお辞儀をした。

エロディは眉をひそめた。

「すみません、ちょっと話についていけなくて。お父様、これはどういうことでしょう?」

「こんなにいい話はないんだぞ」

リチャードは娘の肩に腕をまわしていった。

「ずっとおまえに秘密にしていてすまなかった。じつはラヴェラ大尉とは、数か月前に会っている。おまえの婚約に関する交渉でね」

「なんですって?」

父親の腕の重みを肩に受けながら、エロディは凍りついた。いまのはききまちがいだ。お父様がわたしに相談もせずに、そんな大事なことを――。

「お嬢様」

そこでもう一度ラヴェラ大尉がお辞儀をした。

「もしご承諾していただければ、お嬢様はヘンリー皇太子とご結婚されて、黄金の王国オーリアの皇太子妃になられます」

エロディ　八か月後

女性が興味を持つのは身を飾り立てることだけだ、などといわせてはならない。船の舵《かじ》をとっているのは老船長クロートだが、夜霧のなかを航行する船の針路がまちがっていないか、再確認しているのはエロディだった。真珠層《しんじゅ》のヘアピンとアシのペンを組み合わせて、六分儀の真似事をしている。イノフェの波止場に立って、国の輸出入を取り仕切ってもう何年にもなる。そのあいだにエロディは、船乗りたちから得られる、ありとあらゆる情報をむさぼり食うように自分のものにしていった。そのおかげで、夢のなかでは夜の海を航海することもできるようになった。それがいま、予想もしない事態の急展開により、夢ではなく現実に航海しているのだった。

「コム・ビステウ、レディ・エロディ？」

クルーのひとり、ガウミオットが、ぶらぶら歩いてやってきた。口から飛びだしたのは、イノフェの船乗りたちがつかう多国語の一種。旅の途上であちこちから仕入れた言葉の寄せ集めで、自由形式の言語といっていい。波止場でしょっちゅうそれを耳にしていたから、エロディも何をいっているのか意味はわかっていた。海の上で二か月を過ごしたいまでは、自分でもその言葉を口にしている。

どんな様子ですか？　ガウミオットはそうきいたのだ。

「えっと、エマシア・ネブリネ・グルエッオ」

霧が濃すぎてよく見えませんとエロディは答え、ため息をついて栗色の髪のなかにヘアピンをもどす。

「見えない目的地を目指すなんざ、マルセウールだ」

ガウミオットはうなるようにそういうと、自分の仕事にもどるべく、エロディに背をむけた。マルセウールというのは、「縁起が悪い」という意味だ。やっぱり船乗りは迷信を気にするんだと、エロディは心のなかでクスッと笑った。とはいえ、最も迷信深い人間こそ極上の物語や伝説を語ることができるわけで、この航海のあいだエロディはそういった話を船乗りたちから山ほどきいて大いに楽しんでいる。船乗りたちは、エロディの不作法な失言など気にしない。海の機嫌ひとつで生死が分かれる暮らしをしていれば、つねに意識はもっと大きな問題にむいていて、言葉の作法など、何ほどのこともないのだった。

ガウミオットと違って、エロディはオーリア国を目指して進むのがうれしかった。八か月前に婚約の申し出を受けてから、ヘンリー皇太子とは何通か、手紙のやりとりをしていた。オーリアの船はイノフェの船よりずっとスピードが出て、両国のあいだを数週間の単位で行き来できる。ヘンリー皇太子の手紙は角張った手書き文字で几帳面《きちょうめん》にしたためられ、彼が暮らす島国の美しさと豊かさを存分に語っていた。エロディは自国の民のことを書き綴った。だれもが自身の仕事に強い誇りを持って勤勉に暮らしていることを物語るエピソードをふんだんに盛りこんだ。そしてもちろん、世界でいちばんといっていいぐらい大好きな、妹のフロリアのことも書いた。目下のところフロリアが夢中になっているのは、エロディのつくってやる複雑な迷路を解くこと。いつもは蜂の巣やコヨーテといった面白い形の迷路をつくっていたが、フロリアの十三歳の誕生日にはバースデーケーキ形の迷路をプレゼントした。

その妹にそそのかされて、ヘンリー皇太子にも迷路をつくることになった。結婚の申しこみを受ける旨をしたためた最後の手紙に、ハート形の迷路をつくって同封したのだ。手紙には、九月の収穫の時期に合わせてオーリア国に到着するよう船でむかいますと書いたのだが、もちろんエロディのことだから、迷路は単なるハート形で終わらない。大動脈や静脈まで正確に、本物の心臓さながらの迷路をつくったのである。

いまさらだが、相手はぎょっとしただろうと思う。そういう不作法を船乗りたちのように、ヘンリーも見逃してくれることを祈るばかりだった。

それにしても、今回の婚約によって、オーリア国は何を得られるのか、そこのところがエロディにはよくわからなかった。イノフェの旨みについては、わかりすぎるぐらいはっきりしている。あの国で、自分ひとりが最後の一滴まで汗を流して働き、魂のすべてを捧げたとしても、この結婚で得られる以上のものを民に与えることはできない。国の力になろうという意志がどんなに強くとも、それだけで、すべての民を食わせていくことはできないのだ。

エロディの心を慰めるように、その頬に、霧が湿ったキスをしてきた。わたしはいま正しいことをして、この船に乗っている。オーリア国に無事到着すれば、取引はすみやかに成立する。

結婚に幻想を抱いてはいない。自分の感情など問題外であって、イノフェ国の民のためになると思えば、それだけで結婚する意味は十分ある。エロディは自分にそういいきかせた。

ラヴェラ大尉が何気なく歩いてきて、エロディにお辞儀をした。国の大使として、公爵一家がオーリア国に無事到着するまで付き添う役目を負っている。

「よろしければ船長にいって、ちゃんとした六分儀をお持ちできますよ」

そういって大尉はエロディのへアピンを指さした。これをつかって四苦八苦していたところを、そばで見ていたに違いない。

「いいえ、わたしはこのほうがいいんです」

いってすぐ、なんて失礼なことをいってしまったんだろうと気がついた。

「すみません、そのつまり……自分流のもののほうが、使い方を心得ていますし……ご面倒をかけるのも、申し訳ないと思ったものですから。だいたい今夜は星があまり見えません。でも、お心遣い、ありがとうございます」

「夜空を見て、航路をたしかめられるなんて素晴らしいです。これまでまったく海に出たことはないのですよね」

「いつかイノフェを離れることがあるなんて、それもまったく考えていませんでした」

そこでラヴェラ大尉が首をかしげた。

「え？　それでは、どうして星を目安にする航海術を学んだり、波止場にやってきた者たちから海外の言語を習得されていたのでしょう？　普通は何か大きな目標でもない限り、難しい文法や統語法を学ぼうという気にはなれないのではないですか？」

エロディは甲板の上で左右の足を落ちつかなげに踏みかえる。イノフェ国での生活に飽きたらず、もっと多くを望むというのは、民への裏切りのように思えた。それでもラヴェラ大尉のいうことは正しい。貿易商人の言葉を学ぼうと思った最初のきっかけは、いつの日かイノフェの波止場から海のむこうへ行ってみたいと思ったからだった。それでも、ある時点からは、そんな憧れとは関係なしに、日常の楽しみのひとつとして純粋に学ぶようになった。

「わたしはイノフェ公国を愛しています。民のためならなんでもするつもりです。それがたとえ、生涯イノフェの海岸から外に出られないことを意味するのだとしても。けれど正直にいえば、船乗りの語る話のようなことを自分で体験したいと夢見たこともありました。あなたのおかげで、わたしは国への義務を果たしつつ、自分の人生の領域も広げることができます。それも予想もしないほど遠くまで」

大尉は一瞬ひるむ顔になった。エロディの目にそう見えただけかもしれないが、その表情はすぐ消え去って、よそよそしい笑みに変わった。商船の商人がよくこういう顔をするのを知っている。こちらの出した条件に同意できずに、なんとか話題を変えようとするときの顔だ。あるいは、わたしが何か社交上のミスを犯したか。そっちのほうがよっぽどありそうだった。

「あの、もしわたしの言葉でご気分を害されたのなら申し訳ありません。そんなつもりはないのに、つい口が――」

ラヴェラ大尉は首を横に振った。

「いいえ、わたしはただ、これからあなたが果たすことになる、皇太子妃としての義務について考えていただけです」

「義務なら十分に心得ています。ですから、どうかわたしのことはご心配なく。オーリアの民の期待にしっかり応えるつもりです。ただし、上手なスピーチをしろというのは勘弁願います」

場の緊張をジョークで解こうとする試みは失敗に終わった。

「もちろんです」

ラヴェラ大尉は先ほどとはまた違う硬い笑みを浮かべた。

「では、ここでわたしは失礼いたします。上陸前の準備がありますので」

そういうと、さっとお辞儀をして、船室の並ぶ甲板下に急いで下りていった。

エロディはため息をついた。オーリア国に到着したら、できるだけ口はつつしんでいよう。少なくとも結婚が公になるまでは。ヘンリー皇太子が心変わりして、失言などしない妻を探そうとしたら困る。

しばらくすると、下の船室から妹のフロリアが勢いよく駆け上がってきた。十三歳の少女は黒髪のおさげを跳ね散らかしながら、興奮を抑えきれずに弾むように走ってくる。

「解けた！」

大声で叫んで、今朝姉からわたされた紙を大きく振っている。

「ニセの出口がいっぱい。でも騙《だま》されなかった」

エロディは迷路を受け取って、妹の成果を確認する。たしかに、船の形の入り組んだ迷路を見事脱出している。

継母《ままはは》のレディ・ルシンダ・ベイフォードが、高い襟のついた灰色のウールのロングドレスをぴっちり着こんで、下から甲板に上がってきた。ブロンズ像のように美しい女性で、その精神もまたブロンズ像さながらに磨きあげた威厳に輝いて、柔軟性がまるでない。

「苦難の長旅も、そろそろ終わるのかしら？　六十三日もこの船で暮らして、もう骨まで濡れているわ」

「おーい、ルシンダ」

ベイフォード公爵の声が下から響いた。

「これを着るといい」

甲板に上がると、分厚い銀色のケープで妻の体をくるんだ。裏地にオジロスナギツネの毛皮が張ってある。

「オーリア国に着く前に、みんなひどい風邪を引いてしまいますわ」

レディ・ベイフォードが不満をこぼす。

ふいに濃霧を切り裂いて、一条の月光が差してきた。星の散らばる空にエロディは息を吞む。

「メルドゥー！」

またもや娘の口から「下品」な言葉が出たのに、レディ・ベイフォードは顔をしかめた。船乗りたちの日常語を覚えてしまって、それがついつい口に出るのだった。しかし、いまのエロディは継母の感情などかまっていられない。計算が正しければ……。

「あれは何?」フロリアがきいた。

エロディは答えるより先に、ロープの垂れているところへ走っていくと、網に足をかけてするすると登りだした。

「下りなさい!」レディ・ベイフォードが叫ぶ。「あなたは泳げないのよ! 落ちたら死にます!」

落ちるわけがない。小さな頃からずっと、そびえ立つユーカリの木に登って遊んできたのだ。

「船乗りたちにスカートのなかを見られますよ!」レディ・ベイフォードがいいつのる。まるで女性としての慎みが、命と等価であるかのようだ。

「でも、お姉様はスカートの下にペチコートを穿いてるから」とフロリア。

エロディは声をあげて笑った。まるで備えさえしておけば、女性がスカートのなかを万人に見られても、たいしたことではないというようだった。しかしそういったこともまた、いまのエロディにはどうでもいいことだった。重要なのは——。

「パリ・ウ・ナビオ!」ロープのてっぺんまで登りきったところで、エロディは船乗りたちに叫んだ。「さあ、船をとめて!」といったのだ。

その声に、ぼんやりと舵を取っていたクロート船長がはっと気を引き締めた。「おい、みんな、きこえたな!」船乗りたちに大声で呼びかける。「速度をゆるめろ!」

船がキーキー音をたてるなか、ゆるめられた帆が風にはためいて船の勢いが落ちた。もう月光は霧のなかに隠れていて、船は闇のなかを進んでいる。甲板の上に広がる沈黙が、霧と同じぐらい濃厚になった。これから見えてくるものを思って皆が息を呑んでいる。何が見えてくるのか、エロディも知っている。

そう遠くないところに、そびえ立つふたつの影が浮かびあがった。船員たちが上にむかって首を長く伸ばす。

見あげた先に、鋭い牙がずらりと並ぶ飢えたあごがあった。

「ドラゴンの石像」つぶやきながら、エロディは圧倒されている。ラヴェラ大尉から話にはきいていた。この二体の石像が、ここから先はオーリア国の領海であることを示しているのだと。くっきり刻まれた鱗《うろこ》が、露を浴びてつやつやきらめき、霧の狭間から差しこんできた月光に、トパーズの眼球がぎらりと光る。大きくあいた口から噴水のように海水を噴きだして、その滴が船上に雨のようにザーザー落ちてくる。

「マルセウール」ガウミオットとほかの船員数名がささやいて、不運からわが身を守ろうと心臓に手を当てる。

しかしエロディは笑顔だ。ドラゴンは物語のなかにしか存在しない。それに、あれが示すのは凶兆ではない。もし何かの前兆だとしたら、この先に驚くべきことが起きると知らせているのだ。

ロープに足をしっかり固定して、その高みから、エロディは両腕をまっすぐ突き出した。ドレスの長い袖が風でふくらんで、束の間だが自分が空を飛んでいる錯覚に陥る。イノフェの狭い国内で二十年。広い世界には何があるのだろうと想像をたくましくして二十年。自分は船乗りたちの話に耳をかたむけるだけで、実際の体験はできないままに一生を終えるのだと思っていた。

それがいま、こうして……。エロディは塩辛い空気を肺いっぱいに吸いこんだ。とうとう広い世界に出てきた。民を救うと同時に、わたしはいま、空高く舞いあがっている。すっかり先の見えていた人生でさえ、思いも寄らぬ変転を見せる。そんなことが実際にあるのだ。

クロート船長の舵さばきで、船は見事、石の斥候《せっこう》たちのあいだを通り抜けた。

「いやだわ、ぞっとする」レディ・ベイフォードが背筋を震わせた。

「わたしは美しいと思います」エロディはいって、ロープから滑り下りて甲板にもどる。ドラゴンの石像のあいだを船が抜けると同時に霧がすっかり晴れて、夜明けのような薄明かりに照らされた世界が見えてきた。まるでそこだけは夜を寄せ付けない特別な世界のようだった。

サファイア色の浅瀬が見えてきて、水平線のまんなかに緑豊かな島が現れた。エロディのとなりで、フロリアが口をあんぐりとあけた。「あれが、そう？　わたしたちはあそこに行くの？」

東には、濃い緑を見せる果樹園と、なだらかな穀物畑が目のとどく限りどこまでも広がっている。西には紫味を帯びた灰色の山が、頭上に雲と星の冠をいただいて、あたりを圧するように堂々とそびえている。うっとりする月の光のなかに、輝く黄金の宮殿も見える。

ベイフォード公爵が娘ふたりの腰に腕をまわした。

「ここがオーリア国だ」

ラヴェラ大尉が真っ先に下船し、一足早く馬に乗ると、一行の到着を知らせに宮殿へむかった。オーリアに近づくに連れてラヴェラ大尉の物腰が変わってきたのはどうしてなのか、エロディはまだ首をひねっていた。それでも黄金の馬車が到着し、家族そろって波止場を出ると、もうそのことはすっかり忘れた。

島内を進んでいく馬車のなかで、フロリアは姉の手をずっときつく握っていて、目を喜ばす風景が見えてくるたびに、その手にぎゅっと力をこめた。

「見て、あの果樹園」フロリアが興奮して指さす先には、オーリアの名産である銀梨をたわわに実らせた樹木と、血のように赤い粒状の実をつけるサングベリーの低木が何列にもわたってずらりと並んでいた。サングベリーは、その瑞々《みずみず》しく甘い果汁と、病気治療に役立つ効能もあって、世界諸国から需要が絶えないとヘンリーが手紙に書いていた。異様なまでに明るいオーリアの月光を浴びて、サングベリーの鮮やかな赤色は宝石のように輝いている。

「なんてたくさんの……緑」レディ・ベイフォードが息を呑んでいった。「あれだけの緑が育つには、途方もない量の水が必要でしょうに、いったいどこでどうやって調達するのかしら？」

「オーリアの島国は、われわれの貧しい公国のように、からからに乾いてはいないんだよ」ベイフォード公爵がいう。「エロディがヘンリー皇太子と結婚することで、われわれは干魃《かんばつ》の心配から解放される。この婚姻によって、イノフェの民はもう二度と飢えに苦しむことはなくなるんだ。この冬、われわれの倉庫は満杯になり、それが来年も再来年も、永遠に続く」いいながら公爵は手を伸ばして、エロディの膝をぎゅっとつかんだ。「ありがとう」

エロディはくちびるを噛んでうなずいた。べつにヘンリーとの結婚が意に染まないわけではない。手紙のやりとりから、彼が思慮深い人間であり、こちらの知性を買ってくれているのがうかがえた。そういう人だから、いつの日か立派な王になるに違いない。意に染まないどころか、これ以上の結婚相手はないと思っている。だからこそ心配が募るのだった。自分はイノフェで厳しい一生を送るものとずっと覚悟していたところへ、夢のような話が持ち上がった。この国の豊かさもそうだし、皇太子が自分との結婚を望んでいるという事実も、とても現実とは思えない。あまり深く考えすぎると、何もかもが消えてしまいそうだ。いまに目が覚めて、すべては自分の想像の産物だったと気づくのかもしれない。

そもそも世界有数の富裕国、オーリアの王となる人が、なぜ弱小公国の娘と結婚したがるのだろう。干魃に苦しめられ、鳥糞石やゴム以外になんら天然資源を持たず、軍事力も政治的な利用価値もない。この婚姻でイノフェには食料や経済支援が確約される。しかしオーリアは何を得られるというのか?

教育があって、しかも民と国土を監督する実践経験のある女性を迎えることにオーリア国は胸を躍らせていると、父とラヴェラ大尉にはそういわれた。

それが事実ならうれしいものの、やはり、どうにも……腑に落ちない。袖からほつれた糸を引っぱりながらエロディィは思う。この黄色い絹地は、これまで自分の肌にふれたことのない極上のものだ。しかし、これさえもオーリアのきらびやかな国土に置かれると、なんとも垢抜けず見劣りがする。

「見て、見て！　あの小さなヒツジたち」フロリアが、とろけそうな声でいう。牧草地には、至るところにふわふわの毛をしたヒツジが群れを成していた。あのヒツジから採れる羊毛は世界に類を見ないやわらかさで、この種はオーリアにしか生息しないといっていた。それもまた、この国が豊かである理由のひとつだった。

エロディィは馬車の窓から身を乗りだして、ヒツジたちをほれぼれと眺めた。大きな黒い目と、ボタンのように愛らしい鼻。まるで子どもの本からそのまま飛びだしてきたようだった。

「こんなところで暮らせるなんて、お姉様、信じられる？」フロリアがきく。「わたしには信じられない。でも楽園のプリンセスになる価値がある人間がいるとしたら、それはやっぱり、お姉様だと思う」

「人間の価値に上下はありませんよ」レディ・ベイフォードが声をひそめてたしなめた。

継母の態度にエロディィはあきれたが、顔には出さないようにする。この人は家族の一員となったその日から、ベイフォード公爵が自分に与えてくれる愛の分量に一喜一憂している。ばかげているとしかいいようがない。いい年をした大人の女性が、愛情を巡って子どももふたりと競いあうなんて！

あるいは継母の心配が拭えないのは、エロディィが亡くなった母親に瓜二つであることも関係しているのかもしれない。わたしに目をむけるたびに、ベイフォード公爵が自分の前に愛した女性――まだ愛している女性――の存在を思いだすのだろう。

馬車はいくつもの村を抜けていく。どの村にも、水車や古風な趣《おもむき》のあるわら葺《ぶ》き屋根の家が並び、窓から住人が顔を出して、通り過ぎる馬車にお辞儀をする。どの顔を見ても、イノフェの民とはまったく違う。日に焼けてたくましいところは同じだが、オーリア国の民は皆栄養が行き渡っているのか、ふっくらした頰をして、笑顔にも屈託がない。生きるための苦労にあくせくすることなく、豊かな人生を存分に謳歌《おうか》しているという感じだった。エロディは手を振ったが、笑顔を返すことができない。こういう安楽な生活をするチャンスがまったくない自国の民のことが頭から離れなかった。

けれど、これからはイノフェの民にもチャンスが訪れる。そのためにエロディは、ヘンリー皇太子からの求婚にイエスといったのだ。この結婚でイノフェの民にも幸せな生活が約束される。

それを思うと、ようやくにっこり微笑《ほほえ》むことができるのだった。

道がうねりながら高地へと延びていく。馬車は豊かな谷を出て山の麓《ふもと》へとむかっており、まもなく王国の宮殿が見えてきた。船に乗っているときも、遠目にきらめく外壁は見ていた。けれど、これだけ近くから見ると、あまりのまぶしさに目があけていられない。

紫味を帯びた御影《みかげ》石の礎石《そせき》からそびえ立つ純金の宮殿は、さながらおとぎ話の世界から抜けでてきたようだった。全体が三層から成る宮殿のてっぺんには盾《たて》をかたどった胸壁がついていて、そのむこうに、見事な円柱につくられた塔が七つ、空にむかってそびえ立っているのが見える。どの塔も黄金色のつるバラに覆われて、あたりに香水のように甘やかな香りが漂っている。吊り橋の端から端まで誇らしげに垂らされた緋色の横断幕には、金の房飾りとオーリア国の紋章であるドラゴンの意匠が描かれ、ドラゴンは片方の爪でオーラム小麦の一束を、もう片方の爪でサングベリーをつかんでいる。この同じ紋章をつけた旗がそこここに飾られて、穏やかな温風にはためいていた。

ここがわたしの暮らす地。エロディは胸がいっぱいになった。しかしその口から出た言葉は――。

「これじゃあ……いつもきれいに保つのは大変ね」

レディ・ベイフォードが眉をひそめた。「お願いだから、王家の方々とお会いしたときに、そういうことをいうのはやめてちょうだい」

しかし、馬車が吊り橋を渡って宮殿の中庭に入ると、眉をひそめるのはエロディの番だった。出迎えがひとりもいない。

周囲を見まわしてエロディは混乱する。ラヴェラ大尉はもうずっと先に着いているはずだ。それなのに中庭は、中央に据えられた梨の木をかたどった銀色の噴水がゴボゴボいっているだけで、あとはしんと静まっている。どうしてこんなに静かなの？　ラヴェラ大尉はどこに行ったの？

「妙な感じがするのは、わたしだけかしら？」とフロリア。

父親は無理に笑顔をつくり、これもまた、あらかじめわかっていたことなのだと、娘たちを安心させようとする。「いきなりで準備が間に合わなかったんだろう。何しろ一日早い到着で……」

しかしそこで、まるでタイミングを見計らったように、お仕着せを着た使用人が五人ほど、宮殿のなかから飛びだしてきて中庭に集まった。侍従がお辞儀をしたのを合図に、そよ風が、遠くでかすかにきこえるメロディを運んでくる。

「両陛下、ようこそオーリアに。光栄の極みでございます」

「そうおっしゃる割に、お迎えはまたずいぶんと地味ですこと」レディ・ベイフォードが侍従に手を取られて馬車を降りながらいった。

侍従はすぐには答えず、言葉を慎重に選んでいるようだった。「申し訳ありません、陛下。それがその……本日お越しになるとは思っておりませんで」

ベイフォード公爵が優しい声で笑った。民の緊張を解くのに、父はいつもこうやって笑い、その笑い声でわたしも母の死を乗り越えたのだとエロディは思う。父のほうだって妻を失って悲しみの極みにいたはずなのに、そんな様子は少しも見せなかった。「われわれを運ぶ船が、素晴らしい風に恵まれましてね。早くに着いたために、ご面倒をおかけしていないといいのですが」

「とんでもございません」侍従はそういったものの、エロディはなんだか不安になった。侍従の態度がおもねりすぎているように感じられる。その上この人は、いくら笑顔になっても、目だけは笑っていない。

「どうぞお気になさらないでください。お部屋はもう完璧にご用意できております。さっそくご案内いたします」

エロディは額にしわを寄せた。「王や王妃は迎えてくださらないのですか？　ヘンリー皇太子は？」いくら辺境の弱小貴族であろうと、オーリア国の後継者と結婚する人間に、この対応はないだろう。

侍従がまた頭を下げた。「大変申し訳ありません。王家はただいま祈禱《きとう》の最中でして。皆様のご到着につきましては、すでに連絡がいっております」

侍従はエロディたちを黄金の宮殿へ案内するが、一家がまず連れていかれたのは、中央玄関ではなく、どこまでも続く曲がりくねった細い通路だった。

「ここは使用人の通路ではないのかしら？」レディ・ベイフォードは驚きで目が飛びだしそうになっている。

フロリアも鼻にしわを寄せて不満を示した。「皇太子のお妃になる人が、こんなところから宮殿に入るなんておかしいわ」

本当にそうだと、エロディも思う。いったいどういうわけなのか。けれども、父の公国の舵取り役を務めた経験もあるエロディには、統治者が民に見せる顔と、国が抱える内情が大きく違うのは、よくあることだとわかっている。

それでも……。

それでもオーリア国に来て喜んでいるフロリアの興奮を台なしにしたくなかった。妹の腕に自分の腕をからめてエロディはいう。「フロリア、これはむしろ喜ぶべきことよ。外部の人間には、一般人が出入りを許されている部分しか見せない。王家の家の内部構造を見せてもらえるのは、わたしたちがそこまで信頼されているという証拠よ」

それをきいて、フロリアがほっとした顔になった。「そうね。お姉様は皇太子妃になる人だもの、じきにオーリアの秘密をすべて知ることになるのよね」

エロディ

侍従は先頭に立って、薄暗い螺旋《らせん》階段をどんどん上っていく。自分たちはいま、黄金の塔のひとつにいるのだろうとエロディは思う。

十の階段を上りきった頃には、ベイフォード公爵の付き添いたちからフロリアまで、だれもが汗をかいて息をはあはあ切らしていた。そんななか、ひとり涼しい顔をしているのがエロディだ。イノフェの砂丘を定期的に徒歩旅行した経験がものをいっている。ただしこの階段の狭苦しさだけは、どうにもつらくてしょうがない。子どものとき、台地の亀裂《きれつ》の奥深くに落ちたことがあって、数時間のあいだ助けがこなかった。家の者たちは、きっといつものように探検ごっこでもしているのだろうと思っていたのだが、夕食の時間になっても帰ってこないので、これはおかしいと両親が動きだした。

それ以来、閉所恐怖症は克服できていない。狭いところに閉じこめられると、まるで岩のすきまに挟まって、永遠にそこから出られないような気がしてくる。侍従がどこまでも続く階段のてっぺんにある扉をあけると同時に、エロディはそこに飛びこんでいって、階段の閉鎖空間から逃げだした。

飛びだした先はあまりにまぶしく、エロディはまばたきをした。暗い階段から、いきなり月光の下に出たからだろう。

いや、まぶしいのは月光のせいだけじゃない。部屋全体が発光している。ぴかぴかに磨かれた黄金の壁と黄金の家具。鏡や窓台には金箔《きんぱく》が貼られ、寝台の覆い、つづれ織り、敷物もすべて金。羽根ペンが差してあるインク壺まで黄金でできていた。

「お気に召すとよろしいのですが」と侍従。

「あ、え……もちろんです」エロディはいいながら衝撃を受けていた。これほど大量の黄金を目にするのは生まれて初めてだった。これが自分のために用意されたというのはうれしいことだったが、生きのびるだけで精一杯のイノフェの暮らしとは似ても似つかない、これだけ贅沢《ぜいたく》な暮らしがあるのだと知って、胃がひっくり返るようだった。

フロリアが歓声をあげてエロディの前を走り過ぎ、寝台にぽーんと身を投げた。舞いあがった金のほこりが、フロリアの身にラメを振りまいたように、きらきら光りながら落ちてくる。レディ・ベイフォードの頑《かたく》なな心さえも、この光景にはとろけたようで、扉の枠に精緻《せいち》に施された黄金の渦巻き装飾をそっとなでている。

「何か足りないものがございましたら、なんなりと、うちのスタッフにお申しつけください」侍従がエロディにいった。「こうしているあいだにも、浴槽にお湯を張っておりますので、ご入浴のあとに、お食事を召し上がっていただきます」そこで寝台脇にある小卓から黄金のベルを取りあげる。「御用の際には、こちらを鳴らしてください。特に御用がなければ、明日の朝一番にお迎えにあがります」

エロディが眉をひそめた。「お迎えって、どこへ行くのですか?」

「もちろん皇太子様のところへ」侍従がベルを一度鳴らす。すると、その優しい音色を合図に、見たこともない花のブーケを抱えた使用人たちがどっと部屋になだれこんできた。ルビーの赤、シトリンの黄色、アメジストのパープル。宝石そっくりの色合いの水晶をそのまま束ねたようなブーケだった。そのひとつにふれようとエロディは手を伸ばした。

「お嬢様、お気をつけください」使用人の娘がいって、エロディの指がふれぬよう、さっと後ろへ下がった。「石花は美しいのですが、非常に鋭いのです。おそばにあるときには、どうぞお気をつけください」

人間にもそういう人がいると、エロディはちょっと意地悪なことを思い、美しいが鋭いとげのある継母《ままはは》にちらっと目をむける。

ベイフォード公爵もとうとう上がってきた。長い階段をようやく上りきると、はあはあ息を切らしながら、エロディの肩をぎゅっとつかむ。「どうだ、美しいだろう?」

「美しいものは、こういった部屋やお花だけでないといいのですが」

エロディがいうと、父が面白がるように眉をつりあげた。

「すみません、失言でした!」エロディがあわてていった。「恩知らずの言葉を吐いてしまいました。でも実際は感謝の気持ちでいっぱいです。ただ、ヘンリーが——」

「ハンサムかどうか!」フロリアが代わりにいい、寝台から滑りおりて、うれしそうに部屋のなかをくるくるまわりだした。

エロディは声をあげて笑った。「ええ、端正な面立ちでしたら、それはもう」

父親がくっくと笑った。「なるほど。それじゃあ、しばらくひとりになって落ちつくといい。われわれも風呂に入って夕食をいただくとしよう。熱い風呂に入って、揺るぎない地面の上で温かい食事をいただけるのは楽しみだ。むろん船の料理人がつくってくれた食事に文句をいうつもりはない。侍従殿、われわれも部屋に案内してもらえるかね?」

去りぎわにレディ・ベイフォードがエロディの部屋をさっと一瞥《いちべつ》する。「わたしたちの部屋も同じように、黄金がふんだんにつかわれていることを祈りましょう」

フロリアが顔をしかめたが、それに気づいたのは姉だけだった。エロディは片目をつぶってみせてから、かわいい妹の頭のてっぺんにキスをした。「じゃあ、またあしたの朝にね」

「もう待ちきれない!」フロリアはそういうと、父母のあとに続いて、スキップをしながら部屋を出ていった。

使用人も含め、全員が出払ってしまうと、ようやくエロディは息を吐きだし、二か月前に海に出て以来、初めて静かなひとときを過ごせることにほっとした。部屋のなかを巡り歩いて、これから自分が暮らす新しい世界をじっくり見ていく。石花のブーケは、生きた花ならではの至福の香りを漂わせ、ゴールドの壁に薄い虹色の光を投げかけている。寝台脇の小卓にこぶりの皿が置かれ、見ればそこにイノフェのクッキーが並んでいる。ささやかながら、何か故郷を偲《しの》ばせるものをそばに置いてやろうという、王家厨房《ちゅうぼう》の心遣いなのだろう。この結婚には幸せが約束されている。それも想像を超える素晴らしい幸せが。

大型のガラスがはまった見晴らし窓の下に机があり、その上に美しく包装された箱が置いてあった。立派な金色のリボンをかけて蝶結《ちょうむす》びにしてあり、添えられた黄金のカードにメッセージがついていた。

わたしの妻となる人へ
オーリアで過ごす最初の夜に、このプレゼントがあなたを喜ばせてくれますように。

「なんて優しい心遣いかしら」エロディはリボンを解いていく。解き終わったリボンをきれいにたたんで机の隅に置いてから、ごくごく慎重な手つきで、金色の包み紙がわずかも破れないようにはがしていく。厚みのある上等な紙だから、とっておけばまた何かにつかえるだろう。

「まあ、ヘンリー」プレゼントの中身を見て息を呑んだ。

黄金の額縁に入った星座表。いまから三日後の夜にオーリアから見える星が描かれている。結婚式の日の夜空を見せてくれているのだった。

エロディの満面に笑みが広がった。星々を表す金の点と、それを結んで星座を形づくる銀の線を指でたどっていく。「こういうものを、わたしへのプレゼントに選んでくれるなんて。はじまりからして素晴らしい。わたしたちは、きっといい伴侶になれる」

室内をさらに見ていくと、さっきより小さな箱が化粧台の上に置いてあるのが目にとまった。包みをはがしながら、なんだか胸が締めつけられた。あまりに贅沢すぎる。いまこのとき、イノフェの民はまだ飢えに苦しんでいることを思えば、罪悪感が湧いてくるのは当然だった。

金のベルベットを貼った箱が出てきた。あけてみると、緋色の絹で内張りをしたなかに、小っちゃな盾《たて》がすきまなく並ぶモザイク模様で飾った黄金の櫛《くし》がふたつ入っていた。クロート船長の船の舳先《へさき》に立っていた人魚の像。あの尾びれに似ている。

これにもヘンリーの角張った文字でメッセージが添えられていた。

ふたりの婚礼の日に、あなたの髪に飾ってくれたら、とてもうれしい。

震える手で取りあげてみると、ずしりと指に重みが感じられた。これひとつだけでも、イノフェの民全員がまるまるひと冬を越せるだけの食料が買える。いや、それ以上だ。なのにヘンリーやオーリア国にとって、これは単なる小さな装身具に過ぎない。

不公平だと思いながら、それでも自分の髪につけてみたくてたまらない。こんなに美しいものを持つのは生まれて初めてだ。贅沢とはまったく無縁の人生だった。

遠くに見える宮殿の庭で音楽の演奏がはじまったらしい。かすかなメロディを耳にしながら、エロディの心は葛藤《かっとう》を続ける。と、むかい側の塔の窓布がひらいて、月明かりのなかに女性の顔が浮かびあがった。

年は自分と同じ二十歳そこそこといった感じで、腰まであるプラチナ色の髪を編んで青いリボンを結んでいる。ソバカスの浮いた透きとおるように白い肌。美しいロングドレスは浅瀬の海と同じ明るいブルーで、宝石のついたイヤリングが夜のなかで光っている。

だれだろう？　侍女のひとり？　わたしの義理の姉妹になる人？

宮殿の庭で行われている催しを見ているようだが、その表情がどうにも……悲しげだ。目を伏せるようにして、肩を丸めている。

庭で何が行われているか知らないが、どうしてあんなに悲しそうに見ているのだろう。

「あの、こんにちは」

思いきって呼びかけてみた。

答えはない。たぶんイングレッターでは通じないのだろう。

「スクジンメ？　ハヨ？」

貿易商人からききかじった、ふたつの言語を試してみる。

と、相手が顔をあげた。

エロディは手を振って、にっこり笑ってみせる。

相手の目が大きく見ひらかれた。こちらにむかって、いやいやをするように顔を振ったかと思うと、いきなり窓布をさっと閉めた。

ちょっと、どういうこと――？

「失礼しちゃう」思わず不満がもれる。

すると、まったくそのとおりというようにピーッという鳴き声があがった。いつのまにかツバメが一羽、窓台に舞いおりている。

エロディは照れ隠しに笑ってみせる。「べつにかまわない。こっちだって、友だちになりたいわけじゃないんだし」

ツバメはエロディにむかって首をかしげると、ちょんちょんと跳ねながら、窓台に置いてある金色の砂時計に近づいた。

そこにそれがあるのは知っていたけれど、注意を払っていなかった。改めてよく見ると、砂は緋色で、精緻な金色の枠は木製で、Vの字ふたつの底どうしをつなげた形になっている。手に取ってひっくり返してみると、緋色の砂がゆっくりと下へ落ちていった。

けれど砂がすべて落ちた瞬間、ツバメは鋭い鳴き声を発して、いきなり飛び立ってしまった。

「はいはい。あなたもさよならね」いまのツバメや、むかいの塔の女性のように、オーリアでは、つっけんどんが当たり前なのだろうか。そうでないことを祈りたい。

もう一度ひっくり返そうと砂時計を手に取った。すると、さっきは気づかなかった赤みがかった暗褐色の染みが目に入った。古い血のあとのようだと思い、そこに指をふれてみる。

突然、頭のなかに映像が浮かびあがった。

ぎらぎら光る緑の目。

赤い髪。

ティアラの磨かれた表面に映る火影。

エロディは驚いて砂時計から飛びのき、椅子の背に背中をぶつけた。心臓が胸のなかで激しく鼓動する。砂時計は窓台から落ちて、はるか下の地面で割れた。

いまのは何？

ごくりと唾を呑み、たったいまおぼれかかったように肩を上下させてあえぐ。

しかし、ひとたび息がととのってくると、エロディは声をあげて笑いだした。

やれやれ。疲労のあまり目をあけたまま眠ったり、たかが一羽の鳥にそっぽをむかれたぐらいで、この島全体の気風を判断したり、おかしいにもほどがある。

実際へとへとに疲れていた。二か月にわたる海の旅と、いまオーリア国にいるという興奮で。それに明日の朝いちばんに未来の夫との顔合わせも控えている。精神に多少の異常をきたしてもおかしくはないだろう。

窓台に身を乗りだして、下を覗いてみる。

壊れた砂時計が木片とガラスの小さな山になっているほか、変わったものは見られない。

まったくたいした想像力だ。自分を笑って窓辺から離れる。

熱いお風呂に入ったあと、濃厚なオックステールの煮こみと、バターで炒めた麵《めん》でしっかり腹ごしらえをしたというのに、ヘンリー皇太子との初顔合わせがもう数時間後に迫っていると思うと、まったく眠れない。何度も寝返りを打ち、上掛けをはねのけては、また掛け直す。しまいに砂漠のヤギを数えることにした。房状のあごひげを持つヤギがうろつく風景は、故郷の岩山では見慣れたものだった。それでもまだ眠れないとなって、今度は筋肉の緊張をほぐそうと、意識を体の各部へ少しずつ移動していく。爪先から脛《すね》へ、脛から腿《もも》へ。連日の徒歩旅行や山登りのおかげで足腰はすこぶる強くなっている。さらに意識を胃へ、胸へ、そして細身ながら強い筋肉を持つ腕へ。首。頭。耳にも意識を集中する。

それでも眠れない。

ため息をつき、もうあきらめることにした。眠れずに悶々とするよりも、べつのことに頭をつかったほうがいい。ロドリック王とイザベル王妃に会って最初に何をいうか、とりわけヘンリー皇太子にかける最初の言葉について考える。明日は、その場の思いつきで場違いなことを口走ったり、無神経な失言をしたりすることは絶対できない。正しく乗りきるためには台本が必要だ。

「両陛下、お会いできて光栄です」

「両陛下、わたくしは、こうして御前に立つことができて誠に光栄でございます」

「両陛下、わたくしの御前に立たされて、さぞ光栄――違った！　いいえ、光栄なのはわたくしのほうで、両陛下――両陛下――誠に光栄でございます」

神様どうか、助けてください。

集中するために、暗い天井に目をむけて、言葉以外のものを意識から締めだす。

と、今度は天井が動きだした。

「いったいここは、どうなってるの？」ふいに砂時計が引きおこした幻覚を思いだした。あわてて立ちあがり、寝台脇のランプの明かりをつける。

やわらかな光が、黄金の天井を浮かびあがらせた。櫛と同じモザイク模様だったが、盾のような形の並び方が違う。天井の中央からはじまって、螺旋を描きながら外側へぐるぐると広がっている。エロディは鎧《よろい》をつけるように上掛けを体にぴたりと巻きつけて、さあ動いてみろと天井をにらみつける。影が動いただけなのに、疲れた頭のせいで天井が動いたように見えたのかもしれない。そうであってほしかった。

また動いた！　モザイク模様がずるずると滑りだした……。

しかしありがたいことに、そこで冷静な判断力が働きだした。天井は動かない。これには何か説明がつくはずだ。

そうでなきゃおかしい。

再び天井に目をやって、すぐ気づいた。

モザイクが動いていたわけではなかった。光が動いていたのだ。盾形のタイルに反射する光がちらちら動いているだけ。砂時計と同じで、やっぱりこれも錯覚だった。

しかし光源は寝台脇のランプではなく、外の光だった。

寝台から滑りでて、急いで窓辺へ駆けつける。道理に合わない現象に一刻も早く答えを見つけて安心したかった。

分厚い霧がつくる漆黒《しっこく》の闇のなかで、山の斜面だけが不気味に光っている。

松明《たいまつ》だ。松明を持った行列。

「いったい何をやっているの？」

しかし、むかいにある塔が邪魔して、この窓からだとよく見えなかった。エロディはケープをつかんで外に出ると、階段を踏み鳴らして下りていく。

三分の二まで下りたところで、階段吹き抜けの扉をあけて銃眼のついた胸壁へ出る。数メートル先で宮殿の壁が湾曲しており、その先なら、松明の行列をよく見ることができる。

壁をぐるりと曲がったところで、キャッと声をあげた。胸壁に寄りかかっているフロリアとぶつかったのだ。

「ちょっと、脅かさないでよ！　こんなところで何をしているの？　午前三時よ！」

妹の顔にいたずらっ子のような笑みが浮かんだ。「たぶん、お姉様と同じことじゃないかしら。あそこで何をやっているのか、よく見てみようと思ったの。ほら、ラヴェラ大尉がいっていた、ハエヴィス山、だったかしら？」

「そう、そんな名前。まさかあなたに先を越されるとは」そういったものの、妹の顔が見られてうれしくなって、思わず抱きついた。

そこでふと、フロリアのはおっている衣類に目がとまった。キツネの毛皮で内張りをした銀色のケープ。「それ、継母《ままはは》のお気に入りでしょ？」

フロリアがにんまり笑った。「わたしのほうが似合うから」

「トランクのなかから消えているのに気づいたら、あなたがケープに変えられてしまうわよ」

フロリアがくすくす笑った。

そこでまたふたりの注意が、松明の行列にむいた。動きだした。

「あそこで何をやっていると思う？」エロディがきく。

「その答えは、お姉様が知っていると思った」とフロリア。

墨を流したような夜の闇に、小さな光の点々がまたたく光景は、どこか不吉な感じがする。エロディは額にしわを寄せながら、行列が山を登っていくのをじっと見守る。風が吹いて、松明の火がゆらめいている。ハエヴィス山の中腹まで来ると行列がとまり、その場に十分から十五分ほどとどまっている。

と、すべての火が同時に消えた。

エロディの腕の毛が逆立って、鳥肌が立つ。

フロリアも息を呑んだが、脅えることはなく、両手をそっと打ち合わせた。「素敵ね」

素敵？　そんな見方ができるのかと、改めて黒々とした山の斜面に目をやる。

「息の合った動き。闇と霧のなかだからこそ、まばゆい炎がとても映える……」

妹のいいたいこともわかるような気がした。きっと自分は、王家の人々と顔を合わせる緊張にくわえて、これまでの生活ががらりと変わることを思って、神経が張り詰めているのだろう。真夜中に人々が松明を持って練り歩くのを見ただけで、警戒心を持つほうがどうかしている。月の支配する夜には、素晴らしいこともたくさんある。キャンプで火を焚いてマシュマロを焼いたり。夜空の星座を頼りに海を航海したり。流れ星に願い事をする妹の手を握って、その真剣な表情を見つめたり。

フロリアはまだ興奮してしゃべり続けている。「きっとこれはオーリア国が結婚式の前に行う伝統行事なのよ！」

「なんでもわたしの結婚と結びつけるのはやめてよ」他人同士なら、まるでけんかをふっかけるような物言いだ。しかしエロディはそれを失言とは思わず、いいなおしもしない。言葉を繕《つくろ》わなくても、フロリアは姉の気持ちを理解できるからだ。王国で起きることのすべてが自分を迎え入れるためだと、そんなふうに考える人間にわたしがなりたくないのをこの子は知っている。そう思って妹をもう一度抱きしめると、フロリアもまた姉を安心させるようにぎゅっと抱き返してきた。

それからしばらく外に立って待っていたものの、再び松明に火がともることはなかった。しまいには体がすっかり冷えてしまい、ふたりは身を寄せて塔の階段へ入っていった。

「エル?」ふいに大人しくなって、妹がいった。ふたりきりのときは、互いにエル、フロと呼び合うことが多い。

「何?」

「エルなしで、わたしはこれからどうやって暮らしていけばいいのかわからない」

「何いってるの」エロディは妹に強いまなざしをむけていう。「フロは、頭がよくてしっかりしていて、なんでも自分でできるじゃない。わたしがいなくてもやっていける」

「わかってる。やってはいけるけど……そばにいてほしい。だって、これからはだれに迷路をつくってもらえばいいの? 怖い夢を見たときに、だれがいっしょに毛布をかぶって寝てくれるの? お母様のケープを〝お借りした〟わたしに、だれが笑い声をあげてくれるの? わたしの毎日には、いつだってエルがいた。本当はずっとそうであってほしかった」十三歳という実年齢よりも、自分はもっと大人だと考えたがる妹が、レディ・ベイフォードの大きなケープの下で、ふいに幼く見えた。まだずっと小さかった頃のように、この子を抱きあげてやりたいと、そんな衝動に駆られる。

「そうだ……今夜はわたしの寝台でいっしょに眠らない？　昔みたいに？」

フロリアはくちびるを嚙んで、うなずいた。「うん、ありがとう」

自分だって、そばにいてくれる人が必要なのだからと、エロディは思ったが、それも声に出していう必要はなかった。

ふたりして塔のてっぺんにある部屋まであがっていく。妹と並んで寝台に入ると、とうとうエロディは眠りに落ちた。

しかし甘美な夢は見なかった。代わりに見たのは、自分と妹を遠く隔てる嵐の海と、真っ暗な山の斜面を登っていく不気味な行列だった。そういったすべてを指揮している人物の影が見え、それがヘンリー皇太子であると、なぜかエロディにはわかった。松明の炎を反射して、その目がぎらぎら光っていた。

ルシンダ

エロディの部屋の数階下で、ルシンダは夫と共有する部屋の窓辺に立っている。つねにそこにある眉間のしわがいつもより深いのは、山の斜面を上がっていく松明《たいまつ》の行列を見ているせいだ。ほとんどしかめっ面に近い。

「リチャード、こんなのおかしいわ」

公爵が背後から近づいていって、妻の腰に両腕をまわす。「特別な伝統なんだよ。エロディにとって、大変な栄誉となる」

ルシンダが怒って鼻を鳴らす。「ならば、あなたもわたしに、そういう栄誉を授けてくださるおつもりですか?」

リチャードはためらった。「われわれとは……事情が違う」

ルシンダは夫の腕からさっと逃れた。「大変なことになりますよ。あなたはイノフェとオーリアが同盟を結ぶのは素晴らしいことだと思っている。でもそのために……」

「おいおい、きみはいつだって心配のしすぎだ」

「あなたは心配しなさすぎです!」実際、そういうふたりだった。公爵の人生は、他者にむける笑顔と励ましの上に成り立っており、それゆえに民たちから愛されている。一方妻の人生は、あらゆる物事が悪く進むと考える悲観の上に成り立っている。いつの日かイノフェで大地震が起きて、貴重な浄水塔が倒れて破裂するだろうと、ルシンダは憂える。イノフェは過去に一度も地震を経験したことがないという事実があろうとも、安心はしない。公爵が馬から落ちて背骨を折り、民の家をまわることができなくなったらどうするのか。ルシンダもフロリアも、民の面倒をどう見たらいいかわからない。これまで助けてくれていたエロディはもういない——。

心配のあまりルシンダは泣き声をもらした。窓に背をむけて、松明の火が揺れる光景を見ぬよう、足音も荒く寝台へむかい、覆いの上に身を投げた。「わたしと同じように、エロディも普通でよかったのです！　ごく普通の結婚で。黄金だらけの贅沢《ぜいたく》も、オーリアの特別な事情に由来する伝統もいらない。あの子はイノフェに置いておくべきでした」

ありがたいことに、奇妙な夢とは違って、ヘンリー皇太子の目は松明《たいまつ》の炎にぎらぎら光ってはいなかった。謁見室に入って王族の面前で深いお辞儀をする直前にエロディがさっと目をむけたところ、皇太子の目は王国を取りまく大海のように輝いていた。

膝を曲げ、頭を深々と下げ、うやうやしいお辞儀をしているいま、エロディが見ているのは床のモザイクだ。寝室の天井とまったく同じ、小さな黄金の盾《たて》を無数にちりばめたモザイクが、ちょうどエロディのいる位置からはじまって、外へ螺旋《らせん》を描きながら、巨大な大広間の床を埋め尽くしている。前方に並ぶ玉座も、左右の壁沿いに並ぶ廷臣たちも、背後にいる父親、継母《ままはは》、フロリアも、皆小さな盾をぎっしりちりばめた渦巻きの一部を踏んでいるのだった。

「ロドリック王様、イザベル王妃様、両陛下の御前に立つことができて、大変光栄でございます。わたくし――」

エロディが挨拶をはじめたとたん、ヘンリーが自分の玉座から飛びだしてきた。

「いいえ、このわたしにお辞儀は不要です。もちろん、わたしの両親にも」そういって、エロディの腕を取って立たせる。

エロディの頰がふいに朱に染まった。将来の夫をこんな近くで見てしまった……信じられない、なんというハンサムな男性だろう。山の斜面を削ぎ落としたようにシュッとしたあごのラインと、その顔立ちを和らげる甘い微笑《ほほえ》み。髪は宮殿と同じ金色で、両手は見るからにたくましく、エロディの手と好相性だ。長きにわたって、困難と孤独に立ちむかえるよう自分を律して生きてきたエロディだったが、そんな自分も甘い夢を見ていいのだとわかって、昨夜の不安が嘘のように消えていく。目の隅でフロリアをとらえると、手を胸に押し当てて恍惚《こうこつ》とした表情を浮かべていた。謁見室という場をわきまえ、くちびるの動きだけで、〈なんてハンサム！〉と、こちらに伝えている。

エロディは吹きだしそうになるのをこらえた。

しかしヘンリー皇太子がまた話しはじめたので、注意を彼にもどし、皇太子妃になる人間にふさわしいよう背筋を伸ばし、毅然《きぜん》とした態度を崩さないでいる。

「わが愛しのエロディ、あなたの手紙をいく度読んだかしれない。便箋よりも、わたしの指のほうが、多くのインクを吸いこんでしまった。とうとうお会いできて、本当にうれしいです」ヘンリーがいった。

「わたくしたちも同じです」王妃がいって、値踏み後に承認するような目をエロディにむけた。

「失礼」ロドリック王がいって、ふいに玉座から立ちあがった。オリーブ色の肌からすっかり血の気が失せて、額に薄い汗の膜が光っている。「わたしは――わたしは、これ以上は無理だ」ベルベットの制服を着た王室の従者がひとり飛んできて、王の腕を取ると、ふたりして謁見室をよろよろと出ていく。エロディのことは完全に無視して。

からっぽの玉座をまじまじと見てしまう、その不躾《ぶしつけ》に気づいてエロディは目を前にもどすものの、頭のなかにはさまざまな思いが駆けめぐっている。わたしがひどい第一印象を与えてしまったせいだろうか。継母にいわれたように、もっとお辞儀の練習をしっかりしておけばよかったのか。王が退室したということは、この婚約は破棄されたということなのか？

しかし王妃イザベルは、これはいつものこと、というように少しも動じることなく、ヘンリーの話を受けて、さらに広げていく。「わたくしたちがどれだけあなたの到着を喜んだか、うちの息子は十分に伝えていませんね。同様に、あなたのお父様も、あなたがどれだけ美しいか、十分には語っていらっしゃいませんでした」

エロディは目をぱちくりさせて話についていこうとする。これにはどういう答えを返せばいいのか。「手紙のやりとりをする相手が父であって、継母でなくてよかったです。レディ・ベイフォードなら、わたしの欠点をひとつ残らず書き綴ったでしょう。なんなら、わたしが船乗りたちにペチコートを見せたことなんかも。まあそれは、ここにむかう船上でのできごとなんですけどね」

レディ・ベイフォードの目が大きく見ひらかれた。

まずい。エロディは自分の口に蓋をしたかった。どうしてそんなことをいってしまったのだろう？

ベイフォード公爵が気さくな笑い声を振りまいて、娘の救済に乗りだした。「うちの娘は、ちょっと変わっているんです。しかしそこがまた愛嬌でもありましてね。イノフェは暮らしていくのが厳しい土地でして、そこで娘は知性と力で生きぬいてきました。木にも登れば、ロープも登る。けれど、自分の義務と立場はきちんとわきまえておりますので、心配はご無用です」

エロディはくちびるを噛んだ。わきまえている？　そのいいかたは、わたしという人間に対して、あまりに失礼じゃないか。

しかし、わかるような気もする。ペチコートの逸話をうっかり口にしたことで、きっと周囲ははしたない娘だと思ったはずで、それをなんとかいい方向へ持っていくためには、ああいうしかなかったのだ。じつのところ、立場ならちゃんとわきまえている。自分が他者を導くリーダーであるという自覚はつねにあって、だからこそ、必要があれば自分のことは二の次にしてきた。

その結果、いまこうしてこの場にいる。イザベル王妃とヘンリー皇太子にいい印象を与えるためなら、自分はいくらでも卑屈《ひくつ》になれる。イノフェの民のために、なんとしてでも、この結婚を成就させなければならない。

「それは大変喜ばしいことです」王妃がいった。

エロディと父親がそろってお辞儀をする。

「そういうことでしたら、なおのこと、オーリアではゆっくりとくつろいでくださいね」そこで広間の後方にいるフロリアに目をむけていう。「フロリア、あなたも同じです。イノフェのとてつもなく厳しい風土にも、あなた方姉妹のように、このうえなく美しい花が育つことがあるのですね」

「陛下の息子さんも、美しくお育ちです！」フロリアが思わず口走った。

これには王妃もヘンリーも陽気に笑い、広間の両脇に立つ廷臣たちも笑いの輪に加わった。自分の不用意な言葉で広がった緊張が、ひとまず解けたのにエロディはほっとする。

笑いが収まったところで、王妃が口をひらいた。「昨夜ご到着されたときにお迎えできず、申し訳ありませんでした。旅はいかがでしたか？　お部屋はご期待に添えましたでしょうか？」

「旅は大変過酷でした」とレディ・ベイフォード。「お部屋については――」

エロディが割って入った。「お部屋はもう期待以上です。これほど心のこもった手厚いもてなしを受けたのは人生で初めてのことです」

「それをきいて安心いたしました」と王妃。「無事に到着されて本当によかったです。結婚式は盛大にお祝いする予定です。これからの三日間、思う存分贅沢《ぜいたく》をなさってくださいね。王家の厨房《ちゅうぼう》はいついかなるときでも、ご要望に応えることができますし、マッサージ師も、お声をかけていただければ即参上いたします。お針子たちも準備をととのえておりますので、お好みに合わせて、いくらでも豪華なお召し物をおつくりいたします」最後の言葉は、レディ・ベイフォードにむけられたようで、その素っ気ない灰色のロングドレスに王妃がそれとなくあごをむけた。

レディ・ベイフォードの恥じ入るような顔を目の隅でとらえて、エロディは眉をひそめた。継母とつねに意見が合うわけではなかったが、彼女がわずかでも自信をなくすのを見るのは、気分がいいものではなかった。

「さて、わたくしはこれからベイフォード公爵と契約の細則について決定しなければなりませんので、別室にこもらせていただきます。そのあいだ、エロディとヘンリーには、重要な仕事を終えてもらいましょう」

「はい、われわれはお互いについて、よく知る必要があります」とヘンリー。

エロディは皇太子の美しいあごのラインと濃紺の瞳にちらっと視線をむけた。

義務として承諾した結婚とはいえ、自分はその義務を心から楽しむことになるのだろうと、エロディは思う。


目の前に広がる庭園は、塔から見おろしたとき以上にきらびやかで、日中の光の下ではまさに想像を超える美しさだった。ここには鋭い石花はなかったが、さまざまな色合いのバラや、小さなラッパ形の花を広げるユリが咲き誇っている。ユリの小さな花にくちばしを差しこんで蜜《みつ》を吸う、ルビー色の喉を持つハチドリ。ひとつの花だけでは満足しないようで、エロディとヘンリーのまわりを飛びまわって、次々と新しい花にくちばしを差していく。

青いアヤメ、紫のスミレ、オレンジのマリーゴールド、エロディの頭より大きな鮮やかなピンクのアジサイ。名前はわからないが、黄色いふわふわした花や、貴婦人のハンカチのような白いレース状の花も美しかった。

そして、あらゆる花々のあいだに、決まって顔を出す瑞々《みずみず》しい緑。絨毯《じゅうたん》のように広がる苔《こけ》や、光に照り映えるつやつやした葉や、樹木の幹を這い上がるツタなど、どれもこれもが生き生きと輝いて、見ているだけで圧倒される。それに比べてイノフェは……。

「どうです、きれいでしょう?」ヘンリーがいう。エロディがぽかんと見とれる時間をとってやろうと、あえてゆっくり歩いている。「これだけ見事な植物が育つのですから、オーリア国はまったく恵まれていると、つねづねそう思っています」

「べつに見事でなくたって、植物が育つというだけで、恵まれています」いってしまってから、エロディはあわててつけくわえる。「すみません、失礼なことをいうつもりはなかったんです。ただイノフェ国は七十年も干魃《かんばつ》に苦しんでいたものですから。こういう美しい自然を目にするのに慣れていないんです」

「それはわたしも同じです」エロディの顔にあからさまな視線をむけてヘンリーがいった。

エロディは思わず噴きだしそうになった。きいているほうが寒くなるような、芸のないほめ言葉。この人が詩人タイプでないのは手紙のやりとりからわかっている(心を打つ手紙だったが、表現に微妙な味わいはなかった)。それだけに、これは本心から出た言葉だと感じられる。便所穴を掘り、徒歩旅行に出て汗みずくになり、公爵の娘にふさわしくないと継母が考えることをかたっぱしからやってみるエロディだが、やはりこういうほめ言葉はうれしかった。

そうであっても、自分はさておき、まず他人のことを心配してしまうのがエロディで、この瞬間も頭のなかには、王が謁見室から急いで立ち去った場面がよみがえっていた。「あの、殿下、お父様は大丈夫なのでしょうか?　あんなに大急ぎで――」

ヘンリーは手を振ってエロディの心配を払いのけた。「王は過剰な黒胆汁に苦しんでいるんです。何かというと憂鬱《ゆううつ》な気分に襲われる。そんな王に公式任務は荷が重い。サンルームでひとり過ごしたり、犬舎で犬たちとたわむれたりするほうがずっと気分がいいらしい。しかし、あまり心配しないでください。休養を十分に取りさえすれば長生きができると、王の侍医も太鼓判を押してくれていますから」

「それはさぞ、おつらいでしょうね」よかった、自分のせいではなかったのだ。ほっとしつつもしかし、それで安心してしまう自分にやましさも感じている。

「ご心配、ありがとうございます。しかしここではもっと楽しい話をしましょう。たとえば、あなたのこと」

「わたくしのこと？」

するとヘンリーは見る者の心をとろかす微笑《ほほえ》みを浮かべた。笑ったときにできるえくぼがまた魅力的で、このさりげない話題の転換にも、さすがだなとエロディは思う。父親もまた話題の転換がうまく、そういうところをずっと見て育ってきた。いつの日かヘンリーもきっと素晴らしい王になるだろう。王として、これだけのカリスマ性があれば、どんな交渉の場面でも優位に立てるはずだった。

「あなたは、ほかの女性たちとは違います。あなたからいただいた手紙の数々は――」

「ほかにも大勢の女性から、手紙を受け取っていたのですか？」

「いえ！　そういうことではなく――」

「からかってみただけですよ、殿下」

ヘンリーが顔を赤らめた。「空に感謝」

「空に感謝？」エロディがきいた。初めて耳にしたフレーズだった。

「オーリア独特のいいまわしです。ああよかったという。まあでも、そんなことより、もっと大事なことがあります。あなたはわたしを殿下と呼ぶ必要はない。よかったら、ヘンリーと呼んでください」

エロディはにっこり笑った。「わかりました。それではヘンリー、教えてください。どうしてわたくしは、ほかの女性たちとは違うのですか？　何か裏があるというのは、心得ております。あなたのような皇太子でしたら、どんな女性でも妻に迎えることができるのですから。それなのに、どうしてわざわざ辺境のほこりっぽい公国の娘なんかを？」

「それは、オーリア国を統治するには、強い義務感と犠牲精神が必要だからです。そういった責任を、あなたでしたら十分理解してくださると」

エロディは首をかしげた。「ええ。それは十分に」

ヘンリーは遊歩道の角を曲がって、ヤナギの木陰にある暗い緑の芝生へエロディを連れていった。その横手に池があって、まだ小さい白いアヒルの子たちが、母親のあとについて泳いでいる。芝生の上には金色のピクニックシートが広げてあって、そこにさまざまな種類のお菓子やケーキが並んでいる。精緻《せいち》につくられた美しいプチフールは、この世にこれほどたくさんの色があろうかと思うほど、多彩なパステルカラーを見せている。

エロディは途中で足をとめた。「あれは、わたくしたちのために？」

「ええ、もちろんです」ヘンリーは頭を軽く動かして、先に行ってすわるようエロディに促す。しかしエロディは動けない。もちろん、行きたいのは山々だ。砂糖や小麦粉を贅沢《ぜいたく》につかった食べ物があんなふうに一箇所にたくさん集まっているのを見るのは生まれて初めてだった。しかしだからこそ気後れして、足が先へ進まない。

「ヘンリー……」

「何か問題でもありますか？」

「わたくしとあなたでは、犠牲精神に対する考え方が違うのですね」とエロディ。「イノフェでは、民は文字通り飢えております」こんなことをいうのは難癖をつけるようで失礼かもしれない。けれどいわずにはいられない。故郷で苦しんでいる民を思えば、この過剰なほどの贅沢を平然と受け入れることはできない。

「しかし、その問題もやがて片づきます」とヘンリー。「われわれが、解決していくのではないですか？」

「はい、しかし……」エロディはあまりに贅沢な菓子の山に首を横に振った。「気がとがめることはないのですか？　世界には苦しんでいる人々が大勢いるというのに、このようなピクニックを楽しむことに」

一瞬ヘンリーの顔を嵐雲のように暗い表情がよぎったが、それもすぐに振りはらわれた。

「いいえ、そんなことはありません。なぜなら、オーリアの王族はその肩に山ほどの重荷を背負っているからです。あなたには理解できないかもしれない。まだ到着したばかりですから。

しかし、いまに……。とにかく楽しめるときに楽しんでおいたほうがいい。結婚式が終わったらすぐ、あなたは義務を尽くさねばならなくなる。いまケーキを食べておかないと、そのときに後悔しますよ」

エロディは眉を寄せた。しかし、ヘンリーの言葉には重みがある。それは民の幸福の鍵を握る人間が担う重みであると、エロディは知っている。まだオーリアで過ごした時間が丸一日にも満たないというのに、わかったような気になってはいけないのだろう。自分だって、そんなわずかな時間で、イノフェ国の複雑な事情と苦境を理解したような顔をする人間がいたら、黙ってはいられない。

「わかりました」エロディはいった。「郷に入っては郷に従え。わたくしもオーリアならではの楽しみを堪能させていただきます」

ヘンリーは微笑んだ。嵐雲とは打って変わって、晴れやかな表情が一気にもどってきた。エロディの腕を取って、ピクニックへと連れだす。

エロディはケーキや菓子を堪能したが、一口食べるごとに、喜びと痛みを感じた。それは、愛する民を助けることができる安堵と、そのために彼らを国に残してきたことの罪の意識といってもよかった。

エロディ

ヘンリーとの庭の散策からもどってくるなり、フロリアが部屋に飛びこんできた。

「全部話して！　彼、ハンサムな上に、性格もいい？　どうしてエルを好きになったのか、話してくれた？　ねえねえ、もうキスはされたの？」

興奮してまくしたてる妹に、エロディはにやっと笑う。「まずは息をととのえさせて！　尋問はそのあと」

「息をととのえる必要なんてないでしょ。エルは、あの永遠に終わらない階段にもまったくひるまなかったんだから」

「まあ、そうね」とエロディ。「それじゃあ、質問に答えなくちゃいけないわね。でもその前に、これを」そういってドレスのポケットに手を入れて、リネンのナプキンに包んだものを取りだした。

フロリアは姉の寝台にぽんと上がって、そこで包みをひらいた。とたんに口があんぐりとあいた。「これ、プチフール？　わたし、本で読んだことしかない……」小さなケーキのひとつから、お上品に一口囓《かじ》って、ゆっくりと味わう。エロディには、妹の心の葛藤《かっとう》が目に見えるようだった。オーリアにいるあいだ、一口一口をじっくり味わいたいと思う一方で、数日後にはイノフェに帰らなくてはならず、その日がやってくるまでに、口のなかに詰めこめるだけ詰めこみたいとも思っている。

「彼、素敵だった？」フロリアがきく。

「彼って、ヘンリーのこと？」エロディはいって、ウエストにきつく巻いたベルトをほどく。

「そう、ヘンリー！　ほかにだれがいるっていうの？」

エロディは声をあげて笑った。妹のそばにいると、いつだって気分が明るくなる。フロリアはからかわれたのだと気づき、姉の顔に枕を投げつけた。

「あらあら！」女の人が部屋にいきなり入ってきた。「結婚式の前に、わたしたちのプリンセスに怪我をさせないでくださいませ」

そのあとから、まさに軍団と呼ぶにふさわしい、お針子の一団が流れこんできた。ひとりが三つ折りの鏡を床に立てると、またべつのひとりが、その鏡の前に、ベルベットの覆いをかけた壇を置く。三人目は布製マネキンと、針や糸をぎっしり詰めたバスケットを運んできて、いちばん若手と見られる娘は、さまざまな布の巻きを腕いっぱいに抱えている。

「え、何がはじまるんですか？」フロリアがきいた。

「もちろん、婚礼衣装のお仕立てです」最初の女がいった。「わたくしはゲルデラ、この宮殿でお針子たちをまとめる任についています」

フロリアが甲高い声をあげる。「エル、これってどういうことだかわかる？　レディ・ベイフォードがどんなにぞっとする婚礼衣装を贈ろうと考えていても、もうそれを着なくていいってことよ！」母親が娘の婚礼衣装を縫うのはイノフェの伝統で、結婚式の朝にそれを贈呈することになっている。しかし、エロディとフロリアの実の母はとうの昔にこの世を去っている。それで継母《ままはは》がどんな衣装をつくるのか、姉がずっと心配していたのをフロリアは知っていた。何しろレディ・ベイフォードの好みは、地味な灰色のウール地であごまでぴったり覆うスタイルなのだ。

「どうぞよろしく」エロディはお針子のゲルデラににっこり笑いかけていった。

「それじゃあ、まずは全体のシルエットから考えましょう」とゲルデラ。

するとお針子のひとりが婚礼衣装の見本帳を広げた。「わたしどもでは、さまざまなスタイルをご用意しております。もちろん、お好みに合わせていかようにも仕立てることができます。しかしこれまでのご新婦様が皆そうしたように、まずは実際にどんなシルエットが考えられるのか、ご覧いただくのがいちばんかと――」

「これまでにも皇太子妃になる女性に、たくさん婚礼衣装をつくってきたのですか？」フロリアがジョークを飛ばした。

「えっ、そ、それは――」お針子の顔が濃いピンク色になった。「いえ、わたしは――」

ゲルデラが割って入って説明する。「オーリアで行われる、ほかの結婚式のことをいっているのです」

「ええ、そうです。オーリアの、ほかの結婚式」

「ごめんなさい。ふざけただけなんです。どうぞお気を悪くなさらないで」フロリアがいった。

「いえいえ、大丈夫です」お針子がひきつった笑顔を見せた。

このやりとりに、エロディは眉をひそめた。フロリアは姉の表情を見てとると、間を置かず近づいていき、眉間のしわを小さな指で伸ばしながら、そっとささやいた。「いまは、婚礼衣装を仕立てているだけ。イノフェ国の飢えを解決しようというわけじゃないの。だからエル、もっと肩の力を抜いて。悪い冗談をいってごめんね」そういって、姉に片目をつぶってみせる。

「そうね、たしかに」とエロディ。

「では、続けてよろしいですか？」ゲルデラがきいた。

「はい、お願いします！」フロリアが両手を打ち合わせ、エロディに身を寄せて、お針子が広げてくれた見本帳をいっしょに覗きこむ。

「何よりも伝統を重視するのでしたら、レースのシュミーズドレスの上にどっしりしたベルベットのロングドレスをはおる形がよろしいかと。色はもちろん、貞節と純潔の象徴である青」

エロディが首をしめられたような声を発し、ゴホゴホと咳をしだした。

かわいそうに、お針子は目が飛びだしそうに驚いた。自分の言葉が、皇太子妃になる方の命を脅かしたとでも思っているようだった。

「すみません、ちょっと待って……」エロディは数回咳払いをする。じつをいうと故郷では、その面で思いっきり自由を謳歌《おうか》していた（初体験は、干し草を置く馬小屋の二階で馬丁とすませていたし、そのあとも数人と恋の戯れを楽しんでいた）。それなのにお針子が、いきなり貞節や純潔のことをいいだしたものだから、完全にふいをつかれたのだった。とはいえ、自分が

「無垢《むく》の」花嫁に当てはまらないことをフロリアに知られるのはいやだったので、すぐに落ちつきを取りもどした。

エロディの咳がとまると、お針子が見本帳の頁をめくりながら婚礼衣装の説明をはじめた。流麗な緑のチュニックに釣り鐘形の袖がついているもの。体にぴったりした赤いドレスにコルセットベルトがついているもの。銀の錦織でできたロングドレスにケープを合わせたもの。別布を何枚もはぎあわせた茶色いドレスのへりを黒の玉縁で飾っているもの。イノフェのトカゲの皮をはいでつくったようなものや、首から足首までコルセットで固めたような、見るからに堅苦しいドレスもあった。

「レディ・ベイフォードなら、きっとこれを選んだでしょうね」フロリアが小声でいって、声をひそめてくすくす笑った。

しかしエロディは、フロリアのように婚礼衣装を仕立てる過程を楽しめなかった。今日まで生きてきて、服装はつねに実用一辺倒だった。イノフェでは、たとえ公爵の娘でも、庶民と同じベージュや灰色の服に身を包んでいた。染料などという贅沢《ぜいたく》品を日常づかいするなど、イノフェでは考えられない。フロリアがこれまで着たなかでいちばんいい服といえば、オーリアに到着する直前に船上で着替えた衣装であり、これも、姉が皇太子と結婚するというのに、あまりにみすぼらしい格好は見せられないという事情から、なんとか調達したものだった。しかし上等といっても、姉妹が着ているドレスは、どちらも鈍い黄色で、ほんの申し訳程度にわずかなレース飾りがついているだけだった。

それがいま、ふたりの目の前に、宝石の色調を見せるシフォンとシルクとゴールド・シルク、極上の錦織やパステルカラーのベルベットがずらりと並んでいる。

「正直に申しあげますが、これはちょっと贅沢がすぎるのではないでしょうか」エロディはいった。「わたくしには、それほど豪華なものは必要ありません。やはり母が自分で仕立てた婚礼衣装を着るべきなのかもしれません。これほど高価な布地をふんだんにつかうなど、あまりにもったいなくて――」

「エル！　だめ！」フロリアが声をはりあげた。「一生に一度ぐらい、自分が面倒を見られる側になって。エルにはその資格があるの。そうでないというなら、せめてわたしのために、特別にあつらえたオーリアの婚礼衣装を見せて！」

エロディはため息をついた。「わかったわ。あなたのために」

フロリアがまたうれしそうな顔になって見本帳に目をもどした。「チュニックとか、ロングドレスとか、そういった従来の枠には囚われないものはないですか？　もっと斬新《ざんしん》で、それでいて派手すぎないものは？」

お針子はぽかんとした顔でフロリアを見つめている。そこへゲルデラがすかさず助けに入り、わかっていますよという笑みを見せる。「こういうのはいかがでしょう？」そういうと、見本帳の巻末にある白紙の頁をひらいて、そこにさらさらとスタイル画を描きだした。伝統の枠を脱した、流れるようなラインが際立つ、衣類というより絹の滝といった感じの婚礼衣装が描きあがった。「これを白、あるいはクリーム色で仕立てるのはどうかと」いいながら、仕上げに細部を描きたしていく。優美なトーガのように肩からデコルテにかけて柔らかな布がゆったり落ちていき、控えめな襞（ひだ）が足首まわりをくるりと巻きこんでから、水面にできる渦のように、裾が床に長々と伸びている。

「うわあ。エル、これよ、これ」

エロディはそのデザインに魅了されて、妹にいわれる前からうなずいていた。贅沢をすることへの罪の意識は依然としてあるものの、どうしてもというのなら、これを着たい。まったく非の打ち所のない婚礼衣装だった。伝統の縛りを解かれたそれは、目が覚めるほど美しく、どこかほんのりと妖しい魅力を漂わせている。

「承知しました」とゲルデラ。「それではまず採寸をしまして、それから布をお選びいただきます」

　エロディが鏡の前に置かれたベルベットの壇上に立った。フロリアは寝台から飛びおりて布を広げるスペースをつくり、若いお針子が、そこにさまざまな色合いのシルクとレースを並べていくのを、口をあんぐりあけて見ている。

「自分のために婚礼衣装をデザインしてもらうなんて、夢みたい」フロリアがいう。「繊細《せんさい》な布が寝台の覆いにこすれる音をきいているだけで、卒倒しそう」

　それをきいて、エロディは妹に優しく笑いかけ、ゲルデラのほうをむいていう。

「わたくしの婚礼衣装の仕立てが終わりましたら、妹にもひとつデザインしていただけませんか？」

「わ、わたしにも？」プチフールを目にしたとき以上に、フロリアの口が大きくあいた。

ゲルデラは低くお辞儀をした。「もちろんです。お嬢様も、結婚式の重要な賓客のひとりです。そうじゃありませんか？」

「はい」フロリアはそっといい、自分もまたこのおとぎ話の登場人物のひとりだとわかって失神した。

エロディ

エロディは自分がこれから暮らす王国について、もっといろいろ知りたかった。世界貿易の観点から見ればオーリアは経済大国であるが、海外諸国から船がやってくることはめったにない。巨大な海のまんなかにあって、火山から噴出した露頭に囲まれているので、うっかり近づけないのだ。ゆえに貿易はオーリア国の方から出むかねばならない。豊かな農産物に恵まれたこの地では、果物や穀物を船で外国に運んでいき、もどりの船には金の延べ棒をぎっしり詰めた長持が山と積まれる。それを溶解して、エロディがこれまで目にしてきた数々の贅沢品《ぜいたく》がつくられる。と、そこまではわかっているが、それ以外のことは皆目《かいもく》わからない。イノフェ国の面倒はオーリア国が見ると、ヘンリーとイザベル王妃は保証してくれているが、オーリアの王家や民、あるいは文化については、何も知らないに等しかった。

それでエロディはヘンリー皇太子を説得して、国内の農場を見てまわることにしたのだった。最初の「デート」の内容はヘンリーが決め、宮殿の庭園をのんびり散策し、ケーキを堪能しながらピクニックを楽しんだ。次のデートの内容はエロディが決める番だった。

「乗馬がお得意なのですね」田舎の土道に、ふたりで馬を軽く走らせながら、ヘンリーがいった。宮殿では馬丁が手を貸すのも待たず、エロディは自分で馬に乗った。婦人用の横鞍ではなく、通常の鞍をつかい、スカートの下に継母《ままはは》の嫌悪する半ズボンを穿いている。最初、付き添いのオーリアの騎士たちはエロディがついてこられるよう、ゆっくり馬を走らせていた。しかし後ろからどんどん追いあげてきて、ぶつかりそうになるに至って、ようやく気づいた。ついていかないといけないのは、自分たちの方なのだと。

「おほめにあずかり光栄です」エロディはいった。「乗馬は母から習いました。父が国土の見まわりをするとき、わたしも母といっしょに馬でついていったんです。少なくとも二週間に一度は、どの民の家も、もれなくまわれるようルーティンを組んでいました。食べるものが十分にあるか、子どもの履《は》く靴に不自由していないか、仕事にあぶれている民がいないかたしかめるためです」

「あなたは自国の民を崇めているようですね。貧しさに関係なく」ヘンリーがいった。「あなたが民のことを語るときの声でわかります」

「生きるたくましさと申しますか、彼らが生き方のお手本を示してくれているんです。民のためなら、わたしは何だってやるつもりです」

ヘンリーが何かいおうとして口をあけ、それから首を振った。話す代わりに、前方で金の穂が揺れる広大な小麦畑を指さした。「これがオーラム小麦です」誇らしげにいった。「完全栄養食といっていいでしょう。この小麦でつくったパンはひとかたまり食べるだけで、人間が一日に必要な栄養素をすべて取れるのです」

エロディは小麦にさわれるよう、馬のスピードを落として手を伸ばした。そよ風に茎《くき》がしなって、穂がこちらへ身を乗りだしてくる。ふれてみると、羽根のようにやわらかだった。「オーラム小麦、ありがたいものですね」感に打たれたようにいった。「これがあれば、イノフェの民も飢えから救われます」

皇太子も同意して、小麦の前にうやうやしく頭を垂れた。「オーリアの農民は自分たちが世界のためになることをしているという自覚があって、それを誇りに思っています。そして、あらゆる収穫物は天からの恵みであることも承知しています」

「自分がそういう国土で暮らせることに、正直いって驚いています」とエロディ。「あなたと、もっと早くに知り合えていたらよかった。オーラム小麦が存在する最初から」

「わたしも、イノフェの民がそれほど苦しんでいることをもっと早くに知っていたらよかった。あなたの国はオーリアから遥か遠い奥地にありますから、わからなかったのです。わかっていたら、もっと早くに手を差しのべられた」

「ありがとうございます。そういっていただけると、うれしいです」

この小麦畑を見られただけでもエロディは満足だったが、午後もまだ半ばであり、婚礼前に計画されている二家族顔合わせの晩餐会までには時間があった。「サングベリーはこの近くで見られますか?」エロディはきいた。波止場から宮殿まで馬車で運ばれる途中に、血のように赤い実をつけたベリーの低木を見たのを思いだしたのだ。しかしそれがどのあたりだったのか、一瞬のうちに過ぎ去ってしまってよくわからなかった。

「馬で行けばすぐです」とヘンリー。「いっしょに来てください」

それからの二時間、エロディの口からはひっきりなしに歓声と感嘆のため息がもれた。オーリアはまさに豊饒《ほうじょう》の角で、銀梨の果樹園と、人類が知る限りの多彩な野菜畑がどこまでも広がっている。そのあいだを馬で進みながら、エロディは王国に関する質問をヘンリーに次々とぶつけていった。

「オーリア国はいつ建国されたのですか?」

「八世紀前、わたしの先祖が建国しました」

「こんな奇跡のような作物がどうやったら育つのですか?」

「恵まれた気候と、海でとれた海草からつくる肥料、それに言葉では説明できないオーリアならではの気風が組み合わさっているのだと思います」

「魔法かしら?」エロディはいって笑った。

ヘンリーは肩をすくめたものの、笑わない。「おそらくそう呼んでもいいでしょう」

「ますます興味を引かれます」エロディはからかった。

「あなたはいつでも、こんなふうに活発に話をされるのですか?」そういったもののヘンリーはべつに気分を害したわけでもなく、すぐにいつもの笑顔がもどってきた。それから銀梨をひとつもいで、「これで少し、話から気がそれるでしょうか。召し上がってみてください」とエロディに手渡した。

がぶりと齧《かじ》ると、瑞々《みずみず》しい果汁がどっとあふれて手を流れていく。「まあ、なんて美味しい……こんな果物を輸出されているのですから、オーリアのことは、もっと外国に知れ渡ってもいいのではありませんか?」

ヘンリーが声をあげて笑った。「たとえこの梨でも、あなたの質問をわずかでも止めることはできないようですね」

ずいぶん立ち入ったことをきいて、おしゃべりがすぎると思われただろうか。一瞬エロディは危ぶんだ。口をひらけばいつでも、失言のリスクがあるとの自覚はある。

それでも、こういったことは、やはりちゃんと知っておかないといけない。「自分も統治に手を貸すことになる、その国のことはきちんと理解しておきたいのです」

ヘンリーは一瞬黙った。再び口をひらいたときには、口調から軽みが消えていた。「オーリア国の民は、ひけらかすのが嫌いなのです」そういって、近くの果樹園にいる数名の農夫にちらっと目をやる。「自分たちが育てた生産物がすべてを語ってくれると信じている。だから広報は不要で、外交に気を遣う必要もないのです」

「それでも」エロディは梨をさらに囓る。「わたしはあなたのことをほとんど何も知りません。こうして直に接していても、わからないことだらけです。たとえば到着した夜に、わたしの部屋のむかいの塔に、プラチナ色の髪の女性がいるのを見ました。その人のことも、わたしは知るべきではありませんか?　あなたの妹さんですか?」

ヘンリーが鞍の上で一瞬身を固くしたが、すぐに肩を引いて胸を張った。「妹ではありません」そういって、手綱をいじくる。「わが王家では八世紀のあいだ、一度も女性は生まれていない。王家の女性はすべて外国の地からやってきました。わたしの母である王妃もそうです」

妹がいない……。どうりでヘンリーが寂しそうに見えるわけだ。わたしにはフロリアのいない人生など耐えられない。「それでは、ひとりっ子なのですか?」エロディは優しくきいた。

ヘンリーは口をぎゅっと結んだ。「兄がいます。わたしよりかなり年上の。しかしオーリアを出ていきました。兄とわたしは折りあいがよくなく……。絶縁状態にありますが、わたしはそれでいいと思っています」

「寂しいですね」

「いいえ。兄はこの王国を去ると決めたことで、王国の責任をすべてわたしに押しつけたと、そういうことです。ただもう彼のことはあまり話したくない。それでよろしいでしょうか」

「もちろんです」エロディは突っこんできいたことを後悔してはいなかった。いつの日かオーリア国の玉座にすわるなら、王家の事情についてはすべて知っておきたい。

それでも、何もかもを今日のうちに知る必要はないし、兄のことだって、今後もずっと話したくないとヘンリーがいい張るなら、それはそれでいいと思っている。すべての事情を妻と共有しなければならないという法はない。だれにだって自分だけの秘密にしておきたいことはあるものなのだ。

しばらくふたりとも無言のまま馬を走らせた。そのあいだエロディは畑で働く農夫たちにずっと注意をむけている。みんなで鎌をふるう動きが、まるでダンスの振り付けのように一糸乱れずそろっていて、見ているだけでうっとりしてしまう。だれもが筋骨たくましく、栄養が行きとどいている。イノフェの民とは正反対だ。みんなでいっしょに働きながら、どの顔にも笑みが浮かんでいた。
十歳か、それに満たない子どもたちはまだ麦を刈ることができず、代わりにタンバリンや、きらきら光るリボンを結びつけた棒を振って、害虫害獣を追い払っている。オーラム小麦の畑で朝から出ずっぱりで働いているにもかかわらず、まだぴょんぴょん飛び跳ねながら、カラスを追い払う歌を歌っている。

黄金《こがね》の大地にわれらは暮らす
大麦、小麦を収穫する喜び
世界に宝物を与える喜び
家ではくつろぎ、おいしく食べる

だからカラスよ、飛んでいけ
おまえたちには、やらないぞ
大麦は、醸造所《じょうぞう》でビールになり
小麦は、パンやマフィンになるんだぞ

子どもたちの声は軽やかに、のびのびと広がり、そこにしばしば大人も加わって、一小節か二小節ほどをいっしょに歌う。こんなふうにあまねく幸せが広がっている光景をエロディはこれまで見たことがなかった。

しかし馬でそこを行きすぎようとしたところ、男の子三人が、女の子の手に持ったタンバリンにつかみかかった。「ガオオオオーーーッ！　おれたちはドラゴンだ、おまえはプリンセス！」

「やめて！　そんな遊びはいや！」

「プリンセス、おまえを食ってやるぞ！　だがその前に、おれのすみかに突き落としてやる！」

それからまた、吠える真似をしたかと思うと、男の子たちは女の子をどんと押して溝に突き落とした。

エロディは驚いて声をあげ、馬から飛びおりるなり小麦畑へ走っていく。いじめっ子たちが散っていくのを尻目に、エロディは女の子が突き落とされた溝のなかへ飛びこんだ。

入ってみれば、そこは泥だまりで、深さは一メートルもない。道ばたから見たときにはもっと深く見えた。

女の子は身を丸め、泥にまみれて泣いている。おそらく八歳か九歳ぐらいだろう。

「大丈夫？」エロディはきき、女の子のとなりにしゃがんだ。宮殿にもどったら、このブーツやドレスの惨状を見て、レディ・ベイフォードからきっとひと言あるだろう。けれどそんなことにかまってはいられない。スカートや革靴を汚すこと以上に、いまはこの女の子のことが心配だった。「大丈夫？」もう一度声をかけて、小さな肩にふれてみる。小鳥の骨のように華奢《きゃしゃ》だった。「あの子たち、いくら小さいからって、していいことと悪いことの区別ぐらいつくでしょうに」

女の子が顔をあげ、そのとたん息を呑んだ。「あ、あなたはプリンセス。ヴィクトリアと同じ」

ヴィクトリアというのがだれなのか、それは知らないが、エロディはにっこり笑ってみせる。

「皇太子妃のことをいっているのなら、まあ、そうね。正式には明日からだけど」

「あなたは、あたしを助けてくれた」そういったあとで女の子は、突っつかれた子ネコのような哀れっぽい声を出した。「でも、あなたはだれが助けてくれるの？」

「妃殿下！」溝の上から、農夫が大声でいった。頭を何度も下げながら、こちらへ下りてくる。「申し訳ありません。うちの娘が。この子のいったことは――」

「ああ、もういい」ヘンリーがぴしゃりといった。

だれが現れたのか知って、農夫は大きく目を見ひらき、深くお辞儀をすると、大あわてで娘を抱きあげて連れ去る。

みっしり生えそろう麦の茎のあいだに親子が消えていくのをエロディはじっと見守った。どうしたんだろう。さっきまでみんな、あんなに朗らかに働いていたのに、いまの農夫の行動はわけがわからない。

「さっきの子どもと同じように、溝のなかから抱きあげてさしあげましょうか？」ヘンリーが冗談めかしていった。またリラックスした表情にもどっている。

エロディは首を横に振り、小さく笑ってから、自力で溝から這い上がった。しかし、それから馬に乗って城へもどるあいだ、男の子たちと女の子がいっていたことをずっと考えていた。ヴィクトリア。名前がVではじまるプリンセス。塔にあった、Vをつなげた形の砂時計は彼女のものだったのだろうか？　ふいにあのときの記憶がよみがえり、気がついたら震えていた。あの血液の染みにふれた瞬間、映像が浮かびあがったのだ。でもあれは単なる錯覚では？　しかし女の子が最後に投げてきた質問がある。あなたはだれが助けてくれるの？　あれはどういう意味だろう？

エロディはまた震えた。何か重大な意味があるのだろうか？　それともいまのわたしは、心配性になっている頭がつくりあげた、あり得ない妄想にとらわれているだけなのか？

そうだ、妄想だと、自分にいいきかせる。

それでも、Vの謎と、小さな女の子の投げた質問は、エロディの脳内で繰りかえし再現され、骨の奥まで震わせるのだった。

エロディ

婚礼の前夜には、エロディの家族とオーリアの王家だけで内輪の晩餐会がひらかれた。しかし内輪だからといって、出される料理に手を抜くことはない。その前日、お針子たちの採寸が終わって（〝うれしすぎて気絶した〟と本人が呼ぶ症状からフロリアが回復すると）、宮殿の料理人がエロディに、食べたいもののリストを提出してくださいといってきた。しかしエロディは料理にはあまり詳しくないので、代わりにフロリアを厨房《ちゅうぼう》にやって料理人と相談させることにした。フロリアは海外の料理本（誕生日のプレゼントにねだるのはそればかりだった）とにらめっこして子ども時代を過ごしたといってもよく、とびっきりの献立を考えようと、喜び勇んで出かけていった。

その結果、エロディの想像を遥かに超えるメニューがテーブルを飾ることになり、これまで経験したことのないめくるめく味の体験に味蕾が圧倒された。謁見室にまず運ばれてきたのは、燻製《くんせい》チーズとジャガイモでつくった金色の揚げ団子と、オーリア産の野生葱《ねぎ》をつかったクリーミーなスープ。それが終わると、エディブルフラワーを柑橘《かんきつ》系のさっぱりしたドレッシングで和えたサラダと、ひとつひとつ金の葉でくるまれたミートパイが出された。月夜の光の下でしか釣れない野鯉《のごい》（たぶん二日前の夜に見た松明《たいまつ》の行列は、山の鯉を釣るためだったのだろうと、ここでエロディは合点した）のグリルは珍味中の珍味で、キジのローストにはサングベリーのジャムが添えられている。有名なオーラム小麦でつくった麵《めん》で締めかと思ったら、それからさらに、色も形もさまざまな新鮮野菜が山のように運ばれてくる。目に余る贅沢《ぜいたく》な料理に最初は気後れしたものの、ヘンリーの助言に従って、純粋に食を楽しむことに努めた。

王は五品目の料理が終わったところで、自室に引きあげた。見ているだけでエロディは胸が痛んだ。かわいそうに、王の顔はすっかり土気色になり、侍医の腕にぐったりもたれて席を立った。そもそもどうして、この席に出てきたのだろう。寝台で寝ているべきではなかったか。しかし王がいなくても宴は続いた。実質的に王国を切り盛りしているのは、王妃イザベルとヘンリー皇太子のようで、ロドリック王不在で客をもてなすのにすっかり慣れている様子。これはちょっと気になった。

会話はどんどん進み、それと同時に、オーリアの大麦で醸造《じょうぞう》したビールもすいすい喉を通っていく。ナツメグと桃の風味を持つ、このビールには有名な副作用もあって、記憶力が強化されるのだとヘンリーはいう。

「ですから今夜のことをずっと鮮明に覚えていられるというわけです」エロディにそう教えた。

金色のテーブルクロスの上にデザートが並べられる頃にはもう、エロディの胃袋は限界を完全に超えていた。立ちあがって大きく伸びをしたくてたまらず、椅子の上でもぞもぞと体を動かしている。

「おやおや」ヘンリーがいたずらっ子のような顔になって、エロディにささやく。「ふたりでちょっと外に出て、新鮮な空気でも吸いましょうか？」

胸壁には番兵が数名、黙って見張りをしている以外はだれもいなかった。暗がりのなかをヘンリーはエロディの手を取って導いていく。やわらかな月明かりに宮殿の壁も床もうっすらと金色に染まっている。

「わたしの頭のなかは明日のことでいっぱいです」歩きながらヘンリーがいった。

彼もわたしと同じように緊張しているのだろうか。結婚は一生に一度。ともに健康に恵まれたなら、長い人生を添い遂げることになる。けれども赤の他人と、知り合ったばかりで結婚して、その人と残りの人生をずっとともに過ごすことが本当にできるのだろうか。お父様はお母様と結婚できて幸せだった。でもそのあとレディ・ベイフォードと再婚……彼女はいつでも肩ひじ張っていて、口からは文句しか出てこない。他人のすることなすことが、自分の理想とするレベルに及ばず、見ているだけでいらいらしてくるのだろう。あの格式張らない陽気な父が、ああいう人とどうしてうまくやっていけるのか不思議だった。

けれどわたしたちは、もっとずっとお似合いの夫婦になれるだろう。まだ知り合って間もないものの、エロディはそう確信していた。思いやりがあって優しいヘンリー。わたしの頭脳の働きに一目置いてくれていて、手助けなしに馬に乗れるのも好ましく思ってくれた。おまけにこの人は見た目までが素晴らしい。

エロディは胸壁のへりまで歩いていって、オーリアの地に堂々とそびえる山に目をやった。

「あの山に登ったことはありますか?」

「一度か、二度は」

「わたしは山というものに登ったことがありません。砂漠地帯のイノフェで山に相当するものといえば高台ですが、頭を削ぎ落とした感じで、丘といったほうがいいでしょう。ハエヴィス山にわたしといっしょに登ってくれますか? 結婚式のあとにでも?」

ヘンリーはすぐには答えず、何かためらっている。

「いえ、違うんです! 結婚式が終わってすぐという意味ではありません。お式のあとには、すでにあなたのほうで、お考えがおありですよね。初夜というのは――」エロディはそこであわてて口をつぐんだ。新婚初夜の詳細について、とうとう語りだしてしまうところだった。しかし恥ずかしいことはない。実際自分が十分な知識とテクニックを持ち合わせて床入りできることに満足しているし、相手を積極的にリードしようとも思っていた。

それでも、いまはまだそういった話をするには早すぎる。

「つまり、将来チャンスがあれば、あなたといっしょにハエヴィス山に登りたいと、そう思ったのです。興味があるんです。二日前の夜に松明《たいまつ》の行列が登っていくのを見て、それで――」

ヘンリーが息を吸う鋭い音がした。「あれを見ていたのですか?」

エロディはうなずいた。「眠れずに外を見たら、いやでも目について。あれは何だったのですか? 山の鯉を釣っていたとか?」

ヘンリーはエロディから目をそむけて、紫がかった灰色の空にギザギザとそびえるハエヴィス山を眺めやる。「いいえ、あれは儀式です。毎年九月の収穫期に一週間かけて、われわれが益を被っているすべてのことに感謝を捧げるのです。その週には、三つの祈りを捧げます。ひとつ、われわれの歴史、過去への感謝をこめて。ふたつ、現在オーリア国が守られていることへの感謝をこめて。三つ、将来にわたって末長くお守りいただきたいとの願いをこめる。つまり、この一週間で、われわれの恵まれた生活に感謝を捧げるのです」ヘンリーは肩をすくめて、エロディのほうへむきなおった。「古くからの伝統です。まあ迷信といっていいでしょう」

「わたしは、迷信は信じないのですが」

「ああ、それはいい。あなたは地に足がしっかり着いているということですよね?」そういって、固い黄金もとろりと溶かしてしまいそうな、魅力的な笑みを見せた。エロディは体の芯から熱くなる。

「ああ、エロディ。月明かりの下に立つあなたがあまりに美しいので、うっかり忘れるところでした」そういうなり、地面にさっと片膝をついた。

「それは——」相手が上着のポケットに手を入れて、平べったいベルベットの箱を取りだしたのを見て、エロディは言葉を失った。蓋をあけると、内側に絹地を貼った空間に黄金のネックレスが入っていた。ペンダントヘッドには、ドラゴンが片方の爪に小麦の束をつかみ、もう一方の爪でサングベリーをつかむオーリアの紋章が刻まれており、ベリーの部分はルビーでできていた。

「エロディ」ヘンリーがいう。「これは政略結婚だというのはわかっています。それでも、あなたにきちんと求婚したい……わたしと結婚してくださいますか?」

エロディは息を呑んだ。この瞬間、胸壁に出てきたときの心のもやもやが、すっきり晴れた。Vの文字や農夫の娘の言葉に疑念が残るものの、そんな問題はあとで考えればいい。これこそが結婚の正しい形であり、人と人が愛情で結ばれるこの瞬間に、疑念が入りこむ余地はない。不確定要素は人生につきもので、それさえも、ひとりよりふたりで挑むほうが強い。もうこれからはひとりで困難に立ちむかわなくていいのだ。

自分はこれまで頭ばかりつかって、心をないがしろにしていたとエロディは思う。おそらくこれからは、もう少し感情を解放してやってもいいのかもしれない。

エロディは思いのままにヘンリーの腕に飛びこんでいった。ヘンリーはネックレスを取り落としそうになりながら、エロディからの口づけを受ける。

と、ヘンリーがバランスを崩して、ふたりそろって地面に倒れた。エロディはもう一度キスをした。

それからうなずいて、ヘンリーに告げる。「改めて申しあげます。答えはイエスです」

イザベル

　晩餐会と求婚が終わったのを見計らって、イザベル王妃は息子の部屋を訪ねた。喜びに満ちあふれているだろうと思ったのに、窓辺に立ってハエヴィス山を眺めやるヘンリーの背中は悲哀にあふれていた。

「あの人に決めていいのですよ」王妃がいった。

ヘンリーははっとして物思いから覚めた。「あの人?」

「エロディに。あの人からの手紙を何度も繰りかえし読んでいましたね。あなたはあの人の頭がよくて才気走ったところに引かれている。彼女を手もとに置いておくこともできますよ」

「母上——」

イザベル王妃は息子の手をつかんで黙らせた。力なく見えた手だったが、思いのほかしっかりしている。「ヘンリー、あなたは自身の義務に忠実な皇太子です。ジェイコブがオーリアから逃げたあと、あなたがオーリア国の皇太子としての重責を背負った。何ひとつ文句をいわず、長いこと義務を務めてきましたね。けれど、あなただって幸せになっていいのですよ」

「それには賛成できません」とヘンリー。「将来王となる人間は、自身の幸せなど考えない。つねに王国の幸せが最優先されるのです」

イザベル王妃は黄金のタイルに目を落とした。できることなら、ヘンリーの重荷を分かちあえるよう、もっとたくさんの息子を産みたかった。王には弟が五人いて、義務の重みを分散することができた。それでも残念なことに、ロドリックは自分の引き受けた重みだけでも耐えきれず、潰れてしまったのではあるが。

不運なことにイザベルには、ジェイコブとヘンリー以外の子どもは生まれなかった。王はめったに王妃の寝台にはこなかった。べつにロドリックに愛人がいたというわけではない。それはなかったとはっきりいえる。自分の持てる時間のほぼすべてを、彼は孤独のうちに費やしていたのだから。サンルームのぬくもりのなかにひとりでいたり、犬たちと時間をともにしたりするほうが、毎日を送りやすかったのだ。犬は民と違って、何も要求してこない。

しかしその要求が、いまヘンリーにむけられている。現在こそ、イザベルが王国を切り盛りしているものの、永遠に夫婦でいる相手をヘンリーが決めたなら、王とともに退位してもいいと考えたこともあった。

「自身の幸せをつかみなさいといって、あなたが首を縦に振らないのなら」イザベルはいう。「あと継ぎをつくることもあなたの義務なのだと、せめてそれを思い起こさせてあげましょう。そうやってわれわれは代々、オーリアの伝統を崇める血筋を絶やさぬようにしてきたのです。エロディは悪くない選択だと思いますよ」

ヘンリーは目を閉じた。その瞬間イザベルは、この部屋に入ってきたときに息子の顔に浮かんでいた相克の痕跡を認めた。

「同じことを昨日きかれたなら、エロディに決めたと申しあげたでしょう。しかし今日いっしょに馬を走らせていたところ、彼女から王国について質問攻めに遭いました。それに農夫の娘がいじめられているのを見て、そのあいだに入って……。だめです。エロディは自分の考えというものを持ちすぎている。変えられない伝統を変えようと、きっと全身全霊で闘うでしょう」

王妃はくちびるを噛んだ。オーリアの伝統というくびきに耐えるには、現王妃と同じ強靭《きょうじん》な女性でなくてはならない。わたしが年老いて国の統治ができなくなったときに、王妃の役を引き受けられるように。その点、エロディはまさに適役だと思っていた。しかし、ヘンリーの考えも一理あると思えたので、息子の頰に優しくキスをするだけにとどめた。

「それでは、明日の婚礼で会いましょう。計画どおりでいいですね?」ヘンリーにきく。

ヘンリーはうなずいた。「計画どおりで」

王妃は辞去するとき、最後にもう一度息子を一瞥《いちべつ》した。またハエヴィス山を眺めているが、その背にはもう悲哀のかけらもない。ヘンリーは軍人のように背筋をぴんと伸ばしていた。

部屋を出て扉を閉めるとき、イザベルは考えた。いったいあの子はいつからああなったのだろう。いつのまにか、この母と同じように、自分を頑《かたく》なに律する人間になっていた。人好きのする魅力的な外見の奥に、御影《みかげ》石のように冷たい芯を隠して。

かつては純真無垢だった息子。その魂の最後のひとかけらまでが、すでにオーリアに奪われていた。そのことに気づかなかった自分が情けない。もし気づいていたら、純真な息子にさよならのキスぐらいしただろうに。

エロディ

塔のてっぺんの部屋で、妹といっしょに化粧台の前にすわりながら、エロディはずっとにやにや笑いがとまらない。ちょうど胸壁の散策からもどってきたばかりで、化粧台の上には狼煙《のろし》のように光を放つ新しいネックレスが置いてある。しかし、エロディの顔が輝いているのは、そのネックレスのせいばかりではなかった。

フロリアが姉の絹のような髪を黄金の櫛《くし》でとかす。「エル、わたし、うれしくてたまらない！」

「自分でも信じられない」とエロディ。

「信じられる。だってエルは、わたしの知るだれよりも素晴らしいんだから。優しくて、頭がよくて、いつも妹の面倒を見てくれる。ねえ、自分では気づかないかもしれないけど、わたしはエルをいろんな面で尊敬しているの。だから、もしこんな、おとぎ話の結末のように幸せな生活ができる人がいるとしたら、それは当然エルだと思う」

あまりのほめ言葉に、エロディは一瞬恥ずかしくなって下をむいた。「ありがとう、フロ。そんなふうにいってもらえるなんて……あなたがいなくなったら、とても寂しくなるわね」

「そういうことは考えない」とフロリア。「悲しくなんてなりたくないもの。それより、明日の夜の結婚式のことを考えましょう」

エロディはぐっと喉にこみあげてくるものを呑みこんでから、小さくうなずいた。フロリアは最後にもう一回、姉の髪に櫛を通してから、化粧台の上にあるネックレスを取りあげた。姉の胸もとに合わせてみると、オーリアの紋章が火明かりを反射して、ドラゴンが生きているかのようにちらちら光った。

フロリアが、芝居がかったため息をついた。「次から次へ、まるで贅沢品《ぜいたく》の嵐ね」と、いきなりレディ・ベイフォードが部屋に飛びこんできた。「あなたには、エメラルドのほうが似合います」鏡に映った継母《ままはは》が、エロディに嚙みつくようにいった。

突然の登場にフロリアは驚いて、ネックレスを化粧台の上に落とした。それをまた拾いあげると、継母に短剣のようなまなざしをむける。「お母様、どうかしているんじゃないですか？」「あなたに話をしに――」レディ・ベイフォードはエロディに切りだしたものの、いったんそこで言葉を切り、フロリアに顔をむけた。「――エロディとふたりにしてちょうだい」

エロディは眉をひそめた。レディ・ベイフォードの様子が……おかしい。取り乱すことなどない人だった。それがいま、いつもきれいにお団子にまとめている髪がだらしなくほつれて、はみでた髪がてんでんばらばらな方向をむいている。いつも首もとまできっちり留めてあるロングドレスのボタンは、いらいらして引きちぎったかのようにいちばん上がはずれていた。両脇で手を握ってはひらきを繰りかえし、こぶしを握るたびにドレスのスカートも道連れにくしゃくしゃにしている。

「フロリアには、秘密にすることなどありませんから」エロディはいった。「わたしにいいたいことがあるなら、フロリアのいる前で、なんでもおっしゃってください」

レディ・ベイフォードは塔の窓に目をやり、山の方角を見つめた。まるであそこに自分が苦境に置かれている原因があるとでもいうように。エロディとフロリアに顔をもどすと、両手を脇に押しつけて口をひらいた。「ここは――ここはいけません……」

そこまでいうと、またさっと窓のほうに視線をむける。「この縁組みは続きません。あなたの身を――いえ、あなたのお父様を名誉失墜から守らなければ。この婚約は破棄すると、あなたからいいなさい」

めったに言葉を失うことのないエロディが言葉に詰まった。口をあんぐりあけたまま、継母の顔をまじまじと見ている。

しかしフロリアには、継母に対していいたいことが山ほどあった。「どうして、そんなことをいうの？　なぜエロディから奪おうとするの？」

レディ・ベイフォードはフロリアを無視して、エロディの両手をつかんだ。「ちゃんと話をききなさい。わたしはあなたのためを思って――」

「やあ、娘たち！」元気のいい声が響きわたり、父親がふらりと部屋に入ってきた。まるで家族の楽しい集いにやってきたかのようだった。実際には、このうえなく幸運な結婚を継母が娘に思いとどまらせようという、理解不能の場面に飛びこんだというのに。「明日の準備は万端かな？」

レディ・ベイフォードは夫を冷たい目で一瞥《いちべつ》すると、くるっと背をむけて部屋から出ていく。

父親はたががはずれたように笑いだした。「気にしなくていいぞ。船酔いの後遺症に苦しんでいたんで、王の侍医から薬をもらったんだ。そのせいで……わけのわからない不安に取り憑かれているらしい。何をいったか知らないが、無視してくれ。何も問題はない！」

それだけいうと、フロリアにもエロディにも何も言葉をかけず、あわてて妻のあとを追った。

フロリアはぽかんとして、両親が出ていった扉を見ている。「いったい、どういうこと？」

エロディは悲しげに首を横に振った。「この結婚はレディ・ベイフォードの案じゃなかったから、気に食わないんだと思う。あの人はいつだって、あなたとわたしを自分の思いどおりにしないと気がすまない。だけど、わたしはもう大人なんだから、これ以上あの人のいいなりにはならないわ。自分のことは自分で決めて、是が非でもヘンリーと結婚する」

エロディ

エロディの婚礼の夜、オーリアの黄金の城は、ふだん以上にまぶしく輝いた。まるで日中の時間をすべてつかって、召使いたちがありとあらゆる壁や床、屋根のタイルの一枚一枚までをぴかぴかに磨いて、月光の下でも昼と同じように輝かせようとしたかのようだった。外に広がる濃紺の空には雲ひとつなく、宮殿の庭では交響楽団が練習をしている。エロディはもう胸がいっぱいで食事もまったく喉を通らない。婚礼衣装を身につけたところで失神しそうになり、そこで初めて、フロリアが顔の前に突き出してきたロールパンをふた口ほど囓《かじ》ったのだった。

その婚礼衣装の素晴らしいことといったらない。フロリアが想像したとおり、エレガンスの極みというべき美しい一揃いが仕上がってきた。そのときエロディは、妹の勧めに従って本当によかったと、いまさらながら思ったのだった。どっしりとしたクリーム色の絹地が肩から滝のように雪崩《なだれ》落ちて、足もとへ優美に広がっている。布地のへりにはオーリアを象徴する緋色と金色の刺繡《ししゅう》が施され、それがいくつもの襞《ひだ》をたたみながら、首まわりから胴体へと流れ、最後は長い裾となって背後の床を引きずっている。もちろんヘンリーからの贈り物も忘れてはいない。髪に黄金の櫛《くし》を差し、喉の下に紋章が来るようにルビーと黄金でできたネックレスを首から下げている。身ごしらえが仕上がったとたんエロディは、求婚を受け入れた自分の判断は正しかったことを確信した。この結婚は自分をオーリアに縛るだけでなく、今後イノフェが十分な供給を受けられることを保証する。

日が落ちてからずっと、岸を洗う波のように客たちが次々と訪れていた。王と王妃とヘンリーに敬意を示して、できるだけ長い時間をともにできるよう早くから集まっていた人々が、いまは全員宮殿の屋上にあるテラスに上がっている。ありとあらゆるものが、プラチナ色の月光を浴びて艶めき、この世のものとは思えない美しい光景を見せている。

トランペットが高らかに鳴り響いたのを合図に、交響楽団が結婚行進曲を軽快に奏でだした。イノフェでは、花嫁はひとりで祭壇まで歩いていくが、オーリアでは、父親が花嫁を祭壇まで連れていく伝統があった。

極上の胴着に身を包んだリチャード・ベイフォードが娘に近づいていく。いかにも公爵然とした堂々たる態度だが、目には早くも涙が盛りあがっている。今夜はイノフェの公爵としてではなく、ごく普通の父親として、目の前の娘を見ながら、よみがえってくる子ども時代のさまざまな思い出に胸を熱くしていた。その愛し子を、とうとう手放すときがやってきたのである。

「愛しているよ、エロディ。そのことはずっと忘れないでほしい」

「わたしも愛しています、お父様。きっとイノフェを訪ねると約束します」

父親は目をぎゅっとつぶって、涙をあふれさせた。エロディに腕を差しだしていう。「用意はいいかね？」

ハンカチを取りだして涙を拭いさった。しかしそれからすぐポケットからハンカチを取りだして涙を拭いさった。

「はい、いつでも」エロディは父親の頬にキスをし、自分の腕を父の腕に通した。

バイオリンとチェロの音楽が響きわたると、親子は通路へ最初の一歩を踏みだした。会場を埋める客たちがいっせいにこちらをむく。エロディが目の前を通ると、だれもがうやうやしくお辞儀をする。例外は、前列にいるフロリアとレディ・ベイフォードだけだ。フロリアは自席で飛び跳ねて、満面の笑みを浮かべながら、〈すごくきれい〉と口の動きだけで姉に伝えている。レディ・ベイフォードは身を固くしてすわり、口をぎゅっとすぼめ、膝の上でこぶしを握り、あと数歩で祭壇の前に到着するエロディにむかって、首を横に振っている。

ヘンリーは黄金のパビリオンの下に立ってエロディを待っていた。背後の玉座には、王と王妃がすわっている。イザベル王妃は金のベルベットのロングドレスにおそろいのケープという華麗な身ごしらえで、美しさが際立っている。ロドリック王のほうは……身ごしらえは王にふさわしいといえるだろう。金襴《きんらん》の礼服に毛皮で内張りをしたガウンを身につけて、遠い目をしている。心はどこかべつの場所に行ってしまっているようだった。

それでもエロディの父親はロドリック王とイザベル王妃に深々とお辞儀をし、エロディも父と腕を組んだまま、膝を曲げて深くお辞儀をした。

「両陛下殿」親子で声をそろえた。

エロディが立ちあがると、ヘンリーのまばゆいばかりの笑顔が迎えてくれた。エロディも笑顔を返し、これからの展開に息を呑んでいる。

「ヘンリー殿下」エロディの父親がいう。「いまここにこうして、わたくしの娘イノフェのエロディ・ベイフォードをあなたに託せるのは、わが人生で最も光栄なことであります。どうかエロディが、王家とオーリア全土に幸福をもたらしますように」

そういうと、自分の腕をほどき、娘の手をヘンリーの手に重ねる。最後にもう一度お辞儀をしてから、フロリアと妻のいる列にもどって着席した。

「息を呑む美しさだ」ヘンリーがエロディにいう。

「あなたも、悪くはありません」

ヘンリーが声をあげて笑い、自分の指をエロディの指とからめる。

緋色のベルベットの礼服を着た巫女《みこ》が、前に進みでてきた。頬から喉、手のこぶしから指先まで、肌の露出している部分はすべてドラゴンの刺青《いれずみ》でくまなく覆われている。巻き毛の長い白髪は腰までの長さがあり、毛先にルビーと黄金が編みこまれている。オーリアの紋章がついた、ずっしりとしたメダリオンを胸のまんなかで振り子のように揺らしながら、エロディとヘンリーに近づいてくる。

「今宵われわれは、輝かしきふたつの魂がひとつになることをここに祝します」朗々とした声がテラスの隅々まで広がっていく。「この結婚は、われらが愛する皇太子と花嫁を結びつけるのみならず、オーリアとイノフェの新しい季節の到来を記念すべきもの。ともに心をひとつにして、互いの才を分かちあうことを王国は心よりお喜び申しあげます。ふたりは……」

途中からエロディの耳にはもう巫女の言葉が入ってこなくなった。ヘンリーの美しい顔立ちにうっとり見とれ、この人と歩む人生について、自然と想像がふくらんでいく。外交旅行にふたりで海外へ出かけ、国内では馬の背に乗ってつづら折りの多い山道を登っていく。しかしどこにいようと絹のシーツにくるまっていれば、互いを求めてやまない。貿易に関する相談、国を統治する最善の方法、イノフェとの同盟などなど、夫婦の話題は尽きない。そして、いずれは子どもにも恵まれる。オーリアの王族では男子しか生まれないというから、授かるのは息子だろう。ひょっとしたら、これまでの伝統の枠を壊して、ここで初めて女の子が生まれるかもしれない。そう考えたら、思わず顔がほころんだ。

「イノフェのエロディ、あなたは身も心も、オーリアとあなたを必要とするすべてのものに捧げると誓いますか?」巫女がきいた。

エロディの意識が目の前の儀式に舞いもどった。「誓います」いいながら、自然と背筋が伸びて誇らしい気分になる。

巫女は刺青の入った手でメダリオンにふれた。まるでいまのエロディの誓いをオーリアの紋章に言質として与えるように。それから巫女はヘンリーにむきなおった。

「オーリアのヘンリー、あなたはこの女性を、彼女の寿命が続く限り妻とすることを誓いますか?」

「誓います」ヘンリーがいった。

「そして、エロディ、あなたはこの男性を、あなたの寿命が続く限り夫とすることを誓いますか?」

「誓います」いったあとでエロディは気がついた。誓いの文句にわずかだが違和感がある。夫婦であることを誓うのは、新婦の寿命が続く限りであって、新郎のそれではない。

女性は出産時に命を落とすことが多く、夫のほうが長生きする。そういう仮定のもとに、このような誓いになっているのだろうか？　でも男性だって戦場で死ぬのでは……？　と、そこでオーリア国の特殊な状況を思いだした。孤立した島国は外交とはまるで縁がなく、戦争に引きこまれることはまずない。八百年にわたる平和を維持してきたのだ。

すでに自分は誓ってしまっている。誓いの一部に疑問が残ろうとも、いまさら破棄するわけにはいかない。イノフェの将来がかかっているのだ。すると、ヘンリーが手を強く握ってきた。

イザベル王妃が玉座から立ちあがった。片手をそっとロドリック王の腕に置いて、耳もとで何事かささやいた。それで、遠くにいっていた王の心がもどってきたようで、王妃と同じように王も立ちあがった。ふたりそろって、エロディとヘンリーに近づいてくる。

王妃が結婚の儀式につかう黄金の絹布を王に渡すと、布の下から宝飾で飾った短剣が現れた。剣の柄には宮殿のあらゆるところで目にするモザイク模様がついている。

王妃はエロディの手を乱暴に取ると、短剣の刃で切りつけた。

「えっ――！」エロディは驚きと痛みで声をあげた。

ヘンリーが母親に自分の手を差しだす。同じことをされるのを予期してのことだろう。切りつけられても、眉ひとつ動かさない。イザベル王妃が、ヘンリーの手をエロディの手に押しつけて、ふたりの血を混じりあわせる。

エロディの脳内にいきなり映像が現れた――。

金髪の男子ふたり。ひとりはまだ幼児で、もうひとりは思春期の入り口にさしかかった年頃。

ヘンリーと思われる幼い方は、年上の男子が行くところへどこへでもついていく。

それから数年後、ヘンリーは兄の寝台がからっぽになって冷えきっているのに気づく。兄が去って、ふいに自分はひとりぼっちになったのだと衝撃を受けている。

エロディは息を呑んで、ヘンリーの顔を見た。しかし相手は、こちらを安心させるような笑みを見せるだけだった。エロディの手を握る手に一層力をこめてくる。たったいま自分の過去を新婦に覗かれたと気づいた様子はない。ヘンリーも先の一瞬でエロディの過去を覗いたかもしれないが、それらしき痕跡は、ヘンリーの顔には見られなかった。

しかしイザベル王妃はエロディの顔をじっと見ていた。目と目が合ったものの、それも一瞬で、王妃はすぐに目をそらしたので、たったいまエロディが体験したことに気づいたかどうかはわからない。

「ロドリック？」王妃がきく。「大丈夫ですか？」

王は黄金の布を捧げ持った。ぶるぶる震える手で、ヘンリーとエロディの手を布でくるむ。それで終わりかと思ったら、王の手はいつまでもそこに置かれたまま動こうとしない。「そうだ、思いだした――わたしの手も、黄金の絹布でくるまれて――」

「ロドリック、しっかりなさって」イザベル王妃が優しくいって、王の手を儀式の布からはずす。「わたしたちの結婚式の思い出は、あとでゆっくり語りあいましょう。いまはエロディとヘンリーの結婚式です」

王ははっとして、エロディの顔を見た。「きみは、新しい――」エロディが目の前にいることに、ここで初めて気づいたようで、強い衝撃に倒れそうになっている。

間髪を容れず、パビリオンの陰から王の侍医が飛びだしてきた。儀式のどこかで、王を支えるために出ていかねばならないと予期していたようで、慣れた様子でロドリック王を玉座へともどらせた。

「結婚式は延期したほうがいいのでは?」エロディはヘンリーの耳もとでささやいた。「王のお加減がよろしくないようです」

「大丈夫。儀式はまもなく終わります」

客たちは皆にここと、そろってこちらに笑顔をむけている。まるで息子の結婚式に参加しているのを王が忘れてしまった事実などなかったかのようだった。エロディの父、妹、継母だけが、心配の表情をむけている。オーリアの人々はロドリック王の病気に慣れてしまって、王なしで事を進めるのが当たり前になっているのだろうか? もし自分の父親の加減が悪くなったとしたら、こんなに平然とはしていられないとエロディは思う。

従者のひとりが王妃の手もとに黄金のティアラを運んできた。見慣れたモザイク模様のついた飾り輪を手に、王妃はエロディとヘンリーににっこり笑いかけ、エロディの頭上にそれを載せた。

「ここにわたくしの息子と新しい娘を紹介いたします。オーリア国の皇太子妃エロディです!」

客席が歓声にどっと沸いた。この宣言で王へのいかなる心配も吹き飛ばされたようだった。

フロリアが弾かれたように立ちあがり、歓声をあげて大きな拍手をする。父親はエロディを悲しげな目で見やる一方、精一杯威厳を保とうとしている。レディ・ベイフォードの目さえ、いまは涙で光っていた。

エロディはこの瞬間を一生忘れないよう心に留める。

わたしは皇太子妃。おとぎ話と同じで、違うのは流血の誓いをする部分だけ。それでも……。

わたしは皇太子妃で、これはすべて現実のことだ。

婚礼の宴は王宮の庭で開催され、前夜の晩餐会を上まわる豪華さだった。もっと大量の料理が供され、どれも手のこんだものばかりだった。盾ほどの大きさのあるアワビの貝殻を皿にした海鮮の盛り合わせがいくつも並び、牛肉と焼いた野菜を詰め物にしたドラゴンをかたどったパイは、なんと二メートル近い大きさだ。炙《あぶ》ったイノシシ肉には、サフランで色づけされた揚げ餅が添えられており、子羊の丸焼きも炉でパチパチ音をたてて焼かれている。表面にサングベリーのジャムを薄く塗ったコーニッシュ種のメンドリは、巣に見たてたオーラム小麦の麵《めん》のなかに居心地よく収まっている。デザートには、銀梨のアイスクリーム、ダークチョコレートのタルト、バラの花びらのパイ。そしてもちろん、オーリアの大麦で醸造《じょうぞう》したビールも忘れてはならない。桃とナツメグの風味が豊かな上に、記憶力アップというおまけもついている。

婚礼のケーキはエロディの婚礼衣装を模してつくられた。それが切り分けられて客たちにふるまわれるあいだ、新郎新婦に挨拶をしにオーリアの貴族が次々とテーブルを訪れる。交響楽団が耳慣れた曲の演奏をはじめると、客たちは踊りだした。この曲は最初にここに到着した日に、塔の部屋で耳にしたものと同じだろうかとエロディは思う。オーリアで人気の曲なのだろう。しかしいまは音楽を楽しんでいる余裕はない。こちらに頭を下げて、婚礼の贈り物を差しだす貴族たちに、注意をむけないといけなかった。

二十人目、あるいは二十二人目だったか？　それぐらいの数の貴族をさばいたところで、エロディはヘンリーに顔を寄せてささやいた。「いつまでここにいなきゃいけないのかしら？　もうずいぶんな時間……深夜を過ぎています」かなりぼうっとなっている自覚はある。あまりに幸福な夜に酔っているといってもいいが、それと同時に、おいしいオーリアのビールを飲みすぎてもいた。しらふのときなら、皇太子妃としての新しい務めを果たすべく、辛抱《しんぼう》強くすわっていられたかもしれない。けれどいまのエロディは、アルコールの力も手伝って、婚礼初夜の床に早く入りたくて、うずうずしていた。

それをほのめかすようにエロディが腿《もも》に置いた手を、ヘンリーは黄金のテーブルに置き直し、声をあげて笑った。「存分に楽しんでください。この宴はあなたのためにひらかれたもの。あなたの人生において最高の夜にしなくてはいけません。そうであってほしいと、少なくともわたしは思います」

エロディの頭には、この夜を最高のものにするもっとべつの方法が浮かんでいたが、とりあえずそれは自分の胸の内にしまっておくことにした。焦らなくても、結婚生活はずっと続くのだから。

音楽が切りかわって、遊び心たっぷりの軽快な曲が流れだし、アクロバットの名手たちがとんぼ返りをしながら次々と庭に入ってきた。それを尻目に、またべつの貴族がエロディとヘンリーのテーブルにやってきて、お辞儀をした。

この場にふさわしいお祝いの言葉を述べようと、貴族が口をひらいたところで、芝生のはずれから叫び声が上がった。何か騒ぎが起きたらしい。

「とまれ！」騎士が叫んでいる。「そいつをつかまえろ！」

いったい何が起きているのか、エロディは立ちあがって様子をうかがった。

衛兵たちに押さえつけられて逆上した女の子が、罠《わな》にかかったキツネのように暴れている。力まかせに蹴りだされた細い脚が、衛兵の膝横に当たり、その膝があらぬ方向へ曲がった。痛みにくずおれる衛兵を振りはらって女の子は逃げ、踊っている人々のあいだを縫って走りだした。バラの生け垣を飛びこえて、エロディのほうへ走ってくる。バラのとげで傷ついた腕から血が流れていた。

小麦畑の女の子。いじめっ子たちに溝へ突き落とされた子だ。その子がいま、エロディのテーブル目がけて一目散に走ってくる。「こんなの、やめて！」

数名の騎士が飛んできて、エロディとヘンリーの前に立ちはだかった。いっせいに剣が抜かれる。

エロディはあわてて立ちあがった。「まだ子どもよ！」

女の子が大声で叫ぶ。「皇太子妃様！　この結婚は――」

衛兵のひとりが女の子の後頭部を剣の柄で殴った。

女の子は地面に倒れて気を失った。

「なんてことをするの？」エロディの声は悲鳴になった。

だれも答えない。きらきら光る鎧《よろい》をぶつけながら騎士たちが女の子を会場の外へ連れていく。

ヘンリーは服のほこりを払いおとし、チュニックのしわを伸ばす。小さく舌打ちをして、「君主政治反対者だ」といった。

「でもまだほんの子どもでしょ」エロディは目を大きく見ひらいて、さっきまで女の子が立っていた場所を見ている。

しかし、ほかのみんなは平然としている。中断された会話は再開され、リュート演奏とダンスがまたはじまり、使用人たちがエロディとヘンリーのもとへ殺到した。まるでずっと舞台袖で控えていて、ようやく自分たちが輝く番がやってきたというように。しかし実際の仕事は会場を輝かせることであり、ゴブレット、グラス、フォーク、ナイフ、スプーンをぴかぴかに磨いていく。つかい終わった陶器が新しいものと取りかえられた。もうケーキのふるまいも終わって、エロディの知る限り、新たに出てくる料理はないはずだった。しかも彼らは、エロディのベルベットの室内履きに落ちたケーキのかすまで拭きとっていく。本人さえまったく気づかなかった、そのままにしておけば気にもならなかった汚れを徹底してきれいにしていく。

そうして、だれにおいても、何事においても、まったく支障なく婚礼の夜は更けていく。農夫の娘がそこにいたという事実はまるでなかったかのように。

どうしてそんなことが可能なのだろう？

エロディが凍りついたように動かないのに、ヘンリーが気づいた。陶器のジョッキに並々と注いだビールを持ってきて、エロディの頰に慰めるように手を置く。「何も恐れることはありません。騎士たちが、あの子を無事家に送りとどけたでしょうから。親に厳重な注意を与えたはずです。何も心配はありません」

「でも……あの子、ものすごく取り乱していました。何を叫んでいたのです？」

「オーリアの民の大半は王族に敬意を払ってくれています。それでもつねにひとりやふたり、意見を異にする者がいるのです。君主政治反対者は、単に無知なだけ。王国のために、われわれがどれだけ尽くしているか知らない。彼ら自身が同じ立場に立たされても、わたしたちと同じように喜んで犠牲の精神を発揮できるわけがない。それがわからないのです。まあでも、そんな反乱分子のひと声でこの夜を台なしにしてはなりません。それより、ビールを飲んで、わたしたちも踊りましょう。ワルツを踊って憂いを流しましょう」

まだ動揺はしているものの、ヘンリーの言葉に従ってエロディはビールを飲み干し、たったいま起きたことを、頭のなかで再現する。ビールのおかげで記憶は鮮明だった。女の子のチュニックに施されていた刺繡も、布にくっついていた麦の穂のかけらも、細かい部分まで覚えている。打ちひしがれて切羽詰まった、あの子の目の表情も鮮明に記憶に残っていた。

どうやらオーリア国の人々には奇妙な習性があるようだ。何か不都合なことが起きても、それを見て見ぬ振りができる。自分がいま、息子の結婚式に参加していることを王が失念していても、知らん顔。王家の婚礼に、農夫の子どもが飛びこんできても、一瞬ののちには、もうなかったことになっている。ビールなど飲まなくても、エロディにとって今夜は忘れられない夜になりそうだった。

エロディがからっぽになったジョッキをテーブルに置くと、ヘンリーが立ちあがって、彼女の前でお辞儀をし、手を差しだした。「わたしと一曲、踊ってくださいますか?」

喉に魚の小骨が挟まったように、心のなかにはまだひっかかるものがある。しかし、それと同時に、頭から離れない事実がある。自分はいま皇太子妃となったものの、イノフェの将来は依然としてオーリアの王族の善意に寄りかかっている。それはすなわち、ヘンリーと王妃の機嫌を損ねてはならないということだった。

さらに、自分は王国の統治について万全の教育を受けているわけでもない。貧困にあえぐちっぽけな公国を父が統治するのを手伝うだけでも、そこにはいろいろと複雑な事情があった。ましてやオーリアのような立派な王国について、自分はその事情を何も知らないに等しいのだ。

おそらく理解が不十分なままに結論に飛びつくべきではないのだろう。エロディはそう自分にいいきかせる。気持ちとしては女の子の味方になりたい。昔から弱い者に甘いところがあるエロディだった。イノフェで暮らしてきた人間には、農夫の子である彼女がどのような困難を経ていまに至ったのか、手に取るようにわかる気がするのだった。

それでも、いま目の前にはヘンリーがいる。思いやり深く、寛大で、周囲の者たちから愛される皇太子。エロディは分別のある冷静な人間だったから、心のなかのもやもやゆえに、現実を曇った目で見るようなことはしない。

立ちあがって、ヘンリーの手を取り、彼に導かれるままに、客たちがダンスをしている芝生のまんなかに出ていく。おそらく時が経てば、オーリアとそこで暮らす民について理解できるようになり、そうすればすべてが自然と腑に落ちる。

そうではないのか？

エロディ

ダンスには特別な効能があるようだ。ステップを踏みながらエロディは、しとやかな女性に生まれ変わったような気分を味わっている。ヘンリーの相手をしたあと、今度は父親が踊ってくれといってきた。音楽に合わせてくるくるまわりながら庭園を巡る自分たちは、さながら風に乗って舞うトンボだとエロディは思う。このトンボは二匹とも酔っ払ってはいるものの、人の目には優雅な親子の典型として映っているに違いない。

柔らかな音を響かせて音楽が終わると、父親は娘をきつく抱きしめた。「エリー、パパがどれだけ愛しているか、わかっているな？　月へ行って帰ってきて、それから太陽へ行って、さらにその先まで行っても、ずっとずっとおまえを愛している」そこで娘の体を前へ突き出し、強く揺さぶった。「何があろうと、おまえを愛している。わかるな？」

エロディは父親の手をそっとほどいた。「はい、お父様、わかっています。いったい何を飲まれたんですか？　ビール以外に？」

「いや、今夜はビールはよした。思い出が怒濤《どとう》のようによみがえってきてはかなわんからな。代わりにワインをいただいた。これがもう素晴らしいんだ。過去をぼやかしてくれる。自分が何をしたかなんて、もう知らないね。ああ、わたしは——」

「お父様、わけがわからなくなっていますよ。すわったらどうですか?」エロディは金色のバラがからむ格子垣へ父を連れていき、石のベンチにすわらせた。

ちょうどその近くで、フロリアが貴族の息子とダンスを終えた。エロディと父親の姿を認めると、スキップしながらやってきた。最後のワルツを踊った高揚感で頬がバラ色に染まっている。「すべて順調?」フロリアがきいた。

「もうひとりの大切な娘」ベイフォード公爵が立ちあがって、やけに感傷的にフロリアを抱きしめる。

フロリアは姉にむかって首をかしげ、片手で酒を飲む仕草をしてみせる。

エロディはうなずいた。父親はそうしょっちゅう飲む人間ではなかったが、飲むとなると、愛情をあふれさせる癖があった。ワインを何杯もあおった挙げ句に、もっとたちの悪いふるまいに及ぶ男がいるのを思えば、女性相手とはいえ、自分の家族に愛情を振りまくのだから害はない。ふだんなら、ここまでできあがってくると、継母《ままはは》がさっと寝室へ連れていくのだが。

「お母様は?」エロディはきいた。

「あの人は……具合がよくなくて」フロリアがいった。

姉妹はそろってため息をついた。自分の意に染まない結婚をする娘の披露宴に、何かと理由をつくって出席しないというのは、いかにも継母らしかった。

ヘンリーが庭園の曲がり角から顔を出し、格子垣の下にいる家族を見つけた。「ああ、ここにいたんですね。てっきり新婦に逃げられてしまったかと思いましたよ」

イザベル王妃が後ろについてきていた。「エロディ皇太子妃。祝宴は楽しまれていますか？」

「はい陛下、心から楽しんでおります」

「それは素晴らしい。よろしければもうひとつ、オーリアの伝統的な婚礼儀式をあなたにご紹介したいのですが。そのためには残念ですが、この楽しい場を離れることになります。来ていただければ、あなたの人生における最も栄誉ある瞬間を体験できますよ」

「それは光栄です」エロディがいった。

「待ってくれ！」父親が叫んだ。エロディに飛びついていって、頬に水っぽいキスをする。

フロリアがくすくす笑った。次は妹が姉の頬にキスをする番。「いつかわたしも、今日のお姉様の半分でもいいから、きれいになりたい」

「あなたなら、わたしの二倍美しくなれる」エロディは妹の頭のてっぺんに最後のキスをした。


　これまでのところエロディは、階段を登って宮殿の上階へ上がることはあっても、地下へ下りていくことはなかった。けれどいま王妃はエロディの先に立って、城内の心臓部へ下りている。いやもっと正確にいうなら腸だろう。地下にある厨房《ちゅうぼう》や洗濯場を過ぎて、さらに下へ下へと下りていくのだから。壁は黄金から御《み》影《かげ》石に変わり、明かりは、冷たい岩の奥にしつらえた松明《たいまつ》のちらちらした炎だけ。

　ヘンリーはいっしょに来なかった。この部分の儀式は女性のみに捧げられるのだといって。いったいどんな儀式だろうと考えるものの、見当もつかない。この下に何か特別な地下室があって、そこに収蔵されている戴冠用宝玉や古文書を王妃はわたしに見せたいのだろうか。しかし、それなら何も男子禁制にする必要はない。ひょっとして、婚礼初夜の床入り前に、子どもが授かるように特別なお祈りをするとか？

考えたらぞっとして、どうかそういうものではありませんようにと祈る。

角を曲がると、目の前にどっしりしたオーク材の扉が現れた。四辺の狭いすきまから紫色の霧が染み出し、その奥で詠唱の声が響いている。

「あなたはこれから聖なる儀式に参加します」王妃がいった。「この扉をあけることが、皇太子妃としての栄誉へ近づく最初の一歩となります。エロディ、あけてくださいますか？」

聖なる儀式。事の重大さに、胸にずしりとした重みを感じながら、エロディはうなずいた。誇らしくはあるものの、この奥に皇太子妃の栄誉があるというのが、いまひとつ解せなかった。

力をこめて扉を押しあけると、紫の霧がどっと押し寄せ、薬草の香りの煙が巻きひげのようにエロディの体にからみついてきた。やがて霧の奥に円形の室内が像を結んだ。湾曲した壁沿いに、緋色の長い衣をまとった老女たちがずらりと並び、それぞれが太い蠟燭《ろうそく》を手に、やわらかな声で詠唱をしている。室内の中央には、エロディとヘンリーの婚礼の儀式を執り行った、肌に刺青《いれずみ》をした老女が立っていて、セージの枝と乾燥させたラベンダーを火にくべている。

「あなたはオーリアで生まれ育ったわけではありませんから、こういった習慣にはなじみがないでしょう」王妃がいった。「ひょっとしたら……異様な光景として目に映るかもしれません」

エロディは愛想よく笑みを浮かべた。「イノフェにも独特の風習があります。それもまた、外から見ればきっと異様に映ることでしょう。しかし、わたくしはいまオーリア国の皇太子妃ですから、この王国が大切にしている伝統を守りたいと一途にそう思います」

王妃がエロディを頭から足先まで眺めまわす。その刹那、王妃の目に悲しげな表情がよぎったのを見た気がした。しかしそれは蠟燭の炎によるいたずらに過ぎなかったのだろう。それからすぐ王妃はうなずいて、こういった。「それはうれしいことです。ではオーリアの巫女《みこ》たちに準備をさせましょう」

壁沿いに並んでいる老女たちが王妃にむかって深々とお辞儀をする。王妃は室内の隅にある通常のものより小ぶりな玉座に腰を下ろした。巫女の長《おさ》がずっしり重いオーク材の扉を閉めると同時に、ほかの巫女たちが御影石の壁にしつらえた燭台《しよくだい》に蠟燭を置き、そろってエロディに近づいてきた。

最初の巫女がエロディの首からネックレスをはずした。次の巫女は髪から黄金の櫛《くし》をはずしていく。

「待ってください」エロディがいった。「ヘンリーから、それを身につけていてほしいといわれています」

「殿下、こちらは王室の宝物庫に安全に保管しておきます」巫女がいった。それと同時に、またべつの巫女がエロディのイヤリングをはずし、エロディに何かいう暇も与えずに、それを預かった。

「今夜あなたは、オーリア国の先祖たちと同様に、崇高な目的を果たします」巫女の長がいった。「われわれよりずっと昔の世代から、ご先祖様は代々この聖なる儀式を執り行ってきました。エロディ皇太子妃、あなたは特別な人であり、この国の必要を満たすために身も心も捧げようと神聖な誓いを立てた人々の長い系譜に連なります。どうか、ご自身の全存在を賭けて、オーリアの伝統を尊ばれますように」

エロディは大人しく従って頭を下げた。

と、ふいに巫女の長が甲高い叫び声をあげ、絹を引き裂くような凄まじい声が響きわたった。エロディは跳びあがった。その肩を周囲の老女たちがつかみ、その場にぎゅっと押さえつける。まるで逃亡するのを恐れているかのようだった。

「どこにも行きませんから」エロディはいった。この対応は、いくらなんでも過剰反応に過ぎる。「ただ、いきなり叫ばれたので驚いて」

巫女たちはエロディの肩から手を離したものの、依然として油断なく見張っている。それから低い声でまたべつの詠唱がはじまった。今度はエロディがきいたこともない言語だった。硬い子音と、さらさら流れるような発声。ずいぶんと古めかしい感じがする。

Rykarraia khono renekri.
Kuarraia kir ni mivden.
Vis kir vis.
Sanae kir res.

「なんといっているのですか?」エロディはきいた。

いちばん近くにいる巫女が優しい笑みを浮かべ、わからないというように肩をすくめた。

「意味は遙か昔に失われてしまいましたが、この文句は代々受け継がれています。儀式で詠唱することで、言葉の意味は失われても、象徴する精神が時に埋もれるのを避けることができます」

エロディは口をかすかにゆがめた。もしこれが悪魔を召喚する文句だったらどうするのだろう? そんな意地悪な考えが浮かんできた。しかしそれは胸の内にとどめておく。儀式の最中にそんなことをいったら、巫女たちに不敬だと取られかねない。わたしにもこういう自制心があるのを継母が知ったら、きっと誇らしく思ってくれることだろう。

巫女がエロディのロングドレスをぬがせた。鯨骨《げいこつ》のコルセットとシュミーズもぬがせて、頭に載せたティアラだけが残された。寒くはない——火が焚かれているので地下の一室は暖かい——しかし、これだけ大勢の前で衣類をぬいで立つこと自体に身がすくんでいる。

物事を偏見で見てはならない。エロディは自分を叱った。この儀式はオーリアにとって重要なもの。ということは、わたしにとっても重要なのだ。

王妃をちらっと盗み見たものの、その人は目をつぶっていた。眠っているのではない証拠に、背筋をぴんと伸ばし、肘掛けに載せた腕は直角に曲がっている。さながら瞑想《めいそう》中といった案配《あんばい》で、上下する胸を見れば、ゆっくり深く呼吸しているのがわかる。

それでエロディも王妃に倣《なら》うことにした。ラベンダーとセージの香りを肺いっぱいに吸いこむと、胸の内で穏やかな気分が霧のように広がった。たぶんこれは花と薬草の精油が空中に満ちているせいだろう。あるいは自分の内で、この新しい土地に根を張ろうという覚悟が固まったせいかもしれない。とにかく、最後まで落ちついて、この儀式を完遂しよう。
その覚悟を見抜いたのか、巫女たちの監視の目から厳しさが消えた。室内のぐるりに置いてある籠から、巫女たちそれぞれがローズマリーの長い枝を集めて、エロディの全身に聖油を塗る儀式がはじまった。詠唱に合わせたリズミカルな動きで、ヒマワリと陽光の香りがする黄金色の油に、各自がローズマリーの枝を浸していく。その香りはエロディに、夏の日々と豊かな秋の実りを思わせた。

Rykarraia khono renekri.
Kuarraia kir ni mivden.
Vis kir vis.
Sanae kir res.

黄金色の油がエロディの肌に染みこみ、余分な油が拭われたところで、巫女たちは彩色にかかる。エロディの腕、脚、首、胸、腹、背に絵の具が塗られていく。まるで何年も練習を続けた舞踊団のように、見事に統一の取れた、流れるような動きだった。ひとりが青い絵の具をつけたローズマリーの枝を持って動きだすと、べつのひとりがさっと場所をあける。またべつの巫女がピンクの絵の具をつけた枝を持ってさっと近づいてくると、いましがたエロディの腿《もも》にオレンジの絵の具を塗った巫女が、放たれた矢のように離れていく。

巫女たちの手つきは敬意に満ちており、ローズマリーの枝が肌にふれるたびに、エロディは穏やかな心持ちになっていく。自分がこの小さな体の内にとどまらず、何かもっと大きなものの一部であるような気がしてきた。単に王族と結婚しただけではなく、大きな歴史の一部になったような、そんな気分だった。この婚礼の夜の儀式は、いったいどれぐらい昔から続いているのだろう？　ヘンリーは、自分たち一族がオーリアの守護者となってから八百年が経つといっていた。

ということは、この儀式がほぼ千年の昔にはじまった可能性は十分にある。その神聖な義務を自分が務めているという事実に息を呑まずにいられない。

まもなく、耳の先から足の裏まで、全身が見事に彩色された。ラベンダーとセージの霧がエロディを取りまき、その香りが、絵の具と油と、肌をなでていったローズマリーの枝が残す痕跡とともに、全身に染みこんでいく。自分が生きた美術品になったような錯覚をエロディは覚えた。

髪が編まれていく。精緻《せいち》に編まれた髪の房がティアラを何度も出たり入ったりする。これならハエヴィス山の山頂から飛びおりても、ティアラが頭から落ちることはないだろう。

再びシュミーズと鯨骨のコルセットを着せられたところで、新しい衣装が登場した。婚礼衣装につかわれた、ずっしり重みのある絹地ではなく、こちらはラベンダー色の極めて薄地の素材でできている。むこうが透けて見えそうな紗織りの布地がいく層にも重ねられ、その一枚一枚のへりに、異なる宝石が縫いこまれている。一枚目にはルビーが、二枚目には虎縞のようなトパーズが、そのあとは黄色いダイヤモンド、青いサファイア、アメジストと続く。あり得ないほど繊細《せんさい》な布にはすべて、ちらちら光る糸が全体に織りこまれていて、蠟燭の火明かりを受けて玉虫色に輝いている。

この三日間に自分がオーリアから受けた印象のすべてが、この瞬間に凝縮されていると、エロディにはそう思えた。過剰なまでに豊かでありながら、けばけばしくはならず、危ういところで踏みとどまった、典雅な華麗。それがオーリアという国だった。新しい衣装に足を踏み入れ、そのあえかな優美を全身にまとった自分を見おろしながら、本当にこれでよかったのかと、一抹の不安が残る。それでも、最善と思えることをしているのだという自信はあった。ここは私的な感情は吞みこんで、義務を務めるしかない。

オーリアの島国に骨を埋めるつもりなら、この儀式をやり遂げるしかないのだ。

イザベル

巫女《みこ》の長《おさ》が王妃に近づいていって深々とお辞儀をした。

「陛下、準備がととのいました」

そういわれても、王妃イザベルは目をあけたくない。いまはまだ。

しかし、見ないですませるわけにはいかない。毎回この儀式が執り行われる場に身を置いて、その一部始終を見とどけることを、イザベルは自分に課していた。この儀式の途方もない重みをひしと感じて、わが身に重責を引き受ける。それが、これから犠牲として捧げる命に敬意を表するために、自分ができるたったひとつのことだった。さらに、この儀式を見とどけることは、わが身の幸運を思いだす、よすがでもあった。自分もかつて皇太子妃であったが、犠牲にはならず王妃になった。

許してちょうだい、エロディ。

最後に深く息を吸ってから、イザベルは目をあけた。

「まるで天使のようだわ」エロディにいう。

「ありがとうございます、陛下。このあとは何が?」

あなたはそれを知りたくはないでしょう。

コーラ

　小さな民家の扉がひらくと、騎士は少女を石の床に容赦なく放りだした。

「コーラ！」父親が叫び、あわてて娘を抱きあげる。「どこへ行っていたんだ？　小麦畑で一晩中おまえを探していたんだぞ！」

「王族の婚礼の最中に城に侵入し、皇太子妃を脅かしたんだ」騎士が教える。

　父親の顔から血の気が引いた。「どうしてそんなことを？」

「脅かしてなんかいない」コーラはいって、後頭部をさする。剣の柄で打たれた部分が鈍い痛みを放っていた。「本当のことを教えてあげようとしただけ」

　騎士は乗馬用の手袋をぬぎ、胸の前で腕を組んだ。「これだから、子どもには十歳になるまでオーリアの伝統を知らせるなという勅令が出ているんだ。ミスター・ラヴェラ、この子はいくつだ？　七つか？」

「九歳！」コーラがぴしゃりといった。

　騎士はわかったような顔で首を横に振った。「幼すぎる。ここでの暮らしが、微妙なバランスの上に成り立っていることをまだ理解できない」

「教えないようにしていました」父親がいう。「けれど畑で子ども同士がしゃべって――」

騎士は片手をさっと振った。乱暴な仕草ではないが、言い訳は受け付けないとの表明だ。

「どうしてこういう伝統が続いているのか、きちんと説明してやることだ。大人にはその価値がわかっている。とにかく城の門を破るなど、二度と許されない。もし今度……」

「どうか勘弁してやってください」

「わたしにも、家族がいるんだ」騎士はいう。「家族を守るためなら、なんだってするつもりだ。もしも、うちの子のひとりが……。いや、考えたくもない。万が一そんなことになったら、妻の胸は張り裂ける。とにかく、ちゃんと話をして、理解させることだ。今後は娘から目を離すことのないように」

「そうします。ありがとうございます。家まで連れて帰ってくださって、本当にありがとうございました」

騎士は低くうなると、手袋をまたはめて出ていった。

コーラの父親は涙をあふれさせて娘を再び抱きしめた。「まったく、なんてばかな子だ。なんでこんなことをしようと思ったんだ？　いったい何を考えていた？」

「だってお父さん、おかしいよ！　皇太子妃は――」

「しーっ」父親は娘を抱く腕にさらに力をこめた。「あまり深く考えすぎないほうがいいときもあるんだ。大きくなれば、わかるようになる。オーリアの暮らしは日の出の池と同じだ。黄金の光を浴びて、水面は穏やかに輝いている。だが、もしそこに石を投げたなら、水面の穏やかさは破られてしまう」

「あたしが、石を投げるのが好きだったら？」

「だめだ。オーリアでは、水に石を投げて遊ぶなんて、だれもやらない」

エロディ

王妃といっしょに歩きながら、この道は城にむかって上っていくのではなく、御影石《みかげ》の地盤のさらに奥深くへ通じているのだとエロディにはわかる。先へ行けば行くほど、灰色の通路がどんどん暗さを増していくのは、壁にしつらえた松明《たいまつ》の間隔が、次第に間遠になっていくせいだ。薄暗がりのなかに、ふたりの影が長く伸びるのを見つめながら、エロディは脇でこぶしを握ってはひらくことを繰りかえして、狭い空間への恐怖を克服しようとしている。角を曲がるたびに、岩壁が自分に迫ってくるような圧迫感を覚え、イノフェの台地で亀裂《きれつ》に閉じこめられた幼い日の記憶がよみがえる。太陽がじりじり照りつけて汗が噴きだし、貴重な水分が体内から奪われていくなか、頭上の空で旋回するノスリだけを友に何時間もひとりで立っていた……。

だめだ、ばかなことを考えるんじゃない。ここが自分の故郷になるなら、こういった地下の道にも慣れなければいけない。そう自分にいいきかせるものの、できればこれを最後に城の地下に潜って巫女《みこ》たちと会うような機会は訪れませんようにと祈ってしまう。少なくとも、自分の子どもが結婚して、王妃としてこの儀式を取り仕切るようになるのはまだずっと先のはずだった。

実際には数分ほどしか経っていないのに、この道はきっと永遠に続くとエロディが思いはじめた頃、前方に鉄の扉が現れた。扉の脇に、上から下まで完全な正装に身を固めた騎士がひとり立っている。狭い通路の終わりにようやくたどり着いたと知って、エロディは安堵のあまり、はしたない声をもらしてしまった。

「陛下、殿下」騎士がいってお辞儀をする。ごく軽い手つきで扉をあけ、冷たい夜気を招じ入れた。「馬車が待っています」

「馬車？」エロディは思わずきいたが、その必要はなかった。外に出たとたん、目の前にとまっている黄金の馬車と鉢合わせした。この国に到着した際、家族とともに波止場から乗せられたものより、ずっと豪華な馬車だった。素材に黄金をつかっただけでは飽きたらず、この馬車はドラゴンの頭部を模していた。ここでも盾《たて》の形のモザイク模様が車体全体を覆っている。ドラゴンの鱗《うろこ》！　あらゆる装飾につかわれていたこのモザイクはすべて、ドラゴンの鱗を表現していたということ？

農業で暮らしを立てる平和な王国に暮らしながら、オーリアの人々はよほどドラゴンが好きと見える。波風の立たない静かな暮らしゆえに、伝説に登場する強大なドラゴンに引かれるということなのだろうか？　戦う機会のない騎士たちには、自分たちが戦士であることを忘れないために、何か力の象徴になるようなものが必要なのかもしれない。

その騎士がいま、少なくとも二ダースはいて、馬の背にまたがって馬車の後ろに控えている。皆緋色と黄金の正装に身を包んでいるが、王族の婚礼に参加した足でそのままここにやってきたことを思えば、なんら不思議はなかった。

それでも、こんな場所にひっそりと集まっているのは少し不自然だ。本来ならだれの目にも見える宮殿の中庭に堂々と立っているはずなのに。

「きみはこのうえなく美しい」そういったのは、馬車から下りてきたヘンリー。「肌の彩色とラベンダー色の衣装がよく似合っている」

夫の笑顔に、エロディのささくれだっていた神経がとろけていく。

「この先に何が待っているのか、興味津々です」エロディはいった。「厳粛な地下の儀式に新しい衣装。そうしていま、騎士に付き添われて黄金の馬車がやってきた。これから新婚旅行に出かけるのですか？」

「いまにわかります」王妃がいった。「ヘンリー、それではまた現地で」

わたしたちの新婚旅行に、どうして王妃がついてくるのだろう？　不可解ながらエロディは、義理の母となった人に膝を曲げて深くお辞儀をした。

ヘンリーがエロディの手を取って馬車に乗せる。豪華な座席には緋色のベルベットが張ってあり、馬車の内壁には金糸で王族の紋章が刺繍《ししゅう》されたパネル飾りがついている。

「あっ、櫛《くし》とネックレス！」エロディの手が喉を押さえた。

「心配いりません」ヘンリーがいった。「宝物庫に安全にしまってありますから」

馬車が動きだし、エロディは窓に顔を押し当てる。

ふいに夜の冷たい闇が馬車を呑みこんだ。道はつづら折り。どうやらハエヴィス山を登っていくらしい。

エロディ

馬車はハエヴィス山の中腹でとまった。御者が扉をあけ、エロディに手を貸して岩の道に下ろす。山の荒れた表面を凍てつく風が鞭打っている。薄地の衣装しかまとっていない身はひとたまりもなく、たちまち骨の芯まで冷えてきた。

「ここはどこですか?」エロディはきいた。

「そのまま先へ。わたしがすぐ後ろについていますから」ヘンリーがいった。

「でも、いったいどこへ行くのです?」

「まっすぐ前へ。山道があります。わたしといっしょにハエヴィス山に登りたいといったのは、あなたではなかったですか?」

どこか、からかうような口調。過去八か月のあいだ、この人から皮肉めいたものはまったく感じられなかったのに。背筋が震えたのは寒さのせいばかりではない。

いや、気のせいだろう。ヘンリーの態度に感じる違和感も、じわじわと忍びよってくる不吉な予感も。そもそも自分はイノフェの熾烈《しれつ》な熱に鍛えられた刃物だ。民のためならなんでも喜んでするとと心を決めている人間が、暗がりのなかを数歩先へ進むぐらいなんだというのか。飢えや喉の渇きに耐えながら、二十年の歳月を生きぬいてきた。先へ進むのがヘンリーの望みなら、叶えてやればいい。彼は単なる夫ではなく、祖国を守るために自分が望んで一生をともにすると決めた伴侶だ。もうイノフェの将来をひとりで背負わなくていい。ふたり力を合わせて、イノフェに与え、オーリアを導いていく。

その決意を胸に、エロディは岩の小道を歩みだした。砂利に足をとられて滑らぬよう、極力注意をしながら。披露宴がはじまってから雲が少しずつ動いて月を隠し、光は乏しいものの、足もとがまったく見えないわけではなかった。しかしこの寒さは尋常ではない。

狭い小道は馬車から下りた地点から登り坂になっているが、それでも五分ほどで、尾根のてっぺんにたどり着いた。

下に目をむけると、狭い峡谷がぽっかり口をあけていた。宮殿から見た山の谷に違いなく、ハエヴィス山の懐に深く切りこんでいる。大鍋から上がる湯気のように霧が立ちのぼっていて、どこまで深いのか底が見えない。

しかしエロディの注意はそれからすぐ、眼下ではなく、険しい峡谷のむこう側に持っていかれた。ずらりと並ぶ人影。皆マントに身をくるみ、黄金の仮面を着け、槍のように長い松明《たいまつ》を掲げている。風にあおられて、不気味にゆらめく火明かり。

はっと息を呑んで、ヘンリーを振りかえる。

彼の目が、松明の炎を反射してぎらぎら光っていた。

一瞬言葉を失った。これと同じ光景を夢で見ている。あのときぞっとしたように、いまも背筋に霜が降りたような戦慄が走っている。

心を落ちつけて、予兆など存在しないのだと自分にいいきかせる。夢が未来を予言するなどというのは迷信に過ぎない。

「これはいったい?」エロディはきいた。

ヘンリーの両手がエロディの腰をがっちり押さえた。勝手はさせないぞと、そういわんばかりの荒っぽい手つき。こんなのは初めてだ。「あなたはオーリアの皇太子妃。その責任において果たすべき、これもあなたの仕事のひとつです」

「仕事をしないとはいっていません」エロディはヘンリーの両手を腰からはがし、さっと脇へ除けた。わたしの王国への誓いが脆弱《ぜいじゃく》なものであると相手は考えた。皇太子妃として最初の夜に、もう怖じ気づいていると、そう思われたのなら心外だ。

ヘンリーの背後にも、マントを着た人間がいつのまにか集まってきていた。黄金の仮面の下にある顔はだれのものともわからない。彼らの後ろに、馬車に付き添ってきた騎士たちが一列に並ぶ。前方にいるすべての人間を柵《さく》で囲うように。

エロディはごくりと唾を飲みこんだ。

「そのまま前方へ」ヘンリーがいった。

「でも、谷が……」

「……橋があるから」マントを着た男のひとりがいった。

この声。エロディは振りかえった。「お父様?」

相手は顔をそむけ、すでに仮面で隠れている顔の上に頭巾《ずきん》を下ろした。

松明の火明かりで、底なしの谷を覆っている霧の奥がわずかに透けて見えた。翼のある爬虫類《はちゅうるい》の彫像。紫がかった灰色の御影《みかげ》石で彫られたそれが、谷底からそびえ立っている。オーリア国に近づいたときに、海のなかからそびえ立っていたものとまったく同じだ。

狭い峡谷のむこう側で、またべつの耳慣れた声が響きわたった。

「国が栄えるには、祈りの供物を捧げねばならぬ」イザベル王妃が高らかに宣言した。王妃も黄金の仮面を着けているが、こちらにはねじれた角が二本生えている。「この神聖な義務を遂行するために、われらが選ばれた。何世代もの昔から、これはわれらの重要な任務であり、重荷でもあった。しかし、すべては民を守るため。この国の豊かさを維持するためには、代償を支払わねばならない」

エロディのとなりで、ヘンリーが叫んだ。「ハエヴィス山が欲している犠牲を、ここに捧げる！」

「命の代わりに命を！」マントに身を包んだ騎士たちが叫ぶ。「炎の代わりに血を！」

エロディの背後に、松明を掲げた男たちが円陣を組んで迫ってくる。その後ろにいる騎士たちも二歩前へ進んだ。エロディはその勢いに押されて、尾根のへりまで追いやられた。目の前に色味の薄い石でできた橋が、霧をつき抜けながら谷を横断している。

パニックが血管内を駆けめぐる。

「彼女に聖餐《せいさん》の小道を歩かせなさい」王妃の声が山の斜面にこだまする。

ああそうか。エロディの全身を安堵が洗う。橋を渡るだけのことだった。これもまたこの国の奇妙な伝統ではあるものの、それぐらいのことならなんとかやり遂げられる。

「松明をひとつ、貸していただけませんか？」ヘンリーに頼む。

「それは儀式に反します」マントを着た男のひとりがざらついた声でいった。

エロディは眉をひそめる。「しかし、橋の中程は霧に隠れていて視界が塞がれています。もし落ちたらどうするのです？」

ヘンリーが手を伸ばしてきてエロディの手を握り、しばらくそのまま放さないでいる。「わが天使。あなたの足は地上には着きません」

風が吹きつけてきて、薄っぺらな衣装の奥にまた入りこんだ。

「ならばせめて、あなたのマントを貸してください」

「皇太子妃、余計な口を挟まぬように。素直に義務を果たせば、すぐに終わります」

船乗りから覚えた悪態を思わず口走ってしまうところを、エロディはなんとかこらえた。こういう場にはふさわしくない。それに、ヘンリーのいうことは正しい。自分はいまや皇太子妃となった身。伝統に従うのは当然だ。しかし彼らにいわれたから唯々諾々と従うのではない。民を導く立場に身を置くと決めた人間には義務があると、理解しているからだ。これは自分で選んだ道なのだ。

おずおずと橋の上に足を踏みだす。幅が狭い上に、石の表面は霜で覆われているから、細心の注意を払って進んでいく。

「まずは右足、そして左足」心のなかで呪文のように唱える。エロディが何か新しいことをはじめようというとき、母がよく暗唱してくれた詩だ。

　大丈夫、何も恐れずに
　まずは右足、そして左足、
　一歩ずつ前へ進んでいけば
　必ずゴールにたどり着く
　大丈夫、安心して前へ

石橋はしばらく下降を続けていたが、やがて目の前に分厚い霧が立ちはだかった。ここを通り抜ければ、橋は下降から上昇へ変わって、王妃たちの立つ谷のむこう岸へと続いているはずだった。そちらにもマントと仮面に身を包んで待機している男たちがいる。彼らの掲げる長い松明の光が、霧を透かしてちらちらと見えていた。

橋の中央に渦巻く霧はエロディが恐れていたほど濃くはなかった。いったんそこへ下りてみると、ちらつく松明の火明かりが霧を晴らしてくれていて、そびえ立つドラゴンの石像ばかりか、谷の内壁にエッチングされた精緻《せいち》な壁画まで見ることができた。

彫られているのは女性たちの像だった。皆エロディがいま着ているのとよく似た、流れるような衣装を着ている。波立つロングヘアーの娘、髪を編んだ娘、お団子にまとめた娘。髪型はさまざまだが、皆一様に頭に丸い輪のティアラを載せている。これは、過去にこの儀式に参加した女性たちへ敬意を表する壁画だろうか？　同じように婚礼の夜にこの橋を渡った、歴代の皇太子妃の肖像かもしれない。

橋の一部に氷が張っていて、そこで足を滑らせた。「きゃっ！」両手両膝をついたまま橋のへりへ滑り、石のドラゴンがあける口のなかへ落ちていきそうになる。

反対へ！　恐怖に論理が打ち勝ち、エロディは滑っていく方向と逆に体重を移動させた。落ちる寸前で、ぎりぎりとまった。

四肢を投げだした格好のまま、凍った石の上ではあはあ息を弾ませる。この姿勢だと、谷の底がまっすぐ見おろせた。

早鐘のように鳴っていた鼓動が少し収まったところで、苦労して立ちあがる。ここからはさらに慎重に、足を置く地点だけに意識を集中し、霧のなかからそびえ立つドラゴンの石像や、岩壁に彫られた女性たちの肖像は見ないようにする。

時間はかかったものの、ようやく橋のいちばん低い位置までたどり着いた。ここから先は登りになっている。霧のなかから外に出て、石橋を登りきったところで、エロディは肺にためていた息を長々と吐きだした。空に感謝。

イザベル王妃が前に進みでてきた。ロドリック王の姿はどこにもない。この寒風のなかに身をさらすことを避けて、宮殿に残っているに違いない。長々と続く仰々しい儀式は体のさわりになるばかりで、いいことは何もないだろう。

「見事に渡ってきましたね」王妃がいった。

「ありがとうございます。しかし、これにどういう意味があるのか、よくわかりません」

「婚礼の儀式であなたとヘンリーの血が混じり合いました」イザベル王妃は答えるものの、エロディの目は見ない。「あなたはいまや王族のひとり。新たな血が、オーリアの歴史に入ってきたのです」

王妃は緋色のベルベットでできたクッションに儀式用のコインを載せてエロディに差しだした。コインはエロディの手のひらほどもある大きなものだった。

どうしたらいいのかわからず、エロディは吹きつける風に震えながら、膝を曲げてうやうやしくお辞儀をし、両手でコインを受け取った。

コインの片面にはティアラを頭に載せた女性三人の肖像があった。裏に返すと、そこにあるのは、鱗《うろこ》ととげのある尾だった。

マント姿の男が王妃に折りたたんだ布を手渡した。王妃はそれを広げると、だれの目にも見えるよう、松明の火明かりにむかって高々と掲げた。

エロディとヘンリーの血の染みがついた婚礼の儀式の布だった。

王妃は布を谷へ投げる。羽根のようにふわふわと落ちていくのではなく、布は闇に吸いこまれるように急降下した。エロディの背筋にまた新たな震えが走る。

「われわれの先祖がオーリアの島の岸にたどり着いたとき」居合わせる全員にきかせるように、王妃が名調子で語りだした。「彼らは疲労と飢えで憔悴《しょうすい》し、新たな未来を築く地盤をその土地に求めた。島には黄金の小麦を実らせる豊かな土壌があり、薬効高い果実ではちきれんばかりの森が広がっている。これこそ、彼らの求めていた救済であり、海を渡る長い旅を乗りきった、その勇敢さに対する報償だった。

しかし、その島にはわれらが勇敢な祖先よりも先に怪物が棲み着いていた。島の天然の恵みは怪物には無用でありながら、放棄しようとはしない。それで王と王妃は、このオーリアで皆が平和に暮らせるように怪物を退治しようと決め、騎士たちを送りだした」

厳しい状況に直面した先祖たちの決断に感謝するように、マントの男たちはそろって低い声をもらした。それと同時に、谷の反対側に立つひとりが馬に乗って谷をまわりこみ、エロディとイザベル王妃が立つ場所目指して走りだした。

「しかし怪物は人間の傲慢《ごうまん》さに激怒」語り続ける王妃の声は風に運ばれて、居合わせた者たちの耳に入り、ひとり残らず話の世界に引きこんでいく。「そうして王と王妃と罪のない三人の娘たちを滅ぼそうと、すみかを飛びだした」

エロディは手にした黄金のコインに目を落とした。片面に彫られているティアラをかぶった三人の娘。その裏に彫られているのが怪物。

イザベル王妃の目がちらっとこちらを見た瞬間、いつも凛《りん》とした王妃の姿勢にかすかなほころびが出たのをエロディは見た。しかしそれも一瞬で、王妃は両のこぶしを固く握りしめて、話を最後まで語る。

「王女は何としてでも民を助けたかった。この新しい楽園をなんとしてでも故郷にしたかった。それでドラゴンの前に身を投げだして慈悲を請うた」

怪物はドラゴン。

エロディの胃が勝手にひっくり返った。どうしてこの王国がドラゴンにこれだけこだわっているのか、ようやくわかった。鱗のモザイク、ドラゴンの紋章、コインに彫られたとげのある尾。それらはすべて、この国の歴史に敬意を表するものだった。

「もし民に手出しをしないと誓うなら、こちらは望むものをなんでも捧げようと、王女は契約を持ちかけた」王妃がこちらをむいて、エロディの目を真正面から見る。「ドラゴンが何より好きなのは、ご存じのように宝です。王にとって、自身の子ども以上に価値ある宝がほかにあるかしら？」

谷のむこう側から馬を駆っていた男が到着した。鞍から滑り下りて、王妃のとなりに立った。ヘンリー。

だが夫となった人は、エロディに言葉をかけることもない。

「そうして契約は結ばれ、王は自分の娘たちをドラゴンに捧げ、それと引き換えに、ドラゴンは王国の平和を守った。しかし、毎年収穫の時期になれば、オーリアはドラゴンとの契約を更新しなければならない。王族の血を引く子を三人捧げて」

「命の代わりに命を！」マントの男たちが声をそろえて唱える。「炎の代わりに血を！」

三つの祈りを捧げる——オーリアに着いた最初の夜、山に松明を持った人の行列を見て、あれは何だったのかと尋ねたところ、ヘンリーはそう答えた。つまりわたしは「祈り」のひとつ。

「まさか」エロディは信じられずに首を横に振った。「ドラゴンの餌食《えじき》にするために、わたしは買われたと？」

言葉はなくとも、王妃の顔に浮かぶ冷酷な表情が、エロディの推測の正しさを教えていた。それでいて、王妃はまなざしで、べつのことも語っている。何世紀にもわたって継承されてきた残酷な儀式の一端を担うことは、悲しく、後悔しきりである。王国を守るために不可避のことゆえ、弁明するつもりはないが、それでも罪悪感は拭えないのだと、瞳がそう語っている。

「光栄だと考えてください」イザベル王妃はいった。「一国を丸ごと守るために自身の身を捧げようというのです。すでにあなたは、イノフェを守るために、同じことを喜んでやっています。この結婚を承諾したことがそうではありませんか？　この儀式はそのさらに上を行くものです」

「お父様！」峡谷のむこう側に立っている頭巾をかぶった人影に、エロディは叫んだ。黄金の仮面をつけていようと、まちがえるはずはなかった。「このことを知っていたの？」

父親は面目ないというように、うなだれるだけだった。

信じられない。宮殿で豪華にもてなし、塔の部屋に贅沢《ぜいたく》なプレゼントをいくつも用意し、至福の結婚式を開催した。それなのにどうして？

いや、不思議はない。この瞬間に至るまでになされたことはすべて、食用にするガチョウをできる限り太らせるためだった。わたしはガチョウだ。

「イノフェを救うためなら、わたしはなんでもする気でいた！」エロディは父親と峡谷を囲むすべての人間にむかっていい放った。「けれど、同国の人間の命を奪うなんてことは絶対にしない」

エロディはイザベル王妃にむきなおった。「わたしはそう易々《やすやす》と死に屈しません」

「屈したほうが楽ですよ」急に優しい声になって王妃はいった。ヘンリーを一瞥《いちべつ》して、王妃は黙って歩み去る。

「すまない」ヘンリーはいって、エロディのくちびるに乱暴にキスをした。

彼のくちびるに気を取られて混乱しているうちに、エロディはヘンリーの肩にさっとかつがれた。まったくの不意打ちに、抵抗する暇もなかった。ヘンリーはエロディをかついで一目散に橋を駆けおりていく。

「ヘンリー、いったい――?」

最後までいい終わらないうちに、エロディはヘンリーの肩から放り投げられ、闇のなかへ落ちていった。心臓が喉に迫りあがる。先に投げられた結婚式の布のように、エロディの体は谷底へ急降下していく。

落ちて
落ちて
落ちて……。

エロディ

谷底に体が激突して、一度、二度、三度弾んだ。投げすてられた人形のように、四肢をバラバラに投げだして、ぐにゃりと崩れている。落下時に岩や樹木の根にこすられて、全身傷だらけだった。最後は地面の上を滑った気がするが、果たして生きているのか死んでいるのか、それさえわからない。ハエヴィス山に反響する自分の悲鳴がいまもきこえているのに耐えられず、エロディはボールのように身を丸めた。そうすればこの悲鳴も、オーリアに裏切られた記憶も消えてなくなるというように。

「どうしてこんなことができるの？」うめき声のように口からもれた疑問。オーリアの王族にだけでなく、父にもききたい。いや、何よりも自分にききたい。見知らぬ人間とあっさり結婚して、すべてがうまくいくと考え、幸せが未来永劫続くと思っていた。どうしてそこまで、おめでたい考え方ができたのか。

挙げ句の果てに、橋から投げおとされ、死ぬに任せられた。

えっ、ちょっと待って。エロディは丸めていた体をゆっくり伸ばし、上体を起こした。死んでいない。どうして生き残れたのだろう？　橋も霧も、ずっと高いところにあって、ここからは見えないというのに。

ふと目を落とすと、地面はふかふかした分厚い苔《こけ》に覆われていた。手で押してみると、腕まで沈んだ。それでもまだ底に手がつかない。このスポンジみたいな苔が、落ちたときの衝撃を和らげてくれたのだろう。

空に感謝！

いけない。これはヘンリーが口にした言葉。オーリア独特のいいまわしだ。使いたくない。両手両膝をついて四つん這いになる。ここにこういう苔があることを王妃とヘンリーは知っていたのだろうか？　お父様も？　きっとみんな、わたしを死なせる気はなかったのかもしれない。

なんだ、そうだったのか。真実がわかってエロディはほっとため息をつく。もちろん、死なせるわけがない。ドラゴンなど存在しないのだから。神話や伝説に登場する生き物が現実に生きているなどと、一瞬でも考えた自分にあきれてしまう。あの仮面と頭巾《ずきん》に身を包んだぞっとする集団がいけないのだ。彼ら立ち会いのもとで行われた謎めいた儀式。あの雰囲気に完全に呑まれて弱気になった。それで信じてしまったのだろう。

「イザベル王妃は、オーリアの伝統は異様に見えるかもしれないと、最初にわたしに警告していたじゃない」エロディは自分にいいきかせながら、腕についた苔を払いおとした。

しかしなんだって山のなかに入って、こんな儀式を最後までやり遂げないといけないのだろう？

ひょっとしたら、通過儀礼のようなものなのかもしれない。試されたのだ。フロリアとよく子どものときに遊んだゲームがあった。ひとりが腕を広げて立っていて、もうひとりは相手に背をむけたまま後ろに倒れて、相手に抱きとめてもらう。どれだけ信頼しているか、それでわかる。

試されるのは信頼。

エロディは顔をしかめた。王妃を信頼しなかった。だからわたしは皇太子妃としての最初の儀式で落第となったのかもしれない。けれど、合格するにはどうしたらよかった？　はい、陛下、わたしは喜んで放り投げられましょう。どこかわからない深みに落ちて、飢えた獣の口のなかに収まりましょう。そういって、オーリアの王族に絶対の信頼を置いていることを示さなくてはならなかったのだろうか？

深いため息をついて立ちあがった。

と、膝ががくんとなって、苔の上に倒れた。全身のあらゆる部分が震えている。体がまだ脳に追いついていないのか。それとも、脳が大丈夫だといっているのに、体が納得していないのか。とにかく、もう少し体がしっかりしないと、立ってもまたすぐ倒れてしまう。

エロディは岩壁のひとつに這って近づいていき、それを支えに立ちあがった。

「ねえ？　だれか上にいる？　もうあげてもらって大丈夫よ！」

答えはない。

「お父様？　ヘンリー？　だれか？」

無反応。

脈拍がまた速くなった。

大丈夫だと自分を落ちつかせる。これはテスト。じきにだれかが来る。お父様がやってくる。こんなところに人を置きざりにするわけがない。

頭上からは、なんの物音もしない。騎士たちが下に落ちた皇太子妃を引っぱりあげようと、準備をしている気配もない。下に投げるためのロープをほどく音もしない。

しかし、それから音がきこえた。馬のいななき。地面を蹴るひづめの音。

走りさっていく。

えっ？　嘘でしょ！

「もどってきて！」エロディは叫んだ。もう恥も外聞もない。「こんなところに置きざりにしないで！　助けて！　だれか助けて！」

岩壁を登ろうとするものの、コルセットの硬い骨が邪魔をする。この仕掛けは女性を美しく見せて優雅なワルツを踊るためにつくられたもので、険しい岩登りにはまったくむかない。

「ああっ、もう！」いらだって衣装につかみかかり、ボディスをゆるめる。宝石のついた薄い布地の層の下に指を突っこんでコルセットをつかんだ。「はずれて！　はずれてよ！」背中の紐を引っぱりながら、上体をめちゃくちゃに動かして、鯨骨《げいこつ》の牢獄からなんとか脱出しようとする。

ようやく紐が緩むと、身をくねらせてコルセットから抜けでた。すかさずボディスをきちんと締めるものの、ラベンダー色のスカートの奥が透けて丸見えだ。しかしこの際、そんなことは気にしていられない。楽に息をして動けることが、いまは最優先だ。そもそもここには、恥ずかしい格好を見て、後ろ指をさすような他人はいない。

頭上の霧が動いた。おぼろな月明かりが差しこんできて、数メートル先の岩壁を一瞬照らした。岩の表面に彫られた精緻《せいち》なVの文字。思わず息を呑んだ。V字形をつなげた砂時計。こちらのVは両端がわずかにカールし、下降して合致する中央部分が矢印の先のように鋭く、ユリの花を側面から見た輪郭《りんかく》のようだった。「なぜここに、こんなものが?」

しかしそれからまた霧が動いて、その部分の岩壁を隠してしまった。しばらくして、今度は月光とはまた違う温かな色味の光が、むこう側の岩壁でちらついた。そこから奥へ、隧道《すいどう》のようなものが続いている。

松明《たいまつ》の火明かりのようだが、喜んでそこへ入っていく気にはなれない。

ひょっとして、ヘンリーと騎士たちが救出にやってきたのだろうか。そうか、わかった。橋の上から引っぱりあげるのは難しいからだ。そもそもむこうは、わたしがロープを登るのが得意だということを知らない。女性がだれでも習得している技術ではないのだ。だから、この地点と同じ高さにある山の入り口から救出にやってきた。

その考えに力を得て、思いきって隧道をくぐってみた。あの光をたどっていけば、こちらへむかっている騎士団と途中で落ち合える。そうすれば、この厳しい試練をずっと早くに終わらせることができる。

光が弱くなった。隧道は広いものの、くねくねと曲がっている。片手を岩壁につねにつけて置いて、前方を手探りしながらゆっくり進んでいく。曲がり角を記憶に留めておくのが習慣のようになっているのは、いつもフロリアに迷路をつくってやっていたからだ。

「ひっ！」隧道の壁から、あわてて指を離した。熱い蒸気で火傷《やけど》をしそうだった。「な、なんなの……？」もう一度そのあたりに身を乗りだすものの、近づきすぎないように注意をする。

シューッと湿った熱気が岩壁の亀裂《きれつ》から噴きだしていた。

ドラゴン？

しかし、それは単なる熱気の吹き出し口だった。あの迷信に染まった収穫期の儀式に、まだとらわれている自分にあきれた。

これにはちゃんと理由づけができる。ハエヴィス山は大昔活火山だったという。これはその名残なのだろう。

光源の光がわずかに強くなったのを見て、エロディは足を速めた。

数分もすると隧道の幅がぐっと広くなり、次の瞬間、目の前が一気にひらけて、暗いながらも広大とわかる空間が現れた。

この音。何かが這いずるような音が山じゅうに反響している。

エロディは凍りついた。

「ねえ、だれなの？」そっとささやいてみるものの、この音を出している者の注意を引きたいのかどうか、自分でもよくわからない。鎧《よろい》に身を包んだ騎士たちの立てる物音とは明らかに違う。

まさかそんな……。

「Vo drae oniserru rokzif Mirvu rokzif」低くかすれた声がいった。炎が熱くなりすぎたときに炭が発する音のようだった。

エロディは目を大きく見ひらいて、隧道のほうへ数歩下がった。岩に背を押しつけて、ゆっくり、そうっと動く。恐ろしくてたまらない。何しろ相手はこちらの問いかけに答えたのだ。会話が成立した。しかし相手が話しているのはエロディの知らない言語だった。

ドラゴンは架空の生き物なのだと自分にいいきかせる。

そのままじっと息をひそめ、少しも動かないでいる。

すると、何事もなかったようにしんと静まった。一瞬われを忘れただけなのか。極度の疲労が、ありもしない幻聴を引きおこしたのかもしれない。それでも不安は消えず、もうしばらくそこにとどまって、じっと耳を澄ましている。

前方でまぶしい光がゆらめいた。オレンジ色。さっきまでは黄色だったのに。意を決して、隧道の出口まで近づいていき、そこから広い空間を覗いた。

空中を上下しながら浮遊する火の玉。その火明かりに、濡れた大洞窟の内部が浮かびあがった。灰色の鋭い歯さながらに天井からいくつも伸びる鍾乳石《しょうにゅうせき》が、地面からギザギザと立ちあがる石筍《せきじゅん》といっしょに、巨大な口腔《こうくう》をつくっているようだった。

次の瞬間、火の玉は地面に激突し、ピィーーーッと悲しげな鳴き声をもらした。

鳥だ！　火に巻かれた哀れな鳥にエロディは駆けよっていく。

セスジツバメの翼で、炎が踊っていた。何か火を消すものはないか、必死にあたりを探す。自分の衣装に目がとまり、これだと思って、となりの地面につっぷし、スカートで鳥の体をくるんだ。

酸素がなくなって、火は数秒後に消えた。スカートのなかから小さなツバメを取りだす。手遅れだった。膝に載せても、ツバメの体はぐったりして動かない。

「いったい、何があったの？」

もう一羽、飛びこんできた！　こちらも火に巻かれながら洞窟内をパタパタ飛んでいる。エロディはごくりと唾を呑んだ。救えなかった最初の鳥を地面に寝かせると、手に茶色い粘液がくっついてきた。同じものがツバメの翼全体を覆っている。両手を服で拭ってから、もう一羽の鳥を見にいこうと立ちあがった。

「どうしてこんなことに？　いったい何が起きているの？」

そちらのツバメは痛みに悲鳴をあげながら、体を斜めにかたむけて洞窟内を滑空し、それに呼応するように、またどこかから新たな鳴き声が響いた。鳥の翼を焼く、ひときわまぶしい炎の光が、ここで初めて、洞窟の内壁にずらりと並ぶツバメの巣を浮かびあがらせた。木の枝ではなく、泥と唾液でつくられた巣で、そのひとつひとつに小さなひな鳥たちが収まっていた。それがいま、恐怖に脅えていっせいにキーキー鳴いている。

隧道の出口を大きな影が塞いだ。あそこから二羽目のツバメが飛びだしてきたのだった。すると、何か激しい、それでいてリズミカルな音が、洞窟全体を震動させているのにエロディは気づいた。

これは何？　どこかなじみのあるような、いや、こんな激しい音はきいたことがない。この震動。なんの音だかわからないけれど、はっきりそれとわかるほどに大量の空気を動かしている。そうだとすると、音の主は尋常の大きさではないだろう。異様な音と震動に波長をそろえるように、エロディの心臓が激しく鼓動する。

まるで……。

まるで何？

「はばたき！」叫んだとたん、燃えるツバメの群れが爆発するように洞窟内へ飛びこんできた。エロディの目の前を過ぎ、ぐるっと旋回し、上下に移動し、石筍に体当たりする。痛みと恐怖に悲鳴をあげながら、流れ星の大群が一挙に落ちてきたようだった。一羽がなんとか巣に行きついたものの、断末魔の苦しみに方向感覚を失って、泣き叫ぶひな鳥に激突し、巣が爆竹のように弾けて羽根と灰が飛び散った。

エロディはその場に凍りつき、恐怖に口をあんぐりあけて、周囲で繰りひろげられている炎の大虐殺を見ている。

そしてまた……這いずるような音。最初に耳にしたときよりも、ずっと大きく、近い。御影《みかげ》石の上を皮がずるずる滑っていくような音。

かろうじて生きのびたツバメたちは甲高い悲鳴をあげながら洞窟から逃げだし、エロディをここまで導いてきた狭い隧道に飛びこんだ。洞窟内に闇が下りる。唯一の明かりは、石筍のあいだに転がっているツバメの死体であがる炎だけ。

見えないが、感じられる。燃える鳥たちによって、オーリアの騎士団が救出にやってくるという希望は完全に打ちくだかれ、何がこの音を発しているにせよ、それは怪物であると確信した。

這いずる音がどんどん近くなり、洞窟がかっと熱を持ちはじめた。まるで岩壁のありとあらゆる亀裂から、熱い蒸気がいっせいに放出されたかのようだった。それでもエロディは全身をわなわなと震わせている。石筍の陰に身を小さくしてしゃがみ、どうか気づかれずに通り過ぎてくれますようにと祈っている。

そして怪物は、この音が想像させるほど巨大ではありませんように。

これだけ大きくきこえるのは洞窟内で反響しているからで……。

鱗《うろこ》が石にこすれる音。

左。いや、右からもきこえる。

まさか、わたしのまわりを取りまいている?

エロディは石筍にしがみついた。と、死んだツバメから消えゆく火が、さっきまでそこになかった、べつの石筍を浮かびあがらせた。

石筍が動いた。

しっぽだ!

エロディはしがみついている石筍をするする登る。イノフェで木や岩に登った経験を生かすのだ。登ってどこへ行くという当てもない。とにかく地面から離れて、怪物から遠ざかるのが先決だ。

「お願い、来ないで」哀れっぽい声をもらしながら、岩のてっぺんまで上がった。しっぽの先だけでも、エロディの体より大きい。全面硬い鱗に覆われて、短く鋭い鰭《ひれ》が、鎚矛《つちほこ》のように飛びだしている。

闇を切り裂いたかのように、紫の巨大な眼がぱちっとひらいた。爬虫類《はちゅうるい》独特の縦長の虹彩《こうさい》は金色。生き物を捕って食らう捕食者の眼で、エロディをまじまじと見ている。

「Dev errai?」灰のようにざらついた声が響いた。

「な、なんなの」エロディは泣きそうになる。

眼が閉じられると同時に、再び闇のなかに突き落とされた。しばらくして、その眼がまたひらいた。今度はさっきとは違う場所。ずるずるずるずると鱗が岩にこすれる音がずっとしている。

「Ni fama. Dikorr ni fama」

「何をいってるのか、わからない！　何が望みなの？」

「何が望みなの？」エロディの口調を真似て、相手がからかうようにいった。

「わたしのいうことがわかっている」エロディは息を呑み、一瞬恐怖を忘れた。

「Ed. zedrae」

「あなたはだれ？」

「Khaevis」

エロディは相手の発音を真似して口に出してみる。やはり知らない言葉だった。

答えが返ってこないのにいらだって、相手がまた同じことをいった。巨大な紫の眼は、またべつの場所に移動していた。さっきよりさらに近づいている。

「わたしは、ハエヴィス……ドラゴンだ」

「ドラゴン」エロディはささやいた。本物だった。お話の世界だけじゃなかった。オーリアの王族は本気でこの怪物にわたしを食わせるつもりだったのだ。どうして、どうして、どうして。

煙臭い息の臭いがする。いがらっぽい空気が喉の奥を刺激している。あのツバメたちを焼き殺したのはドラゴンだった。わたしを狙って、洞窟のまわりをぐるぐる巡っていた。

「何が望み?」きかなくてもわかっている。わたしを腹に収めたいのだ。

「Dek vorrai」

「何が望みなの?」精一杯虚勢を張ってエロディは怒鳴った。本当は恐ろしくてたまらない。

「だからいっている。Zedrae. Dek vorrai. 何が望みなの?」

エロディは眉をひそめた。何なの、これは? どうしてわたしの言葉を繰りかえしているの? ドラゴンはこうやって会話をするのだろうか?

ひょっとして……人間相手にしゃべるのに慣れていないから、自分で翻訳するプロセスが必要だってこと?

それならうなずける。こんな山のなかにいては、しゃべる機会はほとんどない。

わかった。ハエヴィス山というのは、ドラゴンの山という意味なのだ。

結婚式で胃のなかに入れた食べ物が逆流しそうになる。

「Vorra kho tke raz. Vorra kho tke trivi. Kho rykae」ドラゴンがいう。「Vis kir vis. Sanae kir res」

何をいっているのか、さっぱりわからない。一方通行の会話をじっと我慢してきいて、むこうの出方を待っているなんてできない。相手にしゃべらせておいて、エロディは石筍《せきじゅん》から滑り下りた。

むこうはきっと、話をするのに気を取られている。そう願って、隧道《すいどう》の方へそうっと歩いていく。

「闇のなかでも、おまえが見える」ドラゴンがいい、次の瞬間エロディの右側に、紫と金の片目がぱちっとひらいた。

エロディは悲鳴をあげて、べつの石筍に登って逃げる。そんなことをしても、むこうが襲いかかる気になれば、ひとたまりもないとわかっている。

ドラゴンが深々と息を吸った。「おまえの血は美味そうな匂いがする。プリンセスの血。強い効能を持つ血」

息がすぐ近くに感じられる。高熱をはらんだ息のなかにつんとする硫黄《いおう》臭がある。

両眼が大きくひらき、禍々《まがまが》しい紫の瞳がエロディの顔をまっすぐ見つめてきた。

「あっ！」

これだけ近いと、鎧《よろい》のようにすきまなく並ぶ鱗《うろこ》の一枚一枚がはっきり見える。オーリアの宮殿のどこでも見かけたモザイク模様と同じだが、ドラゴンの鱗は黄金ではなく濃い灰色だった。ずらりと並ぶ歯はどれもエロディの腕ほどもあり、刃物のように鋭い。先が三つに分かれた舌をチロチロと出し入れして、まるで獲物から漂う匂いをかいで、口のなかに入れたときの味を想像しているようだ。

「約束のものをいただく」かすれた声でドラゴンがいった。「Vis kir vis. Sanae kir res. 命の代わりに命を。炎の代わりに血を」

「ドラゴンはお話の世界にしかいないものだと思っていた」エロディはささやくようにいった。「Erra terin u farris. わたしが話の結末だ」

「お願い……」

「強い zedrae の血は最も強力な効能を持つ血…… zedrae、さればおまえの強さを見せてみよ……走れ」

ドラゴンがかっと口をあけてあごを持ちあげた瞬間、炎が奔流《ほんりゅう》のように噴射された。火明かりに、地獄の門と化した洞窟とドラゴンの姿がくっきり浮かびあがる。振りあおぐエロディの目に、それは想像を超える大きさを見せつけた。翼は船の帆のように巨大で、たくましいあごにぎっしり並んだ鋭い歯はどれも剣ほどの長さがある。エロディは金切り声をあげ、隧道目指して脱兎《だっと》のごとく駆けだした。

足の下で、羽根や骨が次々と潰れて嫌な音をたてる。洞窟から逃げきれなかったツバメたちの燃え殻だ。一刻も早く逃げることだけを考えてスピードを緩めないから、曲がり角に出るたびに岩壁に叩きつけられる。

ドラゴンが声をあげて笑う。「ここがいちばんのお楽しみだ」

ドラゴンがまた火を噴いた。炎が隧道内に長く伸びて、エロディの靴のかかとを舐める。エロディは悲鳴をあげ、なお一層足を速める。岩に腕をぶつけ、とがった石で膝をすりむくものの、決してとまらない。

皮が滑る音が追いかけてくる。その気になればドラゴンは一瞬のうちに獲物をとらえることができるのに、あえて時間をかけている。獲物が恐怖に駆られるのを楽しみ、獲物の肌から湧きあがるアドレナリンの匂いを味わっているのだ。

勢いよく隧道を飛びだしたら、一面苔《こけ》に覆われた場所に出た。峡谷へ投げこまれたときに着地したところだ。ふいにそこが円形競技場のように思えてくる。戦争捕虜が、ライオンやトラと戦わされて八つ裂きにされるのを観客が楽しみ、拍手を贈る。この場所はひらけすぎている。ドラゴンが襲いかかるには格好の場所。一瞬のうちに丸呑みにされるだろう。

頭上の霧はここに投げおとされたときから少しずつ晴れていたらしく、いまは月光が峡谷を煌々と照らしている。それで見えた。むこう側の岩壁の、橋のかかっている下あたりに、またべつの洞窟が口をあけている。

「Zedrae……プリンセス」ドラゴンの声が隧道内に響きわたってエロディのいるところまでとどいた。煙が巻きひげのように体をくるむ。

エロディはべつの洞窟の入り口へ走った。

ところが、落下時には首を折らぬよう助けてくれたスポンジ状の苔が、いまはスピードを出す妨げになって、緑の流砂のように足が沈んでいく。一度倒れて、あわてて起きあがり、また倒れる。靴を苔に取られ、奥深くに沈んでしまった。こうなると這っていった方が速い。と、そこでまたドラゴンの声がしてぞっとする。エロディがたったいま出てきた隧道の口でからかうようにドラゴンがいう。

「Fy kosirrai. ようやくわかったようだな」

「何もわかってなんかない！」エロディは怒鳴り、何がなんでも先へ進むと心を決めて、四つん這いになって這いずっていく。あと十メートルほどで沼地のような苔から逃れられる。あともう少しで堅い岩の地面にもどれる。

「Errai khosif, dekris ae. Nydrae kuirrukud kir ni, dekris ae. Errai kholas」そういったあとで、相手が理解できないと気づいたのか、ドラゴンがいい直す。「おまえはここで、ひとりだ。ここにはだれも助けに来ない。おまえはわたしのもの」

「自分で身を守れるなら、そうはならない」エロディは苔の生えた地面のへりまで来ると、そこからジャンプして、靴を履《は》いているほうの足で着地すると同時に、洞窟の入り口へひた走る。

ドラゴンが弾むようにしてあとを追いかけてくる。巨大な翼が風をつかんでヒューと音をたて、後ろから飛びかかってくるとわかった。かぎ爪のひとつで右の脛《すね》をひっかかれた。

エロディは悲鳴をあげた。しかし洞窟の入り口はもう目の前。あとほんの一メートルほど。小さな洞窟で、子どもの頃にかくれんぼをして遊んだときに、フロリアが好んで隠れるような場所。エロディが大嫌いな狭い空間だった。

　胃がとんぼ返りをする。お願い、こういう狭いところだけは……。

　けれど、それだけ狭ければ、ドラゴンは入れない。

　エロディは飛びこんだ。

　天井が低く、背を丸めた格好で走らないといけない。脚から血を流しながらも、できる限り速く走る。どこへ続いているのかわからないけれど、怪物の夕食にならずにすむのなら、どこでもかまわない。

　ドラゴンが咆哮《ほうこう》をあげた。体はなかに入れないが、炎の行き先に制限はない。狭い入り口から噴出した炎が、エロディのすぐ後ろまで迫って、スカートの裾に火がついた。すかさず叩いて消そうとするものの、スカートに付着していた茶色い粘液に炎がふれたとたん、爆発したように火勢が強くなった。瀕死のツバメの残した粘液が火に油を注いだのか。

　悲鳴をあげて地面に倒れ、岩に体を叩きつける。転げながら火を消そうとするものの、炎が脚や腕の皮膚を焼き、とがった石が肉に食いこみ、傷口が砂利にこすれる。

　体が火に巻かれている。いや、火に巻かれた上に、どこにも逃げ場のない狭い空間に閉じこめられている。身を焼かれて窒息する。ああ、苦しい、息ができない、息が――。

　七転八倒の末にようやく火が消え、洞窟内に煙が充満した。灰で喉が詰まるところへ、閉所にいる恐怖が追いうちをかけて、満足に呼吸ができない。

　落ちつかなきゃだめだと、エロディは自分にいいきかせる。涙と鼻水がとめどなく顔を流れていく。狭さを意識するな。ここは広々とした屋外であって、こんなに暗いのは、夜空が雲に覆われているせいだと、そう思いこむのだ。

思えない！

恐怖が胃をつかんで、ぎゅっと絞りあげる。

おい、目を覚ませ！　ドラゴンに追いかけられているというのに、狭さに脅えるなんて！

エロディは自分の頬に力一杯平手打ちを食らわせた。

頑張って立ちあがり、また走りだす。いつのまにかドラゴンは静かになっていたが、安心はできない。いまにまた炎の柱を発射するかもしれないのだ。

両手を大きく振って全力で走る。狭い通路の角を曲がるたびに、その場所を記憶にとどめておこうとするものの、恐怖に曇る頭は、四つも角を曲がると、もうさっき覚えた角は忘れている。

そんなことを覚えていても、どうせそれを活用するまで生きてはいられない。頭のなかで暗い声が響く。

しかし生き残りたいという人間の本能には、論理など通用しない。それだから自分はこうして動き続けている。とうとう隧道が広がって、また新たな洞窟が眼下に見えた。落差が二メートル近くあったが、飛びおりて、そこへ入っていく。着地した瞬間、足首をくじいたような感覚があったが、まっすぐ立てる空間にいることがうれしくてたまらない。もう迫ってくる壁は――。

「Resorrad kho adroka a ni sanae」

数メートル先で紫の眼がひらき、エロディは危うく悲鳴をもらすところだった。

ドラゴンにこちらの姿は見えていない。きっとここに出てくるとわかって、待ちかまえていたのだ。

オーリア国に着いてすぐ、馬車の窓から見た、ふわふわした子羊たちの無垢《むく》な姿が頭をよぎった。わたしはいま、ヒツジのように追われている。この洞窟の出入り口は二箇所しかない。自分がここに入るときに通った口と、ドラゴンがいま塞いでいる口。

この洞窟の地形はしかし、最初に入った洞窟と似ている。鍾乳《しょうにゅう》石《せき》や石筍がぎっしり伸びていて、壁にいくつか、長い亀裂《きれつ》が入っている。ということは、少なくとも身を隠して、わずかでも時間を稼げるということだ。

と、そこでエロディの目が、地面に転がる割れた頭蓋骨に吸い寄せられた。ひとつはあごの半分が失われていて、もうひとつは眼窩《がんか》がひとつしか残っていない。三つ目は頭の上半分が潰れている。見れば洞窟の地面のあちこちに焦げた骨が落ちていて、壁には焼け焦げて灰になった部分がある。

なかでも最悪なのはティアラを見てしまったことだ。自分が着けているのとまったく同じティアラが、ドラゴンがいた場所からそう遠くないところに転がっていた。青いリボンで結ばれたプラチナ色の髪がいく筋か、まだからみついている。

これは、これは、べつの塔にいた、あの女性のもの？

エロディが着ているのと同じラベンダー色の衣装の切れ端。ドラゴンがそれを鼻でくんくんかいでいる。まるで匂いを楽しむように。

血の染みには、死んだ女性の匂いがまだついているのだろうか。乾いてしまった血であっても、そこからドラゴンは女性の恐怖をかぎとることができるのだろうか。

エロディは、自分の衣装の、すでに糸でぶら下がっているだけの端切れを破りとった。ドラゴンがプリンセスの血をそれほど好むなら、これをつかってドラゴンの気をそらすことができるだろう。

かぎ爪でひっかかれてできた脛の傷口に端切れをこすりつける。痛みに顔をゆがませながら、血をもっと絞りだす。血でぐっしょり汚したかった。

壁に入ったいくつかの亀裂に目を走らせ、隠れるのにいちばんいいものを探す。体を斜にすれば、かろうじて滑りこめそうなものがあった。これが成功したら、あそこへ走って逃げよう。そんな暇もないままにドラゴンの火で丸焼きにされるかもしれない。けれど、むこうは狩りを楽しんでいるようだ。ドラゴンは死んだ獲物より、新鮮な血を好む生き物でありますように。とりあえず、いまはそうであってほしい。

できるだけ静かに、血を染みこませた布を手のひらほどの大きさの石に巻きつけていく。そうして、右手方向にある石筍の群れのなかにとどくよう、えいっと放り投げた。

音に反応してドラゴンが動いた。エロディは左手にある亀裂を目指して走る。脚が痛くてスピードを出せない。やっぱりあのとき捻挫《ねんざ》したんだ。亀裂にたどり着き、そこへ身を滑りこませた瞬間、ドラゴンが石筍の群れにたどり着き、獲物に騙《だま》されたことに気づいた。

獲物はどこだと、ドラゴンが身を回転させて探す。

「Syrrif drae. 賢い者」ドラゴンが血まみれの布きれを鼻に当てて深々と息を吸った。まるで上等なワインの香りをかいでいるかのようだった。「Syne nysavarrud ni. 残念だが、知恵だけでは生き残れない」

エロディはまだじっとして、できるだけ音をたてないようにしている。ここまで狭い場所に入るのは生まれて初めてで、心臓が喉もとまで迫りあがっている。

布きれに染みこんだ血の匂いがドラゴンの気をそらして、その血を流した人間の匂いには気づかないよう祈るばかりだ。

ドラゴンが口をあけて火を吐いた。噴流のような炎に洗われて、湾曲した壁が真っ赤に灼熱する。焼きごてのような岩に肌を焼かれて、エロディは金切り声をあげた。熱から逃れるために、亀裂のさらに奥へ体を押しこんでいく。冷えた岩を求める一心で、閉所への恐怖は忘れた。

「Kuirr, zedrae ……」

エロディは息を詰め、涙をこらえた。

「出てこい、プリンセス」

だれが出ていくものか。

代わりにエロディは火傷した彫像となって身を固くし、洞窟内でドラゴンの立てる物音に耳を澄ます。岩を滑る音、ため息をつく音、三つ股の舌をひらめかす音。どれひとつきき逃さない。ここが最後の休息所になるかもしれないと思うと、狭い場所に閉じこめられている恐怖も手伝って、あらゆる音が実際以上に大きくきこえる。

相手は何時間でもそこにいて、もう去っただろうとエロディが安心するのを待っている。いまに隠れ場所から滑りでてきて、あけた口のなかに収まることを期待して。

期待どおりにはいかせない。

傷の痛みと、閉所の恐怖で、もう半ば死んだ状態になった頃、ドラゴンが笑い声を響かせて、煙臭い息が洞窟に充満した。「Zedrae、死なずにすんでよかったな。ひとまず、いまのところは」

皮膚を覆う鱗で岩をこすりながら、ドラゴンが洞窟から出ていくのがわかる。

エロディは大きく息を吐いた。

いなくなった。とりあえずいまは。目をつぶり、両のこぶしを握る。どうかこれは現実ではなく、すべて夢のなかの出来事でありますように。きっとまもなく目が覚めて、フロリアが自分の寝台の上でぽんぽん跳ねているのが目に入るだろう。ふたりはイノフェにいて、オーリアやヘンリー王子の名前などきいたこともない。

けれど目をあけてみると、エロディはまだ、あり得ないほど狭い岩の亀裂のなかにいた。

それで、さめざめと泣きだした。

フロリア

フロリアは塔の自室でくるくる踊っている。披露宴は終わったものの、まだリュートやトランペットの音が耳の奥で鳴っていて、口中には舌を楽しませた、ありとあらゆる甘味と風味が記憶されている。夢のような男性といっしょに立つ姉が、どれだけ美しく、どれだけ幸せそうだったか、いまでもはっきり思いだすことができる。

いや、ヘンリーは、姉にとっては夢のような男性ではない。ハンサムで裕福で魅力的というのはフロリアが夢見る男性だった。もしエロディが自分で結婚相手を選ぶとしたら、きっと学者肌の男だろう。愛の手紙ではなく、頭を絞らないと解けない謎のようなものを送ってくる。結婚したらふたりで世界各地の図書館を訪ねてまわり、残りの人生を絶海の孤島にある王国でひっそり暮らすことは選ばないだろう。

けれどもエロディはきっと幸せになると、フロリアにはわかる。姉はいつだって変化する状況に自在に適応できるからだ。母が亡くなったあとは、自ら進んで市場に買い物に出て、料理をし、家事を切り盛りし、フロリアを寝台に寝かしつけ、お休み前のお話代わりに叙事詩を暗唱してくれた。姉がひとり静かに母の死を悲しんでいたのは知っている。それでもやるべきことにつねに注意を怠《おこた》らず、苦もなくなんでもこなした。公国の税収を計算しつつ、フロリアに算術を教えて古代の哲学者の思想を読んできかせる。それだから、しまいにフロリアの家庭教師もお払い箱にすることができて、家計は大いに助かった。

そうしてその家庭教師が継母《ままはは》になった。ルシンダ・ホール先生は父と結婚してレディ・ベイフォードになったのだ。

しかしフロリアは継母のことをすぐに頭から払いのけた。いまは姉の結婚のことを考えたい。エロディはきっと幸せになる。このうえなく幸せに。これほどの好条件で結婚して、幸せにならない人間がいるわけがない。ありったけのほめ言葉と、花と、美しい衣装をヘンリーは姉の身に雨のように降らせた。フロリアは寝台にぽんと身を投げて、ため息をついた。

皇太子妃としての最初の夜を、エルはどんなふうに過ごしているのかな。

またべつの「オーリアの伝統的な婚礼儀式」だといって、王妃はエロディを連れ去った。きっとあのティアラに似合うように、もっとたくさんの宝石を授与する儀式かもしれない。王族の指輪？　それとも笏《しゃく》？

あるいは、王妃が皇太子妃に授けるのは、知恵の言葉かもしれない。お母様が亡くなったあと、エルがお父様の金銭管理を引き受けることになったように、この王国を統治するのに知っておくべきことがあるのかもしれない。

どんな儀式であったにせよ、姉は披露宴のあと、もどってはこなかった。ヘンリーも姿を消していた。

ふいにフロリアの顔が紅潮した。まだ十三歳だけれど、エロディが婚約したと父からきかされたあと、イノフェで暮らす年上の女の子たちが結婚式の夜に男と女がどんなことをするのか話をしてくすくす笑っているのをきいてしまった……。

「いやだ」フロリアは顔をしかめ、激しく首を振った。そうすることで、姉とヘンリーがいま何をしているのか、想像を振りはらおうとでもいうように。頭のなかをすっきりさせようと、フロリアは寝台から飛びおりた。鏡の前に立って、改めて自分の着ているドレスをうっとりと見つめる。お針子たちが自由にしていいとデザインを任せてくれた。ただし花嫁の婚礼衣装をしのぐことのないようにと、それだけは厳命された。花束とキンポウゲの花とチョウチョウの繊細《せんさい》な刺繍《ししゅう》が、スカート部分を点々と飾っていて、まるで春になって息を吹きかえした草原のようだった。

「わたしが結婚するときには、澄みきった夜空から差す月光のような、薄い銀色の婚礼衣装にしよう」

やがてフロリアはチョウチョウの衣装を身につけたまま眠りに落ちていった。自分の将来と、姉のお相手のような完璧な男性との結婚を夢に見ながら。

コーラ

コーラの部屋の扉をだれかがノックした。

「コーラ、お母さんよ。まだ起きてる?」

コーラは寝台のなかでぎゅっと丸くなった。きっとまた怒られる。できることなら寝たふりをしていたい。でも、それはやってはいけないことだ。コーラの母親は船乗りで、ひとたび収穫物の準備がととのったら、オーリアの穀物やフルーツを船に積んで外国へ行ってしまう。頻繁に家をあける母親だから、いっしょに過ごせる時間は大切にしないといけないと、幼い頃からわかっていた。

「まだ起きてるよ。入ってきて」

扉があいて、母親が部屋に入ってきた。つかつかと歩いてきて、コーラの寝ている寝台に腰を下ろした。「きいたわ。宮殿に侵入したんですってね」

「そうなんだけど、でも……」コーラはまた叱責が飛んでくると思って身がまえた。

ところがそうではなく、母親はコーラの髪をなでてきた。「どうやって衛兵の目をくぐりぬけたの?」

コーラは驚いて目をぱちくりさせた。「怒ってないの?」

「ええ、ものすごく怒っている。でもすごいなと感心してもいる」

母親に感心されたと知って、コーラはうれしくなって爪先がじんじんしてきた。「あのね、披露宴で演技をすることになっていたアクロバットの一団といっしょに歩いていったの」ふだんから畑でよく働いているコーラはしなやかで強い体を持っている。コーラを知らない人間なら、アクロバット芸人のひとりだと思わせるのはそう難しいことではなかった。

「やるわねえ」母親は声をあげて笑った。けれど楽しそうな響きはすぐ消えた。声を落として話を続ける。「なぜそんなことをしたか、お父さんからきいたわ」

コーラは寝台の裾のほうに目をやって、かけている毛布を指でいじくりまわす。ほかの国とは違って、オーリアの農民は羽毛の詰まったマットレスに横になり、雲のようにふわふわしたオーラム・ウールで織った毛布にくるまって眠る。土地を所有しているので、小作人ではない。農業に適した温暖な気候のもと、何を育てても豊作で、食べるものに困ることはまったくなかった。どこの国でも同じだと思っていたのだが、今日の夜に父親から話をきいて初めて、そうではないことがわかった。オーリアがこれだけ栄えているのは、すべてドラゴンがいるからだと父はいった。

「お説教ならもういい。あたしがまちがってたって、わかったもん」

「まちがっていたのかしら?」と母親。

真面目な口調でいわれたので、コーラは驚いて母親の顔を見あげた。優しい母だが、親であることに変わりはなく、普通親は子どもに意見を求めたりはしない。ところがいまコーラの母は首をかしげて、娘の答えを辛抱《しんぼう》強く待っている。

「オーリア以外の国は、みんな厳しい暮らしをしてるって、お父さんがいってた。それぞれ事情は違っても、民がひとり残らず苦しんでいる王国もいっぱいあるんだって」

「だから?」

「だから、こんな楽園のような土地で暮らせる自分たちは恵まれている。それも生きたドラゴンのおかげなんだって。ドラゴンの体内を巡る血が魔法の力を生みだして、この国を豊かにする。だからオーリアが、いまのようにずっと平和で恵まれた国であり続けるには、ドラゴンを満足させないといけない。きれいごとだけじゃ人間は生きていけないって、お父さんはそういってたよ。だれもが何かしら我慢して、折りあいをつけなきゃいけないって」

「お父さんの考えは、オーリア国の大概の人たちと同じよ。でも、ときどき思うの。その我慢って、する価値があるのかしら?」

コーラはおでこにしわを寄せた。「それって、どういうこと?」

母親は立ちあがって、室内をせかせかと歩きだした。「農民は普通、こんな暮らしはしない」そういって、コーラの部屋を手で示す。狭いけれど、きれいに整頓された部屋で、花を手描きしたタイルや、オーラム小麦の畑を描いた壁画が美しく、一枚ガラスのはめ殺し窓にはサテン地の布がゆったりとかかっている。「船でたくさんの国を訪ねて、働く人々をいろいろ見てきたわ。肌は日焼けして、強い日差しでひび割れている。冬には雪嵐が、夏には竜巻が、予告なしに襲いかかって、育ててきた作物を台なしにする。それなのに、たくさんの税を納めないといけないから、農家の手もとには何も残らない」

「ひどいね」コーラはいって、首を横に振った。

「そうよ。だから、わたしたちみたいに豊かで平和な暮らしができるなら、皆なんだってするの」

コーラはうなずいた。

「でもね、全員がそうってわけじゃない」そこで母親は娘の顔をまっすぐ見つめた。「あなたが、そういう厳しい暮らしを余儀なくされる王国に生まれたとする。そこへイザベル王妃が誘いをかけてくる。わたしの素晴らしい王国であなたが暮らせるよう、お招きしましょう。ここなら何ひとつ不足はありません。そういう暮らしをするための代償は小さなものです。死なせる娘を三人選ぶだけでいいんです」

コーラが目を大きく見ひらいた。

母親は続ける。「もし王妃の誘いを受けていうとおりにすれば、あなたと、王国の何千という民が、豊かな生活を満喫できる。好きなものをなんでも食べて、なんでも買って、なんでも大切にする。一年に三つの命を差しだすだけで、王国全体が幸せになる。コーラだったら、そういう契約を結ぶかしら？」

「その娘っていうのは、自分の知っている子じゃないといけないの？」

「知らない子なら、それほど心を痛めないですむ？」

コーラはヒツジのぬいぐるみを胸にぎゅっと抱きしめた。もうそんなもので遊ぶ年ではなかったが、いまの自分には何かしがみつくものが必要だった。お母さんのいいたいことはわかる。これまでこの国の人がやってきたことは、犯罪ではないのかと、あたしにきいているのだ。

「もし、王妃に嫌ですといったら?」コーラはゆっくり話す。「そうしたら、あたしは普通の暮らしを、普通の国で送って、苦しむことになるの?」

「苦しむかもしれないし、そうじゃないかもしれない。どんな国にも、喜びや愛を感じる瞬間は山ほどあるでしょう。ただ、つねに望ましい気候が続いて、お金に不自由せず、美しい服を着られるという保証はない。羽毛布団で眠って、小麦畑でありがたいお日様の光をさんさんと浴びながら歌を歌うなんてことが、必ずできるという保証はない」

「でも、その契約を結んだら、あたしはだれかを死に追いやることになる。三人のだれかを毎年」

母親は一瞬目を閉じ、黙っている。しばらくしてうなずいた。「ええ、そうなるわね。そしてその三人のことは、生涯意識に残っている。そのことを考えようと考えまいと、それに自分が加担したという事実は一生消えない」

コーラはぬいぐるみのヒツジを抱きしめて身を丸めた。「幸せになりたいって、そう思うあたしは、悪い人間?」

母親はまた寝台に腰を下ろしてコーラの髪をなでた。「いいえ。あなたは人間であるというだけ。人間は生きるためにやらねばならないことをやる。それがいいことなのか、悪いことなのか、善悪なんて、そんなに簡単に判断はできない。たいていの物事はその中間にあるんじゃないかしら」

ふたりともしばらく黙りこんで、それぞれの物思いに浸っている。コーラはあのエロディという美しいプリンセスのことを思いだしていた。あたしがいじめっ子たちに溝に突き落とされたのを見て、すぐ助けに来てくれた優しい人。いま何もしなければ、オーリアの民たちは、優しいあの人に死刑宣告をしたのと同じことになる。ドラゴンの口のなかに追いやったのだ。

「でも、あたしたちに何ができるの?」沈黙を破ってコーラがきいた。

「さあ、どうかしら」母親がいった。「王政に反対する人たちは、王族を倒すことを望んでいる。でも、ことはそんなに単純じゃない。王、王妃、皇太子が、わたしたちとドラゴンのあいだに立ってくれているの。彼らの祖先が結んだ契約は恐ろしいものだけれど、それがなかったら、皆ドラゴンに滅ぼされている。わたしたちはね、この島に立ちよって一時的に滞在を許されたお客さんみたいなものなの。ここで永遠に暮らしたいなら、その代償を払わなくてはならない」

「ドラゴンをやっつければいい」コーラはいって、部屋の隅に置いてあるおもちゃの剣にさっと目をむけた。それとおそろいの盾《たて》も置いてあって、オーリアの紋章がついている。堂々たるドラゴンが、この国の紋章のデザインになっているのは皮肉なことだった。

「まず何よりも、そんなことをすればオーラム小麦や銀梨やサングベリーが育つ魔法を失ってしまう」

「そうか。それは困るね」

「そうよ。だけど、そもそもドラゴンを退治できるなんて、幻想でしかない」母親はいって肩を落とした。「この国を創建した王族のまちがいもそこにあるの。伝説に謳《うた》われる偉大な生き物を人間が倒せるなんて、傲慢《ごうまん》な考えを持ってしまった。ドラゴンと戦うなんて、絶対に勝てない戦争をはじめるのと同じこと。そうなったら、死者は毎年三人どころじゃすまず、罪のない人間が大勢死ぬことになる」母親の目の下の隈《くま》が、この部屋に入ってきたときよりも濃くなっているのに、コーラは気づいた。きっとこのことをずっと考えていて、眠れない夜をいく晩も過ごしたに違いない。

「でも、どんなものも善と悪にはっきり区別することができないのなら、ドラゴンだって、完全な悪者とはいえないんじゃないかな。たとえ倒すことができたとしても、殺しちゃいけないのかもしれない。だってどっちの命が大事かなんて、だれが決めるの？」

母親は悲しげに笑った。「まだこんなに小さいのに、なんて賢い子かしら」

コーラは首を横に振った。「だけどそうなると、また最初の考えにもどっちゃうよね。この先もオーリアの伝統儀式が続いていくのを何もしないで放っておくのはまちがっている。でも、プリンセスを救おうとするのも、ドラゴンを殺そうとするのもまちがっている。だったら、あたしたちはどうすることもできない」

「ひとつだけ、解決策がある」母親はいったものの、その策にあまり納得してはいない顔だった。

「なあに？」

母親は娘に顔を寄せ、耳もとでささやいた。

コーラの小さな額にしわが寄った。母親のいうことが胸に落ちたのだ。コーラはぬいぐるみのヒツジをひったくるようにつかんだ。それを力一杯抱きしめ、くちびるをぎゅっと嚙んで涙をこらえる。

アレクサンドラ

アレクサンドラ・ラヴェラは娘の部屋の扉を閉めた。安心させる言葉をかけてやって、ようやくコーラは眠りについた。ラヴェラ大尉はしかし、すぐには廊下を歩かず、ひんやりした壁にもたれて目を固くつぶった。

もう少しで娘に秘密を打ちあけてしまうところを、最後の瞬間で思いとどまった。今夜コーラは、すでに重すぎる重荷を背負っている。まだ九歳のあの子に、母親の罪悪感まで背おわせてしまうのは、あまりに酷だ。

それにしても、披露宴に乱入するとは……。まだほんの子どもだというのに、五十五歳の自分よりよっぽど根性と良心がある。

アレクサンドラは廊下のタイルにしゃがみこんだ。これ以上はもう無理だ。家族にも村の人人にも、自分はオーリアの収穫物を商船に積んで、海外に売りに行く船乗りだと思われている。まさか本当の仕事がスカウトで、ドラゴンの飢えを満たしてくれる女性を外国で見つけてくる任務を負っているとはだれも知らない。オーリアの民はみな、自分たちの娘をヘンリー皇太子に娶《めと》らせることを嫌がる。どうせハエヴィス山の峡谷に投げられると知っているからだ。

それでスカウトの船を出し、世界の辺境まで行って、未知の国々へ候補者を探しにいくようになった。アレクサンドラの仕事は、自国にはない黄金や穀物やほかの資源と引き換えに、皇太子の結婚相手に喜んで娘を差しだすような家族を見つけることだった。結婚したあとにどのような展開が待っているか嘘をつくことはしない。それでも、どうぞ婚約をと、アレクサンドラの足もとにひざまずく男たちがいるのだった。

嗅覚の鋭敏なブラッドハウンドというのが、仲間内からつけられたあだ名だった。十四歳のとき、船に乗りこんで雑用仕事をしたのがはじまりで、船乗りたちのあいだで伝言を運んだり、帆の修理や夜の見張りを手伝ったりといった下働きをしていた。しかし、この娘は船乗りたちの性質や動機を見抜く鋭い目を持っているという噂が広まり、それが船に乗っているスカウトの耳にとどくと、アレクサンドラは彼のもとに呼ばれて弟子として訓練を受けることになった。以来数十年にわたって、皇太子妃になりそうな女性を大勢スカウトするのに手を貸してきた。同じ任務を負った者のなかには、強欲な父親専門に目をつける者がいる一方、アレクサンドラが目をつけるのは、民を救うのに必死で、義理堅い君主だった。自分自身はどれだけ血を流しても、それで民を救えるのなら光栄だと考え、自身の娘をドラゴンにくれてやるのも厭わないような男にアレクサンドラは目をつける。

イノフェのベイフォード公爵がまさにそういう男で、大勢の暮らしを成り立たせるために、娘をひとり手放すことは気高い決断であると、自分に思いこませることができた。最後の数日間エロディは、これ以上はない贅沢《ぜいたく》ができることも、父親に話しておいた。干からびた土地で過ごした若い娘の身に、贅沢なプレゼントや衣装を雨あられと降らせ、極上の料理や酒を堪能させる。本人の想像を遙かに超える夢のような数日間が贈られるのだと。さらには、あなたのお嬢様がこれから成し遂げることは、ご本人にとっても、大変な栄誉であるということもしっかり伝えておく。

アレクサンドラが、ベイフォード公爵とのあいだに強い絆を結べたのは、大勢の人間を幸せにする使命を負った人間が下さなければならない苦渋の決断について、理解を示したことが大きかった。オーリアはたしかに豊かな国ではあるが、ほかの者たちが生き残り、栄えるために、何かを犠牲にしなければならないという点ではイノフェと同じなのだと、公爵に訴えたのである。

エロディとヘンリー皇太子が文通をするといいと勧めたのもアレクサンドラだった。皇太子の手練手管にエロディが落ちたのも、エロディが結婚を承諾して船に乗り、死すためにこの国にむかったのも、すべて自分のせいだ。

こういった婚約が結ばれたあと数日間は、アレクサンドラはたいてい気分も体調も優れないものだが、そのあいだはできるだけ目立たないようにして、知らん顔をしている。夫やオーリアのほかの民と同じように、何も知りません、何も見ていませんという態度でいる。恐ろしい取引を仕方ないものとしてあきらめ、自分の役割を受け入れていた。

それを阻止しようと、コーラが勇気を出して行動に移すまでは。

いまとなっては、自分に考えられる解決策はひとつしかない。ほかに何かあればと願ってやまないが、船旅をしながらつねに罪悪感に苛まれ、甲板でそれを吐きだす日々を何十年も続けたいま、やはり考えられる解決策はひとつしかなかった。

目をあけて、廊下の床から無理やり立ちあがる。小さな娘が勇気とはどういうものか、身をもって示してくれた。となれば、今度は自分の番だ。どうすればこの問題を解決できるのか、それを行動で示してやらねばならない。

エロディは腫れあがった目から流れる涙と、鼻からしたたり落ちる鼻水を拭った。肌はまだ火がついているように熱く、足首はずきずき痛む。脛《すね》がどんな状態になっているのかわからないが、火で焼灼されたせいか、ドラゴンのつけた爪痕は麻痺《まひ》していて、これは予期せぬ幸運だった。

フロリアがここにいて、いまの自分の姿を見られなくてよかった。いや、そもそもこんなところにあの子を置いてドラゴンと対面させるなどもってのほかだ。姉である自分は強くあらねばならない。泣いたりせず、どんな苦難も受けて立たなくてはいけない。

しかしその「苦難」のうちに、夫や義理の両親となった人たちから裏切られて峡谷に突き落とされ、ドラゴンの餌食《えじき》になるなどという展開が含まれていると、だれが想像するだろう。実の父親さえも、この計画に加担していたらしいのだから、あきれるしかない。

稲妻《いなずま》に打たれたように、痛みが全身を洗い、台風の荒波さながらの勢いで吐き気がこみあげてきた。顔を横にむけて嘔吐《おうと》する。

だからといって岩壁の亀裂《きれつ》に挟みこまれている身では、汚れるのは免れず、儀式の際に絵の具で施されたボディペイントに嘔吐物の模様が加わった。火傷《やけど》も負っている。そしておそらく、脛は感染症にかかる一歩手前だ。

　岩壁が収縮して、さらに身に迫ってくる気がして、過呼吸がはじまった。

「もう、無理……」新たに噴きだしてきた涙にくれながら、息も絶え絶えにささやいた。

　ここで窒息して死ねば、鋭い岩のすきまに骨が残り、その骨には焦げたミイラのように、火傷した皮膚がへばりついている。もう二度と日差しを見ることはかなわず、フロリアの朗らかな笑い声ににっこり微笑《ほほえ》むことも、故郷の美しい砂漠の景色を望むこともできない。

　フロリアはどう感じるだろう。イノフェに帰って姉に手紙を書いても、返事がまったく来なかったら？　姉に見捨てられたような気になるだろう。とるにたりない小国の貧しい君主の娘に返事など書いたら皇太子妃の名折れになる。だから姉は返事を送ってこないのだと、そう思いはしないだろうか？

　あのフロリアが、そんなふうに考えてしまうなんてあるだろうか？

　その可能性はあると考えて、エロディの心臓がきゅっと痛んだ。

　フロリアだってもっと大きくなれば、結婚相手が見つかる。結婚式の日に、あの子の漆黒《しっこく》の髪をだれが櫛《くし》でとかしてやる？　自分でデザインした豪華な婚礼衣装を着るときに、だれが手を貸してやるのだろう？　披露宴で乾杯の音頭をだれが取ればいい？

「全部、このわたしがやるはずだった」

　口に出してそういったとたん、血管内に激しい怒りが怒濤《どとう》のように噴きだした。妹の人生の節目となる大切な場面に欠かせない姉を、ヘンリーとイザベル王妃が取りあげた。姉も結婚式の付き添いも奪って、この世界に妹をひとりにする。よくもそんなことをしてくれたものだ。

いや、させない。エロディは奥歯を嚙みしめた。

目から涙をさっと拭うと、もう新たな涙は出てこなかった。こんなところに自分を突き落とした者たちに代償を払わせてやろう。方法はまだわからないが、必ずやると、わが身とフロリアに誓う。

しかしそのためにはまず、自分がここで生き残る術を探さないといけない。


狭い亀裂《きれつ》に体を押しこみ続けて一時間ほどたった頃、なんとか五十メートルほど奥まで来た。閉所への恐怖を押さえこみながらの、じりじりと遅い歩み。あの洞窟にもどるほうが危険なのだからと必死に自分にいいきかせて進んできた。あとにしてきた洞窟には大きな隧道《すいどう》がついていた。あのなかにドラゴンが姿を隠して、待ち伏せしている可能性は大いにあった。

この亀裂の地面はずっと水平に走っているわけではなかった。上昇しながら広がっていく部分があれば、下降して狭くなっている部分もあった。いまエロディが格闘しているのは、横にねじ曲がっている部分で、ほぼ仰むけに近い姿勢で進んでいくしかない。顔がこすれそうなほどに迫る御影石《みかげいし》が果たして何トンあるのかわからない。もしこれが崩れてきたら、一瞬でぺしゃんこになって——。

考えるな！　自分に厳命して、くちびるをぎゅっと嚙む。長くゆっくりと呼吸をし、頭のなかでみるみるふくらんでいく恐怖を押さえこんでいく。一歩ずつ、着実に。いや、ひとくねりずつ、着実に。

岩の狭い亀裂のなかで、体をくねくねさせている自分を遠目で見た図を想像したら、思わず笑い声がもれた。

笑いがとまらない。最初は小さな笑いだったのが、やがて大笑いに変わった。発作に襲われている。あまりの疲労に気が変になったのか、自分でもどうにもならない笑いのくねくね動いている。儀式用の衣装はもうぼろぼろで、自分は肌を剥きだしにして、くねくねが何かにはまってもがいている。これじゃあ皇太子妃というより、虹色のペンキを塗られた芋虫《いもむし》だ。芋虫何に……はまった？　疲れきっていて、うまい比喩《ひゆ》が浮かばない。それがまたどういうわけか、笑いを一層増幅させる。

だめだ、正気を失いつつある。

自分にいらだって鼻を鳴らした。

十分もすると笑いも次第に収まって、骨の髄《ずい》まで疲れきった。まぶたが重たくなり、一瞬眠ってしまう。

いけない！　はっと目を覚ました。まだ眠るわけにはいかない。もし眠ってしまえば、脛《すね》に感染症が広がって、脱水症状に陥り、飢えにとどめを刺されて死んでしまう。順番はその逆かもしれない。いずれにしても、岩の亀裂のまんなかで死ぬわけにはいかない。

「わたしは死なない」自分に鞭打って、さらに奥へと進んでいく。

まもなく、四十五度ほどの角度で亀裂が広がり、少なくとも（ほぼ）上体を起こしてまた進めるようになった。

「Sakru, kho aikoro. Sakru errad retaza etia」

エロディはその場に凍りついた。

ドラゴンの声はかすかだったが、それでも危険に変わりない。近くにいるのだろうか？　風で声だけがここまで運ばれてきたのか？

「Kho nekri . . . sakru nitrerraid feka e reka. Nyerraiad khosif. Errud khaevis. Myve khaevis」

背筋がぞっとした。けれどドラゴンは、この狭い空間には入ってこられない、そうよね？これまでのところ、丸焼きにされてはいないのだから、きっと今度もそこまではしないだろう。そうであってほしかった。

強い血は最も強力な効能を持つ。ドラゴンは、そんなようなことをいっていたのを思いだした。それで力を見せよといって、追いかけてきた。競争好きなのだ。だからあっさり殺してしまうのを好まない。きっとそうだ。べつの洞窟では、火を吐いて岩を加熱することで、獲物を外に誘《おび》きだそうとした。皮膚が剝けそうなほどの熱だったが、命に別状はなかった。いまだってこの亀裂にむかって炎を噴出させることができるのに、それをしないのは、狩りの楽しみと、デイナーの両方を失ってしまうからだろう。

どうか、その論理で合っていますように。

とにかく、ここにとどまっているわけにはいかないと思い、エロディはさらに奥へ進んでいく。脛がこわばり、足首は腫れあがり、火傷して剝きだしになった肌を御影石がこする。

三十メートルほど進んだところで、鮮やかな青いナメクジのようなものと対面した。ぼうっと光っている。

エロディはまばたきを繰りかえす。これは幻に違いない。

ところがそうではなかった。実在の生き物だった。長さ六センチほどで幅は二センチもない。それが薄青い冷光を発している。

こんなところに出てきたということは、この生き物たちがすみかにしている、またべつの洞窟が近くにあるってこと？　亀裂内にはほかに生き物は一切見なかったから、不毛の岩だと思っていたものの、光る虫がここにいるなら、どこか近くに食料になるものが存在するはずだ。人間が食用にできるものではないかもしれないが、少なくとも、この生き物はそれを食べて生きている。この推測が当たっていたらうれしい。そしてできれば、この光る虫がすみかにしているのは、自分が立って体を伸ばせるだけの広い空間であってほしかった。

顔にナメクジが接触しないように、できるだけ身を引いてその前を過ぎる。間近で見ると、この生き物には毛穴のようなものがあって、そこから出ている青い粘液が光を発しているのだとわかった。触角をこちらにむかってくねくねと動かしてきたので、思わず吐き気がこみあげる。胃のなかにもう何も残っていないのが幸いだった。

最初の一匹の前を通過してから、またすぐべつの二匹が現れた。それから今度は六匹ほど。そのあたりまで来ると亀裂が少し広がって、カニのように横歩きをするのではなく、普通に前へ進めるようになった。

グチャ。ふいに足が何かを踏んだ。

「うわ、やだ……」靴を履《は》いている方の足を持ちあげてみる。底に青いナメクジの死骸がべったり張りついている。染み出た粘液が、狭い通路をわずかに照らしてくれていた。

「少なくとも、あなたの死は無駄じゃなかった」エロディはそういうと、蠟燭《ろうそく》代わりに、ぬいだ靴を目の前に掲げた。見かけは気持ち悪い、虫みたいな生き物でも、行き先を照らしてくれるのはありがたかった。

さらに奥へ進んでいくものの、にわか蠟燭の光は、そう長くは持たなかった。ナメクジが死んでしばらくすると、粘液も効力を失うのだろう。それでも先へ行けば行くほど、亀裂内に点点と散らばる青いナメクジのような虫の数が増えていく。と、そこから先はもうとまれなくなった。岩の表面が滑りやすい藻《も》に覆われてきたと思ったら、いきなり足の下の岩が急角度で下降して、つるんと滑った。裸足の足で踏んばってもとまることはできず、仰むけの姿勢のまま、つるつるした御影石の上を滑っていく。加速度がついた体の下で、あの発光する虫や藻が次々と踏みつぶされていくのがわかる。と、ふいに足の先の地面が消えて、悲鳴をあげてははね起きた。立ち姿勢のまま、縦樋のようなぬるぬるした穴のなかを落ちていき、まもなく平べったい岩に背中から着地した。

背中の下で、腐りかけた藻や発光する虫が潰れているのがわかる。「カラフ……」船乗りたちが何かで足を滑らせたり、転んだりしたときに吐きだす悪態が、これほどふさわしい場面はない。

ところが目をあけてみると、天井からやわらかな青い光がちらちら差していた。望んだとおり、ここはべつの洞窟。発光虫はここに棲み着いていたのだ。単独では気持ちが悪いだけだったが、これだけ大きな群れをつくるとまさに壮観で、御影石の天井が大海に変わったかのようだった。岸に打ち寄せるさざ波のように、無数の小さな虫たちが発光しながらゆらゆら動いている。

なんてきれいなんだろう。見ているだけで心が穏やかになっていく。体を自由に伸ばせる広広とした空間に出たことで、閉所への恐怖が収まって、胸から嘘のように緊張が解けていく。両手両足を伸ばして、ひんやりした藻に沈みこむままにすると、ずっと熱を帯びていた皮膚の火傷から痛みが引いていき、怪我した足がずいぶん軽く感じられる。

まったき無音のなか、ゆらゆら動きながら光る虫。その規則正しい動きと、ちらちらする生物発光とが相まって、エロディの眠りを誘う。まるで大海を見ているようだった。寄せては返す波が岸辺を静かに洗っている。この洞窟が本当に安全なのか、立ちあがって内部の様子を調べないといけない。そうとわかってはいても、狭い亀裂からようやく抜けられた開放感には格別のものがあり、もう歩かなくていいと思うと、自然とまぶたが重たくなってくる。これだけ頑張ったのだから、ちょっとぐらい休んだっていいだろう。休んだら、また立ちあがって……。

五秒もしないうちに、エロディはいびきをかきはじめた。

エロディ

空から次々とプリンセスが落ちてくる夢を見ている。薄いドレスとティアラと困惑した顔が、雨あられのように降ってくる。白い肌、褐色の肌、亜麻色の髪、チリチリの黒い巻き毛。あの日、べつの塔にいたプラチナ色の髪を伸ばした女性も、青いリボンを豪雨のように降らせながら嵐雲から落ちてくる。ブルネットのプリンセスはくるくる宙がえりしながら落ちてきて、苔《こけ》に覆われた地面で弾んだ。その体の上に、今度は見るからに骨が丈夫そうなプリンセスが落ちてきた。その上にもどんどん落ちてきて、峡谷の底にプリンセスの山ができた。

と、雷鳴のような咆哮《ほうこう》が響き、耳を圧するはばたきがとどろいた。空から続々とプリンセスが落ちてくるのは変わりないが、ここでふいに峡谷の地面がかたむいて、犠牲となったプリンセスたちが一箇所に集められ、ふかふかした苔の上から狭い岩の通路へどっと流しこまれた。折り重なったプリンセスたちは岩の通路を泣きながら這いずり、腕や脚をとがった岩にこすられて、切り傷だらけになっている。

エロディは眠りのなかでプリンセスたちにむかって怒鳴る。「だめ！　そっちへ行ってはだめ！　ヒツジのように追いたてられているのよ！」

しかし声はとどかず、プリンセスたちはさらに先へ進んでいく。両手両膝をついて、一列になって通路の先へむかう。つきあたりは断崖になっていて、そのへりから巻き毛のプリンセスが身を投げた。二メートル下に、足を投げだして着地した瞬間、骨が折れるような嫌な音がした。目の前でいきなりぱちっとひらいた濃い紫の眼に、プリンセスは金切り声をあげる。プリンセスの血の匂いをかいで、金色の瞳孔が大きく拡張する。プリンセスは起きあがろうとするができない。ドラゴンは爪の軽い一撃でプリンセスをとらえた。ティアラと、いくつかの巻き毛と、ラベンダー色の布の切れ端が石筍《せきじゅん》の陰に落ちる。さっきまでそこにプリンセスが生きていたことを示す痕跡はそれだけだった。

断崖のへりにプリンセスたちは次々と現れ、もれなく峡谷へ落ちてくる。飛びおりる前によく注意して見定めたのか、骨を折らずに着地できた者がいる一方、恐怖でパニックになってドラゴンの口のなかに自ら飛びこんでいく者もいる。

そこからまた夢は振りだしにもどり、霧のかかった空から雨のように落ちてくるプリンセスたちの姿が稲妻《いなずま》の光のなかに浮かびあがる。

しかし今度は、ひときわ明るい光が、落ちてくるプリンセスのひとりをくっきり照らした。深い赤色の髪を伸ばした人で、髪がオーリアの国旗のように風にはためいているせいか、ほかのプリンセスたちより落ち方がゆっくりだった。

あなたはV？　夢のなかでエロディは思う。

女の緑の目が、エロディの目を強いまなざしで見すえる。

エロディは息を呑んだ。やっぱりそうだ。砂時計の乾いた血にふれた瞬間に見えた人。息を呑んだのはそればかりではない。夢のなかにいるほかのプリンセスたちには、こちらの顔は見えず、声もきこえないのに、この人には見えてきこえる。

赤毛のプリンセスの落下が中空でとまった。まるでそうすれば、エロディにふれることができるかのように、こちらにむかって片腕を大きく伸ばしてきた。

「わたし?」エロディはきいた。

プリンセスはうなずいて、また片手を伸ばしてくる。

エロディは自分も腕を伸ばしたが、遠すぎてとどかない。プリンセスは夢のなかにいるけれど、エロディはどこかべつの場所にいて、夢のなかと外の両方から相手を見ているのだった。頑張ればとどきそうに見えて、実際には、ふたりのあいだに永遠に越えられない距離がある。

「無理よ!」エロディは叫んだ。

できる——相手は口の動きだけでエロディにそう伝えると、嵐雲にVの字を書き、にっこり微笑《ほほえ》んだ。と、次の瞬間ドラゴンが凄まじい咆哮をあげ、眼をぎらぎらさせて峡谷へ——。

エロディはびくんと目を覚ました。まだ赤毛のプリンセスに手を伸ばしていて、口は「気をつけて!」と叫んだときの形のまま固まっている。

上体を起こすと、頭がぼうっとして、額から汗がしたたり落ちていた。あばら骨の内側を木槌で叩かれているように、心臓が激しく鼓動している。

「なんだ、夢か」

それにしても、ずいぶん現実味があった。きっと自分があの夢に出てきたプリンセスたちと同じ恐怖を味わったせいだろう。これまでの常軌を逸した出来事の連続。そこに脳が何かしら説明をつけようと苦労しているせいで、あんな夢を見たのだ。Vが出てきたのも、最初に突き落とされた峡谷の岩壁にVの字が刻まれていたことで説明がつく。それにもちろん、砂時計の件もある。

それでもこの洞窟には何か……普通ではないものを感じる。空中に漂う蒸し暑い熱気。これは活火山時代の名残だけではない気がする。何かの気配が、この洞窟内をマントのように覆っている。いや、この洞窟だけでなく、これまで通ってきた、ありとあらゆる隧道《すいどう》や洞窟に、そしてあの狭い岩の亀裂《きれつ》にさえ、これと同じものが漂っていた。目に見えない霧のようだが、そこには血と、古代の森と、古い聖堂と、琥珀《こはく》と麝香《じゃこう》の匂いがかすかに混じっている。数分もすると、眠気の残るぼんやりした頭がすっきりしてきて、現実と非現実の区別がつくようになった。

それで初めて、自分の皮膚にたかって、ぞろぞろ這いずっているものの存在に気づいた。「ぎゃっ！」発光虫がびっしり体に取りついて、青い粘液で肌を汚していた。もぞもぞ動く小さな足や、ねばねばした胴や、ぬるぬるした触角や、小さな口でちょびちょび囓《かじ》っている感触までがはっきりわかる。エロディは飛びあがって、虫の群れをはたき落としにかかった。「やめて、やめて！　わたしはあなたたちのディナーじゃない！　だれのディナーでもない！」

虫たちがごっそりとひとかたまりになって落ち、ぬらりとする藻《も》の寝台の上に山のように積み重なった。そのときになって初めて、寝ていたのは単なる藻の上ではないとわかった。体の半分は、濃い褐色の錆が浮いた、平べったい石に預けていた。

濃い褐色。この色は……血だ。ものすごく古い時代から、たくさんの血が流れて石の奥深くまで染みこんで、鉱脈のような模様をつくっていた。血の濃さはさまざまで、とりわけ濃い部分が目を引く。まるで血で描いた過去の地図のようだった。


気味が悪い！　エロディは近くにある乾いた岩の上に飛び移った。腐食した植物や発光虫の分泌する粘液で頭のてっぺんから爪先まで灰色がかった緑のヘドロがこびりついた体を、何百年にもわたる苦しみの集積の上に横たえて眠っていた。この悪夢は永遠に終わらないの？

脛《すね》がじんじんしてきた。

お願い、どうか……。

見たくなかったが、見ないわけにはいかない……。

脛の裏側を発光虫がびっしり覆っていた。ドラゴンの爪に切りつけられて、大きくひらいた傷口。そこでいま、食欲旺盛な蛆虫《うじむし》たちが宴をひらいている。天井に取りついて、眠たくなるほどにゆっくりした動きしか見せていなかった、あの生き物。それがいったいどうしてと思うほど活発な動きを見せて傷口から体内に潜りこみ、今日が人生で最高の日といわんばかりにがつがつとむさぼり食っている。

エロディは背を曲げて、藻の山の上に嘔吐《おうと》した。といってもからっぽの胃から上がってくるのは胆汁だけで、舌に苦い味が残るばかりだった。

とにかく、この虫たちから逃げないと。得体の知れない粘液から意識をそらして、べつのことを考えようと必死になるものの、くねくね動くそのぷっくりふくらんだ胴体が、満腹になった何かの幼虫のように見えてくる。いまにそこから爆発するように成虫が飛びだしてくるのではないか……。

再び胃が痙攣《けいれん》を起こし、嘔吐の発作がはじまった。

口中に苦い胆汁をからませながら、失神寸前の頭を働かせて、できるだけ早く発光虫を取り除こうと両手ですくい取っていく。ぬるぬるした粘液が指にも手のひらにもへばりつく。「嫌、嫌、大嫌い！」

最後の一匹となった虫を藻の山に投げつける。

それから脛の傷口がどうなっているか、目を落としておそるおそるたしかめる。何もない。ぱっくりひらいていた傷口がなくなっている。感染症を心配した赤く腫れあがった部分も消えていて、新しい皮膚が生まれたなかに、うっすらとピンク色の筋があるだけだ。

「ど、どうして？」

エロディは腕をはじめ、剝きだしになった皮膚を確認する。ドラゴンが岩に吐きだした炎で、あちこち火傷《やけど》のあとがあるはずなのに、それがきれいさっぱりなくなっている。ただし、かぎ爪でつけられた傷とは違って、火傷した皮膚にはまだほんのり痛みが残っていて、新しく生まれた皮膚の一部がてらてらしている。

藻の上に積み重なった、発光虫の山をまじまじと見おろす。

「あなたたちが、治してくれたの？」

　仕事は終わったとばかりに、虫はもうこちらにはすっかり関心を失ったようだった。すでにせっせと洞窟の壁を登って、ゆっくり、着実に、天井の落ちつき場所へもどっていく。どうしてこんなに早く治せたのだろう？　寝ているあいだ、ずっと頑張ってくれていたのだろうか？　それとも、取りかかったのは、ほんの少し前？

　いや、そんなことはどうでもいい。とにかく、この子たちがきれいに治してくれた。願ってもないほどありがたいことだった。

「ごめんなさい。大嫌いだなんていって。わたしったら……」

　見かけだけで判断してひどい言葉を投げた自分が恥ずかしくなって、ため息をもらした。それから立ちあがり、発光虫たちにむかって、膝を曲げて深々とお辞儀をした。ばかげている気がしないでもないが、感謝と敬意を表すのにこれ以上の方法は思い浮かばない。このお辞儀は自分より地位が上で、感嘆の念を起こさせる相手にするものだった。「ありがとう」厳かにお礼をいう。「本当に、本当に、ありがとう」

　足首の捻挫《ねんざ》だけは治っていない。それも納得で、発光虫の仕事はすべて、その分泌物を直接患部に作用させて初めて強い力を発揮できるのだろう。エロディは大岩の上に腰を下ろして、衣装から、ある程度の長さの布をびりびりと裂いた。裾を飾っていた宝石はとっくに取れてしまっていて、もはや単なるラベンダー色の端切れと化していたが、何層にも重なっているので、包帯にいくらでも活用することができる。

立ちあがって、包帯で固定した足を地面に着いてみる。こちら側の足を着くときだけ、衝撃を受けぬよう、そっと地面に着けばいい。実際には口でいうほど簡単ではなかったが、怪我のいちばんひどい部分を発光虫が治してくれたおかげで、感染症による死を免れることができたのだから、ありがたいことだった。

ここに至ってようやく、洞窟内の様子がわかってきた。本来なら眠る前にたしかめておくべきだったが、蓋をあけてみれば、あとまわしにしてよかったのだとわかった。最初に見ていたら、発光虫に治療をしてもらうより先に、ほかへ移ってしまっていただろう。

改めて見てみると、最初に思ったほど広い洞窟ではなかった。湿っていて、岩の表面のほとんどはぬるぬるした藻に覆われている。発光虫が群れている天井の右手に穴があって、自分はあそこからここへ落ちてきたのだとわかる。けれども、それ以外はこれといった特色はない。大岩がごろごろ転がっているものの、数は多くない。

どこも同じだろうと目を走らせていると、壁の一部に、ほかとはわずかに色が違っている部分があった。注意を引かれてもう一度そこをよく見てみる。

口があんぐりとあいた。大岩のひとつが背にしている岩壁に、Vの字が彫られている。彫りあとはかすかで、一部は藻に覆われているが、夢に出てきた赤毛のプリンセスが雲に描いたのと同じ流麗な筆跡で、あの砂時計とも一致する。

走っていって、表面の藻をこすりおとす。ひんやりした御影石《みかげ》につけられたVの字の刻み線に指を滑らせていく。

夢のなかで、あなたが伝えたかったのは、これのこと？

その姿は見えないものの、夢のなかと同じように、エロディはまた赤毛のプリンセスに手を伸ばした。

何か知恵がもたらされることはなかった。それでも腕を脇に落としたとき、またべつのVの文字が岩壁に彫られているのが目に入った。ふたつのV字を結んだ延長線上のさらに先には、またべつのVがある。

道だ！

Vの正体はまだはっきりしていないものの、エロディは岩に飛びついて、文字にキスをした。この瞬間、想像上のプリンセスが、世界で最も親しいエロディの友になった。

ヴィクトリア　八百年前

ヴィクトリアがこの峡谷に入ってから二週間が経過している。赤毛の髪は脂ぎってだらしなく垂れさがり、あちこちに小枝がからまっている。体は痩せ衰え——ほとんど骨と皮だ——かつてはバラ色だった頬が、いまは不気味なほど白い。栄養失調と日差しにまったく当たらないせいだった。脱水症状の一歩手前にあって、くちびるは古い羊皮紙のようにひび割れ、刺繍《ししゅう》を施した白いドレスは褐色に変わっている。金色の上着はもはやもとの形をとどめず、前の合わせを留めていたブローチ二個も失ってしまった。

いや、失ったのではなく犠牲にしたのだ。御影石《みかげ》に自分の頭文字を刻むのに、何か鋭い先端を持つものが必要だったから。

いまヴィクトリアは、溶岩が急冷してできた火山玻璃《はり》のかけらが山のように積み重なったとなりにすわっている。かけらのひとつを取りあげて、その重みを手で測っていると、黒い玻璃のなめらかな表面に、自分のみすぼらしい姿が映った。ドラゴンにぐちゃぐちゃに嚙まれて、口から吐きだされたあとといってもおかしくない。

黒い玻璃を握る手にぐっと力がこもる。

まだ逃げる望みを捨てたわけじゃない。それでも、逃げられる確率は恐ろしいほどに低いとわかっている。ならば、次にドラゴンの犠牲に捧げられるプリンセスを助けるのに、心血を注ごう。犠牲はひとりではなく、この先次々と送りこまれてくる。自分の命を救うことができないのなら、そのあとに続くプリンセスたちを救うために全力を尽くすのだ。それでヴィクトリアは岩壁のあちこちに、これまで知り得た情報を残すことにした。ねじくれた隧道《すいどう》と洞窟が複雑にからみあう陰鬱《いんうつ》な地下世界への理解が深まれば、きっと彼女たちは生き残ることができるだろう。

天井で青く光る発光虫にさっと目をやってから、ヴィクトリアは御影石の岩にむきなおり、その表面に玻璃のとがった先を強く押しつけた。

V——自分の名前を署名するときに、いつもやっていたように、ここでも流麗な曲線と鋭角が美しい、独特の書体で最初の一文字を刻みつける。

それから場所を移動する。洞窟のさらに先まで歩いていって、そこの岩壁にまたVの字を刻む。さらにもうひとつ。さらにもうひとつ。

これを目印に、ついていらっしゃい……。

エロディ

自力ではこの隧道《すいどう》は見つけられなかっただろう。高さ六十センチほどのその入り口は、Vの字を刻みつけた円盤状の岩に隠されていた。その岩を転がして脇にどけ、エロディは奥へ這いずっていく。きっとVは道筋を教えてくれている。そう信じるしかなかった。

隧道は狭かったが、無理やり体を押しこんできたあの窮屈《きゅうくつ》すぎる亀裂《きれつ》と比べたら、広いといっていい。しかも地面はなめらかで、ごつごつとがった御影《みかげ》石ではなく大理石を思わせる。自然にはあり得ないなめらかさだ。きっと無数のプリンセスがこの隧道を這いずった結果、ごつごつした表面が摩耗《まもう》したのだろう。そう考えたら胸を締めつけられるような痛みに襲われた。それはすなわち、自分より先にここで苦しんだ女性が大勢いたという証拠。しかしそれと同時に、これを経験したのは自分ひとりではないという事実にも目をひらかされる。同じ辛酸《しんさん》をなめた仲間がいた。それを喜ぶ自分にいささかの罪悪感を覚えるのではあったが。

岩の表面はなめらかだが、熱い。ドラゴンの吐きだす炎とは比較にならないが、それでも素早く移動しないと両手両膝が火傷《やけど》しかねないほどの高温だった。オーリアは火山島であるから、まだ地底に眠る熱い溶岩が、こういった洞窟に熱気を送りこんでいるのだろう。ドラゴンばかりか、火山爆発まで心配しなければならないというのは、あまりに過酷ではないか？　そう思いながらも、急いで先へ這いずっていく。

出口には、そこを塞ぐ岩のようなものは置かれておらず、まもなくまた新たな洞窟に出た。オーリアの城であてがわれた、塔の一室ほどの広さがあって、ここなら立ちあがって移動することができる。発光虫が天井を覆っていた洞窟と近接しているらしく、岩壁にあいた小さな穴のことごとくから青い生物光がぼうっと差して、洞窟内をやわらかく照らしている。小さな青い星の群れはまるで星座のようだった。この岩壁はおそらく、古代のマグマが無数の針穴を残して固まった火成岩なのだろう。

地面から蒸気が上がっている。やはり熱風の吹き出し口が無数にあるのだ。周囲でふわふわ立ちのぼる熱い蒸気に身を乗りだしてみると、恐怖が吹き払われるようだった。そうでなくても、筋肉から少しでも緊張が解け、薄っぺらな衣類で凍えそうな体が温まってくる。

さらに洞窟内を見ていくと、反対側の岩壁に、またべつの隧道が口をあけていた。そちらは、自分の背丈をわずかに上まわる高さがある。そうわかった瞬間、いきなり脈拍が速くなった。あそこならドラゴンが通れるのでは？　いや狭すぎる、と思ったところで、故郷の砂漠にいるヘビやトカゲが信じられないほど狭い場所で見つかることを思いだした。連中はあごの関節をはずせるし、骨がゼリーでできていると思わせるほど、ごくごく狭い場所に身を押しこむことができるのだ。

思わずあとずさり、発光虫がいる洞窟のほうへ逃げられるように身がまえる。膝を曲げてしゃがむと、前方の隧道から光が差してきて、その内壁に刻まれた文字が浮かびあがった。国際貿易でつかわれる共通言語イングレッター。

ここは安全
やつは入ってこられない
〜V

ああ、よかった。安心の涙が頬に流れおち、エロディは地面にくずおれた。ハエヴィス山に来て初めて、心からくつろぐことができる。

「ありがとう、ありがとう」また泣きだしたが、もう孤独は感じない。這いずっていって、岩の表面を手のひらでなでながら、その言葉が与えてくれる安心を自分の体内に取りこんでいく。ここは安全。

Vの言葉のとなりには、名前らしきものがぎっしり刻まれている。名前の横にはたいてい血判のような、親指の形をした血の染みがついている。それぞれの名前を持つ女性が、ここにたしかにいたという証拠だ。

それにしても、ものすごい数だった。平和と繁栄を謳歌《おうか》する王族の生活を約束されて、世界のあちこちから、この孤立した王国にやってきた女性たち。それが皆貪欲な怪物の食欲を満たすために山に捨てられた。

ひとりひとりの名前を声に出して読みながら、どの名前の主も、自分と同じ混乱と恐怖に苦しんだ実在の人間だとわかって、全身に震えが走る。王族がドラゴンと契約を結んだばかりに、まばゆく輝く美しい命の炎が次々と消されていった。

だから息子しか生まれなくなったんだ。おそらくこれは天からの罰だ。最初に授かった三人の娘を怪物の餌食《えじき》にするという、言語道断の非道に手を染めたゆえに、もう二度と娘は授からなくなったのだろう。

しかし、オーリアの王族は、そのあとも、べつの国からやってきた若い女性を同じようにドラゴンの餌食にしている。発光虫が天井に棲み着いていた洞窟の石を汚していた血はすべて彼女たちのもの。石に染みこんで、痛みと絶望の伝説を残した。涙を流れるままにして、エロディは岩壁に名前を刻んだ女性たちに心のなかで祈りを捧げた。

しかし考えてみれば名前の数が足りない。ヘンリーは、自分たち一族は八世紀にわたってオーリアを統治してきたといっていた。一年に三人のプリンセスが犠牲として捧げられたなら、八百年のあいだには二千四百人にのぼるはずだった。

「そうか」理由がわかったとたん、鉛《なまり》の錘《つむ》が落ちてきたように下腹が重たくなった。べつの塔にいたプラチナ色の髪を伸ばしたプリンセス。彼女の残したものの匂いをドラゴンが夢中でかいでいたし、頭蓋骨や焦げた骨が転がる洞窟もあった。この壁に刻まれた名前の持ち主はすべて、安全な洞窟を見つけるまで生きのびられたプリンセス。全体の五パーセントにも満たない。

たどり着く前に死んでしまった人間は歴史から抹消されたのだ。

「Fy thoserrai kesarre」ドラゴンの声が洞窟の壁に反響した。隧道を通るうちに音は増幅され、岩が小刻みに震えている。「隠れてもよいのだぞ。ほかの者たちもそう考えた。Kev det ni antrov erru ta nyrenif しかし、なぜその洞窟は、いまがらんとしているのか？Zedrae、そのことを考えてみたことはあるか？」

エロディの顔からさーっと血が引いて、急いで心臓にもどっていった。ドラゴンの脅し文句に、心臓が激しく鼓動している。

「どこにいるの？」エロディはささやいた。

しかしドラゴンは答えない。おそらく遠くにいて、声だけがここまで運ばれてきたのだろう。それとも、いちばん近い隧道の出口にいて、わたしが出てくるのを待ちかまえているのだろうか。

エロディはVの残した言葉に身を押しつけた。ここは安全。ここは安全。ここは安全なのだと自分にいいきかせる。

ドラゴンはわたしをからかうことはできるが、手を伸ばして傷つけることはできない。

しかし、ドラゴンの投げてきた質問は無視できなかった。なぜ洞窟は、いまがらんとしているのか？

なぜなら、この洞窟の壁に名を刻むことができたプリンセスたちも、最後は死んでしまったから。

見れば壁はどこも湿っていて、とりわけ蒸気の噴きだしているあたりはしっとり濡れている。最初にここに出てきたとき、筋肉をほぐしてくれる熱をありがたいと思ったものの、この洞窟と発光虫のいる洞窟を結ぶ短い隧道は焼けるように熱かったのを思いだす。この洞窟にいれば、ドラゴンから身を守ることはできるが、ずっとはいられないのだと、さすがのエロディにもわかってきた。暑すぎて、蒸し風呂のなかで生活するようなものだった。それに壁は湿ってはいるものの、飲み水になるほどの水分量ではない。ここには食料になるものもない。

安全な洞窟は休息所にはなるものの、そこで永久に暮らすわけにはいかない。思いきって外に出てみないと、生きるために必要な飲み水も食料も手に入らない。果たして、ここにそんなものがあるかどうか、それもわからないのだが。

確実にわかっているのは、外にはドラゴンがいるということ。目をぎゅっとつぶってみるものの、そうしたからといって現実は変わらない。

「Akrerra audirrai kho, zedrae」ドラゴンの声が響き、短剣の冷たい切っ先で背骨をすっとなでられたような心持ちがした。

エロディは哀れっぽい声をもらした。

近くにいるのか、それとも遠くにいるのか、まったくわからないのが非常に不安だ。それに相手が何をいっているのか、理解できないのにも、いらだっている。

それでもドラゴンが口にする言語は、どこかできいたことがあるような……。

巫女《みこ》たちの朗唱だ！　聖油を塗られて儀式の準備をされるときに、時代のついた古めかしい言葉を発していた。硬い子音の響きと、Rのぞっとする発音。ドラゴンの言語のうち、人間の知るところとなったのは、それだけだった。

けれど、学ぶことは不可能じゃない。過去のある時点では、人間がドラゴンの話す言葉をしゃべることができたのだ。

「Kuirr, zedrae」

これだ。zedrae。この言葉をドラゴンはしょっちゅう使っている。ほかにどんな場面で出てきたか。エロディは思いだそうと背筋を伸ばした。

すると、その場面のほぼすべてが細部までくっきり思いだされた。酒を飲みすぎてよかったと思うことなど、よもやあるまいと思っていたが、いまは、あのとき飲んでおいてよかったと、心から思う。オーリアの大麦をつかって醸造《じょうぞう》したビールを結婚式で浴びるほど飲んだから、峡谷に突き落とされたときにも、それがまだ血中に残っていた。結果、そのときの記憶がほぼ完璧に、細部まで頭に残ることになったのだ。本来なら気分のいいことではないが、いまこのとき、その記憶が大いに力を発揮する。

プリンセスたちの名前が刻まれた岩壁の下に、火山玻璃《はり》のかけらが落ちていた。エロディはそれを拾いあげると、岩壁の何も刻まれていない一角に、記憶にあるドラゴンの言葉を刻みつけていく。ドラゴンには、好きなだけからかわせておけばいい。ここは安全だとVが保証してくれている。この熱気が我慢できる限り、その時間をとことん活用しよう。

zadrae の意味はすぐにわかった。プリンセスだ。ドラゴンに名前を教えなかったので、むこうはこちらをからかうのに zadrae と呼ぶしかなかった。

「わたしはハエヴィス」とドラゴンはいった。

ハエヴィス＝ドラゴン、とエロディは刻んだ。

ドラゴンが何度か口にしながら、意味がわからない言語もあった。こちらが完全に理解しなくてもいいと、ドラゴンはそう思っているのだろう。たぶん、その声だけで獲物を恐怖に陥れることができるとわかっているのだ。

しかし、こちらにどうしてもわかってもらいたい言葉は、ドラゴン自ら通訳した。

Vis kir vis. Sanae kir res. 命の代わりに命を。炎の代わりに血を。

Errai khosif, dekris ae. Nydrae kuirrukud kir ni, dekris ae. Errai kholas. おまえはここで、ひとりだ。ここにはだれも助けに来ない。おまえはわたしのもの。

ドラゴンが冷酷にもきっぱりいい放った言葉を思いだして、エロディは背筋を震わせた。

それでも、その言葉を岩に着々と刻んでいく。この言語を十分に解読できれば、ドラゴンのいっていることが理解できるようになって、それがこちらの優位に働く。そうでなくても、こういった情報を残しておけば、次に犠牲になるプリンセスがここまでたどり着いたときに助けになる……。連帯する女性同士の小さな贈り物。Vが頭文字で残してくれた情報と同じだ。

「遅かれ早かれ、おまえはわたしのものになる」ドラゴンの声にはっとして、エロディは手をとめた。「Sy, zedrae ……では、そのときまで」

洞窟内に静寂が下りた。まだドラゴンが何かいうのではないかと、エロディは待っている。もっと話してくれれば、その言葉を刻みつけておくことができる。けれどそれと同時に、もうひとりにしてほしいとも願っている。

静寂が長く続いたあと、エロディは玻璃の破片を手から落とした。ドラゴンはあきらめた。とりあえず、いまのところは。あるいは、この洞窟の外で待ちかまえて時間を稼ぎ、出てきたら追いかけようというのかもしれない。

あまりの疲労感で、もうどうでもよくなった。滑り落ちるようにして床に横になり、頭を岩壁にもたせかける。

と、そのとき初めて、反対側の壁に大ざっぱな地図のようなものが刻まれているのに気づいた。よくフロリアにつくってやる迷路に似ているが、空白の部分がかなりたくさんあって、完成にはほど遠い。

それでも、エロディの顔にはほんのり笑みが浮かんでいる。ドラゴンの言語はまだ解読できていないが、地図なら読めて活用することができる。

ルシンダ

ルシンダは血相を変えて波止場へ走った。まるで朝食に食らおうと思っていた死骸をほかの動物に取られないように、焦るハイエナさながらに。

「すぐに出航できないというのは、どういうことです？」開口一番、クロート船長に怒鳴りちらした。「結婚式は終わったのです。わたしはもう一分でも長く、ここにいたくありません。こんな……黄金の城に住んで宝石を紙吹雪のようにばらまくような、傲慢《ごうまん》な人間たちが暮らす場所に。今日のうちに、ここから出るのです！」

「奥様、それについては心よりお詫びいたします」かわいそうに、船長はそういうしかなかった。甲板で昼寝をしているところを一等航海士に起こされた。船長であるからして、ひとたび海に出たら、そこからはもう全責任をひとりで負って、あらゆる緊急事態に対処しなければならない。だからこそ、陸に上がって甲板でのんびり昼寝をするひとときは至福なのだ。それをいきなり叩きおこされ、レディ・ベイフォードがはしけに来ていて、いますぐ船長に会いたいといっているといわれた。もちろん航海士のほうも、船長に取りつがなくてすむように一応言い訳を考えてはみたのだが、レディ・ベイフォードはそういう手にあっさり乗る相手ではなかった。

「奥様」できるだけ丁重な口調でいいながらも、目はどうしても、気持ちよく昼寝をしていた甲板にむき、その上空にさっきまでなかった分厚い雲が垂れこめているのを恨めしげに見てしまう。「出航は明日を予定しております。穀物やほかの食料をはじめ、レディ・エロディの花嫁代償をすべて船に積みこむのに丸一日かかるのです」

花嫁代償。結婚の代償として得られる金品。ルシンダは小さな悲鳴のような声をもらし、倒れそうになった体を波止場の杭《くい》につかまって支えた。もうエロディは取りかえせない。

「レディ・ベイフォード！　大丈夫ですか？」クロート船長が駆けよってきてルシンダの腕を取った。「すぐ出発できなくて、本当に申し訳ありません。何か取ってきましょう。水はどうですか？　椅子におかけになりますか？　角砂糖でも口に含めば、力がもどってくるかと……」

娘を嫁に出すというのは人生の大きな節目であり、それに母親が大きな重圧を感じるのは当然ですと、船長はわかったような口をきく。結婚しても、お嬢様にお会いになれますよ、ただそう頻繁に会えなくなるというだけです……云々。それから船長は一等航海士に、椅子と毛布と砂糖を入れたコーヒーを持ってくるように命じた。ルシンダの体から急に力が抜けたと知って、なんとかしようと焦っている。

しかし何を持ってこようと、助けにはならないとルシンダにはわかっていた。病は心の奥深くに巣くっていて、内側から自分をじわじわと蝕《むしば》んでいる。エロディとフロリアの家庭教師として、算術や科学を教え、ふたりが幼い子どもから落ちついた女性になるまで、その成長を見守ってきた。母親のマデレンが亡くなったときには、残された娘たちのことを思って、胸が張り裂けそうになったものだった。ベイフォード公爵が家庭教師とのおしゃべりに慰めを見いだし、やがては寝台もともにするようになると、新たな結婚によって、この家族がまたひとつにまとまることができるのではないかと、そう考えた。

しかし才気煥発で強靭《きょうじん》な意志を持つエロディは……亡くなった母をとても恋しがり、新たな母を必要としなかった。母親が亡くなったとき、フロリアはまだ三歳だったが、エロディは十歳だ。まるまる十年にわたる母の思い出から、母親の理想像とでもいうべきものを心のなかにつくりあげ、それをルシンダと比べて、実の母にあって継母《ままはは》に足りないものを見ていた。

それもこれも、自分がマデレンの足もとにも及ばないせいだとルシンダは思う。初代レディ・ベイフォードには、知性、美貌、気品のどれをとっても、自分は何ひとつ敵わない。そういう自己不信が災いしている面も多少はあるかもしれないが、この姉妹と自分の距離は永遠に埋まらない気がしていた。そもそも自分は、ふたりに過酷な勉強を割りあててきた家庭教師だ。難解なラテン語の語幹を暗唱させ、計算をまちがえると折檻《せっかん》した。そうして母親になっても家庭教師時代の習性は抜けず、エロディとフロリアのやることなすことに目を配って細々とあら探しをしてしまう。自分はまるで、その資格もないのにマデレン・ベイフォードの後釜に収まった簒奪《さんだつ》者のようだと思うことがあった。

そしてとうとう、許されぬ大罪を犯してしまった。エロディがドラゴンの餌食《えじき》になるのを傍観してとめなかった。自分の子のように愛していた子どものひとりが、犠牲として引きずられていくのを黙って見ていた。

オーリアの王族を人非人だと誹《そし》っていたものの、自分もそれと大差ないとルシンダは思う。

「レディ・ベイフォード」クロート船長がいう。「もし、波止場にすわっているのがお嫌でしたら、馬車を用意して、宮殿まで安全にお送りいたしましょうか？」

ルシンダは海を見やった。遠くにドラゴンの彫像がそびえて、オーリア国の領海を示している。すでに海に出ていたらどれだけよかっただろう。荒海に船が翻弄《ほんろう》され、暗い波間に投げだされて、海の藻屑《もくず》と消えてしまえたら、どれだけいいか。どうしようもない罪悪感に内側から徐々に蝕まれていくのを待たずに、一気に消えて、なくなりたい。

「ありがとうございます、船長。でも結構です。あんな呪われた宮殿に、いますぐもどりたい気持ちなど、これっぽっちもありませんから」

そういうと、ルシンダは船長に背をむけて、よろよろと歩きだした。どこへむかっているのか定かでない、そのおぼつかない足取りに、船員たちがさっと散って道をあける。波止場を離れぎわ、港湾管理者の詰め所の陰から、女と少女が飛びだしてきた。

「レディ・ベイフォードでいらっしゃいますか？」女がきいてきた。どこかで見たような顔だったが、だれだかわからない。麦わら帽子をかぶっているので、顔がはっきり見えなかった。

「はい、そうですが。どうしてわたしの名をご存じで？」

「自分が船に同乗して、あなたをこちらまで――」

「まあ！」ルシンダが胸にさっと手を当てた。「ラヴェラ大尉！　お召し物が違うので、気づきませんでした！」

「どうぞ、アレクサンドラとお呼びください」そういって、膝を曲げて優雅にお辞儀をした。王室の大使が着る黄金と緋色の華やかな制服ではなく、今日はチュニックとズボンという農民の服装だ。アレクサンドラが姿勢をもとにもどしていう。「この子は自分の娘で、コーラといいます。宮殿で行われたお嬢様の披露宴で、お見かけになったかと思います」

ルシンダはふいに目眩《めまい》がして、立っていられなくなった。目の前の娘なら覚えている。騒ぎを起こして、騎士たちに引きずられていった子。あのとき何か叫んでいた。何をいっているのかわからなかったけれど、それでもこの子が、わたしの胸に巣くう罪悪感を外に引っぱりだした。あのあとすぐ、頭痛を理由に会場を辞去したのだった。

「今日は、どのような御用でこちらへ？」ルシンダは黄金のベンチに腰を下ろした。波止場の一角にこのように贅沢《ぜいたく》なものを置くところが、いかにもオーリア国らしい。まさかこのふたりは、オーリア国に娘を贈呈したことに対して、礼を述べに来たのだろうか。そうだとしたら、とても耐えられない。

「奥様、こちらの船に乗ってお帰りですか？」コーラがきく。「デオメラス号に？」

ルシンダはうなずいた。するとアレクサンドラがいった。

「それでしたら、少々ご相談したいことがあるのですが」

エロディ

岩壁に刻まれた地図の製作には大勢の人間が貢献していた。この地図を見れば、洞窟とそれをつなぐ隧道《すいどう》が迷宮のように入り組んでいるのがはっきりわかる。袋小路もあれば、ドラゴンが待ち伏せできそうな空間もある。エロディが最も注意しなければならないのはそこで、まだたくさんある地図の空白部分は、ふたつのうち、どちらかを意味していると思えた。未踏の地か、それともプリンセスが踏みこんでいったものの、生きてもどって来られなかったか。

不完全な地図ではあるが、これのおかげでエロディは自分が閉じこめられている牢獄の地勢をだいたい把握することができた。安全な洞窟は本拠地となるが、あまりに蒸し暑いから、長いことはいられない。エロディが最初に投げこまれた峡谷は北西にあり、ツバメが火に巻かれていた最初の洞窟はそのさらに東にあった。これまでエロディが通ってきたルートもちゃんと記されていて、長時間かけてじりじり進んでいった、あの恐ろしい亀裂《きれつ》もあった。

地図には記号のようなものも記されていて、目下のところ、エロディが注目しているのはそれだった。ある大きな洞窟には花と音符が、またべつの洞窟には十字架がついている。波線のような記号はたぶん水源。そうであってほしいと祈るような気分だった。

披露宴以来、水分はまったく取っていない。あれからどれぐらいの時間が経っているのか、皆目《かいもく》わからない。何しろここでは日の出も日没もないから、時間の経過を知ることは不可能なのだ。唯一の光は、となりの洞窟からもれてくる発光虫の光だけ。

「もう喉がからから」厳しい気候のイノフェに生まれ育ったから、乾燥には慣れている。それでも人体の機能には限界がある。

エロディは地図をもうしばらくにらんだ。通常なら、行きたい道を記憶するのは簡単だった。しかしいまは、悪夢に苛まれながらの仮眠しか取れず、神経がぼろぼろになっている。三回、四回と見直さないと頭に入らなかった。

「よし、覚えた」波線の記号に手をふれていう。「嘘はつかないでね」

安全な洞窟から忍び足で出ていく。歩幅を極力狭くして、ゆっくり進んでいきながら、ドラゴンが立てる物音をわずかでもきき逃さないようにする。角にさしかかると、まず鼻先だけを出して、先の様子をうかがう。天井からわずかな砂利が落ちてきただけで飛びあがり、あまりに長いこと息を詰めていたせいで失神しそうになる。

まもなく、あの地図が完全に正確というわけではないことがわかってきた。安全な洞窟を出て、五つの角を曲がったところで、本当なら隧道があるはずなのに、崩れた土砂で行き止まりになっていた。最初、自分の記憶違いかと思ったが、安全な洞窟まで引き返してみると、そうではないとわかった。おそらく、かつては隧道があったものの、いまはもうないのだろう。エロディは落ちていた玻璃《はり》のかけらを拾って、正しい情報を刻み直して地図を更新した。

そういった場所がこの先にもきっとあるだろうし、隧道のなかで迷いたくないのなら、どうしても光が必要だ。しかし、その光のおかげで、ドラゴンに気づかれたらどうする?

しかしドラゴンは、暗かろうが明るかろうが、こちらの姿を見ることができるのではなかったか……。

「リスクを避けては成功しない」エロディは声に出していってみた。光なしに、どうして複雑な経路を正しく進めるだろう。光がなければ、ドラゴンが近づいてくるのも見えない。

ただし死が近づいているのだとしたら、見えないほうが都合がいい。

何をばかなことをいっているのだ。そうでなければ、エロディは自分を叱る。いま自分の力でなんとかできることだけに意識を集中するのだ。エロディは自分を叱る。これからの数時間をどうして切り抜けていけるだろう。どれだけ長い時間がかかろうとも、水のある場所を見つけないといけない。そのためには一度にひとつずつ。ひとつやり遂げてから、次へ進み、どのひとつも、細心の注意を払って完璧にやり遂げなければならない。

というわけで、まずは光だ。松明《たいまつ》があればいちばんいい。あとはドレスにくっついている茶色の粘液。死にかけたツバメが残したこれも燃料になる。しかし火種がないのでは意味がない。この地下世界で唯一それを供給してくれるものがいるが、もちろんそいつから火種をもらうことはしたくない。

そうなると残ったのは発光虫だ。薄明かり程度の光量だが、ここでは貴重だ。もしあの虫たちを集めて、何かに入れて道中持ち運ぶことができたら……。

ドレス！　この薄っぺらい布は、発光虫を包むのにうってつけだ。薄くて半透明だから、光を外にもらすことができる。

　エロディは這いずって短い隧道を進んでいき、発光虫のいる洞窟内へ出ていった。

「あなたたちには、すでにたくさん助けてもらっているわね」エロディは天井にびっしりついて青い潟をつくっている発光虫たちに声をかける。「でも、あともう少し助けてはもらえないかしら？　わたしといっしょに、冒険に出かけたいと思わない？」

　エロディはスカート部分から大きめに布を裂いた。何層にも重なっているデザインなのがありがたい。そうして、頭上にいる虫たちにむかって布きれを掲げてみせる。さあ、あなたたちを乗せて旅をする、素敵な輿《こし》をご用意しましたよ、とでもいうように。

　しかし、もちろん虫たちは反応しない。自分たちが話しかけられているとは知らず、何を頼まれているのかもわかっていない。かといって、エロディがいくら手を高く伸ばしたところで、天井にいる虫たちにはとてもとどかない。

　うーん。

　なんとか自分から下りてきてもらえるよう、方法を考えないといけない。残念ながら、発光虫の行動様式も、彼らが行動を起こす動機もわからない。何しろ彼らが動きだしたときには、自分はぐっすり眠っていたのだから。目が覚めたら体にたかっていて、がつがつ食われていた。いや、治療してくれていた（いまならそれがわかる）。でもそのときは、傷口にはりついていることに、ただただ驚いて――。

「そうか！　わたしが怪我をしていたら、来てくれる、そうでしょ？」

エロディは鋭くとがった岩のかけらを見つけると、覚悟を決めて、それで前腕を切りつけていった。痛みに顔をしかめながらも、血が出てくる深さまで切れ目を入れていく。こんなことをする人間は、思いっきり頭が冴えているか、完全に正気を失っているかだろう。

どちらなのか、その結果がまもなく出る。

エロディは発光虫が天井に群がっている真下まで歩いていって、宙にむかって腕を振った。おそらく見えてはいないだろう——発光虫に目はない。すぐ間近まで近づいて見たこともあって、目があればそのとき気づいているはずだった。実際、目以外のものははっきり見極めることができた。ぞっとする小さな触角も、毛穴から分泌して玉のように凝っていた発光する粘液も、ぷっくりふくらんだ、ぬめりのある胴体も……うわっ、思いだしただけで気持ち悪い。

いったあとで、すぐエロディは自分をたしなめた。失礼なことをいってはいけない。見た目は彼らには変えられないのだ。それに、これから助力を頼もうという相手を侮辱するなんて、いったい何様のつもりか。

エロディは反省した。わかった、わたしがどうかしていた。

と、次の瞬間、天井から発光虫が一匹、ポトンと落ちてきた。さらにもう一匹。また一匹。うまくいった！　作戦成功だ！　血を流している腕を、エロディはまた振る。すると、血の匂いをかぎつけて、今度は一ダース以上の虫が落ちてきた。

「にょろにょろした生き物で、あなたたち以上に美しいものを、わたしはこれまで見たことがないわ」甘い声を出しながら、発光虫をすくいあげては、腕の切り口に載せていく。あとはこの子たちが治療してくれる。

治療が終わると、エロディは虫たちをドレスの切れ端でくるんでから、上部を輪にして手首に結びつけた。柔らかな青い光を落とすランタンのできあがりだ。うれしくなって、思わず顔がほころんでしまう。それから再び出発した。

今回エロディは、角を五つ曲がった先が行き止まりになっている経路はやめて、北西にむかうことにした。ゆっくりと、できるだけ音をたてずに進んでいく。捻挫《ねんざ》した足首の痛みが気にはなるものの、飢えたドラゴンがどこかで必ず待ちかまえていることを、つねに忘れずにいる。青い光が折々に、隧道の壁に刻まれたさまざまな記号を浮かびあがらせる。Vの文字があれば、太陽や矢をかたどったものや、番号の前につけるような奇妙な印のものもある。いずれも意味はわからない。

それでも目下のエロディの目標は、波線の記号がついた洞窟を見つけることだった。

曲がりくねった狭い隧道をいくつも進んでいくと、だんだんに岩がごつごつ鋭くなっていって、空気が冷えてきた。洞窟内の温度は、おそらく熱風の吹き出し口との距離に左右されるのだろう。思わずぶるっと震えが来て、子どものときのように、父親の大きな腕のなかでぬくもりたくなってくる。お父様がここにいて、抱きしめてくれたらいいのに。

しかし、そこで思いだした。父親もまた、仮面をつけて儀式に参加していた。わたしと目を合わせられなかった。

連中がわたしをどうするつもりなのか、お父様は気がついていたの？

しかし本当をいえば、その答えは知りたくなかった。いまはまだ。気持ちを上むきに保って、目的に集中しなければならないと思い、仮面をかぶってしょぼくれていた父親の記憶を、エロディは心のいちばん暗い隅に押しやった。

そうしてさらに先へ進んでいく。しばらく行って左へ曲がった。そこからまっすぐ進んでいって、次の角で右へ曲がる。×印が壁に刻まれている前は通り過ぎる。これはおそらく進入禁止の意味だろう。二股に分かれた隧道の前に出てくると、先にあいている口の前を通り過ぎて二番目の口に入っていく。これを進んでいけば、真西へ出るはずだと、少し安心したところで、足首がまたずきずきと痛みだした。

こういうとき真っ先に考えるのは、いつも同じ疑問だ。ドラゴン、あなたはどこにいるの？やけに静かなのが嫌だった。歩を緩めて、全身を耳にして物音を待ちうける。

どの道も、ほとんど地図どおりだったが、以前に見たような、土砂崩れで通れなくなっている場所もあって、そういうところにはたいてい古い骨が散らばっていて、たまに引き裂かれた手袋や、火で溶かされたティアラがいっしょに落ちていることもある。隧道も洞窟もすべてひっくるめて、犠牲となったプリンセスたちの巨大な墓場といっていい。不運にも自分より先に命を絶たれた者たちがいた。その証拠に行き当たるたびに、エロディの背筋が震えた。あまりに見入ってその場に凍りついてしまわぬよう、無理やりあともどりし、地図に描かれていた地勢をいま一度思いだしてから、またべつの経路をたどる。

するとようやく、目的地と思われる、しんしんと冷える湿った洞窟に出てきた。入り口の岩に三本の波線が刻まれている。

「ああ、助かった」すでに口のなかはイノフェの夏のようにからからに乾燥している。エロディは慎重さを忘れて足を速め、ほとんど駆けこむようにして洞窟に飛びこんでいった。

冷たいぬかるみに、脛《すね》まで浸かった。

「うわっ！」抜けだそうとすると、裸足の足を泥が吸いこむズボッという音がした。抜いた足には、腐食した植物が紐のようにからみつき、あたりに漂う腐った臭いが、いきなり鼻をついた。

エロディは発光虫のランタンで泥を照らしてみる。「お願い、これが水の成れの果てだなんていわないで」

洞窟は奥行きがあるものの、幅は狭い。端から端まで行ったり来たりを繰りかえすうちに、キノコが群がって生える場所がふたつ見つかった。それ以外には、泥の水たまりがいくつもあるばかり。極度の低温下で、ぬかるみはどれも半ば凍っている。喉の渇きに耐えられず、エロディは膝をついて、ぬかるみの表面にうっすら張った氷のかけらを食べようかと考える。

発光虫のランタンを置き、身を乗りだして、泥まみれの氷のかけらに手を伸ばそうとしたそのとき、ポトンと、手に水滴が落ちてきた。びっくりして身を引き、泥だまりから離れる。

ところが、そこでまた、さっき手を置いていた場所に水滴が落ちてきた。

視線を上にむけて、水滴が落ちてきた道筋をたどる。

つららだ。それもひとつではなく、下に泥だまりがある場所には、必ず天井から、いくつものつららが下がっていた。

「ばかだな、わたしは」そういいながらも、ほっとして、顔は笑っている。重力で水が落ちて下にたまるのが水たまり。けれど、水たまりができるためには、落ちてくる水がどこかになくてはならない。

つららは高いところにあって、手はとどかない。必要なのはカップだが、ここでそんなものが手に入るとは思えない。

そうだ、キノコ。この洞窟内にキノコが生えている場所があった。エロディはそこへ急いで走っていく。見ればキノコは二種類あって、種類ごとに群れをつくって生えている。ひとつは大きな赤い傘を持つもの。もうひとつは、洞窟の反対側に生える、レース細工のような繊細《せんさい》な形のもの。色はピンクで、見るからに愛らしい。

赤いキノコの上には、「食べられる」という文字が。

かわいいピンクのキノコの上には、「食べるな！」と刻まれている。

「あなたを信用するわ」そういってエロディは赤いキノコのうちいちばん大きなものを摘んだ。傘だけでも聖杯ほどの大きさがある。

凍った泥だまりにもどっていくと、傘の裏に水がたまるように、キノコを逆さにして置く。

ポトン。

ポトン。

ポトン。

これは相当時間がかかりそうだ。

エロディの胃が空腹を訴えて鳴った。「待っているあいだに、食べたほうがいい」そういいながら、赤い傘のキノコが生えている場所へもどっていく。「この情報を残してくれたプリンセスが、どうか十分な植物学の知識を持ち合わせていて、まちがいを犯していませんように」

ヴィクトリア

ヴィクトリアと、その妹、アンナとリザヴェッタは、つららの下りる洞窟で身を寄せ合っている。三人とも目も当てられぬほどみすぼらしいのは、難民となって海を漂っていたときと変わらない。しかしそのときと違うのは、いま三人がいるのは、ドラゴンのすみかだということ。十二歳のアンナは目の下に暗く腫れぼったい隈《くま》をつくり、十四歳のリザヴェッタの肌は病的なほどに青白く透きとおって、つららの色と変わらない。汗と涙と、服にしみついた古い血の臭いが三人の体から漂っている。

水があるところを見つけたのはありがたかったが、この寒さは尋常ではなく、つららから滴る水がたまるのを待つあいだ、お互いの体温を分けあってしのいでいる。

「このキノコ、おがくずみたいな味」リザヴェッタがいって、キノコの赤い傘をひと齧《かじ》りする。

「そういいながら、すでに五つも食べ終わっているわ」ヴィクトリアはからかうものの、妹が愛しくてたまらない。

「だって、お腹がすいて死にそうなんだもの」

アンナがため息をついた。「料理長のつくるご馳走が恋しいな。ちゃんとしたキノコとタイム風味のパイがいますぐ食べられるなら、あたし、なんでもする」そういって、手にした赤いキノコにむかって顔をしかめる。リザヴェッタと違って、アンナはちょびちょびとしか齧らない。

「料理長の料理だと思って食べればいいの」ヴィクトリアはいって、末っ子の妹を励ます。この地下世界に入って五日目だが、そのあいだにアンナはどんどん衰弱していた。この時点まで生き残っていること自体が奇跡のようだが、それでも必ず三人で、生きてここを抜けだそうと心に決めている。

アンナがキノコを地面に落とし、つららの水がどれだけたまったか確認しにいく。リザヴェッタはアンナが落としたキノコを拾って、それも食べる。ヴィクトリアは目を閉じて、自分の手にしたキノコを噛んだ。たしかに、これをおがくず味のキノコ以外の物と想像するのは難しい。

それからいつのまにか眠ってしまった。寒さと栄養失調のせいだろう。アンナのうれしそうな声ではっと目が覚めた。「ねえねえ、いいもの見つけた！　小さな妖精みたいで、食べてみるとおいしいの！」そういって、手のひらいっぱいに集めた、レース細工のようなピンクの小さなキノコを見せる。たしかに、レースのドレスをまとった小さな妖精みたいな形をしている。

「うわあ、わたしも味見していい？」リザヴェッタが身を乗りだして、アンナの手のひらから、いくつかもらった。

「だめ！」ヴィクトリアは弾かれたように立ちあがって、妹たちの手から妖精のようなキノコをはたき落とした。「これは〝妖精の誘惑〟！　猛毒を持っているんだから……ちょっと、アンナ、どれだけ食べたの？」

アンナの顔から血の気が引いた。「そんなには……」

「そんなにって、どれだけよ！」すでに弱っている妹の両肩をつかんで、ヴィクトリアは激しく揺さぶる。「どれだけ食べたの！」

「わかんない！」アンナが泣きだした。「お腹がすごく減ってて、キャンディみたいな味だったから、それで……」

「それでどうしたの？」

「で、でき、できない……」

「何ができないの？」リザヴェッタが怒鳴って、ピンクのキノコを足で徹底的に踏みつぶす。見えなくなれば、妹のお腹のなかに入ったものも、消えてなくなるとでもいうように。

「息が……できない」アンナが喉をかきむしる。顔がだんだんに紫色に変わっていく。

ヴィクトリアは片足を軸に回転した。この子の命を助けるものは？ 歩きだす前に必ず小躍りする妹。着せ替えごっこをするときは、いつもわたしになりたがった妹。生まれたときから知っている妹を、救えるものはいったいどこに？

アンナの口からゴボゴボと、うがいをするような耳ざわりな音がもれてきた。あふれる涙が紫色の顔を流れていき、アンナは地面に両膝をついた。

「助けてあげて！」リザヴェッタが叫ぶ。

しかし、ここにはアンナを助けられるものはなかった。この外にだってない。ドラゴンの守る地獄から地上に出ても、〝妖精の誘惑〟の毒を消せる薬は存在しない。

ヴィクトリアにできるのは、妹を抱いて、その死を見とることだけだ。

「ごめんなさい……」恐怖と怒りと罪悪感が詰まった喉から、ヴィクトリアは声を絞りだす。

「わたしがいけなかった。あなたをこんなところに連れてくるんじゃなかった。わたしひとりで来るべきだった……」

アンナの目が大きく見ひらかれ、ヴィクトリアの手にがっちりしがみつく。

「死んだらだめ！」リザヴェッタが泣く。

アンナは体を痙攣《けいれん》させ、まぶたを閉じた。

そして、動かなくなった。

洞窟内できこえるのは、つららが落とす水の音だけ。

ピチャン
ピチャン
ピチャン。

エロディ

ピチャ、ジャージャー、ジャージャー、ジャージャー、ジャージャー、ザザザーーーーーーーッ。

つららが一気に溶けだして、エロディは弾かれたように立ちあがった。大口をあけて直接水を受けとめ、冷たい水をがぶ飲みする。この世にこれほど美味しいものがあったろうか。舌と体の両方が歓喜しているのがわかる。冷たい雨のなかで、笑い声をあげながら、エロディはその場でくるくるまわる。今度はキノコの聖杯で水を受けとめて、それをまたしたたかに飲んだ。もうお腹はぱんぱんになっているのに、それでも飲んで、飲んで、飲んで——。

気がつけば、もう寒くはなかった。

洞窟内がまぶしいばかりに明るい。それも発光虫の青い光ではなく、何か黄色い光。いやオレンジ色。

炎のような色。

全身のありとあらゆる筋肉が硬直する。見たくはない方向、すなわち頭上に、エロディは視線を投げた。

洞窟の天井は岩と氷でできている。分厚い氷は十五メートルほどの厚みがあるだろう。それでも、氷のむこう側に映っている影がドラゴンであることははっきりわかる。刻み目のある背骨の、ナイフの刃のような輪郭《りんかく》が、火明かりに浮かびあがっている。火明かりの源はもちろんドラゴンで、エロディと自分とを隔てる唯一の壁、分厚い氷にむかって火を吐きだしている。

「Nyerru evoro, zedrae. Nyerru saro」

恐怖が背骨を洗い、エロディは凍りついた。

ドラゴンがシューシュー息を吐く。

エロディははっとわれに返った。金切り声をあげて発光虫のランタンをひったくると、足首の捻挫《ねんざ》も忘れて全速力で駆けだした。来た道を全速力で引き返しながら、どうかもどる道を正確に思いだしてくれと脳に懇願する。右へ、右へ、ここで急角度を曲がって、二股に分かれた道は通過して、×印のある道へは行かず、左へ曲がる――違った、ここは行き止まりだ。ぐちゃぐちゃに嚙んだ骨が山積みになっている、うわっ！――引き返して右へ曲がり、下り坂をダッシュする。

「Vis kir vis. Sanae kir res」ドラゴンのうなるような声が洞窟を通って響きわたる。「Vorra kho tke raz ――約束のものをもらう！」

「約束なんてしてない！」エロディは叫んだが、実際にはしたのだとわかっている。なんといってもヘンリーの求婚を受け入れたのだから。オーリア国と婚姻関係を結べば、イノフェの民が潤うことを知っていたから。でも、その婚姻に含まれる約束を完全には知らなかった。

岩の表面に体当たりした瞬間、ものすごい衝撃が来た。下り坂を猛スピードで走っているせいだ。それでも、安全な洞窟はもうすぐ。あと数分あれば……。

角を曲がったとたん、エロディは悲鳴をあげた。以前そこは洞窟の天井にあるくぼみにしか見えなかった。ところが実際には貫通した穴で、その穴をいま、紫と金の鮮やかな眼が塞いでいた。

「Demerra vis er invika. Kir rever, annurruk vis tu kho. Voro erru raz」

ドラゴンの煙臭い息が岩の割れ目から染み出してきた。この洞窟はどれだけ頑丈なのだろう？　ドラゴンがその気になれば、あっけなく岩を叩きこわして、そこからわたしを爪で引きずりだせるのではないか？

ありったけの勇気を呼びおこして、エロディはいった。「わたしをからかっているのだとしたら、効果がないからやめたほうがいい。何をいっているのか、さっぱりわからない。ただの雑音にしかきこえない。どうでもいい雑音よ！」

雷鳴のような咆哮《ほうこう》が洞窟内にとどろき、天井からぱらぱらぱらと岩が落ちてきた。相手をばかにしても何もいいことはないと、エロディは気づいた。

けれどわたしだって、転んでもただでは起きない人間だ。窮地《きゅうち》にあっても、何か益になるものが欲しい。そうだ、相手に話をさせて情報を得よう。ドラゴンの発する一語一語を覚えておいて、あとで壁に刻み、対訳表をつくる。自分のために、将来の犠牲者のために。言葉を理解することは恐怖を減じる助けになる。

ドラゴンがうなるようにいう。「人間どもがこの島で命を長らえるのをこちらは邪魔しない。その代償に、べつの命を支払えといった。それが約束だ」

「だからいったじゃない」エロディはじりじりとあとずさりながらいう。「わたしは約束なんてしていない」

すると信じがたいことに、ドラゴンが声をあげて笑った。ひとしきり大笑いしたあとで、こういった。「Esverra zi kir ni kir ta diunif aeva, zedrae. 長いこと、おまえを待っていたのだ、プリンセス」

「数日前に、べつのプリンセスを食べたばかりでしょ！」べつの塔にいた、髪をリボンで結んだ悲しげな女性のことを思いだした。

「なかなかの美味だったが、あれでは満足しない」

「もっと美味しくするのに、何が必要だというの？　チョコレートソースをかけるとか？　いったい何が望みなの？」

「Nyonnedrae. Verif drae. Syrrif drae. Drae suverru. だれでもいい、というわけではない。正しい者。賢い者。生き残る力がある者」

今度はエロディの笑う番だった。「おかしなことをいうわね。あなたが食べてしまうんだから、生き残れるプリンセスなんて、いるわけがないでしょ？」

もう話はこのへんにしておこうと、エロディは思う。ひとまず覚えられるだけ覚えたし、これ以上長くとどまっていたら、ドラゴンが岩を壊す方法を見つけて、近づいてくるかもしれない。かかとを軸にくるりとまわると、エロディは一気に駆けだした。

背後でドラゴンが甲高い声をあげている。穴にむかって火を吐いたようで、隧道《すいどう》のなかを炎が追いかけてくる。

全力で走ることだけを考えて、足首に突きあげてくる痛みを無視する。炎がいまにもかかとを舐めそうになる寸前に、危機一髪で逃げたが、発光虫のランタンに火がついてしまった。ランタンの布はスカートのいちばん外側を覆っていたから、死んだツバメの残した可燃性の粘液が付着している。そこにいま火がついて爆発し、ランタンが火の玉に変わった。

「うっ！」炎が手首に広がりそうになって、ランタンを地面に落とした。なかにいる発光虫が痛みにのたうちまわっているのがわかる。炎に巻かれながら、青い光がまぶしいほど鮮やかになっている。

「ごめんなさい」哀れっぽい声になった。「わたしを助けてくれようとしただけなのに、こんなことに――」

「zedrae!」

ドラゴンの声ににじむ強い怒りに驚いて、エロディは飛びあがった。きっともうお楽しみはすんだのだ。ぐずぐずしてはいられない。逃げなくては。

「あとで必ず、きちんと埋葬するね」死んだ発光虫にむかっていった。もしできるなら、持っていきたいけれど、包んでいる布が灰になってしまった。何もかも灰だ。ここで走って逃げなかったら、自分も灰になる。それでもきっともどってくるからと、エロディは胸に誓った。

力を振りしぼって全力で走れば、捻挫した足首に体重がかかるが、いまはそんなことを気にしていられない。

狭い通路のなかにいくつもある角を素早く曲がる。左へ、左へ、百八十度回転、急カーブ。

ドラゴンの咆哮がまたあがった。

腕とうなじの毛が恐怖に逆だつ。どうせ追いつかれると思うと、もう足をとめたくなる。どこでもいい、できるだけ小さく身を縮めて動かないでいれば、きっと見つからない。が、冷静になって考えれば、そんなわけはないとわかる。自分は小さなネズミじゃない、立派な大人の女だ。ドラゴンの目を眩ますには走って逃げるしかない。

走り続けろ！　エロディは自分に怒鳴る。

右へ曲がり、かすかな傾斜を登り、ジグザグの隧道を抜け、それからまた右へ曲がる。そこでさらに加速をつけて、不自由な片足がついてこられる限界までスピードをあげて一気に走る。まったく減速せずに、プリンセスたちの安息場へ飛びこんでいった。壁に刻まれた「ここは安全」の文字。

「大丈夫」息をととのえながらエロディは自分にいいきかせる。「大丈夫だから」もう一度念を押す。

しかし、目の前にぎっしり刻まれた名前を見たとたん、死がとてつもない重みを伴って、肩にずしりとのしかかってきた。ここに名を刻んだプリンセスたちも、結局生き残ることができなかった。
だれひとり逃げきれなかった。
ただのひとりも。
エロディは岩壁にしがみついて泣いた。少しも大丈夫ではなかった。

エロディ

七世紀前

顔や胴体に負った火傷《やけど》を治療してくれている発光虫にむかって、ミナはそっと歌を口ずさむ。徹底的に痛めつけてやったから、あとはもう時間の問題だと、ドラゴンは成功を確信しているようだった。が、ミナの瞳にはまだ闘志が残っている。火山玻璃《はり》を大岩に叩きつけて少しずつ先をとがらせてつくった短剣。それを手にしていま、彼女は満足げに笑んでいる。クウェイ国の王女は、そう易々《やすやす》と屈することはない。

まるで自身が経験したことのように、頭のなかに鮮明によみがえる記憶。エロディはぎょっとして、岩の壁から身を離した。いまのは何？　どうしてこんなことが？

発光虫の棲みついている洞窟に入りこんで眠ってしまったときも、これと似た夢を見た。プリンセスたちが次々と空から落ちてくる夢を。

あのとき、身を横たえていたのは、藻《も》の上ばかりではなかった。過去のプリンセスたちの古い血が濃い染みとなって残っている部分に、半身を密着させていた。まだそういうプリンセスたちの存在も知らないときに、ああいう夢を見た。

改めて壁に刻まれているプリンセスたちの名前を見て、エロディは息を呑んだ。多くのプリンセスの名前の横に、血判のような、親指でつけた血のあとが残っている。初めて安全な洞窟に足を踏み入れたときにはパニックになっていたから、その重要性に気づかなかったし、そのあともずっと飢えと渇きと恐怖に苛まれて、ちらりと目をやる以上のことはしなかった。

改めて手を伸ばして、ミナの名前の横についた、錆びたような茶色い染みに親指を押し当ててみる。

顔や胴体に負った火傷を治療してくれている発光虫にむかって、ミナはそっと歌を口ずさむ。徹底的に痛めつけてやったから、あとはもう時間の問題だと、ドラゴンは成功を確信しているようだった。が、ミナの瞳にはまだ闘志が残っている。火山玻璃を大岩に叩きつけて少しずつ先をとがらせてつくった短剣。それを手にしていま、彼女は満足げに笑んでいる。クウェイ国の王女は、そう易々と屈することはない。

エロディは血の染みから指を離した。心臓が激しく鼓動している。あたりの空気がいきなり密度を増したようで、呼吸するのに力がいる。洞窟内の息が詰まるような感じにはもう慣れたつもりだった。あらゆる空間に熱気のような霧が充満していて、何か目に見えない重みを感じさせるのだった。以前それは、琥珀《こはく》、古代の森、古い聖堂、血のような匂いだと感じた。だがいまは、そういったものには例えようのない、何か異質なものの存在がかぎとれるのだった。

これは魔法の匂いだ。

まちがいない。ドラゴンはオーリアにもう何世紀も前から棲みついている。その体から漂う麝香《じゃこう》のような匂いと力が、地下のありとあらゆる隧道《すいどう》や洞窟に染みこんでいても不思議はない。発光虫には、もとからあのような不思議な力があったのかもしれないし、進化の過程でそういった力を持つに至ったのかもしれない。あるいはドラゴンが生きているおかげでオーラム小麦やサングベリーや銀梨が育つように、発光虫が不思議な力を得たのも、ドラゴンが生きているせいということも考えられる。ドラゴンの魔力は地下世界だけでなく、オーリア全体に影響しているのではないか。はっきり断定はできないが、十分あり得ることだった。

しかし、はっきりしていることもある。イノフェでは単に血にふれただけで、その人間の過去につながることはできない。もしそれができるなら、砂漠のヤギに餌をやろうとして、何百回となく膝をすりむいてくる、フロリアの傷口をきれいにして応急手当をしているときに、彼女の過去がよみがえっていたはずだった。

ただし、オーリアの人間がおしなべて、血を過去に通じる窓としてつかえるわけではないらしい。結婚式で傷つけた手を押しつけ、血を混じりあわせても、ヘンリーがわたしの過去を見たという印象はまったく受けなかった。もし血を通じて過去を覗くというのが、この王国でよく知られた手法なら、もっと大勢の人間がそれを活用してしかるべきだろう。

だけど、あのとき……。エロディは思いだした。血にまみれたヘンリーの手にわたしがふれる瞬間を、イザベル王妃はじっと見守っていたのではなかったか。ヘンリーの子ども時代の記憶を映像として見た直後、イザベル王妃に顔をむけたら、探るような目をしていた。

「強い」zedrae の血は最も強力な効能を持つ血。ドラゴンはそういっていた。

安全な洞窟までたどり着くことができたプリンセスは、皆「強い」といっていいだろう。岩壁に刻まれた名前を見てエロディはそう思った。血判のような血の染みは二行目の最後の名前、ミナ皇太子妃からはじまっている。自分の血が持つ不思議な力に最初に気づいたのが彼女なのだろう。自身の血管内を巡る血には、いま起きている出来事を映像として保存する力があるとわかって、そのあとに続くプリンセスたちも、彼女に倣《なら》って同じことをした。

エロディは勢いこんで、目の前にある血の染みにかたっぱしから指を押し当てていった。

六世紀前
エイリングは、安全な洞窟の地図に十字架の印を刻みつけた。今日たまたま踏みこんだ洞窟の天井は、大聖堂のように遙か高いところにあった。教会で礼拝をするような宗教団体には属していないエイリングだが、ぼろぼろの衣服のなかに横たわって、胸の上でうやうやしく腕を交差させている歴代プリンセスたちの骸骨を見た瞬間、ここがどういう場所なのか理解した。
この洞窟はプリンセスたちの死に場所。すぐにはドラゴンに食われなかったものの、やはり逃げきれなかった者たちが、ここへやってきて飲まず食わずのうちに死を迎えた。
まるでプリンセスたちのあいだで無言の協定が結ばれているかのようだった。安全な洞窟は、新しくやってきた者たちのために、希望にあふれた安らぎの場所でなくてはならず、そこを死で汚してはならないと。だから死に場所を別に決めたのだ。つまり、この大聖堂のような洞窟は霊廟《れいびょう》。プリンセスたちの最後の休息所……。

記憶はそこで終わっていた。過去のプリンセスたちの思いを受けとめて、エロディは心が浄化されるような心持ちになった。しかしそれと同時に、いずれ自分もそこに連なるプリンセスたちの暗く長い歴史を肌で感じて、両のこぶしを強く握りしめるのだった。

三世紀前

ラシュミは地図に♯の印を刻んでいる。食用になる植物が生えている洞窟を見つけたのだ。その植物は茎《くき》の皮を剥いていくと、そのなかにとても甘い髄《ずい》がたっぷり入っている。べつの洞窟に生えている味気ない赤いキノコより遙かに美味しい。

この記憶はそれだけで終わっている。したたり落ちる血が、その一場面だけを保存したかのようだった。けれど短くてもかまわない。この記憶を残した人物が実在するのをエロディは信じることができた。わたしはいま、自分より先にここに来た女性たちのゴーストと確実につながっている。抱きしめられ、おやすみのキスをされ、こんなに勇敢な娘を持てて誇らしいといわれた母親の記憶と同じように、過去のプリンセスたちの残した記憶はどれも、ぬくもりと真実味にあふれている。

もうこれ以上血を見たくない。どの血の染みもすべて、だれかが苦しんだあとなのだから。そう思う一方で、もっと過去の記憶とつながりたいと痛切に思う自分がいる。

名前の横に押された血の染みから記憶をすべて読みとったあと、まだほかにないかと、エロディは安全な洞窟内をうろついて探した。すると、地面にある血の染みが目に飛びこんできた。怪我をしたプリンセスが物思いにふけっているあいだにしたたり落ちたのだろう。

五世紀前

エリンは安全な洞窟内を行ったり来たりして、最近わかった新たな事実について考えを巡らせている。ドラゴンにもかつては家族がいた。人間のそれとはまったく違うだろうが、家族であることに変わりはない。

それだからドラゴンは、オーリアのプリンセスたちを執拗《しつよう》に食らおうとするのだろうか？人間に対するねじくれた復讐のように。なぜなら人間はいくらでも家族や子孫を増やしていけるが、いまのドラゴンには家族が持てない。断定はできないものの、ドラゴンがオーリアの王族と契約を交わしたのは、何かそういった事情と関係しているのではないか？　その事情をどうにかして知ることができないものか。

「そう、わたしもそれを知りたい」エロディはいった。それにしても、ドラゴンは昔からひとりきりでここにいたのではないという事実をどう解釈すればいいのか。しかし、考えを深める前に、洞窟の隅にあった、またべつの記憶にエロディィはふれることになった。

一世紀前

カミラは、腕に刺さった石花のとげを抜いている。今日一日をとげとげした花の収穫に費やした。明日はそれを隧道の壁に埋めこんで防御の備えを固めるつもりだった。このぐらいのとげでドラゴンが死ぬことはないが、少しでも攻撃の手を緩められると期待している。とにかく、自分を有利な立場に置くために、つかえるものはなんでもつかうというのがカミラの生き残り作戦だった。

「それが正しい」エロディィはささやきながら、心臓の鼓動が速くなっていくのを感じている。恐怖からではなく、新たな決意が胸に湧きあがってきたのだ。この洞窟内で、自分はひとりぼっちではない。ここには女性同士の連帯がある。たとえ生きていた時代は遠く隔たっていても、連帯することでより強くなれる気がした。過去のプリンセスたちが無私の精神で、あとに続く者たちのために力を尽くしてくれた。それを思うと自己憐憫に浸っている暇はないと心が奮いたつ。

岩に文字を刻みつけるのにつかっていた玻璃のかけらを取りあげた。ドラゴンとついさっき交わした「会話」の記憶を掘りおこし、それを壁に刻んでいく。そうしながら、ドラゴンの言語の構造を分析し、単語の意味を推測していく。これがほかのプリンセスたちにどう役立つかはわからない。それでも後続の者たちに、自分が得られる情報をなんでも残しておきたかった。
単語の音を表記するだけでは足りない。イノフェの波止場で外国の商人や船乗りたちの話す言葉をききながら何年も過ごした経験から、言語にはつねに構文法というものがあることをエロディは知った。語と語をどのように結びつけていくか、すなわちシンタックスである。それに文法構造。修飾する形容詞が名詞のあとに来る言語もあれば、その逆もある。イノフェの船乗りたちが話す、数言語を混合した世界の多くで通じる〝多国語〟がまさにその後者で、修飾する形容詞が名詞のあとに来るだけではなく、一文を構成する際に、「動詞―目的語―主語」という順番で語を並べていく。たとえば「ジョージはおいしいケーキを食べる」というのに、多国語では、「食べる、ケーキおいしい、ジョージ」という順番で言葉を並べる。エロディがつかってきた言語とは語順が違うが、意味は同じだ。
そういった知識をもとに、エロディはいま、ドラゴンの言語を解読している。会話のなかにあった一連の言葉を分解し、検証していくと、ドラゴンの言語は「主語―動詞―目的語」の形を取っていることがわかった。しかし、これまで耳にした限りでは、定冠詞や不定冠詞のようなものはない。そして、形容詞はすべて語尾が「-if」で終わっていた。

「Syrrif drae」というのは「賢い者」

「そう、わたしは賢い者」と、どこかに潜むドラゴンにむかっていいながら、これまでわかったことの覚え書きを洞窟の壁に刻んでいく。頭を働かすべき難題とむき合っていると、心が慰められる。たとえそれが、自分を食らおうとしている恐ろしい獣の言語を解読することであっても、パズルを解いていくような面白さがあって、神経が落ちついてくるのだった。

一通り刻んだところで、手にした黒い玻璃に目を落とす。きらきらしたこれで、クウェイ国のミナ王女は短剣をつくった。わたしにも武器のようなものがあったほうがいい。そう思って、またべつの玻璃のかけらを拾いあげる。岩に文字を刻みつけるのにつかったものより、少し大ぶりのそれを手に、腰ほどの高さがある巨岩の前に立って、仕事にかかった。

数時間後には、洞窟内の熱気で汗びっしょりになっていた。背中ががちがちに凝って、両手は血だらけ。それでも玻璃の角は、ほんのわずかに先がとがってきた感じがするだけで、短剣の刃の鋭さには遠く及ばない。思った以上に、これは大変な仕事だった。きっと角度をまちがえているのだろう。あるいは、先をとがらせているつもりが、せっかくとがってきた部分を壊しているだけなのかもしれない。

問題がどこにあるにせよ、もう手の皮膚は赤くすりむけて、いまさら修正は不可能だ。短剣もどきにもならなかった、ぶかっこうな黒い玻璃を巨岩の上に置いて、エロディは地図の下に横になった。疲れきった筋肉を休めながら、次の手を考える。

いちばんいいのは、自分ならではの強みを生かすことだ。人にはむき不むきがある。自分は短剣片手に戦う戦士の柄ではないが、迷路においては、製作でも解読でも右に出る者はいないと自負している。この地下の迷宮というパズルを解ける人間がいるとしたら、それはわたしだ。しかしその前に、この安全な洞窟から一度出ないといけない。蒸し蒸しした熱気のなかに長時間いたせいで、頭がくらくらしていた。外に出ていけば、危険に身をさらすことになるが、いまはそうするしかない。もしこのままここに居続ければ、暑気あたりを起こして失神するか、呼吸もままならなくなって窒息死するだろう。

このふらふらする感じは、何も食べていないせいもあるだろう。何か食べないと。ドラゴンから逃げる前に食べた、わずかなキノコだけでは、この先とてももたない。かといってもう一度あの洞窟にもどることはできない。

ラシュミ皇太子妃によれば、ほかにも食べ物はあるらしい。♯の印がついた洞窟には、食用になるおいしい植物が生えているという。

ラシュミが地図に記していた洞窟までむかう途中に発光虫を置きざりにした場所を通りかかった。そこで足をとめ、まずはスカートから新たな布を引き裂く。それから灰となった発光虫をうやうやしく手ですくって布に載せ、丁寧《ていねい》にくるんだ。「ちゃんと埋葬してあげるって約束したものね。約束はきっちり守るから」

エロディは灰をくるんだ包みをボディスのなかに安全にしまってから、また歩きだした。もはや孤独は感じない。自分より前にここに来た女性たちが、力を合わせて道案内を務めてくれているような気がしている。

ところが、それから数歩も進まないうちに隧道が震動しだした。小さな岩がぱらぱら落ちてくる。

エロディはヒッと息を吸い、岩壁に背を押しつけて固まった。

「Zedrae……」油を燃やしたような声。「Ni sanae akorru santerif. おまえの血はさらに強くなっている。ここからでもそれが匂う」

ここってどこ？　ドラゴンの声は反響して、四方八方からきこえてくる。近くでも、遠くでも。自分が強かったから、過去のプリンセスたちとつながることができたのだと、ついさっきまではそれを喜んでいたが、いまは違う。ドラゴンの食欲をそそるような強さはいらない。

だめだ、そんなことを考えちゃ。エロディはそっと呼吸をしながら自分を叱った。強かろうが、弱かろうが、どうせドラゴンは犠牲となったプリンセスを食らうのだ。そういう状況で生き残る道はひとつ。やはり強くあらねばならない。

食料が必要だ。安全な洞窟にずっと引きこもって、ただ死を待つわけにはいかない。束の間目を閉じて、鱗《うろこ》が石にこすれる音がしないか耳をそばだてる。まったくしない。きっとずっと遠くにいて、からかう声だけがきこえてくるのだろう。エロディは思いきって、また隧道に入っていった。

「どこにいる？」ドラゴンがきいた。

凍りついた。

ドラゴンが笑い声をあげる。「好きなだけ探検するがいい。しかし、忘れるな…… Errai

kholas」

おまえはわたしのもの。

エロディは息を詰めたが、全身はぶるぶる震えている。わたしはあなたのものなんかじゃない。ドラゴンに反抗すると同時に、自分にいいきかせるつもりで、心のなかで強く念じる。わたしの運命はわたしのもの。この先どうなるか、それを決めるのはわたしだ。

安全な洞窟目指してひたすら走る。もしドラゴンが自分を捜しまわっているのだとしたら、どんなに水や食料が必要でも、いまは出歩くわけにはいかない。ドラゴンの笑い声が迷宮のなかでこだましている。まだ見つかっていないのだとしても、ドラゴンの飢えた声がすぐ足もとまで迫っているのが感じられ、エロディは休むことなく、次から次へ隧道内を駆けぬけていく。曲がり角でも極力スピードを落とさない。捻挫《ねんざ》している足をまたねじり、岩の上に倒れて両手両膝をすりむき、敵の食欲をそそる血をさらに流した。

ドラゴンの深く息を吸う音が、隧道を震わせる。獲物の匂いをかぎあてたのか、喜びに打ち震える声をもらし、また深く息を吸った。もう、すぐそこまで来ている。

立ちあがれ！　エロディは自分にむかって叫んだ。涙が顔を流れていく。あわてて立ちあがったものの、目に涙と恐怖と痛みの幕が下りていて、先がよく見えない。あとは最後の直線コースだと思い、がむしゃらに走っていく。

ドラゴンがそこへ体当たりするより数秒早く、エロディは狭い通路の入り口に飛びこんでいた。

金切り声をあげながら、先細りになっている通路に体をくねらせて押しこんでいく。岩と岩のあいだはひどく狭く、皮膚が一枚剝けそうな痛みを無視して、すきまのむこうへ、えいと体を押しだした。

ドラゴンはいまやシューシュー音をたてて火を吐いている。炎が岩を熱し、飛んできた火花でエロディの髪がぱっと燃えあがる。

最後の隧道に身を投げるようにして、安全な洞窟に飛びだした。火を消そうと髪をはたきながらごろごろ転がっていって、巨岩に何度も体をぶつけた。痛みは気にならない。何しろ火がついていて、頭皮も、顔も――。

ふいに火が消えた。

ああ、ああ……。エロディは泣きだした。

「楽しませてもらった」ドラゴンがいって、灰の臭いがする息を吐きだした。すぐ近くにいるらしく、その息が洞窟内に充満する。「しかし、おまえの時間も、まもなく尽きる。二日後には、また新たなプリンセスが送りこまれてくるのだから。その前に、おまえを食らってやる」

毎年九月の収穫期に一週間かけて、われわれが益を被っているすべてのことに感謝を捧げるのです。その週には、三つの祈りを捧げます……。ヘンリーはそういっていた。

プラチナ色の髪にリボンを結んだプリンセスが土曜日。エロディが水曜日。またべつの「感謝」が土曜日に捧げられる。

エロディは両腕で膝を抱えて、前後にゆらゆら揺れだした。三つの結婚式が、数日の間隔をあけて行われる。妻がひとり死ぬと、ヘンリーはまたべつの相手と結婚し、彼女を皇太子妃とする。またべつの犠牲。それが平和で豊かな暮らしをこの土地で送るために、人間がドラゴンに支払う代償なのだ。

お父様は知っていたの？　わたしを喜んでドラゴンに売りわたした？

そこでふいに、結婚式前夜のことを思いだした。塔のてっぺんにある部屋に継母《ままはは》が飛びこんできて、結婚をやめるようにいってきた。あの人の物のいい方にはよくいらだつことがあった。しかしわたしは……いつでも口から出た言葉にしか意識をむけず、あの人が本当にいいたいことを汲みとろうとはしなかった。

継母は花嫁が犠牲として捧げられることを知っていたのだろうか？　あの日の記憶をもう一度頭のなかによみがえらせて、よくよく考えてみる。すると、その可能性は十分にあると思えた。

それが本当なら、あの数分後にふらりとやってきた父親は、実際は妻を口止めしようと探しにきたことになる。だから父はふたりの娘にむかって、継母のいったことはすべて無視するようにいったのだ……。

信じられない……。

でも父は知っていた。そんなわけはないと、エロディはずっと自分にいいきかせてきた。あの松明《たいまつ》に照らされた山中に、お父様も自分と同じように無理やり引きずられてきたのだと、そう思っていた。

けれども、心のどこか深いところでは、そうではないと、ずっとわかっていた。それがいま、確信に変わった。

スモモのとげはこうやって抜くんだと自分でやってみせ、いちばんいたずら好きの馬を乗りこなせるよう手取り足取り教え、幼い頃からずっと大切に育ててきた娘。おまえはお父さんの大切な娘だ、心から愛していると毎日のようにいっていた。それなのに、あっさり娘を死地におもむかせた。どうしてそんなことができるのだろう？

心の底からずっと愛してきた父だが、いまになってエロディはその人のことがもうわからなくなり、愛情の持って行き場を失った。

「きっとわたしは、父ではなく、もっと愛される価値がある人間に愛情を注ぐべきなのだろう」

数時間後、飢えと疲労と蒸し暑さを振り切って、エロディは短い通路を這いずって発光虫のいる洞窟へ出ていった。灰になった虫を包んでいる布をひらく。仲間たちが群れている天井の真下、固まって生えている藻の上に、虫たちの灰をぱらぱら撒いていく。

「おうちに着いたわよ」灰にむかって優しく言葉をかける。「ありがとう、わたしを助けてくれて」

この虫たちは父親とは違う。娘を死ぬに任せて置きざりにしたりしない。

エロディ

安全な洞窟の外でつねにドラゴンは待ちかまえている。日中のあいだずっと。いや一晩中かもしれない。日が差さないのだから判断できない。もう時間の感覚はなくなった。口のなかはウールの詰め物がされているようで、栄養失調も限界に来たのか、身も心も細かく震えている。

発光虫を埋葬したあと、ここにもどってくるなり浅い眠りに落ちた。やけにはっきりした夢とおぼろな現実のあいだを行ったり来たりしながら、ひょっとしたらこれは夢ではなく、恐怖に痛めつけられた心と飢えに苛まれた肉体の見せる幻覚かもしれないと思う。夢だか幻覚だか知らないが、まったく意味をなさないものもあった。象が何頭もいるのだが、どれも頭はキツネで、歩きまわるサボテンたちといっしょに頭を突き合わせて水を飲んでいる。算術の授業でレディ・ベイフォードが寓話になぞらえて教えてくれたことがあり、そこに登場した数字と、砂糖をまぶしたクッキーでできた家も出てくる。はっと正気にかえると、自分のくちびるをくちゃくちゃ噛んでいた。

足首が痛い。ぱんぱんに腫れあがって、さわっただけで飛びあがるほど痛い。ときどき何もしないのに、火花のような痛みが腱を突きあげてくる。もう終わりは近いと、そう教えてくれているのだろうか。またうとうとと眠りに落ちたら、べつの夢を見た。短剣にしようと削っていた玻璃《はり》のかけらを鋸のように動かして、自分の足を切断している。「ドラゴン、おまえに決闘を申しこむ」そういって、夢のなかのエロディは、切断した足を手袋のように相手の目の前に放り投げた。

ドラゴンはそれを前菜代わりにがつがつと食らった。「挑戦を受けて立とう」

しかし、いざ決闘と相成ると、そこへツバメが飛んできて、エロディとドラゴンのあいだに割って入った。「起きて」小さな鳥がいう。「見せたいものがあるの」

夢のなかのエロディはツバメをはたいてどける。「忙しいの、見ればわかるでしょ?」

「ドラゴンとは戦えない。負けるから」ツバメがいう。

「ならば立派に戦って死ぬ」夢のなかのエロディは片足でぴょんぴょん飛びながら、待ちかまえているドラゴンにむかっていく。

ツバメがまたさっと飛んできてあいだに割りこみ、エロディの顔をくちばしで突っついた。

「べつの道があるの。起きて、起きて!」

エロディはびくんとして、熱い洞窟の地面からはね起きた。ツバメはたしかに、頭のすぐ上を飛んでいた。あまりに接近しているところを見ると、実際に顔を突っついていたのだろう。

疲労で頭がぼうっとするなか、口の端についた乾いた唾のあとを拭う。

「宮殿の塔に、わたしを訪ねてくれたツバメなの?」

ツバメはエロディのまわりを小躍りするように飛びまわり、ピーピー鳴いた。

同じツバメである可能性は限りなくゼロに近い。それでもエロディは熱に浮かされたようにくすくす笑った。ほんのわずかでも、同じツバメである可能性を考えたら、この荒廃した世界で友だちに再会したような気分になったのだ。

ツバメは壁に刻まれた地図のほうへ飛んでいった。地図の一箇所を指し示すかのように、そこでぐるぐる輪を描いて飛んでいる。見れば、そのあたりにはいくつもの洞窟が連なっていて、それぞれの洞窟の上に、音符、花、太陽の印がついている。その順番に進めと教えているようだった。

「そこへ行けっていうの？」エロディはきいた。

ツバメは、また同じ場所でくるりと輪を描いた。

「どうして地図が読めるの？　あなたはわたしの想像が生みだしたもの？」

ツバメは心外だというように、頭をちょこんとかたむけた。

エロディはふふんと鼻を鳴らして、またくすくす笑った。完全に現実との接点を見失っている。突然ゲラゲラ大声で笑いだし、やがて疲れてまた眠りに落ちていった。

目覚めたときには、もうツバメはいなかった。きっと最初からいなかったのだろう。足はちゃんとついている。決闘を申しこむために、切断してドラゴンの前に放り投げたのは、やはり夢のなかの出来事だった。ここ数時間の出来事のどこまでが夢で、どこからが現実なのか、判断するのは難しかった。

それでも体を休めることができたのはよかった。まだ疲労感は残っており、喉の渇きも飢えも去ってはおらず、蒸し風呂のなかにいるような熱暑が身に堪えるが、それでも、骨を抜かれたように力が入らなかった腕や脚がしっかりしているし、頭もすっきりしている。そのおかげだろう。もう洞窟の外では、ドラゴンが焦げ臭い息で呼吸する音がしていないのにも気づけた。去ったのだ。

もどってくるまでに、あとどれぐらい時間がある？　わからない。それでも立ちあがって、足を引きずりながら壁の地図へむかう。ツバメは幻覚だったのかもしれないが、その幻覚がほのめかしてくれた希望が、まだ頭のなかに残っている。ドラゴンに飲みこまれて死ぬのではなく、ここから逃げだす道がべつにあるのかもしれない。

音符、花、太陽の印が刻まれた部分の地図は、全体のなかでいちばん詳しく刻まれているといってよかった。そこから何が導きだせる？　これだけいろんな印が刻まれているということは、その経路が重要だということではないか？　それとも、たまたまそのあたりにたくさんの洞窟が集中しているというだけか？

ドラゴンに脅える必要のない、いまこの時間に決断をしなければならない。安全な洞窟にとどまって、自分の身の上を嘆きながら、熱い蒸気でじりじり蒸されていくか。もう一度ラシュミの洞窟を探しに出て、食用になる植物を見つけるか。あるいは、想像上のツバメの助言に従うか。

食料を得るというのが、いちばん地に足の着いた選択だろう。しかし、食料を見つけたからといって、生きのびる時間がわずかに長くなるだけではないのか？　次のプリンセスが到着する前に食らってやると、ドラゴンは宣言した。二日後……。

いや、残された時間はそれより少ない。どれだけ眠っていたかわからないが、確実に時間を消費している。

それに、食べ物を探しに行かないのだとしたら、ツバメが教えてくれた道をたどるしかない。果たして幻を信じていいものだろうか。

と、そのとき、洞窟の上方の隅で、何かがかすかに動いているのに気づいて、エロディは悲鳴をあげた。

しかしそれはツバメだった。地図の前まで下りて来て、また同じ場所でくるりと輪を描く。音符、花、太陽の印。

「どうしても、そこなのね？」

ツバメがピーと鳴いた。

なんといっているのかはわからない。ドラゴンの言葉はいくらか理解できるようになったが、ツバメとは話をしていない。

それでも、そのツバメが安全な洞窟とその先に広がる迷宮とを結ぶ狭い通路へ飛んでいくと、エロディもそのあとに続いた。結婚式以来、この身に次々とふりかかった驚異に比べれば、ツバメに道案内してもらうなど、そう驚くべきではないのかもしれない。

どこまで行っても灰色の岩があるばかり。ねじれながら上昇していく隧道《すいどう》があれば、どんどん下降していって深い地点で枝分かれし、さらに奥へ入っていく隧道もあった。どこもだいたい暑かったが、キノコとつららのある洞窟に近い隧道では、ひんやりした霧がはっきり見えた。

ゆっくり進んでいきたかったが、ツバメは急いでいるようで、その切迫感に追いたてられるようにエロディも足を速めた。それでよかったのだろう。ドラゴンがどこにいるにしても、こちらを放っておいてくれるのは束の間だ。狩りがはじまるまでに残された時間を最大限活用しないといけない。

音楽がきこえてきた。どこから流れてくるのだろう。まるで天使たちがソプラノで歌っているような、この世のものとは思えない霊妙なメロディ。風に乗って運ばれてくるピッコロの音色にも似ている。

エロディは驚いて立ちどまり、口を半びらきにして、しばし音にきき惚れる。

こんな美しい音色が、どうして気味の悪い地下世界で響いているのだろう?

エロディはまた急いで歩きだした。メロディがだんだんに大きくなって、隧道内にわんわんと反響する。

目的の洞窟に出たとたん、大きく息を呑んだ。

ツバメの巣を見るのはもちろん、これが初めてではない。地下に突き落とされて最初の数時間、燃えるツバメの巣を見て恐怖に戦《おのの》いていた。しかし、この洞窟はあそこの十倍の広さがある。そびえ立つ壁に、あばたのようにいくつも穴があいている。巨大な溶岩チューブだ。冷えて固まった溶岩流のなかにできたトンネル状の穴。そこにツバメがたくさんの巣をつくっていた。四方八方で飛びまわるツバメたちは自分の巣へと急降下しながら、高らかにさえずっており、その声が無数にある穴に反響して、岩壁が巨大なパイプオルガンと化していた。

最初に見たツバメの洞窟と同じように、ここでもそれぞれの巣にヒナが入っていて、チーチーさえずりながら、頭をひょこひょこ上下させている。ただし、あのときのように恐怖でパニックになっている様子はまったくなく、大人たちの歌声に自分たちもソプラノで加わって、いっしょにメロディをつくりあげようと躍起になっているようだった。

「ここが、あなたのすみか？」道案内をしてきてくれたツバメにきく。

ツバメはちらっとエロディを見ただけで、またすぐ先へ飛んでいってしまった。

隧道、というよりアーチ道といったほうがいい狭い通路が、音楽の洞窟と次の洞窟を結んでいる。新たな洞窟へ出たとたん、エロディは息を呑んだ。ここも音楽の洞窟のように岩壁が遙かな高みへそびえているが、こちらの溶岩チューブはツバメの巣ではなく、水晶のような花にびっしり覆われていた。オーリアの塔の部屋で最初に受け取った花。鮮やかなピンク、まぶしい黄色、深いオレンジ、きらきらしたルビー色。考え得るありとあらゆる宝石の色をちりばめた花が美しく咲いている。花びらの一枚一枚は先のとがった角柱の形をしていて、プリズムのようだった。

石花と呼ばれる花だ。宝石のような花の先端は非常に鋭いから、注意をするようにいわれた。しかし、それゆえになおのこと、エロディはその花にひかれる。美しさと獰猛《どうもう》さを併せ持つものの凄み。見ているだけで畏敬の念が湧いてくる。

深々と息を吸いこむと、花のほんのりした香りだけでなく、穏やかな気分が肺いっぱいに広がっていく。それは肺のなかにとどまらず、酸素といっしょに血管を通って全身に広がっていく。この洞窟では、噴きだす熱風が心地よく、まるで秘密の花園を巡り歩いているような気分になる。

過去のプリンセスたちが、この一連の洞窟にこぞって印をつけていたのも納得できる。生きながら丸焼きにされ、ドラゴンの爪で引き裂かれる恐怖を束の間でも忘れてくつろげる、安らぎの場だったのだろう。ちらちら光を反射している石花の花びらを見ながら、思わず顔がほころんでくる。これはもう本物の宝石と変わりない――。

ちょっと待って。ちらちら光を反射しているって――。

エロディは天井を見あげた。

陽光がひと筋、洞窟内に差しこんでいた。斜め方向から入ってきたそれが、金色の光をまき散らしながら、洞窟の下方にまで下りてきているのだった。

「太陽の印」と、そっとささやくと、胃の深いところから、おずおずと希望が湧きあがってきた。

この位置からだと岩天井しか見えないが、溶岩チューブが北西に曲がって伸びているのがわかり、あれが山頂で口をあけている可能性がある。

またべつの分厚い氷の層が上方にあることも考えられる。つららが下りていたあの洞窟のように。でも、あそこには光は差していなかった。

これはつまり、出口があるということ？　この一連の洞窟に、過去のプリンセスたちがやってきた本当の理由はそれ？

ここまでエロディを導いてきたツバメが目の前に急降下してきた。陽気なメロディをさえずりながら、エロディのまわりを二回まわって、それからまっすぐ上方へ舞いあがった。ツバメは宝石色の石花たちの前を過ぎていき、洞窟の天井と思える場所まで到達すると、北西の方角へ体をむけ、曲がった溶岩チューブの、エロディのいるところからは見えない部分へ姿を消した。数秒後、さっきの陽気なメロディがまたきこえてきた。どこかずっと遠いところから、こだまのように響いている。まるでツバメが陽光を浴びながら、うれしそうにさえずっているようだった。

音楽の洞窟から、ほかのツバメたちも群れになって飛びだしてきた。いま舞いあがっていった仲間のあとを追うように、いっせいに高く舞いあがる。こちらもまた、陽気なメロディをさえずりながら、どこまでも高くあがっていき、溶岩チューブの曲がり角に入ってエロディの視界から消えた。待っていても、もうもどってはこなかった。

と、次の瞬間、エロディの目がVの文字をとらえた。立っているところから三メートルほど上方の岩壁に刻まれている。

「出口だ」信じられない気持ちで口を片手で押さえる。

残る問題は、どうやってあそこまで上がるかだ。

ヴィクトリア　八百年前

ヴィクトリアは石花の洞窟の底に立っている。六日前にドラゴンがリザヴェッタを食らった。埋葬する遺体もない。服の一部さえ残っていない。ふたりの妹がともに死に、その責めを負うのは自分しかいない。

この一週間、目が痛くなるほど泣きに泣いて、地下で可能な限りの葬礼を執り行った。それが終わると、将来同じようにドラゴンのすみかに投げ入れられる犠牲者のために、情報を刻みはじめた。彼女たちがリザヴェッタやアンナと同じ末路をたどらぬよう、少しでも助けになればと思いながら。

ヴィクトリアにはもう何も残されていない。あとは自分で考えた計画を最後までやり遂げるのみだ。

石花の洞窟の天井を見あげ、降りそそぐ日差しにむかって、妹たちの名前を何度も何度も唱える。

それからヴィクトリアは壁を登りはじめた。

エロディ

エロディは洞窟内を何度かぐるりとまわって、どこから登るのがいちばん効率的か、調べている。ロープや木を登るのには慣れているものの、岩壁となると、また勝手が違う。しかもこの岩壁には、カミソリの刃のように鋭い石花があちこちに生えている。

考えられる経路は三つ。いちばんの近道は石花の地雷原をまっすぐのぼっていくもの。二番目に近い経路は、ねじれた溶岩チューブをいくつか通るあいだ、危なっかしい姿勢を取り続けることになる。三番目はVの経路。こちらはずいぶんなまわり道ではあるものの、危険な箇所はない。それに、石花がみっしり生えているあたりを通らないですむ。

これまでVに従ってきて、窮地《きゅうち》に陥ったことはなかった。そう思って三番目の経路を行くことにする。岩から突き出したふたつの石を見つけ、そこにつかまって体を押しあげる。

最初は順調だった。いくつか飛びだしている大きな岩を活用して、それを手懸かり、足懸かりにして、ものの一分ほどで、Vの字が刻まれている高さまで上がった。しかし、ここからが本当の岩登りである。地面から三メートルの高さで、エロディは奥歯を嚙みしめ、洞窟の壁に指を強く突きつけた。

突然疲労感に襲われる。疲れきっている。

しかし、登らなければ助からない。

脚をつかえと、自分に思いださせる。コツはそこにあった。登るときにものをいうのは腕よりも脚。脚のほうが筋肉は断然大きい。イノフェではしょっちゅう徒歩で旅をしたし、父とともに馬に乗って民の家をまわる日々を何年にもわたって続けてきた。その甲斐あって、エロディの脚は鍛えぬかれ、実に強靭《きょうじん》だ。たとえ飲まず食わずで弱ってはいても、並みの人間をしのぐ力はあった。

もうひとつのコツは、手と足をかけるのにふさわしい場所を見つけること。登るのに慣れている木の幹と、岩の表面は異なるが、それでも経験はものをいい、それがあるからここまで登ってこられたのだ。

さてどこまで登っただろうと下に目をむける。なんと。まだぜんぜんだ……でも、着実に登ってはいる。

脚に力を入れ、岩壁から突き出している石をつかむ。と、その石が抜けて、手のなかで粉々に砕けた。「まずい!」

石が抜けたときの勢いでのけぞり、そのまま落下してドスンと仰むけに倒れた。

「カラフ!」上体を起こして、肩をさする。落ちたときの衝撃を肩が一手に受けとめたらしい。それでも落下距離がさほどでもないのがありがたかった。もっと高い木から落ちたこともあるから、三メートル程度の高さから落ちてもたいしたことはない。

足首の具合をたしかめてみる。こちらは無事のようだが、スカートを引き裂いて包帯をつくり、念のためもう一度しっかり巻いて固定する。壁を登るには、痛めた足にも体重をかけないといけない。

また疲労の波が打ち寄せてきた。それと戦うために、フロリアと再会してオーリアから逃げだすことを想像する。クロート船長の救急箱があれば、痛めた足首の手当は完璧にできるなどといった、どうでもいい細々したことにも注意をむけて気をそらす。心のどこかで、ばかげていると思いつつも、いまはありったけの希望を集める必要があった。

そしてそれが、ある意味成功した。フロリアといっしょにデオメラス号の舳先《へさき》に立っている場面を想像したら、立ちあがる元気が出たのだ。もう一度岩壁を確認して、今度はべつの場所から登ることにした。Vの文字が刻まれているからといって、必ずしもそこが最善の経路というわけではない。Vとわたしを隔てる何百年もの年月。そのあいだに、新しい石花が生えては枯れを繰りかえした。Vの時代には安全に通れた場所がいまはそうではなくなっている可能性は大いにある。

エロディは再び登りだした。飛びだしている岩を狭い岩棚代わりにして足を置き、そこここで休憩を挟む。三十メートルほどの地点まで登ったところで、もう手でつかまれるような岩も、足を置けるような岩棚もなくなった。前方には石花が群れを成して延々と咲いているだけ。

深く息を吸ってから、そのひとつをつかんでみて悲鳴をあげた。宝石のような花びらに手のひらを切られた。思わず手を離してしまい、滑りながら転がっていく。途中にある岩棚によって落下のスピードがそがれるものの、完全にとまることはなかった。

少なくとも、地面に思いっきり叩きつけられるのは免れたものの、衝撃は全身を震わし、肺から空気が抜けた。

快適と思えた洞窟内の空気が、やけに蒸し暑く感じられる。上からのしかかってくるような圧迫感があって、なかなか息がととのわない。胸を大きく上下させながら、吸ったり吐いたりを繰りかえすだけで体力を消耗する。

ようやく普通に息ができるようになった。ごろんと寝返りを打って、うめきながら考える。

やはり、石花を手懸かり足懸かりとして活用するしかないだろう。見かけは花のようだが、根は打ちこんだ釘のように岩をがっちりつかんでいる。洞窟の壁に露出した水晶と同じだ。岩のなかに根を広げ、そこから成長するというのだから、まったく驚きだ。いったい根はどんな構造をしているのだろう……いや、いまは科学の問題を追求している場合ではない。

手袋とブーツが欲しい。しかしエロディにつかえるのはドレスしかなく、ドレスといっても、どんどん引き裂かれていまは見る影もない。この調子でいくと、ドラゴンのすみかから出たときには、汚れた下着だけをまとった野性のプリンセスになっている。巫女《みこ》たちが儀式で描いた模様が残っているにしても、それはもう戦闘で剝げ落ちた出陣化粧にしか見えないだろう。

おそらくわたしはもう、野性のプリンセスになっている。そう思いながら、もうあと二層しか残っていないスカートをびりびり引き裂き、それを手と足に巻きつけて、即席のミトンとソックスにする。

「さあ、行くよ」

今度もさっきと同じ経路を登ることにする。そこがいちばん成功の見込みがありそうだった。手懸かり足懸かりがなくなる地点まで上がってくると、素早く祈りを唱えてから手を伸ばし、花のひとつを慎重につかんだ。

足をつかって体を押しあげる前に、にわか仕立てのミトンの厚みを確認する。なんとかいけそうだ。しかしこれが本当に岩にしっかり根を張っていて、わたしの体重を本当に支えられるのか、たしかめるために、つかんだ花を小刻みに揺らしてみる。

大丈夫そうだ。

「V、もっといい脱出経路を見つけたわ」いいながら、足に力を入れ、左手で最初の石花をつかみ、右手でその上にある石花をつかむ。どちらもしっかりしている。

よし！

着実なペースで登っていく。すいすい進んでいけるのは、手懸かり足懸かりになるような適当な岩を探す必要がないからだ。どこを見ても石花が咲いていて、つかみ放題、足のかけ放題だった。頭上にツバメが飛んできて、くるくる旋回しながら陽気にさえずって、フルートが奏でるようなメロディを響かせる。まるでこちらを応援してくれているようだった。上に来れば来るほど、光はまぶしくなっていく。たぶん、外で日が昇ってきているというだけなのだろう。それでもエロディには、その光が進捗のバロメーターのように感じられた。あともう少しでこの苦難も終わる。

岩壁の様子が少し変わってきた。垂直に切り立っていた壁が、かすかにかしいできている。十五度程度のわずかな傾きで、数学的にはほとんど無意味に近いのだろうが、痛む筋肉を少しでも休められてほっとする。寄りかかって体重の一部を岩に預けられるのもうれしい。これまでは貪欲な引力を相手にひとりで戦っていた。

日差しがさらにまぶしくなってきた。と、煙突のようにずっと上に伸びていた隧道《すいどう》がふいに曲がって、その先に青い広がりと、ふわっとした白いものが見えた。

「空だ！」

はしゃぐあまり、よく見もせずに次の石花に手を伸ばし、前方の様子をたしかめようと、首を長く伸ばした。自由がそこにある。

石花をつかみそこね、手が空をつかんだ。メルドゥ！　片足がつるんと滑り、そのまま斜面を滑り落ちていく。石花をつかもうと手を伸ばしたが、つかめたのは小さな花々で、まだしっかりと根を張ってはおらず、岩から抜けてしまった。花を握ったままエロディは落ち続ける。

「とまれ！」

壁の角度が変化している場所まで落ちると、わずかな傾斜がいきなり垂直になった。悲鳴をあげながら岩の面沿いに、猛スピードで落ちていく。

がむしゃらに手を伸ばして、石花をひとつつかんだ。両手がさらに傷つき、片腕がぐいと引っぱられる。束の間ぶら下がっていたが、まもなく花が割れて、またもや転がりおちていく。鋭くとがった岩棚で一度弾んでから、とうとう洞窟の底に叩きつけられた。焼けるような痛みが肩に突きあげてきて、あまりの痛さに、たまらず泣き声をはりあげた。

次の瞬間、頭のなかが真っ白になり、パニックに襲われた。腕を折っていて、もう登れないということになったらどうしよう。ドラゴンの迷宮に永遠に閉じこめられたまま死を迎える。ああ、あるいは、大騒ぎをしている物音に気づいたドラゴンがやってきて、ここで食われるか。ああ、どうしよう、どうしよう……。なんだって落ちるときに声をはりあげてしまったのか。きっとドラゴンはもうすぐそこまで来ている！

とにかく腕の具合をたしかめようと、上体を起こしてみる。いまにも爆発しそうな感情を理性でなんとか抑えこんで、骨が砕けていないかどうか確認する。

右半身が痛い。おそらく肋骨が二本ぐらい折れている。しかしなんの奇跡か、腕は無事で、麻痺《まひ》しているだけだった。突きあげてくる痛みを感じているのは肩だけで、関節を動かそうとすると痛みは一層激しくなった。

肩がはずれたんだ。昔、木から落ちたときに一度やっている。そのときは医者が呼ばれて、一瞬でもとにもどしてくれた。麻酔をかけられていたから痛みは感じなかった。そのあいだ母がずっと手を握ってくれていた。

けれどいまはたったひとり。母の膝の上につっぷして、思いっきり泣きたい。

どうしてわたし、こんなに頑張ってるんだろう？　Vは逃げきれたのだろうか？　ひょっとしたら、逃げようと試みただけで成功はしなかったのかもしれない。最初は順調に登れたものの、やがて落下して命を落とした。

「もうドラゴンに身を差しだして、全部終わらせてしまうべきなのかもしれない」哀れっぽい声をもらしながら、痛めた肩を反対の腕で抱える。激しい痛みが、涙に曇った視界に白い星を散らす。

恐ろしいけれど、不可能ではないわ。母親の声が耳もとできこえた気がした。一歩ずつの詩と同じように、これも勇気を出すための手段として、エロディの武器庫に備えられている言葉だ。エロディ、あなたにできないことは、ほかのだれにもできない。

「だけど、どうしたらいいの?」エロディはいった。「自分で肩を押して、もとにもどせとでも? それができたとして、そのあとはどうするの? 登る助けになるようなものなんて何も持ってない。ドレスだって、もう残り少ないし、それ以外にあるものといったら、巫女たちが髪を編みこんだ、このばかげたティアラだけ。まるで死ぬときにいちばん大事なのは、これを頭に載せていることだといわんばかりに、しっかりと――」

そうか。

女性の装身具は単なる外見の飾りだなんて、だれにもいわせない。

岩壁を登るのにティアラをつかえる。石花を手でつかむのではなく、ティアラをひっかけて登ればいいのだ。

天井から差しこむ光の筋を見あげる。それから深く息を吸い、三つ数えてから、はずれた肩を力一杯押した。悲鳴をあげないようにするのに、全体力をつかい果たした気がする。

目下の痛みが引いていくと、再び岩壁を登りはじめた。ドラゴンがまもなく現れるのだ。とにかく、この洞窟から出ないといけない。

ティアラを石花にひっかける方法は、これまでエロディの頭に浮かんだアイディアのなかで最高のものだった。同じ経路を登るのも三度目になると、慣れたものでスピードもぐっと速くなる。

空の切れ端が覗ける地点まで来たが、そちらに目をむけることはしない。もう同じ失敗は犯さない。目の前にある石花だけを見つめて、登ることだけに神経を集中する。チューブ状の細い隧道の壁はしばらく伏角十五度の傾斜で続いていたが、やがてまた零度、すなわち垂直に近くなってきた。ある部分では零度さえも下まわって、マイナスの角度になっており、そういう部分ではすり足で横に移動しながら、またべつのチューブへ入っていく。ティアラをつかう岩登りには習熟したものの、それをつかったからといって、蜘蛛のように岩に張りついていることはできない。残念だがわたしは人間でしかないのだ。

もう信じられないほど高い位置まで来ている。もしここから落ちたら――。

そんなことは考えるな。

継母《ままはは》は、なんであろうと、エロディが登ることにいい顔をせず、やめなさいといってきた。けれどいまは、耳を貸さないでいてよかったと心底思う。少なくとも、その忠告には。

とうとう、垂直の細いチューブが洞窟の岩壁につながる地点へ出てきた。ここでチューブは曲がるものの、前回の不注意から学んでいたから、同じ失敗は繰りかえさない。急な傾斜を這いずって進むこともできたが、そうはせず、ここでもティアラを石花のひとつひとつに几帳面《きちょうめん》にひっかけながら、じりじりと進んでいく。ゆっくりでも着実に進んでいくほうが、先を急いで失敗するよりずっといい。とりわけ、これほど高い場所では。

「Zedrae . . . der krerrai vo irru?」

まずい。ドラゴンだ。この洞窟に入ってきた。遙か下にいるのだろう。折れた肋骨を心臓が強く叩く。

と、石花の鋭い角にうっかりティアラをぶつけてしまった。ちょうどその部分が弱くなっていたのか、ティアラはあっさり割れた。

体がチューブのなかを滑りだす。無我夢中で岩にかかとを打ちつけ、目の前を過ぎていく石花に飛びかかった。指が石花をつかんだものの、カミソリのように鋭い花にまたもや皮膚を切り裂かれた。痛みを堪えて、さらに強く握る。

それ以上の落下は免れたものの、腕がぐいと引っぱられて、また右肩がはずれそうになった。指から血があふれだして手首を真っ赤に染めている。ぬるぬるする手では、石花をしっかりつかんでいられない。いまエロディがいるのは、溶岩チューブが終わって、洞窟の垂直に切り立つ岩壁がはじまるあたり。石花につかまりながら下を見ると、灰色の鱗《うろこ》にびっしり覆われたドラゴンが、皮のこすれるぞっとする音を響かせながら、洞窟の底をぐるぐるまわっていた。

「Der krerrai vo irru?」かすれ声がいった。ドラゴンの鼻孔から吐きだされる煙が渦を巻きながら上昇して、エロディのもとまでとどく。意に染まぬ恋人に抱きしめられるような気分だった。

しかし、もうエロディはひるまない。ドラゴンが何をいっているのか、わかるようになってきた。文法規則と、これまで耳にした語彙を照らし合わせていくと、Der krerrai vo irru?というのは、この◯◯の、どこへ行くのか？　というような意味だ。

この（洞窟／道／坂）の、どこへ行くのか？　あるいは、どこへ行こうと考えているのか？

正確ではないが、いいたいことの骨子はわかる。

しかし、石花をつかんでいる手がまた滑りそうになると、せっかく芽生えた自信も、煙とともに消えうせてしまった。

かかとをさらに強く岩に突きたて、手に巻きつけたぼろぼろの布の位置を調整してから、またべつの石花に取りついた。

「Nythoserrai vinirre. Visirrai se」

エロディはふんと鼻を鳴らした。「いまに落ちるなんて、そんなことは十分承知の上よ」

ドラゴンが驚いてシューシューいいだした。「どうしてハエヴィス・ヴェントヴィスがわかるのだ？」

ハエヴィスはドラゴンを意味する。それは出会った最初に覚えた言葉だ。「わたしはハエヴィス」と、ドラゴンはそう叫んでいた。となると、ハエヴィス・ヴェントヴィスというのは、ドラゴンのつかう言語の名前に違いない。

「わたしは賢い者。忘れたの？　Syrrif drae と、あなたはそういった。しっかりきいて覚えたわ」

「Iokif」ドラゴンがくっくと笑い、笑い声が洞窟内に地震のように広がる。

いまの言葉はわからない。

「Kuirr tu kho」ドラゴンがいう。

「わたしが、あなたのもとに行きたがっているように見える？ ここまで飛んできて、さっさと食らってしまったらどうなの？」さすがにもう、追いかけっこにも飽きてきたことだろう。

しかしドラゴンの筋のある翼は背骨に折りたたまれたままだった。体が大きすぎて、この洞窟では翼が広げられないのだろう。助かった。生きてここを出られるチャンスがまだある。

「Sodo nitrerrad ki utirre diunif ira?…」エロディのまわりで、岩が次々と崩れおちていき、顔のすぐ前を岩が落下していく。石花を握る手に力をこめると、鋭い花が手に巻いた布を切り裂いた。

ドラゴンが洞窟から出ていった。

エロディは身を震わせる。べつの道がどうのこうのとドラゴンはいっていた。ここでは舞いあがれないが、だからといって、あきらめるつもりはないらしい。

しばらくその場にじっとして、ドラゴンの出現で粉々に砕けてしまった勇気のかけらを集めていく。

あとたった五十メートル。それだけ進めば、溶岩チューブは日差しと青空に口をあけている。

「わたしならできる」自分にいいきかせるようにつぶやいた。そうしてまたフロリアのことを考える。あの子の結婚式にわたしが出席しなかったら、きっとあの子は見捨てられたような気分になるだろう。生まれた子どもにプレゼントもあげられず、毎週頻繁に手紙のやりとりをすることもできない。「違う、わたしならできる。やらなきゃいけない」

血まみれの手で、半ば登り、半ば這いずって、急な傾斜を進んでいく。新たに皮膚を切られるごとに、大丈夫、日差しに近づいていると自分にいいきかせる。折れた肋骨や捻挫《ねんざ》した足首が新たな悲鳴をあげるたびに、ほらまた少し自由に近づいたと。

汗と泥で、視界がぼやけるなか、溶岩チューブのへりへ近づいていくと、太陽の光が肌に口づけをしてきた。これほどまでに日差しをありがたく感じたことがあっただろうか。新鮮な空気がこれほど美味しいなんて。果てしなく広がる大空。汚れた顔に安心の涙が静かに流れていく。

フロリア、父親、継母は、すでに出航の準備をすませていることだろう。もう結婚式は終わったのだから。となると、わたしは直接波止場にむかえばいい。頭のなかに記憶している地図によると、ここは南東端の麓《ふもと》だから、オーリアの広大な農地へ続く道にすぐ出られる。これまでに経験した過酷な旅を思えば、波止場まで行くなんて楽々だった。

「これからすぐ、そっちへむかうから」家族に伝えると同時に、自分にもいいきかせる。喜びに胸をふくらませながら、エロディは溶岩チューブのへりを乗り越え、地上へ飛びだすなり駆けだした。

と、ふいに目の前で地面が消えた。まるで山がギロチンで断頭されたように、そこから先がなくなっている。断崖から真っ逆さまに落ちる寸前で、エロディは金切り声をあげて足をとめた。

耳の奥が激しく脈打っている。巨岩にしがみついて、へりから下を覗いてみる。

頭のなかの地図は正しく、たしかにここは山の南東のはずれだったが、地勢が不正確だった。ドラゴンのすみかはすべて地下にあるものと勝手に思いこんでいた。だから、そこから抜けだしたなら、海と同じ高さに出ると思っていた。

しかしそうではなく、洞窟や隧道はすべて、山の中腹をくねくねと曲がりながら、頂上へむかっていたのだった。だからわたしは狭い頂に吐きだされた。最初に突き落とされた地点よりも、ずっと上まで来てしまった。

ここから先は、もう進めない。

エロディ

皮肉なことに、ここから見おろすオーリアのパノラマは、息を呑むほど美しかった。陽光に輝く宮殿は、山が誇らしげに胸に飾ったブローチのようだ。銀梨の果樹園、サングベリーの低い茂み、オーラム小麦の畑が、緑と金を接ぎあわせた鮮やかなパッチワークの低地に瑞々《みずみず》しい彩りを添えている。青い空にうっすらと浮かぶ雲は、画家が巧みな計算の上に絵筆でさっと刷いたかのようだった。

波止場も見える。ちらちら輝く空色の海で、船だまりに係留された、いくつもの船が波に揺られて上下している。どの船にも収穫物がどっさり積まれているようで、これから、はるか遠方の国々に売りに行って、空になった船にまた贅沢《ぜいたく》な品々をどっさり積んで帰ってくるのだろう。それとはべつに、小さな船団も見える。黄と青の縦縞模様を染めた旗を掲げている。あれはエロディが到着したときにはなかった。そしてデオメラス号。風にはためく鮮やかなオレンジ色のイノフェの国旗が、ここからでもはっきり見える。

家族の乗る船が、あんな遠くに――黒い陰謀の上に成り立つ美しい王国を背景に浮かんでいる。その光景がエロディの怒りに火をつけた。「血も涙もない冷酷な国。わたしを含め、たくさんの女性をドラゴンの餌食《えじき》として捧げてきた、その事実を知りながら、どうしておまえたちは、夜にぬけぬけと眠れるのか！」叫び声が、ハエヴィス山の紫がかった灰色の峰や谷にぶつかって反響し、風が怒りを運んでいく。

「おまえたちには、この土地に暮らす権利はない。汗水垂らして働く民を統治する資格もない」山の斜面から唾を吐いた。「わたしがドラゴンだったなら、不正なる手段で得た、見るもおぞましい城を焼き尽くしてやる」

宮殿をにらみながら、エロディは胸を大きく上下させる。金塊を鋳造《ちゅうぞう》するように、あの宮殿を岩のなかに溶かしこむことを想像する。もしこの山を脱出することができたなら、必ずや方法を見つけて、おまえたちが成した悪事のすべてに代償を支払わせてやる。八百年にわたる犠牲者。八百年にわたって失われてきた命。そのツケを全部支払ってもらう。

しかしそのためにはまず生き残らなければならない。エロディは断崖のへりから身を引いて、剣の切っ先のように熾烈《しれつ》な怒りから、しばし心を離す。低地に下りていって、家族と船の待つ場所へたどり着かねばならない。

洞窟内に引き返すことはできないとなると、残る選択肢はひとつ。断崖絶壁に突き出した、幅五十センチほどの岩棚を進んでいくしかない。それがどこへ続いているのかはわからない。角を曲がった先で突然途切れて、何もない斜面に変わるかもしれない。

と、岩棚のはじまり部分にVの文字が刻まれているのが目に留まった。

エロディは大きく息を吐いた。「ありがとう、V」やはりここを行くしかないのだ。

岩棚と呼ぶのもおこがましい、まったく頼りない岩のでっぱり。本当なら仲間の岩といっしょに落ちていかねばならなかったのに、それに気づかず取りのこされたかのようだった。

体を斜にして、ゆっくりと歩きだす。おずおずと踏みだす一歩ごとに、小石がぱらぱらと落ちていく。ここにはつかまる石花がない。進むも落ちるも山の機嫌次第。エロディにできることは、山の斜面にぎゅっと体を押しつけながら、足の下の岩棚が崩れないようひたすら祈るだけだ。

ハエヴィス山の曲面に沿う部分にさしかかると、岩棚の幅はさらに狭くなった。山のこの部分は、服の襞《ひだ》のように、日差しを遮断して濃い霧をはらんでいる。急激に下がった気温と、薄っぺらな服にじわじわ染みこんでくる水っぽい霧に、全身が震えてくる。一瞬だが、ドラゴンの洞窟の蒸し暑さが恋しくなった。

腕を伸ばしても、手から先は見えないほどの濃霧だったから、その先にちゃんと岩棚が続いているかどうか、一歩一歩爪先でたしかめてから、体重をかけないといけない。

まずは右足、そして左足
大丈夫、何も恐れずに

震える声で唱えながら、先へ進んでいく。

まずは右足、そして左足、

一歩ずつ前へ進んでいけば
必ずゴールにたどり着く
大丈夫、安心して前へ

濃密な霧のなかにすっぽり入ったところで、大きな風音が起きた。

ビュワン、ビュワン、ビュワンと凄まじい音が立て続けにとどろき、頭上で小さな土砂崩れが起きて岩がばらばら転がってくる。エロディは山の斜面に取りついて、落ちてくる岩をぎりぎりのところで避けた。

いったい、何が起きているの？

またもや強風が、ものすごい音をとどろかせる。聖杯の内側のようにくりぬかれたこの部分の形状が、風の音を増幅させているのだろうか？　パイプオルガンの洞窟で、ツバメの歌がわんわんと響いていたように。

次の風音は稲妻《いなずま》がはじけるようにとどろいた。空気が動いて霧が波のように逆巻く。またただ。そしてもう一度。だんだん近づいている——。

エロディは悲鳴をあげた。ドラゴンがいきなり目の前に現れた。筋の入った翼は、長い剣をいくつも溶接した巨大なパネルのようだった。飛びかかられて、とっさに身を引いた。さっきまでエロディが立っていた幅の狭い岩棚を、ドラゴンのかぎ爪ががっちりつかんでいる。

エロディは走った。岩棚がこの先も続いているかどうか、爪先で探っている余裕はなく、この道を進めといったVを信じるしかなかった。

「おまえを食らう」ドラゴンがかすれ声でいった。「ほかのプリンセスたちと同じように」

「わたしはそのほか大勢のプリンセスじゃない！　エロディという名前がある！」大声で叫んだ。「ほかのプリンセスたちにも、ちゃんと名前がある。ベアトリス！　アマイラ！　シャーリーン！　ファティマ！　オードリー！　ラシュミ！　ユージン！」壁に刻みつけられていた名前をかたっぱしから叫ぶ。「ひとつも忘れるな！　彼女たちに敬意を払え！」

ドラゴンが笑い声をあげて霧のなかに退いた。部隊を再編成してから、また攻撃しようというように。「そうか、とうとう、おまえの名前がわかった。エロディーーー。うまそうな名前だ」

名前を口のなかで転がして、前菜代わりに味わっているようで、エロディはぞっとした。

霧のなかからドラゴンの顔が飛びだした。紫の眼を細め、鼻孔をふくらませている。エロディは山肌に痛いほど背を押しつけて身がまえる。ドラゴンは乱暴に方向転換し、しっぽを岩に叩きつけて、エロディを岩から突き落とそうとする。

メルドゥ！　エロディはジャンプして、御影《みかげ》石の表面から生えている、ねじ曲がった木をつかんだ。

しかし木はエロディの体重を支えきれず、岩棚のへりにむかってかしぎだす。

「お願い、どうか……」エロディは断崖絶壁と対面する格好でぶら下がっている。「恐ろしいけれど、不可能ではない、恐ろしいけれど、不可能ではない」ほとんど叫び声になりながら、同じ言葉を何度も唱え、危なっかしげな木の細い幹に順番に手をかけて登っていく。

「Dakhi krerriv demerra se irrai?」ドラゴンが怒鳴った。「まだ逃げられると思っているのか?」眼下の霧のなかからいきなり姿を現した。「お遊びはもう終わりだ!」そういって火を吐いた。

つかまっている木の枝に火がついた。服にも火がついた。エロディは体当たりするようにして岩棚にもどり、岩の表面に体をなすりつけて火を消す。小さな木が爆発するように燃えあがり、山の斜面から根こそぎ抜けて、転がりながら奈落の底へ落ちていく。その光景にエロディは目を大きく見ひらいた。あと一秒でも遅れたら、あれといっしょに落ちていた……。

いや、それはない。それより先にドラゴンがつかまえてかぎ爪で叩きつぶしているか、口のなかで嚙みつぶされているだろう。

いま、足を置いている岩棚はさらに狭い。三十センチ、いや、それより……。

ドラゴンの炎で、束の間だが霧が晴れているのに気づき、次の瞬間、岩の表面に亀裂《きれつ》があるのを見つけた。狭くて窮屈《きゅうくつ》な地獄のような亀裂。しかし、唯一の希望でもある。

亀裂に腕を差しこんだ。ドラゴンがかぎ爪を伸ばしてこちらへむかってくる。エロディは亀裂に体を押しこみ、ドラゴンが岩に飛びつく直前に、さらに奥へ突っこんだ。それとほぼ同時に亀裂の入り口で、細かな岩屑が飛び散った。ドラゴンのかぎ爪にひっかかれた岩が崩れたのだ。

「Nyerru evoro. 逃げられないぞ、zedrae」

エロディは耳を貸さず、どんどん奥へ入っていく。やがて亀裂は広がって、狭苦しい岩の狭間からエロディは抜けだした。亀裂は頂にむかってまっすぐ上に走っているようで、てっぺんから日差しが細く入りこんでいる。さらに奥へ入っていくと、細長い空間に出た。いちばん広いところで、二メートル近い幅があり、深さは九メートルほどある。

「助かった」エロディは息を吐いた。

亀裂の奥は、ほぼ影に覆われている。しかし、日差しがわずかに位置を変えると、きらりと光る金属の輝きが目をとらえた。

一部が熱で溶けたティアラに、焦げた髪の房がへばりついている。見まちがえようのない赤毛だ。

その上方の岩壁に文字が刻まれている。

安全ではない

〜V

「マルディ・セウ」エロディは罵《のの》り言葉を吐いた。

後ろでドラゴンが怒鳴る。「そのプリンセスも、やはり手こずらせたらしい」

らしい？　Vを追いかけていたのは、このドラゴンではないということ？　ほかにあと何頭のドラゴンがいて、いつどんな理由でいなくなったのか？　べつのところへ移ったのか、それとも死んだのか？

「だが、その zedrae はとんでもない食わせものだった！」ドラゴンがいう。「Nitrerra santaif vor kir ni. おまえはもっと上等であってほしいものだ」

エロディははっとして振りむいた。ドラゴンの眼が亀裂を完全に塞いでいた。見えるのは邪悪な紫色と黄金の線だけ。

「冷酷なけだもの！」岩を片手に持てるだけすくって、ドラゴンの眼にむかって投げつけた。岩の鋭い角が眼に当たってドラゴンは悲鳴をあげ、取りついている岩をガタガタ揺らし、エロディの足場も震動する。

それでもエロディは岩を投げるのをやめない。もう失うものは何もなかった。この怪物にしてみれば、自分はアリ程度のものでしかないだろうが、アリであっても嚙みつくことはできる。だれがおめおめと引きさがるものか。「プリンセスたちを苦しめずに、すぐに食らえばいいのに、どうして？　哀れなおもちゃのように、いつまでももてあそぶ必要がどこにあるの？」

「それは、おまえたちが哀れなおもちゃだからだ」ドラゴンがぴしゃりといった。木に火花が散ったように、いまにも燃えあがりそうな声だった。

「わたしはイノフェ国からやってきたエロディ・ベイフォード。いまはオーリアの皇太子妃。わたしは――」

「おまえは、癪《しゃく》にさわるやつだ」ドラゴンが鼻孔から黄色い煙を勢いよく吐きだした。亀裂内に充満した刺激の強い煙に、エロディは咳きこんだ。喉の奥がいがいがし、腐った卵のような嫌な味が舌をちくちく刺してくる。目に涙が盛りあがってきた。痛めたほうの足首にうっかり体重をかけてバランスを崩し、ガクガク揺れる視界に耐えている。

「Kuirr. Nykuarrad etia」

「わたしが出ていかなかったら、どうするつもり?」エロディはきき、むずがゆく腫れあがってきた目をこする。「ここに置きざりにして腐るに任せるとか?」そういってエロディはVのティアラを指さした。「それとも彼女のように、この穴のなかで焼き殺す?」

ドラゴンはシューシュー音を出した。カミソリのような歯のあいだから空気を吸いこんでいるらしい。「彼女は焼かれて死んだのではない。わたしはおまえを火で殺すつもりはない。それ以外の選択肢が残されていない場合はべつだが。Vis kir vis. Sanae kir res. おまえはそれを理解していると思っていた」

命の代わりに命を。炎の代わりに血を。その言葉はもう何度もきいている。個々の言葉の意味はわかるが、全体で何をいいたいのかわからない。

それでも、ドラゴンはプリンセスをただ殺すのではなく、その身を食らうのだといいたいのはわかる。ひょっとしたら、必要なのはプリンセスの血か。

でもなんのために?

亀裂の入り口で、紫の眼が再びぎらぎら光った。「臆病者のように死ぬこともできるが、ここに出てきて、自分の運命と果敢にむき合うこともできるのだ」

エロディはまた岩をすくって投げつけた。

ドラゴンが亀裂から身を引き、怒鳴った。「KUIRR. NYKUARRAD ETIA」

「行かない！」エロディも怒鳴った。「絶対に出ていかない。降伏して血をやるより、ここで火炙《ひあぶ》りになったほうがよっぽどいい」

ドラゴンが吠え、鼻孔から黄色い煙を大量に吐きだした。命が尽きる瞬間になると人の脳内では、これまでの人生の記憶が早まわしされるときいたことがあり、エロディはその瞬間を待つ。きっといまに、眠るまで子守歌を歌ってくれた母の記憶が再生される。フロリアが生まれたときの記憶。イノフェのからからに乾燥した美しい土地を馬で駆けまわった記憶。迷路と笑顔。船乗りたちの言葉と笑いをもたらしてくれる物語。フロリアと新しい星座をいくつもつくった星月夜。

しかし、そういったこれまでの人生の映像は、いつまで経ってもはじまらない。

炎も飛んでこない。

代わりに、ドラゴンの怒った声がきこえた。「あれは何だ？」

そして不思議なことに、翼をはためかせる音とともに、ドラゴンはいなくなった。

いったいなぜ？

おそらく、これは罠《わな》だ。本当にドラゴンがいなくなったのかどうか、わたしがそれをたしかめに亀裂の入り口まで出ていくのをむこうは待っている。外に頭を出した瞬間に、狩られるのだ。

「Syrrif」と、エロディはドラゴンをほめた。「しかしそれぐらいの賢さでは、まだ足りない」

その場にじっとしていて、いまにもドラゴンがもどってきやしないかと、物音に耳をそばだてる。

しかし外はしんと静まるばかり。もうしばらく待ってみても、何もきこえない。ドラゴンは洞窟内ではこっそり動けるが、空中ではそうはいかない。翼をはためかす轟音《ごうおん》は防ぎようがなく、いまどこにいるのか知りたい者に、自分の居場所を自ずと知らせてしまう。

「わたしはまだ死んでいない」つぶやきながら、その事実が自分でも信じられない。

何かがドラゴンの注意をよそへ持っていったらしい。なんであるかは、どうでもいい。とにかくこれで時間が少しできた。生きている時間がわずかでも延びれば、生き残る確率もそれだけ高くなる。

が、ここでは何もできない。Vのティアラを見つめながら、希望の火が完全に消えるまで、ただじっと待っているわけにはいかない。

何かしていないと。凍りついてしまわぬよう、つねに動いていないと。Vのティアラに自分の運命を重ねる以外のことを、何かするのだ。

とりわけ先のとがった岩を拾いあげると、岩壁にドラゴンの口にした新たな言葉を刻みつけはじめた。意味を推測して翻訳を残そう。ドラゴンの言葉のいくつかをこちらが理解したと知って、むこうは驚いていた。会話が成立したプリンセスはわたしが初めてなのだろう。単なる食い物ではないプリンセス。

意味を解読できた言葉から、ドラゴンはずっとひとりでここにいたわけではないとわかった。

このドラゴンにもかつては家族がいたという、安全な洞窟にプリンセスたちが残した記憶とも合致する。この事実は重要だ……なぜかそんな気がする。理由はわからない。それでも、ハエヴィス・ヴェントヴィスをもっと理解できるようになれば、助けになるのはまちがいない。将来犠牲となるプリンセスたちにとっても有用だろう。

ドラゴンの発音した言葉の響きを思いだして、そこにとことん意識を集中する。硬い子音と、不気味なrの音。最初に受けた印象はそれだった。rの音は実に頻繁に出てきた。ドラゴンがつかう動詞のすべてにrがついていたような気がする。Kuirr は「出てこい」。Nykuarrad etia は、「二度はきかない」。この場合、動詞は nykuarrad だ。

「そうか。動詞は主語に合わせて変化するのだ」エロディは独り言をつぶやきながら、船乗りたちがつかっていた言語も動詞の最後が変化したことを思いだした。たとえば、「わたしが飲む」なら bébu、「あなたが飲むなら」bébuz、「わたしたちが飲む」なら bébinoz、「彼らが飲む」なら bébum と変化する。ドラゴンの言語もこれと同じ規則に従っているようだ。

いましがたドラゴンが発音した言葉と、それ以前に耳にした言葉もすべて俎上に載せて、思いだせる限りのフレーズを文法規則に則《のっと》って分解していく。

それが終わって、ドラゴンの言語の仕組みをほぼ理解してしまうと、もうやることがなくなった。この山からどうやって脱出するか、そちらの考えは一向に進まない。Nyerru evoro. おそらくドラゴンは嘘をついてはいない。ここで終わり、もう逃げられないのだ。

エロディは目をこすった。文法とむき合っているあいだに、ようやく刺激性のガスの効果が消えたらしい。Vのティアラにもう一度目をむける。

おやっと思い、眉を寄せて近づいていく。

Vの血文字が地面についている。そこから少し離れたところにもうひとつあり、そこから血が滴ったあとが点々と、壁沿いを右に一メートルほど続いていて、その先にまたVがあり、さらに――。

「えっ」エロディは息を呑んだ。

亀裂のいちばんはずれにあるくぼみが古い血で完全に覆われている。もとは大きな血だまりだったらしい。入ってきたばかりのときには、このあたりは影に覆われていて、よくわからなかった。ドラゴンの吐きだす刺激性の煙で目がよく見えなかったせいもある。

その血だまりへ足を踏み入れたとたん、血の海に横たわる女性の映像が浮かびあがった。片腕をドラゴンに食いちぎられている。

「愛しているわ、リザヴェッタ。愛しているわ、アンナ」血に保存された古い記憶のなかでヴィクトリアがささやいている。「まもなく、わたしもそっちに行くから」

ヴィクトリア　八百年前

死は想像以上に痛いものだった。骨から一本ずつ筋肉をはがされ、匙《さじ》をつかって骨髄のなかから魂をほじくりだされているようだ。痛みから逃げようと心は肉体を離れ、わたしという存在の終わりを予感して、締めくくりのために、はじまりへもどっていく。希望と夢にあふれていた、そもそものはじまりに。まだ家族のひとりも欠けていない、物事が悪いほうへ転がる前の時間に。

オーリアの島に到着したときのことは、まるで昨日のことのようにはっきり覚えている。両親のジョセフ王とキャルロッタ王妃。妹のリザヴェッタとアンナ、まだ赤ん坊の弟ジョセフ二世。祖国タリスが、壊滅的な地震と病虫害に襲われたため、民が暮らせる新たな土地を求めて、わたしたちは旅立った。四年にわたる苦しい航海を続けるなかで、民の半数以上を失った。あるときは疫病にやられ、またあるときには、敵愾心を燃やす他国人にやられた。やっとのことでたどり着いた島が、岩塩坑と塩水だけでできているとわかったり、ジャングルにはびこる病原菌を持つ虫に刺されて、屈強な民が次々と病に倒れたり。純粋な疲労で精根尽き果てて、もうそれ以上先へ進めなくなった者もいた。

民の多くを失った船団が、オーリアの沖に錨を下ろした瞬間、胸に湧きあがってきた、大きな喜びと安心をわたしはいまも忘れない。豊かな土壌がどこまでも広がる、外界から隔絶されたそこには、まだ人が住んでいなかった。肥沃な火山灰の土壌で豊富に育つ、銀梨や薬効のあるサングベリー、これまで口にしたことのない深い味わいと豊かな栄養を持つ穀物を食べて、弱りきっていた民は数週間のうちに元気を取りもどした。このオーリアこそ、自分たちがずっと探し求めていた救済の地だったのだ。

問題はひとつ。オーリアには人間でない先住者がいた。島唯一の山に、縄張り意識の強いドラゴンが棲みついていて、楽園にわたしたちが侵入してくるのを嫌った。

そうであっても、わたしたちにはもうここしかない。世界のほかの場所が何を与えてくれただろう。なきに等しかった。新しく生活をはじめるのに、この地以外は考えられない。ここなら疲れきった民も意欲を燃やして生活を建てなおすことができる。もう四年もの長きにわたって旅を続けてきたタリスの民は、ここに至って船でべつの島へむかうなど、とても考えられなかった。

それで父親は、騎士たちの手でドラゴンを退治させることにした。千年も前から生きている老齢のドラゴン一匹を倒すのは、そう難しいことではないと考えたのだ。

ところが、矢のとどくところまで到達するより先に、騎士はことごとく焼き殺された。ドラゴンは彼らをかぎ爪でまっぷたつに切り裂き、ぐったりとなった体を鎧《よろい》ごと岩壁に叩きつけた。丸呑みにされた騎士もいたが、残った死体はすべて、ゆがんだ金属と灰と骨といっしょに、山の麓《ふもと》に山積みにして、衆目にさらされた。

それからドラゴンは怒りも露《あら》わに舞いあがり、民がこしらえた、にわか作りの天幕へ飛んできた。こちらにも火をつけて燃やしてやろうというのだ。

王族の天幕は、庶民の天幕よりわずかにしっかりしている程度だが、そのなかで母親はリザヴェッタとアンナとその弟を抱いて、脅えてうずくまった。父は民を失望させてしまったのが悲しくて、ひたすら泣いている。

けれどわたしは、これが自分たちの運命の終わりだとは信じなかった。両親にとめられるのもきかずに、天幕から飛びだしていって、ドラゴンにむかって叫んだ。「わたしたちは罪を悔い改め、償いをいたします!」

ドラゴンはわたしにむかって咆哮《ほうこう》をあげた。忌まわしい翼をはためかせて中空に浮遊し、攻撃してくる様子はない。「ツグナイ?」ドラゴンはせせら笑った。相手の妙な発音を耳にしたとたん、自分の愚かさに気づいた。ひとりで走り出ていって、人間の言葉で訴えかけて、どうしてドラゴンが理解するだろう。

「わたしのいっていること、わかるでしょうか?」

ドラゴンは紫色の目をすーっと狭めた。「騎士たちの血を食らったゆえ、彼らの知り得たことはすべてわたしの頭のなかにある」

ドラゴンの計り知れない力と知性にぞっとして、全身に震えが走った。相手は単なる獣ではなかった。

それでもわたしは、ありったけの勇気を奮い起こす。民を救えるのは、もうわたししかいない。ほかの家族は皆脅えきって——当然だ——背後の天幕のなかですくみあがっている。「わたしたちの騎士が知っていることを、すべてご存じでしたら、わたしたちの望みは、ここで平和に暮らすことだけなのだと、おわかりいただけると思います」

ドラゴンが大声で笑った。少しも面白そうではなく、鼻孔から噴きだした煙が螺旋《らせん》を描いて空に昇っていく。「おまえたちの考える平和とは、まったく妙なものだ。騎士を送りだして、わたしを殺そうとしたのだから」

わたしはドラゴンの前にひれ伏した。「陛下、どうぞお許しください。わたしたちは四年のあいだ、根なし草のように海をさまよっておりました。多くを失って疲れ果て、絶望の淵に追いやられた結果、あなたを誤解するという大変な過ちを犯してしまいました。どうか、罪の償いをさせてください。お望みのものをなんでも差しあげます。争うことなく、この地で共存したい。わたしたちの願いはそれだけなのです」

ドラゴンがわたしの頭上へ舞いあがった。「望むものをなんでも、だと?」迫り来る嵐のような声でドラゴンがきいた。

わたしは相手を怒らせるのが恐ろしく、ひれ伏した姿勢のままでいる。「わたしの権限で用意できるものでしたら、なんでも差しあげます、陛下」

ドラゴンは深々と息を吸い、くちびるを舐めた。爬虫類《はちゅうるい》のそれに似たドラゴンの舌は、くちびるを舐めるとき、剣で鎖帷子《くさりかたびら》を切り裂くような、ジャッという音をたてた。「高貴な血」ドラゴンがいう。「おまえの血を寄越せ」

わたしは弾かれたように上体を起こした。「それはつまり……血をお飲みになりたいということですか？」心臓の激しい鼓動が、血管を伝わって全身を震わす。ドラゴンの欲しがるものが、まさにいま血管を流れている。

ドラゴンが低い位置まで舞いおりてきて、また深々と息を吸いこんだ。まるでわたしの匂いをかいでいるかのようだった。それだけ近づいてきたので、わたしのほうでも相手の匂いがかげた。つんとする硫黄《いおう》と苦い煙と動物の皮が混じった匂いのなかに、死を思わせる鉄臭い気配がある。

「zedrae、飲み物はいらぬ。わたしはおまえを食らいたい。わたしのすみかに送りこまれてきた男たちも、まあ食えないことはなかった。しかしおまえは――おまえの血は気品と力に満ちて、さぞ美味いだろう」

「だめよ！」十二歳の妹アンナが安全な天幕から駆けだしてきて、叫んだ。そのすぐあとに、アンナと二歳しか変わらない、上の妹リザヴェッタがついてきている。ふたりとも、わたしを守るように抱きついてきた。

「おやおや、この匂い。さらに増えたようだ」ドラゴンが着地して、わたしたちのいる地面が揺れた。タリスで経験した地震とそっくりな震動に、わたしの胸に恐怖が盛りあがり、妹たちをきつく抱きしめた。

「三人まとめていただくとしよう」ドラゴンはいい、爬虫類の笑顔としかいいようのない顔でにっこり笑った。歯を剝きだし、愉快な取引が成功した喜びに口角をきゅっと持ちあげている。

「そして、これからは毎年、三人分の王族の血をいただくことにする」

アンナがわたしの脇に顔を押しつけた。リザヴェッタはドラゴンをにらみつけてこういった。

「あなたが王女を三人も食べてしまったら、次の年に捧げる王女がどこにいるっていうの？王族は木に生えてるわけじゃないのよ」

「見つけるのだ。〝ここで平和に暮らす〟のが望みだというなら」脅し文句代わりに、ドラゴンはわたしの口にした言葉をそのまま突きかえしてきた。「それが取引だ。おまえたちはこの島にとどまって、好きなものを収穫する。その代わりわたしは、わたしの欲しいものをいただく。Vis kir vis」

「ほかに方法はないのですか？」わたしはいった。声がずっと小さくなった。

「なんでも差しあげると、おまえがそういったのだぞ」ドラゴンが嚙みつくようにいい、鼻孔から噴きだした炎がゆらめいた。「決断するまでに、三日三晩をやろう。三日目の晩にわたしのすみかに三人の王女がとどかなかったら、取引は成立しなかったものと考え、おまえたちをすべて滅ぼす」

カミソリの刃のような翼をはためかせて、ドラゴンは空に舞いあがった。最後に凄まじい咆哮をあげて、あらゆる天幕を支柱から引き剝がすと、あっというまに空のかなたに消えた。これまでわたしたちが乗ったどんな船も、あれほど速く海の上を進むことはできなかった。

て運んでいる。

「死にたくない」崩れた天幕に三人でもどっていきながら、リザヴェッタは泣いている。アンナはドラゴンが最後に残した脅し文句に耐えられず、地面にくずおれてしまい、わたしが抱いて運んでいる。

「おまえたちを死なせはしない」天幕でわたしたちを迎えた王がきっぱりいった。「こんな呪われた島にはいられない。すぐに出発しよう――」

「お父様、無理です」わたしはいった。「また民をあちこち引きまわすことはできません。もうそんな元気は残っていない。もしここを出たら、民は皆死んでしまいます。わたしたちの歴史が途絶えてしまうのです」

「自分の娘をドラゴンの餌食《えじき》になどするものか」

「わたしだって、妹たちをそんな目に遭わせるつもりはありません」できるだけ冷静にいった。全身のあらゆる部分が震えているものの、生き残る道を見つけられるかどうかは、この自分にかかっている。王はもうぼろきれのようにすり切れていた。死にかけた民のために戦い、当てもない旅に民を率いて苦しみぬいた。王妃は愛情と気品に満ちているが、わたしたちが直面する困難に真正面からぶつかっていけるほど強くはない。

しかしわたしは、不運に鍛えられてきた娘。荒れた海や生きるのに厳しい土地で思春期を過ごし、飢えと病に慣らされてきた。一歩足を踏みはずせば絶望の淵に落ちる、そんな危うい環境で大人の女になったから、民を率いる立場の人間は決して希望を捨ててはいけないと知っている。ランタンの油が残り少なになって芯も短くなり、ちらちらする光がいまにも消えそうになっている。それでもその消えそうな光にしがみつくのが、人の先頭に立つ者の責任であり、義務であり、わたしはそれを厳粛に受けとめていた。崩壊寸前の王国を救える人間がどこかにいるとしたら、それはわたしだ。

「騎士たちは、ドラゴンを退治できる距離まで近づくことができずに失敗しました。しかし、ドラゴンのすみかまでわたしたちを運んでもらえば、成功のチャンスが生まれます」

アンナが哀れっぽい声をもらした。「わたしは、剣なんてつかえない」

「わたしたちの武器は剣じゃなくて、もっと小さくて強力なものよ」わたしはいって、妹の髪をなでた。「アンナ、あなたのようにね」

「じゃあ短剣?」

「毒」わたしはいった。

「お姉様は、わたしが毒だと思ってるの?」アンナが泣きだした。

恐怖に駆られているはずが、わたしは思わず笑いだした。恐怖ゆえに笑っているのかもしれない。「違う違う、アンナは毒なんかじゃない。つまらないたとえをしてごめんなさいね。わたしがいいたかったのは、ドラゴンが予想もしないやり方で倒す方法。わたしたちの血を差しだす代わりに、ドラゴンの水飲み場に毒を入れてやるの。わずかな量でドラゴンを死に至らしめる猛毒をね。そうすれば、わたしたちの民は、この島に自由に根を張って、何百年も先の未来まで、平和と繁栄を謳歌《おうか》できる」

三日目の晩、陰鬱《いんうつ》な空に月が昇ると、王妃はまだ赤ん坊の弟を抱いて天幕に残ったが、王と騎士たちは、リザヴェッタ、アンナ、わたしに付き添ってドラゴンのすみかがある山の入り口へむかった。装備はごく簡単に。飲み水とわずかな食料を、ドレスの襞《ひだ》やケープのポケットに隠した。三人とも、いわれるがままに身を差しだす従順な犠牲として、ドラゴンの前に出ていかなくてはならない。毒は、わたしが首から下げる水晶の瓶に入っている。宝石のペンダントにしか見えないが、なかには一滴で、船上のネズミを一ダース殺せる威力を持つ毒が入っている。ひと瓶全部くれてやれば、飲んで一時間もしないうちに、ドラゴンを一ダース殺すこともできるだろう。

「やめてもいいんだぞ」三人の娘を抱きしめながら王がいった。「まだ逃げることはできる」

「いいえ、もう逃げられない」リザヴェッタがいう。「ヴィクトリアのいうとおりよ。わたしたちが未来にむかって生きていくには、こうするしかない」

「お姉様がいるから大丈夫」アンナが小さな頭を父親のあごひげにこすりつける。

「そう、大丈夫よ」わたしはいいながら、それが嘘でないことを願って、首に下がる小瓶に手を押し当てる。「わたしたちは生き残る」

王は娘たちひとりひとりに口づけをしたが、別れの言葉は口にしなかった。それはわたしも同じ。妹たちとともに、明日の晩にはもどるつもりだった。

洞窟内には徒歩で入っていく。そこは斥候《せっこう》が事前に見つけた経路で、騎士たちがドラゴンのすみかを襲撃するのにつかうはずだったが、そのチャンスは訪れなかった。リザヴェッタ、アンナ、わたしのいずれも、自分でランタンを手にして起伏の激しい道を極力慎重に進んでいく。一度でも足を踏みはずして物音をたてようものなら、こちらの到着をドラゴンに知られてしまう。それはどうしても避けなければならない。わたしがドラゴンの水源に毒を入れに行くあいだ、妹たちを待たせておく安全な場所を見つけたかった。

「Kosor, zedrae. Oniserrai dymerrif ferkorrikh」ドラゴンの声が洞窟内に響きわたった。

リザヴェッタとアンナが金切り声をあげた。

「姿を見せてください」妹たちを自分の背中に隠しながら、わたしはいった。相手が熟知している領土に入りこんで、どうして見つからずにいられると思ったのか。

ドラゴンが笑い声をあげた。「姿を見せるのは、わたしがその気になってからだ。いまはわが領土を探検させてやろう」

「どうしてなの？」アンナがドラゴンにきいた。

「恐怖がにじんだ血の味が好きだからだ」

リザヴェッタがかっとなった。「じゃああなたは、ばかでかいネコといっしょね。食べ物をおもちゃにするんだから」

「Ed, zedrae……」

恐ろしい静寂。それからふいに、シューッという耳をつんざくような音がして、左手に口をあけた隧道《すいどう》から、刺激性の黄色いガスが勢いよく噴きだしてきた。もうもうと広がるガスで、目や肺が焼けるように痛い。三人そろって叫び声をあげながら洞窟の奥深くへ走っていく。お互いに体をぶつけ、滑って転び、手や膝を切って血が噴きだす。ランタンもどこかに叩きつけて落としてしまい、あとはもう闇のなかをめちゃくちゃに進んでいった。

そのあとに続いた悲惨な毎日。それを思いだして語るのは耐えられない。わたしの決断が妹たちを死に追いやった。いえるのはそれだけだ。心のなかに入れた妹たちの魂はずしりと重く、心臓が鼓動するたびに、ふたりの恐怖と痛みを感じている。


それからは、まだ生きている自分を恨んだ。それでも忘れてはいない。わたしがドラゴンを殺して生き残らなければ、アンナやリザヴェッタだけでなく、大勢のプリンセスたちを死に追いやることになるのだと。

やはりドラゴンを毒殺しなければならない。そして、わたしが失敗しても、犠牲になるほかの王族が逃げられるように、役に立つ情報をできるだけ多く残しておこう。

しかし、ドラゴンの飲み水に毒を入れるという最初の計画は、実現不可能だとわかってきた。地下に井戸のようなものはなく、もし地下の泉や秘密の川があったとしても巧妙に隠されていて、どこにあるのかわからない。

そうなると、残された選択肢はひとつしかない。それを実行に移すことにする。自分で毒をあおり、ドラゴンが欲しがる血で、ドラゴンを滅ぼすのだ。

すでに片腕を食われている。それでもここに引き返してきたのは、一瞬勇気がしぼんでしまったからで、狭い亀裂《きれつ》の奥深くに逃げこんだ。しかし、このままでは貴重な血と時間を失うばかりだ。自分のなすべきことはわかっている。さあ外に出ていって、この身と、この身に流れる汚れた血を、激怒している獣に捧げよう。

自分の行動には責任を取らねばならない。傲慢《ごうまん》にもわたしはドラゴンと取引をし、その結果、将来にわたって多くの犠牲者を出すことになった。毎年王族の血筋の者をドラゴンに差しだすといって、わたしたちが帰らなければ、残る王族は、王と王妃と赤ん坊の王子だけだ。王族の血を絶やさぬためには、王子を結婚させて子孫を残さねばならない。しかし赤ん坊の王子が子どもをもうけるにはまだ長い時間が必要で、それまでは、毎年収穫期に三度王子を結婚させ、その妻を邪悪な怪物に捧げなければならないのだ。

しかし、もう一度同じ立場に立たされたとしても、わたしはドラゴンと取引をしただろう。なぜなら、君主の義務は、少数を犠牲にしても大勢を助けることだからだ。わたしの取引もそれだ。

あとはこの作戦が成功するよう祈るばかり。ドラゴンよ、わたしの肉と血を存分に食らえ。そうすれば、たった一時間で、わたしの民は救われる。

もし失敗したら……将来苦しむことになるプリンセスたちにお詫びをするしかない。彼女たちもオーリアを守るために死なねばならないのだから。しかし、たとえそうであっても、自分が気高い伝統の一部になることを、未来のプリンセスたちも誇らしく思うべきだろう。その命は無駄になるのではない。わたしの妹たちの命も、わたしの命も、無駄に捧げられたのではない。

Vis kir vis.
わたしは、わたしたちが犠牲になったことを誇らしく思う。

エロディ

エロディはヴィクトリアの血の染みにむかって石を投げつけた。「自分を誇らしく思うですって？　わたしは気高い犠牲？　ふざけたことを！　冗談じゃない！　いったい何様のつもり？」さらにたくさんの石をつかんで、ヴィクトリアが血で残した告白にむかって投げつけた。「どうしようもない偽善者！　反吐《へど》が出る！　あんたなんて、あんたなんて……最低！」

かかとを軸にしてまわり、もっと大きな石をつかんでヴィクトリアの血の染みにむかって力一杯投げつける。それだけでは終わらずに次々と投げ続け、しまいに憑きものがとれたように手がとまり、しゅんとなった。

地面にしゃがんで膝を抱える。

「あなたは、わたしのヒーローだった。わたしがそこに希望を見いだしたランタンの光だった……それなのに蓋をあけてみたら、まったくひどい人間だった。いったいあなたのことを、どう考えればいいの？」

そこでエロディはさらにしおれた。ヴィクトリアのいいたいことも理解できるからだ。結局のところ、自分も民のために己を捧げることに賛成したのだ。ドラゴンの餌食《えじき》になってもいいと、はっきりそういったわけではないけれど。でもそれをいうなら、ヴィクトリアだって、まさか将来八百年にわたって、王女たちを犠牲にすることになるとは思っていなかった。

それどころか、ヴィクトリアの残した記憶によれば、ドラゴンとの取引材料は、王族の血であって、王女のそれに限定されてはいなかった。つまり、女性ばかりを犠牲として捧げるよう決めたのは、オーリアの王族なのだ。ヴィクトリアとその妹たちを死なせてしまったあとは息子しか生まれなかったから、収穫期に犠牲として三人の王女を差しだすという「伝統」にしたほうが、身内である子どもを犠牲にしなくてすむので都合がよかった。

胃がむかむかしてきた。ヴィクトリアの血とティアラを、それ以上見ていられなくなって顔をそむけた。

そして、立ちあがった。亀裂《きれつ》の端から端まで、行ったり来たりして歩きながら、どうにかして脱出する方法はないものかと考えるが、いい案は浮かばない。この亀裂は山の斜面に口をあけているから、そちらへ行くことはできず、もどるしかない。けれど、ドラゴンのすみかにもどる気など毛頭なかった。

せかせかと歩きながら、エロディは外にむかってずっと耳をそばだてている。いまに翼のはばたきや、煙臭い息を吐き出す音がきこえてくるかもしれない。ところが、あたりはしんと静まって、まるでハエヴィス山には自分ひとりしかおらず、文明から遠く隔絶されている心細さを感じる。

「たしかに、この野蛮な王国は文明国にはほど遠い」エロディの胸に怒りがぶり返してきた。それでもその怒りと、問題を解決せねばならないという意識があるから、パニックや絶望を腹の奥底に抑えておくことができた。もし怒りと論理を手放してしまったら、恐怖に翻弄《ほんろう》されて、頭も体もつかいものにならなくなる。そうなってしまったら、もうドラゴンに降伏するしかない。

山積みになっている岩を足で蹴って、亀裂の開口部から外へ落とす。岩は空を切ってまっすぐ落ちていき、やがて山の斜面の遙か下のほうで、何かにぶつかる音がした——その音もほんのかすかで、遠かった。

自分が落ちても、同じ末路をたどるのだ。最後は斜面に叩きつけられて粉々になる。

一瞬目を閉じて考える。もしかしたら、そういう形でこれを終わらせるのがいちばんいいのかもしれない。ドラゴンが欲しがっているものを渡すのを拒否する。結局死が避けられないのなら、そこに至る形は自分の好きなように選ぶべきだろう。

ただ、この亀裂の外に落ちて死ぬというなら、死の直前まで恐怖をたっぷり味わうのを覚悟しないといけない。それよりは、ここでドラゴンがやってくるのを待って、手こずらせる獲物への罰として、洞窟のなかで一瞬のうちに焼き殺されたほうがいいのかもしれない。

足を忍ばせて、亀裂の入り口へと歩いていく。もしドラゴンが近くにいるなら、さっき石を蹴り飛ばした物音に反応しているはずだった。入り口の手前で足をとめ、何もきこえないのを確認してから、思いきって顔を外に出してみた。

外で待ち伏せている者はいなかった。どういう理由だか知らないが、ドラゴンはわたしをここに置きざりにしたらしい。

かりだろう。

しかし、どうして？　獲物をここまで追い詰めたのだ。もう狩りは終了で、あとは食らうば
何か差しせまった用事がなければ、こんなところに置きざりにはしないはず。

と、そこでどこかから言葉が流れてきた。ドラゴンの言葉ではなく、人間の言葉だ。

風むきが変わって、束の間霧が晴れた。遠くのほうで松明《たいまつ》が五つほど燃えているのが見える。これまで影になっていて見えなかった初めて見る斜面だった。畝《うね》のように細長く張りだした部分が水平に伸びていて、ところどころ滑落したように途切れている。かつては水平に伸びる溶岩チューブだったのが、天井の一部と側面が、時の経過に連れて崩落したのだろう。ドラゴンが上から襲いかかってきても天井が守ってくれるだろうが、側面ががらあきなので、ここからだとなかが丸見えだった。

あれはドラゴンの洞窟に入る、またべつの経路？　とそこで、ヴィクトリアと妹たちがどうやってドラゴンのすみかへ入っていったかを、Vが記憶のなかで語っていたのを思いだした。彼女たちはわたしのように突き落とされたのではなく、自ら志願してそこへ入っていった。食料や水や毒を準備して、徒歩でドラゴンのすみかへむかったのだ。

風にはためく旗。緋色と金色のオーリアの国旗ではなく、オレンジ。イノフェの国旗だ。

「お父様？」エロディはそっとささやいた。

娘を裏切った父親だと思いだして、胸が締めつけられる。しかしそれと同時に、父の姿を目にして心臓の鼓動が速くなった。助けに来てくれた。オーリアへの船旅に付き添ってきた六人

の船乗りとともに。いろんな感情がごちゃまぜに胸のなかで渦巻くものの、そのなかでほかを圧して優位に立っているのは「希望」だった。

「お父様？　きこえる？」エロディは叫んだ。「わたしはここよ！」

反応はない。霧がエロディの叫び声を丸ごと呑みこんでしまった。

「Bocé pudum me ovir?」船乗りたちの共通語で叫んでみる。「Púr favour me ajúdum!」

やはり反応はなかった。どんな言語で叫ぼうと、声がとどかない。

これはもう引きさがるしかない。

エロディはためらった。父親の顔など二度と見たくないと思っていた。父はどうしてこんな結婚に同意したのか？　たとえ一度は同意したとしても、娘を峡谷に突き落とす段になって、なぜその屈辱に抗おうとしなかったのか？

エロディは頭を強く振って、その疑問を追い払った。それはあとで考えればいい。安全が確保できてから。いまいちばん重要なのは、父親が助けに来てくれているという事実で、父が到着したときに自分がそこにいなければならないということだ。

ドラゴンがすでに彼らを目にしていることを思えばなおさらだ。きっと迷宮を進むうちに、ドラゴンにやられる……父もその手下の者たちも、戦う相手のことを何も知らないのだ。エロディはあわてて亀裂の入り口から斜面に出た。

こちらの経路はあり得ないと思っていたが、いまはそうするしかない。

ヴィクトリアの記憶が残る亀裂をあとにして、山の斜面に伸びる吹きさらしの狭い岩棚に出ていく。イノフェの救出隊と落ち合うために急がなければならないが、うっかりすると山の斜面から真っ逆さまに落ちてしまう危険もあるから、慎重にならないと。

一歩一歩踏みだす足の下で、いまにも岩棚が崩れそうに思える。斜面の岩の一部が動いたと思ったら、そこにしがみついて生えていた木もろともに雪崩《なだれ》落ちた。エロディは横っ飛びして、次の岩棚へ移る。

息を詰めながら、片方の足の前にもう片方の足を出し、怪我をしたカニのように一度に少しずつ、じりじりと進んでいく。

そうしながら、何度も肩越しに父親たちの進捗状況をうかがう。まだ岩の天井が続いている地点にいるから、上から襲撃を受けることはないだろう。いまのところは。

慎重に足を運んで、ドラゴンのいる洞窟目指してさらに進んでいく。霧が視界を塞いだと思ったら、手を掛け違えた岩の面が崩れおちて、砂利と砂ぼこりに顔をはたかれ、目を刺される。いま危険にさらされているものを、あまり深く考えない。父へのわだかまりもいまは忘れる。自分より先に、ドラゴンが父たちを見つけたらどうなるか、それも考えない。

あともう少しで、石花の洞窟に通じる溶岩チューブに入れる地点まで来た。下を見ると、救出隊がロープをほどいて下におろしている。それより先では古い溶岩チューブが完全に崩落していたが、その下方に、洞窟内に通じている隧道《すいどう》が口をあけているようだった。

エロディは頭のなかにある地図を素早く確認する。救出隊は、ドラゴンの迷宮の南西側から入るのだろう。そのあたりの地図には脱出につかえるような経路は描かれていなかった。きっとヴィクトリアの時代が終わってすぐ、崩落したのかもしれない。以前にもそういう隧道があった。おそらく、生き残るのに役立つものは何もなく、ロープをつかって登るしかない断崖絶壁になっているのだろう。

イノフェの船乗りならロープを操るのはお手の物だ。しかし洞窟に入ったらもうそこは、ドラゴンの縄張りであって、いつ攻撃されてもおかしくない。

それは自分も同じ。だが、少なくとも地下の地勢は心得ている。ドラゴンはきっと、わたしがまだ崖の斜面にできた亀裂のなかにいると思っているだろうから、ここでわたしを探すことはないだろう。ドラゴンの注意はすべて、父親と船乗りたちにむけられる。

すぐ行くわ、お父様。心のなかでそういって、最後に一度だけ救出隊に視線をむけた。それから大急ぎで煙突のような溶岩チューブを下りて石花の洞窟へ下りていった。

イノフェの男たちを案内して、アレクサンドラは隧道《すいどう》を下りていく。縦樋のような滑りやすいトンネルで、滑落して下の岩に激突するのを避ける唯一の方法が、ロープをつかうことだった。いまでこそアレクサンドラは人材発掘も担う船乗りだが、生まれ育った家では、家族が皆キノコ狩りをこよなく愛していた。ハエヴィス山の、湿って日の当たらない斜面はキノコ狩りにうってつけの場所で、家族そろってよく来ていた。そのときはドラゴンが出てくる心配をする必要はなかった。何しろ一般庶民はだれひとり、ドラゴンの姿を見たことはないのだ。プリンセスの血を毎年捧げるようになってから、それを受け取る時期以外は、ドラゴンは山の奥深くに引きこもっているからだ。いったいそこで何をしているのか、だれにもわからないが、人間が余計な手出しをしない限り、ドラゴンはオーリアの民を放っておいてくれた。

しかしいま、アレクサンドラは長きにわたってオーリアで守られてきた暗黙の誓約を破っている。娘コーラの恐れ知らずの行動は、無知から来るものであるとはわかっていても、その心のあり方は正しかった。それでアレクサンドラは、自分の心に問うことになった。わたしはどうして、コーラに優しさを見せてくれたプリンセスを怪物に食わせることができるのか？　毎年、罪もない若い女性がドラゴンの餌食《えじき》になっている。自分のような女は生きて年を重ねていくことができるのに、プリンセスたちには未来がない。

それでアレクサンドラは家族には内緒で、ベイフォード公爵に申し出た。エロディがまだ生きている可能性があると信じ、彼女を救いたいと考えるなら、自分が山に案内すると。オーリアに娘を捧げたことを心底後悔していた公爵はふたつ返事で誘いに乗ってきた。

そういうわけで、いまアレクサンドラはここにいて、イノフェの船乗り半ダースを、橇《そり》競技に使われるような隧道の深みに下ろして、ドラゴンのすみかへとむかわせている。軽はずみな行動と誹《そし》られても仕方がない。もしエロディの救出に成功したら、ドラゴンが激怒することは火を見るより明らかだった。しかし、もうアレクサンドラも見て見ぬふりはできない。自分が不正に目をつぶり、そんなことは起きていないというふりをするなか、娘は果敢《かかん》に声をあげ、行動を起こそうとしたのだから。

男たちはロープを固定してから、ひとりひとり順番に滑りおりていく。隧道は垂直に近い形で伸びており、側面はつるつるとなめらかだ。ガラスのような岩の表面のところどころに、黄色いキノコが群れて生えている。ここはアレクサンドラの母親が気に入っていた採集地のひとつで、ハーネスにくくりつけられて下ろしてもらい、羽根に似たレモン色の傘のキノコを摘み取っていた日のことをいまでも覚えている。あれは九歳、ちょうどいまのコーラと同じ年だった。

最後に下りるのはベイフォード公爵。底まで下りたところで、ロープを数回引っぱって、無事下まで下りられたことをアレクサンドラに知らせる。

アレクサンドラの仕事はここまでだ。曲がりくねった山道を案内することはできても、救助隊に加わって、ドラゴンと戦うことはできない。ここで待って、イノフェの男たちがエロディ皇太子妃を取りもどしてきたら、ロープで引きあげる。もし日没までにもどってこなかったら――あるいは、アレクサンドラの身に危険が迫ってきたら――逃げることになっている。そうでなければ、案内は頼めないと公爵にいわれた。またべつの家族を引き裂くことなどできない、すでに自分の家族はバラバラになっているのだからと。

「どうか幸運を」アレクサンドラはトンネルの下にむかってささやいた。その言葉が必ず下までとどくと信じて。

それから、張りだした岩の下に身を落ちつけ、みんなが無事帰還するよう祈りを捧げる。自分の起こした行動によって、オーリアの民にどんな災いがふりかかるかわからないが、どうか許してほしいと、それも祈った。

エロディ

エロディは石花の洞窟の壁を極力慎重に下りていく。切り傷だらけの手と、捻挫《ねんざ》した足首が激しい痛みを訴えているが、そもそも全身が疲労しているので、いつ力尽きて滑落するかわからない。落ちた衝撃で死ななかったとしても、その物音で、ここにもどってきたことをドラゴンに知られて殺される。鋭い花から石花は皮膚を守るために、ドレスからまた布地を破りとって巻きつけたものの、布の上からでも石花は皮膚を切り裂き、激しい痛みに思わず手を離してしまったことが何度もあった。ようやく洞窟の地面に飛びおりたが、そのときにはもう、指も足の裏も痙攣《けいれん》して固く丸まり、役に立たないかぎ爪のようになっていた。巻きつけた布が血でぐっしょり染まっている。

傷を治療してくれる発光虫をいくらか連れてくればよかったと思う。けれど、最初に石花の洞窟に入ったときは、ツバメを追いかけるのに夢中で、そこまで気がまわらなかった。仕方ないので、動きだしたときにまた傷口がひらかないように、血が固まるのを待つことにする。血を流しながら移動すれば、その匂いでドラゴンはすぐ獲物の居場所を突きとめるだろう。無数にある小さな傷にも布を押し当てて、傷口が少しでも早く塞がるよう、しみ出してくる血を拭きとっていく。

それに思いのほか時間がかかった。もう血の流れている箇所はないことを確認してから、父親たちのいる場所を目指して歩きだす。うっかりして、そこへドラゴンをまっすぐ導くことになるのだけは避けたい。

とはいえ、すでにドラゴンが彼らを見つけていれば、もうどうしようもない。

ツバメの音楽が響く洞窟を急いで抜けて、迷宮へもどっていく。ここから安全な洞窟までの経路は、曲がり角もねじれた部分もすべて記憶にとどめてあるが、父親たちがいま通っている経路には、まだ足を踏み入れたことがない。昔からフロリアのために、いくつもの迷路をつくっては解いてやった、その経験がこういうときに活きる。

いくつか角を曲がってみたが、どっちへ行っても、土砂が崩れて行き止まりになっている。それでも洞窟の壁に描かれた地図を頭のなかに再現することはできるし、迷路のように、あともどりをしながらべつの経路を見つける技術も会得している。再び迷宮の奥深くまで入りこんでいくと、やがて父親たちの声がきこえた。おそらく自分がいまいるのは、彼らがいる洞窟の天井にあたる隧道《すいどう》だ。途中に多孔質の岩があって、その孔から下の洞窟の様子をうかがうことができた。父親たちの姿は見えない。まだ先のほうにいるのだろう。

船乗りというのは大声で話をするのが常で、その声が迷宮の奥まで響きわたる。まるで赤い旗を振って、こっちだこっちだと、居場所をドラゴンに知らせているようなものだった。

しっ！　静かに！　思わず怒鳴りたくなったが、もちろんそれはできない。自分の居場所まで知らせてしまうことになるからだ。

「ありゃ、何だ?」船乗りのひとりがいった。ぶっきらぼうな口調。あの独特の訛りはアント。デオメラス号のクルーのなかでいちばん腕っぷしの強い男だ。

「盾《たて》か兜《かぶと》が、熱で溶けたんだろう」べつの声がいう。まだかなり距離があるというのに、声の震えがここまで伝わってきた。これはガウミオット。エロディィの好きな船乗りだった。「先客がいたんだろうよ。ドラゴン狩りにやってきたやつらが」

「何がうれしくて、そんなばかげたことをするんだ?」アントがきいた。

「ドラゴンの血にまつわる伝説がある」ほかの男たちより一段と低い声はジョルドゥだ。

「その血を食らえば、オレのトカゲちゃんが、ケダモノに変わるってか?」ガウミオットが高笑いをした。卑猥《ひわい》なジョークで神経の高ぶりを抑えようとしているのだろう。

「くだらないことをいってるんじゃない」と父親。「それにもっと声を落としなさい。ドラゴンに居場所を知られたらどうする」

エロディィもイノフェの男たちも、ずいぶん先へ進んだ。まもなくエロディィは彼らたちの真上に出てきた。岩を穿つ小さな孔のいくつかから、皆の様子をうかがえる。船乗りたちは鎧《よろい》でぎこちなく身を固めていた。ふだんは船上で動きやすいように、ゆったりした服を着ている彼らが、鎖帷子《くさりかたびら》と金属板で体を覆っているのだから、さぞ窮屈《きゅうくつ》だろう。どこであんなものを手に入れたのだろう? オーリアの騎士たちからくすねてきたのか。

しかしエロディィが父親にささやきかけるより先に、最悪の音が響いてきた。岩に皮がこすれる音。

「DEV ADERRUT?」

大変。ドラゴンだ！

目にもとまらぬ速さとはこのことだった。船乗りたちのいる洞窟に、黒っぽい鱗《うろこ》の連なりと、赤い炎の筋が流れたと思った瞬間、悲鳴をあげる暇もなくガウミオットがドラゴンにつかまっていた。金属のきしる音。ガウミオットの鎧が引き裂かれ、肉が引きちぎられ、骨が折られる。湿り気を帯びたやわらかな音、固さと脆《もろ》さを思わせる音、きくに堪えない音が連続して響いた。

エロディはぎょっとして身を引き、頭上で口をあけている上層の隧道に飛びこんだ。海での冒険話を何時間も語ってフロリアを楽しませていたガウミオット。船に乗りこんだ当初ずっと船酔いで苦しんでいた継母《ままはは》の世話をしていたのも彼だった。

その人がもういない。

「逃げろ、ラヴェラ大尉！」父親が、最初に下りた洞窟のほうへ声をはりあげた。

オーリア国の大使が、彼らをここまで案内してきたのか？

しかし、いまはそれについて考えている暇はない。下では父がほかの船乗りたちとともに剣を抜いていた。六人の人間で、獰猛《どうもう》な古代の怪物と戦う。この怪物はこんな少人数の遠征隊とは比べ物にならない騎士の大群を過去に相手にして、生き残っている。できることならこの悲痛なひとときを、膝を胸に抱えて顔を埋め、耳に蜜蠟《みつろう》を詰めこんでやり過ごしたい。

しかし、父の姿から目を離すことができない。船乗りたちは公爵をかばって自分たちの後ろに追いやり、荒々しい鬨《とき》の声をあげてドラゴンにむかっていった。それぞれが、敵の異なる部位にむかっていく。右の翼にむかう者。胸にむかっていく者。しっぽにむかっていく者もいるなか、アントはまっすぐ頭にむかっていった。

次に命を落としたのが彼だった。剣を振りあげたアントにドラゴンは炎を噴射した。たちまち剣の刃が溶けて焦げた皮膚に流れおち、真っ赤に焼けた鎧が胴と脚に張りついて、アントは金切り声をあげた。そのあいだにも炎が髪と顔をむさぼり食っていく。

ああ、アント！　なんてこと……。

ドラゴンは近場にいる船乗りたちを尾ではたき、全部まとめて洞窟の壁に叩きつけた。鋼が石に当たって大きな音をたて、叩きつけられた体がいっせいに崩れおちて地面に折り重なった。

「エロディの敵《かたき》！」ドラゴンの胸に取りついていた船乗りが叫んだ。ドラゴンの心臓を刺し貫こうと剣を振りあげるものの、そこへドラゴンの頭が勢いよく下りてきた。大きくひらいた口から牙を剝きだし、まるで小枝のように船乗りをかみ砕くと、王族の血以外は口に合わないとばかりに、ぺっと吐きだして舌をひらめかせた。

エロディの胸がひくひく動きだした。嘔吐《おうと》しそうになるのを必死にこらえる。

父親が剣をかまえて、おずおずと前へ進んでいく。

だめ、下がって！　大声で叫びたかった。しかし、この隠れ場所にドラゴンの注意を引きよせたくはない。

気がつけば、ひとりだけ生き残った船乗りがドラゴンの背中に登っていた。ジョルドゥだ。その背にぐいと剣を刺すと、ドラゴンが金切り声をあげ、傷口から紫の血を染み出させた。ジヨルドゥはドラゴンの背骨に覆いかぶさるようにして、血をピチャピチャ舐めだした。まるで若返りの泉でも飲んでいるかのようだった。

「この無知めが！」ドラゴンが怒鳴った。背中に取りついた人間を振りおとそうと、爬虫類《はちゅうるい》に似た体を腰から勢いよく突きあげた。ジョルドゥが宙高く跳ねあがった瞬間、ドラゴンはさっと姿勢を変え、鋸歯状になった翼の先端を上にむけた。

落ちてきたジョルドゥを翼が刺し貫き、後頭部から入った翼のとげが、つい先ほどドラゴンの血を貪欲に舐めていた口の奥から飛びだした。ドラゴンはジョルドゥの体を、ぼろ人形のように洞窟の地面に叩きつけた。

残虐の極みを目の当たりにして、エロディは目を大きく見ひらいたまま動けない。あまりのショックに全身が麻痺《まひ》していた。

残ったのは父親だけ。

その最後のひとりにむかっていったドラゴンが、ふいに動きをとめた。背を丸めて飛びかかろうとしながら、その姿勢のまま静止して、父親の頭上でくんくん匂いをかいでいる。

「Erru nilas. Dakh novsif. Nykovenirra zi veru manirru se fe nyta」

「な、何をいっておるのだ？」怪物の分際でさっきは人間の言葉を口にした。今度は何をいっているかわからないが、それでも驚愕して、父親はその場に凍りついた。

「彼女は、おまえの血筋だったか。これは驚いた。自分の子どもを売るなどという残忍な生き物がいるとは」

「そ――それには理由がある！」父親は説明しようと、構えていた剣を下ろした。「わが民のためだ。わたしは……」

怒りと失望がエロディィの胃のなかで凝固していく。涙を嚙み殺し、隧道内をゆっくりとあとずさっていく。

「Dakarr re. Audirru onne vokha dikorrai. 娘にいってやるがいい。いまこのときも、おまえの話す一言一句をすべてきいているぞ」

「近くにいるというのか？」

「匂いでわかる。こちらをじっと見ている。おまえを見ているのだ」

エロディィは凍りついた。恐怖がじわじわと背骨をなでていく。

「まだ生きているのだな！」父親が叫んだ。「エロディィ！　エロディィ！」

わたしは答えない。いったいどうしてお父様はこんなことができたの？　どうしていまさら、のこのことやってきたの？

「いいか、エリー、父さんは知らなかったんだ！　オーリア国はいくらでも富を授けるといった。イノフェの民が困らぬよう毎年、毎年、未来永劫。ドラゴンは伝説……単なる比喩《ひゆ》に過ぎないと思っていた。オーリアは秘密だらけの謎の国だ。儀式がはじまるまで、ドラゴンが本当に生きているなどとは、思いもしなかった。誓っていうが本当だ！」

エロディィは目をぎゅっとつぶり、もれてきた涙を拭いもしなかった。父親に少々足りないところがあるのは、昔からわかっていた。知っていながら、愛情ゆえに、そこに目をつぶっていた。そういうことは世間にいくらでもある。

父親の判断が誤った際に、その尻拭いをしてきたのは母で、母が亡くなってからは、エロディだった。父が民の家をまわるときは、母も馬に乗って必ず付き添っていた。父が各家の夫と陽気におしゃべりをし、笑顔で励まし、背中を叩いている場面をエロディはよく覚えている。一方母は、妻を台所へ引っぱっていって、そこで問題を解決していく。小麦粉に湧くゾウムシ、ニワトリを食うキツネ、食わせる口が多いのに、まったく足りない食料と水。各家庭がそれぞれに問題を抱えている。母親は、公国のあらゆる民の懐《ふところ》事情をつかんでいたから、よくよく考えて、隣人の服の繕《つくろ》いをして有精卵をもらいなさいとか、末の子ふたりを、べつの家の水車小屋に手伝いにやって穀物をもらいなさいと、解決策を教えてやるのだった。

母親が亡くなったあとは、エロディがその役を引き継ぐことになった。それをごく自然なことと考えて、なぜ父がそういう仕事をしないのか、あえてきくこともしない。それが家庭内の仕事の分担だととらえていた。口八丁で魚を木に登らせるのが父親なら、それじゃあ生きていけないからと、魚を水に帰すのが母親だった。

しかし、そのツケがいまエロディに呪わしい形でまわってきている。父は悪意があって、娘をヘンリー皇太子に売ったのではないのだろう。しかしあまりにも考えが足りなかった。

「Dakarr re kuirre. ここに出てくるよう、おまえが娘にいうのだ」

「エロディ、どこにいようと、あきらめるんじゃないぞ」

「Dakarr re kuirre!」ドラゴンが父親の体を地面からつかみあげる。父は剣を突き出した。

鱗の下に切っ先が入りこんでドラゴンが吠え、父の体を揺さぶる。父の手から剣が離れた。地面に音を響かせて落ちた剣は、切っ先が紫の血に染まっている。

悲鳴をあげぬよう、とっさにエロディは口を手で押さえた。父には激怒している。あまりの怒りに気が収まらない。それでも父を痛い目に遭わせたいとは思わなかった。未来永劫、そんなことは絶対思わない。

ドラゴンが父の体を振りあげた。エロディが下を覗いている穴に、父の顔がぐっと迫ってきた。縁が赤くなった父の目が、娘の目と合った。

父さんを許してくれ。涙で曇った目がそう訴えかけているようだった。

エロディは一瞬固まった。

それから、こくりとうなずいた。愚かなところのある父だが、その父なりに、わたしを精一杯愛してくれた。欠点はあるものの、わたしだって父を愛している。その欠点ゆえに、わたしはいま、この洞窟に閉じこめられて、必死になって戦っているのだが。

それでも、父が自らの死とむき合っているのを目の当たりにしたいま、娘に憎まれていると思いながら死なせたくはなかった。口にすることのできないあらゆる言葉をそこにこめて、エロディは父に投げキスを贈った。

「船はまだ波止場にとまっていて、おまえを待っている！」父が叫んだ。エロディがいる上方ではなく、下方にむかって叫んでいる。「エロデイ、もしきいているなら、走れ！　この地下洞窟と通じている道がべつにある。おまえのために、そこにロープを残して――」

「NY!」ドラゴンが咆哮《ほうこう》をあげ、洞窟内に煙と炎が充満していく。

お父様！　心のなかで叫んだ。

しかし口には出さず、じっと黙っている。ドラゴンのすみかに自ら乗りこんで助けに来てくれた父。その父の死を無駄にはしない。

ドラゴンの炎で生きながら焼かれて父は金切り声をあげた。その恐怖と痛みがナイフの刃のようにエロディの心臓を貫き、全身の骨を震わせる。思わず倒れこみ、隧道の地面に手と顔を押し当てて、穴から下を覗く。炎と煙しか見えない。

岩がマグマのように熱くなり、あわてて顔と手を岩から離した。すでに皮膚に火傷《やけど》の水ぶくれができているのを見て息を呑む。ここにはいられない。父がわたしのために自分の命を犠牲にした。逃げないと。それもいますぐ。

お父様、大好きでした。

頬に流れる涙をそのままに、這って進んでいく。赤むけになった両手両膝が許す限り速く、父と船乗りたちがここへ入ってきた洞窟の入り口目指して進んでいく。

まもなく、隧道が高いところで口をあけ、そこでいきなり終わって、垂直に伸びる長い隧道とつながった。イノフェの船乗りたちが下りてきた縦樋のような隧道だ。そこから下りてきているロープには見覚えがあった。ほんの数日前に船上で登ったロープ。これなら登れる。とたんに自信が出てきた。

跳ぶようにしてそこまで行って、垂れさがるロープにつかみかかった。濡れた岩のつるつるした表面で脚を滑らせたものの、ざらざらしたロープの繊維を指がつかんで体重を支えた。肩の付け根に痛みが走ったが、幸いなことに抜けることはなかった。

上から人に引っぱりあげてもらうなら、ずっと楽だろう。しかし、最初はそういう計画だったにしても、いまはひとりで登っていくしかない。父がラヴェラ大尉に逃げろと叫んでいたのだから。しかも岩壁はつるつるしていて足をかける場所がないので、純粋に腕の力だけで登っていかねばならない。

赤むけになった手を片方ずつロープの先へ移動させていく。右手の上に左手、左手の上に右手……。子ども時代に、しょっちゅう木登りをしていた自分に、どれほど感謝しても足りない。

「Kho zedrae!」

下の洞窟に、ドラゴンが飛びこんできた。「おまえの父親にさんざん手こずらされて、もう我慢も限界だ!」硫黄《いおう》臭い黄色の煙が煙突のような隧道いっぱいに広がった。

目も喉も焼けるように痛い。刺激性のガスが肺に入りこんでゴホゴホ咳きこむ。息をするたびに、何千もの針に肺を刺されるようだった。

しかしここでやめるわけにはいかない。あきらめるな。頭上には薄れ行く日が差している。片手の先にもう一方の手を、その先にまたもう一方の手を――。

ドラゴンがうなり声をあげた。煙突のような狭い隧道に身を入れることができず、代わりに炎を吐きだした。ロープに付着していた可燃性の茶色い粘液に火がついて、そこから一気に燃えあがった。

ロープが導火線に変わったかのように、火が肌理の粗い繊維を焼き尽くしながら、シュルシュルと上がってくる。あと数秒もすれば、ここまでとどいて、ロープをつかんでいられなくなる。下で口をあけて待っているドラゴンのもとへ落ちる。

だれがあなたを助けてくれるの？　農家の女の子にきかれたことがあった。

「わたしが助ける！」エロディは叫んだ。

最後の二メートルほどは、自分でも信じられない速さで登っていき、炎が手もとのロープに上がってきた瞬間、隧道の出口に飛びついた。片手が滑って金切り声をあげる。

しかしもう一方の手の指が岩の縁をしっかりつかんでいた。滑った手を勢いよく振りあげて両手で縁をつかみ、震える腕にありったけの力をこめてむこうへ乗りあがった。

ロープの残りをむさぼった火が、暗い地下の底へ炎の軌跡を描きながら落ちていく。高い位置からその光景を見おろしながら、あとひと呼吸遅かったら、どうなっていただろうかと、ぞっとする。

「Kuirra kir ni, zedrae. Nykrerr errai sarif」

プリンセス、いまからそっちへ行く。助かったと思うな。

エロディ

父と船乗りたちがマツの木につないでおいた馬が見え、そこにむかってひた走る。とはいえ足首を捻挫《ねんざ》しているから、ぎくしゃくとしか走れない。そもそも全身の筋肉が、すでに完全崩壊の一歩手前だった。ドラゴンは狭い隧道《すいどう》には入ってこられなかったが、そう長くかからないうちに、べつの出口から出てくるだろう。どの馬に乗るのがいちばんいいか、考えている暇などなく、いちばん小さな斑《まだら》の雌馬に飛びついて、鞍に乗りあがった。

目指すは波止場だ。迷路のような地下と違って、地上の道筋ははっきりしている。ハエヴィス山のつづら折りになった道を下り、不正手段で建てた豪華な黄金の宮殿の前を過ぎ、果樹園やオーラム小麦と大麦の畑を通り抜けて、潮風の吹く海へ出る。しかし道筋がはっきりしているからといって、すんなり進めると思うのはまちがいだ。

宮殿近くには騎士たちが控えているだろう。それにドラゴンも追いかけてくる。波止場に着いたら即出航しないと。海まで追いかけてきたドラゴンの目から、霧が船を隠してくれるといいのだが。

逃げきれる確率はまちがいなく低い。それでもそのチャンスに賭けなければ。

「どうどう!」かかとで腹を蹴ると、馬が山を下りはじめた。太陽が地平線の下に沈むと、破れた薄いドレスしか着ていない身が震えてくる。山の頂上から染み出してたなびく霧が恐水病にかかった獣の噴きだす泡のように見える。オオカミの遠吠えもいやに近くできこえる。

紫色の空がふいに暗くなったと思ったら、昇る月を大きな影が遮断していた。まもなくその上で、ぎらぎらしたオレンジと青の炎が燃えあがり、ハエヴィス山にぼうっと影が映った。ドラゴンだ。咆哮《ほうこう》をあげ、炎とともに怒りを発散させている。

「KHO ZEDRAE!」

エロディは手綱を引いて道からはずれ、森に入った。ひねこびた古い木や岩だらけの場所を縫うようにして進んでいく。マツやトウヒの枝下をくぐるたびに、松ぼっくりがばらばらと岩の表面に飛び散っていく。巨岩を越え、小川を渡り、とげのあるハリエニシダの鬱蒼《うっそう》とした茂みを飛びこえていく。全速力で走って方向を変えるたびに、砂利が斜面を雪崩《なだれ》落ちていく。

しかしどれだけ森の奥深くへ入っていっても、ドラゴンの翼の音はどんどん大きく、近くなるばかりだった。

そうか、馬のひづめが大きな音をたてて、こちらの居場所を知らせているのだ。それに気づくと、手綱をぐいと引いて馬に急ブレーキをかけた。「ありがとう、助けてくれて。でもここからは自分の足で行く」

そう馬に声をかけて、鞍から滑りおりる。尻を叩いてやると、馬はくるりと反対方向をむき、洞窟の入り口にいる仲間たち目指して速歩で駆けていった。

エロディはからまったイバラのなかへ突っこんでいく。茂みはどんどん鬱蒼としてきて、丈も普通の木立ぐらいに高くなってきて、針の枝で守られた隠れ道のような様相を呈していく。地下の迷宮に劣らない、ここも地上の立派な迷宮だ。

身をくねらせながら、イバラの森の奥へ、奥へと進んでいく。淡い黄緑色の花が発散する強烈な匂いに、頭がくらくらしてくる。防虫剤か、黴《かび》の生えた靴下のようで、吐き気まで催すほどだった。けれど、これは好都合かもしれない。刺激的な匂いがドラゴンの嗅覚を麻痺《まひ》させて、こちらの血の匂いはかぎとれなくなる。

「Akrerra audirrai kho、エロディ。Kuirr、さもないと後悔することになる」

〈こっちの声はきこえているはずだ〉——相手の言葉を頭のなかで翻訳しながら、エロディはどうすることもできずにぐっと身を縮める。〈出てこい、さもないと後悔することになる〉って、何が起きるというのだろう?

全身に震えが走った。

いきなり暗くなり、自分が身を隠している森の一帯が、ドラゴンの影に覆われたのだとわかる。翼をはためかす凄まじい音。まるですぐ頭上で稲妻《いなずま》が炸裂《さくれつ》しているかのようだ。空を炎が駆けめぐり、薄闇に絵筆を叩きつけたように、黄色と赤の縞が飛び散る。

また咆哮が上がった。今度はエロディが馬を下りたあたりの森に炎が噴射された。いまいる場所のちょうど北。炎の熱が音波のように広がって、たった一度の噴射で霧の冷気が一気に蒸発した。凄まじい風圧にエロディは茂みの奥へ吹き飛ばされ、鋭いイバラのとげで体のあちこちに傷を負った。それまでは植物の刺激臭でマスキングされていたとしても、まもなく、とめどなく流れる血がドラゴンの嗅覚を引きつけるだろう。

山のむこうで馬がいなないた。

「Zedrae!」ドラゴンが空を旋回し、いななきがしたほうへ飛びこんでいく。

わたしがあそこに、馬の近くにいると、そう思っているんだ！　一瞬ほっとした。しかし、それからすぐ馬のことを思ってぞっとした。どうか痛い目に遭わせないで。祈りを捧げながら、苦労してイバラの茂みから外へ出ていく。

急ぐあまり、剝きだしになった皮膚のあちこちに長い傷ができていく。片脚を半ば引きずりながら、それでも全力疾走で、迫り来る炎から逃げる。ドラゴンの注意がよそへむいているあいだに、土の道へ駆けだしていって、その反対側に移動する。最後に自分が隠れていた場所と、できるだけ距離を離さないといけない。

いきなりイバラの茂みが消えた。それどころか、青々とした植物は皆無。無残としかいいようのない光景だった。大昔に落ちた雷の仕業か、あるいはドラゴンの攻撃のあとか、あちこちに倒れている木の幹が真っ黒に焦げている。どこかに燃え残りの火があって、それが広がるなどということがありませんように。散らばる倒木のなかに両手両膝をつき、真っ黒に焼けた倒木から大きく張りだす枝の下に這いずっていって身を隠す。そこで焦げた木の皮をぼろぼろに崩して灰にし、皮膚になすりつけて血の匂いを隠す。灰が傷口にふれて、思わずひるむものの、いまは感染症の心配などしていられない。

少し先で、ドラゴンが太いうなり声をとどろかせた。馬を見つけたものの、乗り手がいない、おとりだったとわかったのだろう。すぐに引き返して山を下りてくるようだ。ドラゴンが翼をはためかすリズムに合わせて空が脈動し、ハエヴィス山が細かく振動する。岩やエロディの骨にもその振動が伝わってくる。

エロディは身をボールのように丸めて、目をぎゅっと閉じた。いまに頭上から、ドラゴンの吐きだす炎が雨のように降ってきて、自分もまた、この身を隠してくれている焦げた倒木と同じ運命をたどる。

ドラゴンが頭上に飛んできて空気をかきまわし、ハリケーンのような風が巻きおこった。枝や小さな石がそこらじゅうで舞いあがって、エロディの体に散弾のように叩きつける。樹木の枝がちぎれ、焦げた幹の何本かが地面から浮きあがり、ものすごい勢いで山の斜面に体当たりし、粉々に砕けて榴散弾の破片と化す。

しかしそれからドラゴンは、その下にエロディが隠れている倒木を素通りして勢いよく先へ飛んでいき、山を下って宮殿のあるほうへむかった。火花を口からまき散らしながら叫んでいる。「Vorra kho tke raz. Vorra kho tke trivi. Vis kir vis. sanae kir res!」

エロディは目を大きく見ひらいて、隠れている倒木の張りだしから外を覗いた。

「約束どおり、こちらの取り分はもらう。命の代わりに命を！　炎の代わりに血を！」

ドラゴンは城を目指してまっしぐらに飛んでいく。その先には農場や村落が広がっている。

エロディはあわてて隠れ場所から飛びだした。

「どうしよう、ドラゴンを野放しにしてしまった……」

フロリア

荷作りの終わったトランクを下男が馬車のてっぺんにあげている。フロリアはそれを悲しげに眺めながら、だれにともなくいう。「どうしてこんなに早く発たないといけないの？」

そばに立つ継母《ままはは》は、荷物を積む使用人たちの仕事を几帳面《きちょうめん》に監督していたが、フロリアの質問が自分にむけられたものと思ってそれに答える。「結婚式は終わりましたからね。こうしているあいだにも、あなたのお父様はオーリア国との交渉を終わらせています。わたしたちには、もう何もすることはないのです」

しかしフロリアは出発を遅らせてほしいと懇願する。おとぎ話から抜けだしたような黄金の宮殿。伯爵や子爵とのダンス。夢に思い描いただけで実際には味わったことのない珍味の数々にも舌鼓を打った。甘いデーツにオーリアのヒツジの乳からつくった香辛料の利いたぴりっとしたチーズを詰めたもの。サングベリーのジャムを塗ってローストしたキジ。羊皮紙に包んで丸焼きにした野鯉《のごい》。銀梨の小さなタルトを砂糖細工の籠に入れたものもあった。そして、あの一生忘れることはないエロディィの婚礼衣装を模したウェディングケーキ。すべてが魔法によって生みだされたようなこの王国をあとにして、面白いものの何ひとつない干からびたイノフェへ帰るのがうれしいはずはなかった。

「ここにずっといられたらいいのに」フロリアはいった。

「なりません」レディ・ベイフォードがぴしゃりといった。

フロリアは継母をにらみつける。「どうしてこの旅行のあいだずっと、あなたはそうなの？知っている世界から引き離されるのがいやだっていう気持ちはわかるけど、せめて一週間ぐらい肩の力を抜いてくつろいで、エロディにも結婚式を楽しませてやっていいんじゃなくて？わたしだって、ここにいるあいだぐらい楽しみたい。つらいことと、退屈なことばかりの毎日になんて、もどりたくない！」

そこまでいって、胸に痛みが走った。なまくらなナイフを心臓に突きたてて、ねじられたようだった。オーリアはたしかに夢のような国だけれど、それでも、ここを去りたくない本当の理由はそれとはべつのところにあった。エロディがいっしょに帰らないからだ。姉は今後、皇太子妃として暮らす。これからもフロリアの姉であることに変わりはないものの、エロディの家族はヘンリー王子、イザベル王妃、ロドリック王なのだ。

そうして、ひとたび自分がデオメラス号に乗りこんで、クロート船長が出帆したとたん、姉との別れは現実のものとなる。披露宴の途中から姉の姿をぱったり見なくなったものの、いまにもエロディが自分の部屋にやってくるような気がしていた。就寝前に姉が髪をブラッシングするのを手伝い、ふたりいっしょに胸壁へ出ていって、星々や、山の斜面に連なる美しい松明《たいまつ》の火を見られるものと、そう考えていた。

「昨夜いっしょにダンスをした伯爵。あの方とわたしが結婚できるように、お父様がお膳立てしてくださっても、いいんじゃないかしら?」フロリアはいった。「年だって、わたしよりふたつか三つ上なだけなんだから」

「何をばかなことをいっているの。あなたはまだ子どもでしょ」

「違う! もう月のものだって来てるんだから」

「人前でそういうプライベートなことを口走る。そういう分別のなさが、子どもだといっているんです」継母はそういうと、トランクを馬車に固定している下男をじろりと横目で見た。

「それに、こんな場所に、もうひとりの娘まで住まわせるなんて、わたしにはとても――」

「娘?」フロリアは叫んだ。「あなたはわたしの母親じゃない!」

レディ・ベイフォードは口をあんぐりあけた。これには、返す言葉を用意しておらず、文句もいえなかった。

まずいことをいったと、フロリアはちょっぴり気がとがめた。

たまりにたまった不満を継母にぶつけるのはまちがっている。わかってはいても、いまそれを受けとめてくれるのは、この人しかいない。

「わたしの母が生きていたら、エロディがヘンリーと結婚するのを心から喜んでくれたはずよ。なのにあなたは……あら探しばかりして、なんでも悪い方向へ考えて、エロディの結婚を取りやめにさせようとした。それで自分の思いどおりにいかないと、頭痛がするとかなんとかいって、会場から出ていった! 本当の母親なら、娘の披露宴を中座するなんてあり得ない。血のつながった母親なら――」

咆哮《ほうこう》がとどろき、炎が爆発して空一面に広がった。「Vorra kho tke raz. Vorra kho tke trivi. Vis kir vis. sanae kir res!」人間ならざるものの言葉が、煙と火事嵐と雪崩《なだれ》がいっぺんに起きたように、あたりいっぱいに響きわたった。

レディ・ベイフォードはフロリアにあわてて腕をまわし、覆いかぶさるようにして守る。

「いったい何が起きたの？」継母にしがみついて、フロリアは金切り声をあげる。「あれは何？」

「ドラゴンよ」レディ・ベイフォードはいいながら、フロリアをきつく抱きしめる。

「どうしてドラゴンが？」

「エロディを――」

空でまた炎が噴きあがって、地上に雨のように降ってくる。「わたしはハエヴィス。よくきけ！　明日の夜までにプリンセスを寄越せ。さもなくば契約は破棄され、オーリア国はその代償を支払うことになる！」

ドラゴンが宮殿の周囲を巡って飛び、禍々《まがまが》しい翼と鋭いかぎ爪の影が、黄金の壁に映ずる。これから夜になるというのに、ドラゴンの噴射する炎で、あたりは真昼のように明るい。

塔のてっぺんではためく国旗に火花が引火し、緋色と黄金の旗が燃えあがった。二度目に噴射された炎が、胸壁に立つ衛兵たちをいっぺんに蹴散らした。服に引火した炎が、鎧《よろい》の下に着ている衣類を舐めていき、衛兵たちは絶叫してタイルの上を転げまわり、壁に身を打ちつけて痛みと戦っている。

「わたしはハエヴィス！」ドラゴンがさらに大きな声をはりあげる。「明日の夜までだ！　約束を違えるな！」

「何をいっているの？」フロリアが叫ぶ。涙がとめどなく流れていく顔を継母の胸に埋める。「どういうこと？　あのドラゴンがどうしてエロディに関係しているの？」

「エロディは……」

「エロディは何？」フロリアが顔をあげて、目を大きく見ひらいた。「お願い、教えて。エロディはどうしたの？」

継母の目に空の炎が反射した。すでに瞳は地獄の炎に焼き尽くされてしまったかのようだった。「契約……エロディの命」

「どういうこと？」フロリアは継母の灰色のロングドレスをつかんできく。きっちり巻きついたロングドレスの布にかろうじて身を支えられているといった頼りなさで、継母はいまにも地面に崩れそうになっている。

「オーリアは桃源郷のように見えるけれど、実際は違う」レディ・ベイフォードが全身をぶるぶる震わせながら、ささやくようにいった。「代々の皇太子妃をドラゴンの餌食《えじき》にしているの」

「そんな……」フロリアが息を呑んだ。

レディ・ベイフォードは涙をとめることができないままに、こくりとうなずいた。しかし、それから顔をあげて、激怒したドラゴンを一瞥《いちべつ》したあと、荷物を積み終わった馬車に目を移した。「もしドラゴンがここにエロディを探しに来たのなら、あなたのお父様が成功したということよ。波止場に行って、ふたりと落ち合わないと」

「ふたり？　お父様がエロディを助けたってこと？」

「ドラゴンがこれだけ激怒しているところを見ると、そうとしか考えられない……だからフロリア、行かないと。デオメラス号に乗って、明日の夜になる前にここを出ていくの。王国に残っているあらゆる人間に、ドラゴンの制裁が加えられる前に」

イザベル

黄昏《たそがれ》のラベンダー色がかった灰色の空が、ドラゴンの怒りで暗いオレンジ色に染まっていくのを、イザベル王妃はじっと見つめている。背後では、ロドリック王が革の肘掛け椅子に腰を下ろし、両腕で膝をぎゅっと抱えている。頭はクマの毛皮に埋もれており、体を前後に揺らしながら小声で泣いている。

「あらあら、ロドリック。何も心配はいりませんよ」夫のとなりに来て、クマの毛皮越しに優しくキスをする。「何が起ころうと、気を揉む必要はありません。ヘンリーとわたくしが万事つつがなく処理しますから」

ヘンリーが部屋に飛びこんできた。「母上、見ましたか――」

「ええ。何が起きたのです？」

ヘンリーは、哀れっぽい泣き声がするほうへちらっと目をむけた。「父上？」

「あの音……それにドラゴン……悪い思い出がよみがえってしまったのでしょう」イザベルがいう。「王の侍医がこちらへむかっています」

ドラゴンの脅威が頭をもたげるたびに、ロドリックはパニックの発作を起こす。もう何度目かもわからないヘンリーの結婚式の前夜には必ず、そして悪夢から目覚めた瞬間も。自分が若い頃に結婚をした女性たちがドラゴンの生け贄《いにえ》として谷に突き落とされる場面が、悪夢となって王を苦しめていた。それでも王国の平和を守るために、ロドリックはなんとか生きながらえてきたのだが、それも最初の息子が生まれるまでのことだった。この王家では婚姻の成立から九か月後に、まるで時計仕掛けのように必ず息子が生まれる。八百年にわたって、その流れは一度も崩れたことがない。しかし、その子ジェイコブが生まれたときにはもう、ロドリックの精神の砦《とりで》は崩れていたのだった。

夫がそうなったのも無理はないと、イザベルは思う。彼が耐えてきた苦しみは、どんなに強い王の心であろうとズタズタに切り裂いただろう。それでも、その苦しみをどうしてやることもできない。自分にできるのは、夫から一歩離れて、恐怖の吐きだし口を与えてやり、医者に気をしずめる薬を処方させることぐらいなのだ。

それでも王国を治めることはできる。だからこそ婚礼と収穫の儀式を自分が司ってきたのだ。ジェイコブが生まれてからずっと。

長男のことを思うと、束の間だが、イザベルの胸に鋭い痛みが走る。まだ歩けもしないうちから、ジェイコブは何度も何度も王女たちと結婚させられた。ドラゴンに捧げる犠牲を調達するために、その子ども時代がすべて費やされたといっていい。しかしジェイコブは王国の存続に必要な駒でいることに、じきに耐えられなくなって、十五歳で出奔《しゅっぽん》した。交易船で密航し、以来二度とその消息はきいていない。

三日前、かつては天使のように優しかったヘンリーが、オーリアの責任を担うようになって頑《かたく》なな心を持つ青年に成長したことを嘆き悲しんだ。しかしいまなら、ヘンリーの心が鉄のように硬くなってよかったのだとわかる。

「何が起きたのです?」また息子に尋ねる。

「愚かなベイフォードが、娘を救出しようと試みたのです。兵士の話だと、救出は失敗に終わったらしいのですが、それでもどうにかして、エロディは逃げたのでしょう。母上に申しあげたとおり、やはりあの女は問題でした。いつかわれわれの国の体制を覆すだろうと、そう懸念していたのです」

だから彼女にはべつの使い道があると、そういったのに……という言葉を呑みこんで、イザベルは目下の重大事に注意を集中する。「エロディを捕獲して、再度ドラゴンに与えないと。ドラゴンの怒りがわれわれや民にむけられるような危険を冒すことはできません」

非情にも、ヘンリーはうなずいた。「しかし彼女は、逃げるのはまず不可能なドラゴンから逃げおおせた。そんな手強い人間をどうすれば捕獲できるとお考えですか?」

王妃は両のこめかみを指で押して考える。そのあいだに王の侍医が駆けこんできた。すかさず部屋の隅へ行って、ロドリックに薬を飲ませる。ロドリックの頭はすぐに朦朧《もうろう》としてきて、つらい浮世を離れたようだ。できることなら自分だってそうしたいと、イザベルは思う。

しかしそれはできない。ロドリックと結婚したときに、自分にできるあらゆることをなしてオーリアの民を守り、食べさせていくと誓ったのだ。この国の運命はいま、自分とヘンリーの肩にかかっている。

うとうとしている夫の手にイザベルはキスをし、侍医に命じてベッドへ運ばせた。

それからすぐ息子のもとへもどる。

「つるつる滑ってつかみどころのない、野鯉《のごい》を仕留めるのに必要なものは?」イザベルは息子にきいた。

「選り抜きの餌と、口を絞ることのできる大きな網と、忍耐です」ヘンリーがいった。

イザベル王妃は口をきゅっとすぼめて考えてから、こくりとうなずいた。「そのとおりです。ではさっそく餌を取ってきましょう」

アレクサンドラ

馬に乗ったアレクサンドラが、自宅の庭に駆けこんだ。

馬のひづめの音をきいて、夫のジョンと娘のコーラが家屋から飛びだしてきた。

「お母さん、無事だったのね！」とコーラ。

ジョンが駆けよって、鞍から下りるアレクサンドラに手を貸す。「いったいどこへ行っていた？　こっちは病気になりそうなほど心配していたんだぞ！」ジョンの目が妻と、暗いオレンジ色に染まる空を交互に見つめる。きっと自分は、思っている以上に怯えた顔をしているのだろうと、夫の目に浮かんだ表情から、アレクサンドラは気づいた。

「大丈夫なの？」コーラが震える声でいう。「あたし――ドラゴンを見たの。これまでは人間が暮らしている場所には一度だって出てこなかったのに！　どうしてお城の上を飛んで、あたしたちの村にまでやってきたの？　お母さんが見つからないから、あたし、もう怖くって……。もしかしたら、お母さん……」そこまでいって、いきなり泣き崩れた。

アレクサンドラは駆けよって、娘を胸に抱きしめた。「お母さんはここ。心配しないで。無事だから」

「だが、いったいどこへ行っていたんだ？」ジョンがまたきいた。

「キノコ狩り」いいながら、自分の耳にも嘘臭くきこえる。「ほら、レモンキャップの時期だから」

「ハエヴィス山で？」ジョンが素《す》っ頓狂《とんきょう》な声をはりあげた。「収穫の儀式が行われて、ドラゴンが活発になる一年のうちでも特別なこの一週間に？　王族とオーリアの騎士以外は山に入ることを禁じられているんだぞ」

「ええ」

「アレクサンドラ、おまえ、何を考えているんだ？」

ジョンは妻の言葉を額面どおりに受け取っているものの、コーラには母がどこにいたのか、本能的にわかっていた。母親に抱かれながら顔だけあげて、コーラはいった。「お母さんは、エロディ皇太子妃を助けたの？」

コーラの目に期待満々といった表情が浮かんでいるのに耐えられず、アレクサンドラは顔をそむけた。「さあ、どうかしら。お母さん、自分で何をしたか、よくわかっていないの。でも、とにかくまとめておいた荷物を持ってきて。出発する時間よ」

エロディ

エロディはつづら折りの道を苦労して進んでいる。夜になってようやくドラゴンが姿を消したので、足もとに気をつけながら、ゆっくりと山を下っているのだ。

これからどうするつもりなのか、自分でもよくわからない。父は死んだ。妹と継母《ままはは》は波止場でわたしを待っている。けれど、もしわたしがこの国を去ったら、ドラゴンは報復のために、オーリアに暮らす人間をひとり残らず殺すだろう。

「全部、お父様のせいよ」いらだち紛れに蹴った小石が土の道を滑っていく。もしお父様がヘンリーとの結婚話を持ってきたりしなかったら、そして、ドラゴンに関する契約条項を大げさな比喩《ひゆ》だなどといって無視していなかったら、いまわたしはこんな八方塞がりの状況に置かれてはいない。

前方にがくんと足を着いたとたん、涙があふれてきて、もうとまらなくなった。「お父様のばか！」たしかにばかだ。けれど「わたしの」ばかな父親だ。隧道《すいどう》にあいた穴から覗いた父の顔。まだ記憶のなかに鮮明に残っている。その父をもう二度と抱きしめることはできない。

平べったい大きな岩の前を通りかかった。苔《こけ》むしているそれを見ていると、全身に疲労がまわってくる。

ちょっとでいいから、すわりたいと思い、岩の上に腰を下ろして、ガクガクしている膝を休める。頭上に枝を伸ばす常緑樹の松ぼっくりから、水がしたたり落ちてくる。泥と灰にまみれた顔に縞が残る程度の水量だが、ここ数日来まったく入浴していない身には、肌にあたる水滴の感触だけでもうれしい。

「船に乗ったら、真っ先にお風呂に入ろう」口に出して、自分に宣言した。「熱々のお湯に浸かろう。料理人に大鍋で湯を沸かしてもらって、継母の船室にある銅製のバスタブに湯気のあがる湯を注いで、そこに頭からどっぷり浸かって、儀式の絵の具や、洞窟のほこりや、乾いた血や死んだ皮膚をきれいさっぱり洗い流そう」そこでほっとひとつ、ため息をつく。もうこの悪夢のような出来事の最悪の部分は乗り越えたのだと、束の間でいいからそう思いこんで、自分を甘やかしたかった。これからは安全な場所で清潔に暮らし、残りの人生はつつましい独り者として、飢饉に苦しむイノフェでずっと生きていく。

とそこで、トランペットのメロディが突然鳴り響いて、白昼夢から目が覚めた。下の山道から、馬のひづめの音がする。

いったいこれは――。

松明《たいまつ》のちらちらする火明かり。それが瘴気《しょうき》のように現れて、曲がりくねる山道を上がってくる。山の斜面を登ってそれが近づいてくるのを見ながら、エロディの胸で恐怖がふくらんでいく。

松明の明かりに、オーリアの緋色と金色の国旗が浮かびあがった。

メルドゥ！　ぎょっとして巨岩から飛びおり、その陰に隠れた。

馬たちがきびきびとした足取りでやってくる。先頭を行くのは旗持ちで、そのあとに、刺繍《ししゅう》の入った近衛連隊の制服を着た騎士たちがひとしきり続く。そしてイザベル王妃とヘンリー。ヘンリーの鞍に縛られている細身の娘は、黒髪を三つ編みにして——。

フロリア！

大岩の陰から飛びだしたエロディをよそに、一行はずんずん前へ進んでいく。ヘンリーがこちらに顔をむけた。エロディだと認めると、その顔に冷酷な笑みが浮かんだ。しかしとまることはせず、そのまま馬を進めていく。エロディは追いかけるが、相手は馬の背に乗っているのに、こちらは怪我した足で歩いている。あっというまにヘンリーの姿は見えなくなり、もう走って追いかけることもできない。

いったいどこへフロリアを連れていくのか？　そもそも連れていって、どうしようというのか？　エロディの腹のなかで怒りと恐怖が渦巻く。自分がドラゴンへの生け贄《いにえ》に捧げられるとき以上に激しい怒りと恐怖だった。相手はまだ小さな、わたしの妹！

下から、またひづめの音が響いた。今度は逃がさない。片脚を軸にぐるっと回転して、月明かりを頼りに周囲を観察し、落ちていた重そうな大枝をつかんだ。自分の身長の三分の二ほどの長さがある。

枝を持って身がまえる。これを一発お見舞いすれば、乗り手を叩き落として、馬を盗むことができる。

ひづめの音がだんだんに近づいてきた。ずいぶんとぎくしゃくした足取りだ。馬が怪我をしているのか、それとも乗り手が乗馬に慣れていないのか。エロディは眉をひそめた。騎士なら、自分の体の延長のように馬を乗りこなすはず。騎士でないとすると、いったい馬に乗っているのはだれだ？ 遅れてやってきたトランペット吹きか、旗持ちか？

いずれにしても、騎士を相手にするよりは楽に倒せる。エロディは大枝を持ち直し、大きく腕を引いて構えた。

曲がり角を曲がって馬が現れた瞬間、月光が、見慣れた銀色のケープを浮かびあがらせた。砂漠のキツネの毛皮で内張りがしてある。

エロディは大枝を手から落とした。「お母様？」

レディ・ベイフォードが驚いて手綱をぐいと引き、一瞬馬は混乱する。「そこにいるのはだれです？」ケープの下を手で探って短剣を取りだすと、ぎこちない仕草で短剣をこちらに掲げてみせた。そんなへっぴり腰じゃ、小枝でつっついただけで剣を落とされてしまう。

「わたし、エロディよ」そういって、降参するように両手をあげて、ゆっくり近づいていく。

「エロディ？」継母が目をすがめた。「なんとまあ……」

「ひどい姿？」エロディがいった。

レディ・ベイフォードはお世辞が得意ではなく、ただうなずいた。

しかし、そんな継母の欠点をあげつらう暇はない。いまこのとき、エロディが会いたかったのはまさにこの人だった。

「あなたのお父様は――」

「父は死にました」エロディはそっと告げた。

レディ・ベイフォードの顔がくしゃくしゃになって、全身から力が抜けていく。鞍から滑り落ちるところを、エロディがさっとつかまえた。

継母が自分にしがみついている。ここ数日来感じたことのなかった、このうえない安心感がエロディの全身にじんわり広がっていく。清潔感あふれる柑橘《かんきつ》系の石鹸の香りと、糊が利きすぎてごわごわした灰色のウールの感触。どちらも、かつては忌み嫌っていた。それがいまは全身で受けとめて、懐かしさを感じている。安心できるわが家にいるような気分だった。

「残念ですが、お父様は勇敢に死にました。その直前……亡くなる寸前に話をしました。あなたに愛していると伝えてくれと、父はそういっていました」実際には、そんなことはいわなかったものの、そういってあげるのが優しさだと思った。レディ・ベイフォードの喉の奥で小さな泣き声のようなものがあがった。けれど継母はそれからすぐ気を張ると、エロディの肩にむかってうなずいて、さっと身を離した。

「フロリアが……」レディ・ベイフォードが切りだす。

「見ました。ヘンリーの鞍に縛られていた。あの子をどこへ連れていこうっていうの？」

「洞窟へ、あなたの代わりに」

胃が谷底へ落ちたような心持ちがした。「でも、フロリアはオーリアの皇太子妃ではない。ドラゴンが欲しいのは皇太子妃のはず」

「可能ならヘンリーはフロリアを無理やりにでも自分の妻にしたでしょう。けれどあなたがまだ生きているから、彼は妻帯者。それで時間稼ぎのためにフロリアをつかって、そのあいだに……」

「そのあいだに、何？」

レディ・ベイフォードは震えるくちびるで息を吸ってから、先を続ける。「そのあいだに、あなたをとらえて、ドラゴンのもとへもどす。そうして……」そこで肩越しにちらっと眼下に見える宮殿に目をやった。「明日はまた新たな結婚式が挙行されるのです。ちょうど今日、新しい妻になる女性が家族といっしょに到着しました。三人目の皇太子妃になる人が――」そこまでいって、レディ・ベイフォードは顔をゆがめ、脇腹を押さえた。

「怪我をしているのね！」継母のケープを持ちあげて、エロディは血に染まった布地を露《あら》わにした。

「フロリアを連れていくのをとめようとして。ふたりで波止場へ行くことになっていたんです――あなたのお父様が、そこで待つようにって――そこへヘンリーと騎士がやってきてフロリアを誘拐したのです」レディ・ベイフォードは乗ってきた馬に手を伸ばした。「わたしは行かないと。あなたは船に乗って、安全でいてちょうだい。わたしはもうひとりの娘を助けに行かないと」

「娘」という言葉がごく自然に口から飛びだした。なんの思惑も感じられないそのいい方に、ひょっとして自分はずっとこの人を誤解していたのではないかと、エロディは思った。自身の子どもを持つことができないレディ・ベイフォードは、最初は家庭教師として、あとには継母として、いつでもわたしとフロリアを愛してくれていたのではないか？　何かと口やかましく、心配のしすぎだと思っていたが、それはおそらく、この人なりの愛情表現なのだろう。メンドリがヒナたちにむかって、クワックワッとやかましく鳴きたて、一羽一羽のどんなささいな部分にも目を配り、気を配るように、子どもたちをよりよく成長させ、家族全員に最高の人生を送らせるために精一杯頑張っていた。

それなのに自分は、亡くなった実母を理想化しすぎて、継母が同列に並ぶチャンスを一度も与えなかった。

そのレディ・ベイフォードが、いままた自分の命を犠牲にして娘を守ろうと必死になっている。

「お母様は怪我をしています。フロリアの救出にはわたしがむかいますから」エロディは態度を和らげた。「あなたはもう、さんざんな目に遭ってきました。それにわたしは、あなたに借りがあります」

エロディは首を横に振った。「いいえ……あなたはわたしたちにとって、ずっと良き母親でした。それに対して、娘たちが少しも感謝の念を示さなくても。わたしたちに借りなんて、ひとつもありません。同じ夜に、父とフロリアと、あなたまで失ったら、わたしは一生自分を許せない。だからわたしが行かなければならないのです」

と、継母がはっと息を吞んだ。「ちょっと待って、わかったわ！　連中の考えていることがようやくわかった。エロディ、フロリアはチーズよ。あなたがネズミのように、フロリアに必ず食いつくと、むこうはそう思っている。フロリアを連れていったのは、ドラゴンのすみかにあなたをおびき寄せる罠《わな》につかうため。自分たちでつかまえなくても、あなたが自らやってくる、そうして罠にかかったら、あとはドラゴンに殺させればいいと、そう思っているの。そんなこと、許せるはずが――」

「許してください。わたしが行きます」エロディは継母の手を取って、優しく握りしめた。「山の洞窟がどう連なっているか、位置関係はすべて頭に入っています。だから、わたしならできる。お母様は、船がすぐに出航できるよう準備をととのえていてください。この馬をわたしが借りても、お母様は波止場へ行くことができますか?」

「あなたとフロリアのためなら、なんだってできます」そういうと、愛用のケープをぬぎ、それをエロディの肩にかけてやる。「あなたなら、きっとできる」

エロディは身をかがめて継母の頰にキスをした。「それじゃあ、行ってください。のちほど波止場で落ち合いましょう」

ヘンリー

鞍の上に縛りつけられていながら、この娘は身をよじらせ、金切り声をあげている。その激しさに、ヘンリーはたじろぐばかりだった。二日前の夜にハエヴィス山に連れていったエロディも脅えてはいただろうが、少なくともこんな醜態は見せなかった。ところがその妹は、感情にまったく抑えが効かない。もがきにもがいて大声を出し、鞍の上で片時もじっとしていないものだから、こちらは馬を操るのにも手こずっている。

「じっとしていなさい」つづら折りの道の急なカーブに馬を進めていきながら、暴れるフロリアにぴしゃりといってやる。

「だれがじっとしてるものですか！」金切り声が返ってきた。「下ろしなさいよ！　このムカつくケダモノ！」

「それは無理だし、そうできない理由もきみにはわかっているはずだ。そもそも悪いのはきみの姉だ。責めるならそっちを責めるんだな」

「エロディのせいだなんて、よくもそんなことを！」フロリアは足を蹴りだしたがヘンリーには当たらず、空中を横殴りするだけで終わった。足首を縛られているうえに、上半身は鞍の反対側へぶら下がっている。

「皇太子妃としてエロディは、オーリア国を守ると誓ったのだ」ヘンリーがいう。「収穫の儀式は痛ましいものだが、どうしても負わねばならない皇太子妃の義務なのだ」

「痛ましい？　罪もない女性をドラゴンの餌食《えじき》にすることを、痛ましいのひと言ですませようっていうの？」フロリアは口を極めて罵《ののし》り言葉を続けざまに吐きだす。十三歳の、しかも比較的高貴な生まれの娘が、こんなに汚い言葉を吐けるとは、ヘンリーには思いもよらなかった。

これだから、エロディを手もとに残しておくことはしなかったのだ。ベイフォード家の女性たちは気が強すぎる。もしエロディが将来王妃になって国の統治に関われば、収穫の儀式を廃止しようとするに違いない。

廃止したとして、それからどうする？　どうしても負わねばならない義務だと、フロリアにそういったのは正直な気持ちだった。もしもっといい解決方法があるなら、過去八百年のうちに、先祖が思いついていたはずだ。どうにも解決できなかったから、現状に落ちついている。

将来自分がオーリア国を統治する番になったとき、平和と繁栄を維持しようと思うなら、冷酷ではあるが犠牲になる女性たちの命には目をつぶるしかないと、ヘンリーは割り切っていた。ドラゴンに捧げる犠牲が、生身の人間であると考えてしまえば、怖じ気づいて義務の遂行もままならなくなる。それはいまの父上を見れば一目瞭然だ。表むきは王だが、その実態は、心が壊れてめそめそ泣くだけのだらしない男で、新たな皇太子妃の戴冠式の時間さえ持ちこたえられずに、ぐずぐずに崩れてしまう。そして兄のジェイコブ。兄は王の嘆きにいつもじっと耳をかたむけていたせいで精神が弱り、結果、オーリア国から逃げだすことになった。交易船で密航した臆病者は、王族の名を汚すドブネズミと同じだ。

しかしヘンリーは、母親と同じように鉄の意志を持っている。イザベル王妃も、オーリアの伝統は残酷ではあるが逃れることはできないと理解している。王国の民に何不自由のない暮らしをさせるために、人が嫌がる重荷を自ら背負うのが、優れた指導者なのだ。ジェイコブが去ってからというもの、ヘンリーは五歳にして結婚を繰りかえし、以降切れ目なく、犠牲として捧げるプリンセスたちを供給してきた。毎年行われる収穫の儀式が滞りなく完了しなければ、サングベリーやオーラム小麦が育たぬように、この儀式とともにヘンリーも育ってきた。

「きみは信じないかもしれないが」ヘンリーはフロリアに切りだした。「もしほかに方法があるなら、われわれは現今の儀式より、そちらを採用するだろう。しかし、それ以外に方法がないのだ。ドラゴンは毎年王族三人の血を犠牲として捧げるよう求め、それがかなわなければ、この王国を破滅させる。妥協点などない。ひとりの命と引き換えに何千という命が救われるというのに、自分の命惜しさのために、それだけの人を見殺しにする。その罪悪感からは一生逃れられないだろう。きみは、そんなふうに姉を一生苦しめてもいいのか?」

フロリアが静かになった。非難をかわして娘を大人しくさせたことで、ヘンリーは馬の背で、ますます大きく胸を張った。

先を進んでいく騎士たちと王妃が馬のスピードを落とした。そろそろ目的地に到着だ。

いつもと違って、仮面と頭巾《ずきん》をかぶった付き添い人たちはおらず、槍のように長い松明《たいまつ》もない。厳粛な儀式を執り行うことで、犠牲を捧げることが神聖に思えるものだが、こうして片手で数えられるほどの人数で、深い谷底を見おろす場所に立っていると、まるでこっそり悪事を働いているような気分になる。

イザベル王妃が馬を下りた。「彼女をこちらへ」

騎士たちが即座に王妃の命令に従い、ヘンリーの鞍に縛られているフロリアの縄をほどきにかかる。間髪を容れず、フロリアがパンチとキックを繰りだした。もし、ベルベットのチュニックの下に鎖帷子《くさりかたびら》を着ていなかったら、この娘は騎士たちに嚙みついていったに違いないとヘンリーは思う。

ヘンリーは、フロリアの腕を背中でねじりあげた。フロリアが悲鳴をあげる。

「自ら粛然と、その場にむかうこともできる」とヘンリー。「あるいは、わたしが橋まで引きずっていって、投げ入れてやることもできる。きみの姉のようにね」

フロリアの目がとびでる。「嘘よ」

「いや、本当だ。きみも同じようにしてほしいなら、そうするよ」

フロリアはイザベル王妃にむきなおった。「お願いです、陛下。こんなことはやめてください」

王妃はフロリアと目を合わせようとしない。「ほかに方法があればいいのですが」そういうと、ヘンリーに手を振ってゴーサインを出した。

「自分で橋を渡っていきますか?」ヘンリーがフロリアにきく。「それとも、食用にするブタのように、わたしが運んでいきましょうか?」

フロリアがヘンリーにいきなり体当たりした。まだ腕をねじられているので、まともに戦えない。「放しなさいよ、このろくでなし!」

「了解。それでは、食用のブタということで」そういうとヘンリーは、痩せた娘を片方の肩にひょいと背負った。過去にあったこれとまったく同じ場面がよみがえり、嘔吐《おうと》しそうになる。エロディと、その前に結婚した何十人もの王女たち。その記憶を封印することで、ヘンリーは胃を落ちつかせた。

それで何千人もの命が助かるなら、またひとりの命を葬ったところで、どうだという? ヘンリーは自分にいいきかせる。ほかの王たちはもっとひどいことをしている。戦争が起きれば、自国の安全を守るために何百万もの人々を死に追いやっているのだ。それと同じ目的を達成するのに、オーリアでは年にたった三人を死に追いやるだけですんでいる。今年の儀式では四人が必要になるが——エロディを連れもどす餌としてフロリアが必要だ——それでも、ドラゴンとの約束を違えて失うものの大きさに比べれば、依然として取るに足りないものだといえる。

ヘンリーは犠牲を肩に背負いながら、石の橋を堂々と渡っていき、冷たい霧の壁を突き抜けていく。フロリアが背中を両のこぶしで殴打し、胸に膝を叩きつけているものの、鎧《よろい》を着ているので、どうということもない。金属が鈍い音をたてるだけだ。

橋のいちばん低い部分まで来るとしかし、ためらいが出た。きっとフロリアがまだ幼いからだろう。それにフロリアは、これまで結婚したほかの女性たちのように贅沢《ぜいたく》な婚礼の一日を楽しんでいない。命をいただく前に、オーリアが皇太子妃に献上できるせめてもの贈り物がそれだった。

「願い事をしなさい」遅まきながら、ヘンリーはフロリアにいった。「わたしの権限でできることなら、必ず叶えると約束する」

「エロディが生きていられますように。ドラゴンがあなたやあなたの家族全員を丸ごと焼き殺しますように」フロリアは吐きすてた。

ヘンリーは一瞬身の毛がよだった。それから、心を強く持つためにひとつ息を吸い、フロリアを深い谷底に落とした。

エロディ

エロディは馬を引っぱって木立のなかに素早く隠れた。ヘンリー王子とイザベル王妃の随行団が馬で山道を下っていく。もうフロリアは連れていない。全員が通り過ぎて、ひづめの音もきこえなくなったところで馬に飛びのり、一行が通ってきた道を大急ぎで駆けのぼる。

縦樋のように伸びる隧道《すいどう》が見えてきた。あそこから、父と船員たちがドラゴンのすみかへ下りていった。その手前で馬を下りる。ここから下りていこうと思っていたが、フロリアを見つけたいなら、やはり自分が突き落とされた、あの場所に行くべきだろう。ヘンリーとイザベルがフロリアを投げ入れるとしたら、そこである可能性がいちばん高い。と、ふいにエロディの頭のなかに、フロリアがドラゴンの犠牲として放り投げられる場面が浮かんだ。あまりのせつなさに胸を締めつけられる。かわいそうに。できることなら、自分が千回だって代わってやるのに。

しかし、すでに起きてしまったことはどうしようもない。いまはとにかくこの状況を打開する方法を見つけないと。

再び馬に乗ろうとしたとき、一巻きのロープに目が吸い寄せられた。父とここにやってきた船乗りが、予備で置いておいたロープだろう。近くの木に結びつけてあるものの、結局つかわなかったのだ。エロディはロープの巻きをつかむと、隧道に投げ入れた。もしものときに、これが役に立つ。地下迷宮のどこにフロリアがいるかわからないが、どんな迷路でも出口が複数あったほうが脱出はしやすい。まだフロリアが小さいときには、そういう迷路ばかりつくってやっていた。出口がひとつしかない迷路は難しいからだ。

ロープがしっかり木に結びつけられているかどうか、もう一度確認する。それから馬の背に飛びのって、すべてがはじまったあの場所を目指してひた走る。

霧が濃く立ちこめているうえに、儀式のときにつかった松明《たいまつ》がないので、橋はほとんど見えない。けれど、ここがそうだと感覚でわかる。儀式の夜には記憶力を増強するオーリアのビールの成分が血管を巡っていたせいもあるが、そうでなくても忘れはしない。夫となった人に、ドラゴンのすみかに投げこまれた、その記憶は消そうとしても消せない。

「頑張って、フロリア！　いまむかっているから！」

まっすぐ下りるのがいちばん早い。岩壁を伝って下におりるか。あるいは飛びおりるか。

後者は危険極まりない。それでも、もう腕にも脚にも余力はまったく残っていない。どれだけたくさんの岩壁と格闘したかわからない。もし岩壁を伝っている途中で、手や足がわずかでも滑ったら、岩に叩きつけられて骨を折る。死ぬかもしれない。

海に放る投げ荷のようにヘンリーに投げられたときには、自分がどういう場所に落ちていくのか、何ひとつわからなかった。けれどいまは谷底がどうなっているかわかっている。スポンジのようにふかふかの苔《こけ》がびっしり生えていて、トランポリンさながらに衝撃を和らげてくれる。ボールのように身をぎゅっと丸めて落ちれば、さほどの衝撃を受けずに着地できるだろう。

エロディは馬から下りると橋の上を走っていって、いちばん低いところから飛びおりた。

両膝を胸に、頭を膝に、ぴったりつけて腕で脚を抱えこみ、できるだけ小さくなっている。体のなかで、胃がとんぼ返りをしているのがわかる。

苔にぶつかって跳ねかえり、内臓が肋骨を連打した。しかし強い衝撃を受けたのは最初だけで、二度め、三度めのバウンドは、ずいぶん楽だった。

立ちあがると同時に、防御の構えを取る。周囲をぐるっと見まわして、記憶に相違ないことを確認する。右手に伸びる隧道は、ツバメの洞窟へ通じている。左の短い隧道は、ドラゴンに追いたてられた洞窟へと通じている。そこでプラチナ色の髪のプリンセスが死を迎えた。

しかし安全な洞窟へ通じる道はまだほかにあるはずだった。プリンセスたちが皆自分と同じように、通り抜けるのが不可能に思える狭い亀裂《きれつ》に入って身をねじり、横歩きをしていって、ついには発光虫のいる洞窟へ果物の種のように吐きだされたというのはあり得ない。

ドラゴンのいる気配がないので、改めて岩壁の隅々までじっくり見ていく。二日前に捨てた鯨骨《げいこつ》のコルセットがある。それを拾って鯨骨でしっかりした添え木をつくり、捻挫《ねんざ》した足首を固定する。

と、壁にVの文字がまた刻まれているのが目に入った。岩壁の、地面から一メートルほどの高さにくぼみのようなものがあって、その真上に刻まれている。前にここにいたときは、ドラゴンに追いかけられてパニックになっていたせいで見逃していた。

この道へ
～V

「大嫌いだけど、あなたに感謝する」エロディはヴィクトリアにむかってつぶやいた。

それからくぼみに飛びついて乗りあがり、頭を入れて先を覗く。単なるくぼみではなく、一メートル半ほどの高さで続いている隧道だった。方角からして、安全な洞窟へ通じていそうだ。しかし、早まってはいけない。まずはこの場所にとどまって、フロリアの気配がないか、耳を研ぎ澄ます。広い迷宮のどこにいるとも知れないが、物音さえきき取れたなら、どのあたりにいるのか、だいたいの見当はつけられるだろう。

けれどあたりは不気味に静まっているだけだった。フロリアが立てるであろう物音はしない。ドラゴンのぞっとするつぶやきもきこえない。ポタッ、ポタッと、どこか遠くで鍾乳石《しょうにゅうせき》から水が滴る音がするだけだ。

どうか、フロリアを無事でいさせてください……。

祈ったあとで、大丈夫だと自分にいいきかせる。あの子はわたしをドラゴンのもとへおびき寄せるための餌であって、犠牲としてドラゴンに差しだされたわけではない。

だからといって、ドラゴンがフロリアを食らわない保証はあるか？　ひょっとしたら父や船乗りたちのように――。

両手でこぶしをぎゅっと固め、父の最後の瞬間を記憶から締めだす。

フロリアは大丈夫。何度も胸の内でそう唱えながら、感情ではなく論理で考えろと、自分の頭脳を叱咤《しった》する。

これまでの行動から、ドラゴンは辛抱《しんぼう》強く、計算高いとわかっている。ドラゴンにとって船乗りたちは無価値だが、フロリアは貴重なはずだ。

やつがプリンセスの血を望むなら、わたしがやってくるのをきっと待つ。

そうだ、そうに決まっている。単なる希望的観測ではないことをたしかめるために、その考えをもう二回、頭のなかに巡らせてみる。するとやはり、正しいと結論が出た。

フロリアが無傷であると安心することはできない。それに、脅えているのはまずまちがいないだろう。この状況を打破するには、何か作戦があったほうがいい。考えもなしに突き進んでいっても、ふたりそろって殺されるのがオチだ。残念だが、父と船乗りたちがそれを証明してくれた。ここは落ちついて、フロリアを救出できるよう戦略的に動かないと。

わたしはこのあたりの地形をつかんでいる。どんな洞窟が、どこでどうつながっているかわかっている。自分に有利につかえるものがどこにあるかも知っている。わたしならできる。

恐ろしいけれど、不可能ではない。母はよくそういっていた。

それに、あなたならきっとできると、レディ・ベイフォードはいってくれた。

まるでふたりの母が目の前にいるかのように、エロディはうなずいた。それから安全な洞窟目指して、Vが教えてくれた隧道へ一目散に飛びこんでいった。

フロリア

放り投げられたという事実を理解するより先に、苔《こけ》に叩きつけられて右腕が砕けた。そして、あのぞっとする音。ずりずりと皮が岩にこすれるような音。いや、その前に声がした。煙が喉にからみついたようないがらっぽい声が、洞窟内に響いた。「ゼドラエ、おまえか？」フンフンと匂いをかぐ音がはっきりきこえ、それに続いて低い怒声が響いた。わたしがエロディではないとわかったのだ。

あたりに黄色いガスが煙のように充満し、目に染みる硫黄《いおう》性のガスが、針で皮膚を突つくようにして、鼻から喉へ、喉から肺へ侵入してきた。それから、視界が黄みを帯びた黒で一気に塗りつぶされ、あとのことは何も覚えていない。

意識を取りもどしたときには、巨大な洞窟のどまんなかにいた。水晶の洞窟で、湿った空気がむっとして、やけに暑い。山のなかにいるはずが、なぜか光がある。陽光とも月光とも違う、これまで見たことのない、ぼうっと青い光。

「ここはどこ？」上体を起こそうと地面に肩肘をついたとたん、痛みに悲鳴をあげて崩れた。ヘンリー王子に投げおとされたときに、右腕を痛めたのを忘れていた。これからはもう二度と、男の富と美貌を、気高い精神と取り違えることはしない。

「これから」などという贅沢《ぜいたく》なものが、このわたしに用意されていると仮定して。

突き刺すような痛みがわずかに引いて、間断ない鈍痛に変わったところで、無事なほうの腕を地面について上体を起こす。たったそれだけで全身が悲鳴をあげ、口からうなり声がもれた。が、洞窟の全容を目に入れたとたん、口があんぐりとあいた。最初に気づいた青い光。あの源は、岩のごつごつした天井のくぼみにあった。そこからもれだす光が、水晶の壁に反射しているのだが、見ればその壁で、ルビーやダイヤモンドやサファイアがちらちらと光を放っている。でもこういう宝石が自然に生まれるはずはない。岩壁に埋めこまれたような宝石はどれも研磨されているのが明らかで、ひょっとしたらこれも、オーリアがドラゴンに支払った代償なのかもしれない。

青い光は、御影石《みかげ》の壁のくぼみや、地面のくぼみからももれている。光源部分はときにさわさわと動いているようで、崩れていく波のようにも見える。

これは何?

もっと近くで見たい。そう思っても無理だった。フロリアがいるのは、石筍《せきじゅん》の上端が折れた部分で、高さは三メートルほどで、直径は二メートル半。その周囲には一面巨大な緑の池が広がっている。お濠のまんなかに浮かぶ幽閉塔に留め置かれているといえばわかりやすい。池は地下を流れる深い川につながっているが、水はよどんでいるうえに藻類《そうるい》で濁《にご》り、朽ちていくものの臭いがする。

崩れかけたドラゴンの彫像が何体も池から突き出している。山と同じ紫がかった灰色の御影石でできている。敵意を見せるように牙を剝きだしているドラゴンがいるかと思えば、炎を吐きだすように、口をかっとあけているドラゴンもいる。フロリアにいちばん近い場所にいるドラゴンは、まるで歩哨《ほしよう》を任された爬虫類《はちゆうるい》のように、池からぬうっと伸び上がって、いまにもフロリアの頭上から覆いかぶさりそうだった。全身硬い岩でできているなか、象二ダース分はあると思える黄みを帯びた象牙《ぞうげ》の牙だけが異質だった。思慮深い顔で静かに立つドラゴンも数体あるものの、それ以外は皆、すぐにでも攻撃に出られる態勢を見せている。とはいえ古色蒼然として、耳や歯や翼の一部が欠損しているという点ではどれも同じだった。

宝石類や青い光のほかに、もうひとつフロリアの目を引いたのが、黄金のコインだった。洞窟のずっと先に、そのコインを平らに敷き詰めた一帯があり、これは思っていたのと違った(神話や伝説では、ドラゴンの宝物といえば山を成しているのが普通だ)。全部合わせれば数千枚という規模に違いなく、一枚だけでも、自分の手のひらほどの大きさがある。宮殿の謁見室の床を埋める黄金のタイルを思いだして、フロリアはぞっとした。

数ある彫像のなかに、紫の瞳を燃えあがらんばかりにして、こちらを一心に見つめている一体がある。と、その眼がふいにまばたきをした。

フロリアは金切り声をあげた。

彫像が動いた。

彫像ではなく、生きている。

「Oniserrai su re, kev nyerrai zedrae」かすれ声で、それがいった。

「な、なに？」

「同じ匂いがするが、おまえはプリンセスではない」二度もいわせるなというように、ドラゴンはいらだっているようだったが、最初の言葉はフロリアには理解できなかった。

「エロディと同じ匂いってこと？」そっと口にして、身をできるだけ小さく縮める。対するドラゴンは巨大で、黒っぽい灰色の鱗《うろこ》のひとつひとつが、騎士の携える重たい盾《たて》のようだった。光のなかにぼうっと浮かびあがる牙は見るからに不吉で、口のまわりに乾いた血がこびりついているのがわかる。口から吐きだされる熱い息。そこにからみつく硫黄の臭いに、フロリアは身を嚙まれるような痛みを感じた。

「Idif sanae. Idif innavo. Thoserra kokarre」

ドラゴンの言葉はフロリアにはわからないが、舌をヘビのようにチロチロとひらめかせているところから、空気の匂いをかいでいるのだとわかった。味わっているのだ。

「わ、わたしを食べるつもり？」

「いや、まだだ」

「でも食べる？」

ドラゴンは歯を見せただけだった。笑みとも、脅しともとれるが、いずれにしろフロリアは失禁した。

ドラゴンが鼻孔をふくらませた。臭いで、おもらしをしたことがわかったのだろうか？

「食べるつもりなら、いますぐ、食べて。お願いだから、さっさと終わらせて！」

ドラゴンがむかってきた。フロリアは金切り声をあげる。その恐ろしい牙で刺し貫かれると思ったがそうではなく、ドラゴンはフロリアを突っついて、緑の池に落とした。

池のなかで手足をばたつかせながら、フロリアは水温が異常に高いのに驚く。水や藻《も》を飲みこみながら、水面に頭を突き出し、息をあえがせる。水泳は習ったことがない。イノフェの人間なら当たり前だ。あの干からびた土地では、湖や川はドラゴンと同じ伝説に等しい。何がなんでも水底へ引きずりこもうと、全身に取りついてくる川の藻。それに抵抗して、激しく手足をばたつかせるものの、体は下へ下へと引っぱられていく。

むなしい抵抗を続ける獲物をじっと見ながら、ドラゴンは鼻孔から煙を吐きだしている。

三度沈んだあとで、水面から顔を突き出して水を盛大に吐きだしたフロリアに、ドラゴンがきく。「もうきれいになったか?」

きれいになった! 汚れを落とすために池に突き落とした? 食べても、おしっこの臭いがしないように?

ドラゴンがあけた口から、硫黄ガスと、煙と、血に似た鉄の臭いがして、フロリアはぎゅっと目をつぶった。いよいよだ。

ところがドラゴンは、まるで親ネコが子ネコにするように、フロリアの背中を覆うロングドレスをそっと甘嚙みして水からあげ、傷つけることなく、石筍の台の上にもどした。

おそらく、エロディがやってくるまで、とっておくのだろう。大皿の上に載せたびしょびしょのケーキのように。

ドラゴンが紫の眼でじっとフロリアを見た。瞳のまんなかで金色のスリットが光る。

お姉様、どうか助けて。そう願いながら、まったく逆のことも念じる。エル、来ちゃだめ。

どちらも強く願いながら、ともに叶えられない願いだと、腹の底でわかっていた。

エロディ

安全な洞窟にいるエロディは、壁面に刻まれた地図をじっくり見ている。中央に、どくろ印のついた広々とした空間があり、そこにむかって複数の隧道《すいどう》が伸びている。

「きっとここがドラゴンのすみかだ」

そうであるなら、ドラゴンはフロリアをそこに置いている可能性が高い。この地図に記されている場所はもうだいたいどこも把握しているし、記されていない場所にも行ってみた。洞窟はいくつもあったけれど、どれもドラゴンが自由に動きまわれるほどの広さはなかった。しかし、このどくろ印のついた洞窟は、地図によれば迷宮の中心にあって広さも十分で、ドラゴンが防備のために動きまわれる。大切なもの、すなわちフロリアを置いておくなら、きっとそういう場所を選ぶはずだ。エロディは地図の中心を指でとんとん叩いて考える。まず、ここへどうやってたどり着くか。そしてたどり着いたとき、ドラゴンは留守でいてほしい。そのためには、相手の気をそらせる作戦が必要だ。

さまざまな選択肢をじっくり考えながら、安全な洞窟を出たあとで自分が知り得た新情報を地図に書き加えていく。将来ここに投げこまれたプリンセスたちの役に立つかもしれない。まず石花の洞窟のてっぺんから尾根の絶壁面を通る道を刻み、そこに「行き止まり」と警告を記しておく。

それから、ドラゴンが父を殺した洞窟と、その天井にあたる隧道を刻みつけ、さらに垂直方向にまっすぐ伸びて外に出られる隧道への行き方を刻む。そこから外に出れば、険しいハエヴィス山も、ずっと楽に進める。けれども垂直に近い隧道は、あらかじめ上からロープを垂らしておかないと登れない。それをどうやって教えよう。しばらく考えて、垂直の矢印と「要ロープ」の文字を刻んだ。

役に立たないかもしれないが、情報は情報であり、状況が味方すればうまくいくことがある。わたしの場合も、それで一度、難局を逃れているのだから。

地図の更新が終わったときには、フロリアを救出するために何をしなければならないか、もうわかっていた。少なくともフロリアのいる場所までどうやって行くかはわかっている。あの中央の洞窟にいると仮定して。そこでフロリアを見つけたら、前に自分が脱出するのにつかった、つるつる滑る隧道まで、なんとかしてふたりでたどり着かないといけない。残念ながら、それは迷宮の反対側にあり、ドラゴンに追いつかれて焼き殺される可能性は多分にある。もう一度、運が自分に味方してくれますようにと、小さな祈りを捧げた。

隧道内を進んでいくには、光があったほうがいいと思い、まず発光虫のコロニーへと通じる短い隧道を這って進んでいった。「もし生き残ることができたら、あなたたちに敬意を表する方法を見つけると約束するわ」そういって、継母《ままはは》のケープのポケットに発光虫をすくっては入れていく。手のひらに数杯分入れると、光量は乏しいものの、手をつかわずに持ち運べるランタンができあがった。

安全な洞窟に這ってもどると、もう一度あたりを見まわして、何か重要なことを忘れていないか確認する。Vからの最初のメッセージ。自分が記したドラゴンの言語。

そして、ここにやってきたプリンセス全員の名前。

黒曜岩のかけらをひとつ取りあげると、エロディはそこに太字でくっきりと、新たな名前を深く刻みつけた。

エロディ&フロリア

ドラゴンのすみかにまっすぐむかうことはしない。まずはドラゴンが通れない狭い隧道《すいどう》をいくつかこそこそと抜けていって、父が死んだ洞窟へもどる。

焼死体を目にするものと覚悟していた。ところが洞窟のなかに入ってみると、生前の父を偲《しの》ばせるものは何も残っていなかった。ドラゴンが焼いて灰にしてしまった。

嗚咽《おえつ》がもれそうになるのをこらえる。ドラゴンに声をきかれてはならない。できるだけ物音をたてないようにしてここまでやってきたのだ。作戦の準備がととのう前に気づかれては、フロリアを助けることはできない。

剣がひとつ、石の上に置いてある。その飾り気のなさから、イノフェから持ってきたものだとすぐわかる。オーリアの武器についている金細工は施されておらず、剣の柄に、R・A・B

と、頭文字が彫ってある。リチャード・アルトン・ベイフォード。

お父様。

膝がかくんと折れて、父の剣の脇にくずおれた。

助けられなくて、ごめんなさい。心のなかでそう訴える。

冷静になって考えれば、助けなくてはならない状況をつくったのは、当の父である。父が余計なことをしなければ、そもそもわたしはこんな洞窟にいない。

けれど父は父で最善のことをしようとした。ヘンリー王子と娘を結婚させたのはまちがいだったが、それを正そうとして究極の犠牲を払った。

喉の奥にできた固いものを飲みこんで、エロディは目から涙を拭く。気を散らしてはならない。フロリアとふたり、ここから脱出できた暁《あかつき》には、父を悼《いた》む時間はいくらでもある。脱出できなかったら、まもなく天国で会える。

エロディは剣を取りあげた。刃の先が、乾いた紫の血で覆われている。

死んだ船乗りたちもまた、エロディが作戦につかえる物を数点残していた。長い剣、半分溶けた盾《たて》、革水筒。船乗りたちが着ている鎧《よろい》と鎖帷子《くさりかたびら》にもじっと目をやって考えるものの、死体から剝ぎ取るだけの胆力はなかった。

大丈夫。これだけで十分。

幼い頃、エロディが好んだおもちゃは、仕組みを覗けるものだった。複雑な時計部品のようなものが入っているおもちゃもあって、よく分解して遊んだが、最も素晴らしいのは、単純な仕組みで動くものだと、その頃からずっと思っていた。単純明快なものは、美しいうえに有能だ。必要な部品が少ないほど、まちがいが起きる可能性は少なくなる。

エロディがいま考えている作戦もまさにそのとおりだった。大岩を梃子《てこ》の支点として、天秤のようなものをつくる。長い剣を梃子に、刃の部分に盾のかけらを、柄の部分に革水筒を吊り下げる。革水筒に父の剣をつかって穴をあけると、そこからゆっくり水滴が落ちはじめた。

この状態で保たせることができるか、確認のためにしばらく様子を見る。

「Kho nekri... sakru nitrerraid feka e reka. Nyerraiad khosif. Errud khaevis. Myve khaevis」

エロディは凍りついた。脅し文句のささやきのように、ドラゴンの声がこだまする。

しかし脅えている暇はない。いま行くからね、フロリア。父の剣を手に取ると、地下世界の中心目指して、慎重に歩を運んでいく。

エロディ

もう何年も前から、フロリアが寝る前に、ドラゴンや伝説の生き物が出てくるお話を読んでやっていた。その経験から、ドラゴンのすみかがどんなものか、想像はついていた。けれど、そこへ通じている隧道《すいどう》の終わりに出てみれば、驚くしかなかった。エロディはもっと原始的で、邪悪なものを予想していた。ぐちゃぐちゃに嚙んだプリンセスの骨が転がっている、血糊にまみれた穴ぐらのようなものを。ところがそうではなく、天井から吊り下がる水晶の鍾乳石《しょうにゅうせき》はクリスタルのつららのようだし、岩壁では貴重な宝石が、ピンク、緑、青の光を反射し、黄金のコインに覆われた地面の一角は濡れたように輝いている。

宝石は、ここに投げこまれるプリンセスの衣装の裾についていたもので、何百年ものあいだに、これだけ集まったのだろう。巫女《みこ》たちに衣装を着せてもらったとき、それらがどんなに美しく輝いていたか、エロディは覚えている。コインもまた、儀式につかったものと同じで、あれをイザベル王妃に手渡しされたあと、谷底に突き落とされたのだった。それでも、そういったものがすべて集まってつくりだされた世界は、圧倒的な美を誇っている。王族は黄金の城に暮らしているかもしれないが、オーリアの真の支配者は、もっとずっと豪華な地下の宮殿に暮らしていたのだった。

ドラゴンのすみかはまだずっと先まで広がっているようだが、エロディがいまいる地点からは角度の関係で一部しか見えない。それでもフロリアのいる気配は感じられる。姉妹にはよくあることだ。もっと幼いとき、夜中にはっと目が覚めることがあって、それから一、二分もすると、フロリアが寝室にやってくる。怖い夢を見たからいっしょに寝させてねと、姉のベッドに潜りこんでくるのだった。そういうわけだから、ふたりはかくれんぼをして遊ぶことができない。お互いの居場所がいつでもわかるからだ。

父の剣を握る手にぐっと力をこめて、エロディは隧道の端から顔を出した。

ドラゴンが目の前にいてこちらをにらんでいる。叫び声をあげそうになるのを危ういところでとどまった。

ドラゴンの表情が固まっている。目の部分にはからっぽの眼窩《がんか》があるだけ。このドラゴンは生きていない。石でつくった彫像で、片方の耳が欠落している。

それでも、隧道の壁に背中を押しつけると、血管が破れんばかりに激しく脈打つのがわかった。どうか本物のドラゴンが、わたしの上昇するアドレナリンに、匂いで気づきませんように。全身に焦げた木の灰をなすりつけてはいるものの、それだけでは安心できず、呼吸を遅くして、神経を落ちつかせようと必死になる。イノフェの、地平線に近い空からピンクのグラデーションに染まっていく穏やかな日没を思い浮かべる。木登りで、枝から枝へ飛び移って、いちばん高い枝まで上がったときの勝利感を思いだす。父と馬に乗ったときのこと、母と歴史の本を読んだ日のこと、継母《ままはは》がまだ家庭教師のルシンダ先生だった頃にいっしょに算術の勉強をしたときのことまで思いだす。

激しい鼓動が収まってくると、エロディは再び隧道から顔を出した。今度はドラゴンの彫像があるのはわかっている。また新たな一体——翼が折れている——が目の前に出てきても、さらにもう一体、地面に横むきに倒れているものが目に入っても、もう驚かない。ほかにも歯のないものなど、さまざまな彫像が並んでいて、ドラゴン属の標本を集めた古代史展示室といった案配《あんばい》だ。恐ろしいどころか、ドラゴンが島のあちこちから集めてきた彫像は、エロディが巨大な洞窟へ忍びこむうえで、素晴らしい隠れ蓑になる。

双頭のドラゴンの背後に入って身を隠す。かつては噴水の一部だったらしく、ばかでかいCの形をつくるように、石に彫られたドラゴンがぐっと身を乗りだしている。噴水として機能していた頃は、口を大きくあけた下の頭が水を吸いこみ、それをてっぺんの頭から吐きだしていたのだろう。オーリアの海域に入るときに、船を出迎えてくれた彫像もこんな感じだったが、あれは双頭ではなかった。かつてドラゴンには、本当に頭がふたつあったのだろうか。それとも、これは表現に工夫を凝らした芸術作品であって、ふたつの頭のそれぞれが、季節の違いによるドラゴンの異なる性質を表しているのだろうか。収穫の季節に怒りと飢えを剝きだしにしていたドラゴンが、いったん食欲を満たすと、地下で大人しくしていることを表現したとか。

いや、それは考えすぎというものだろう。

いずれにしろこの彫像は、隠れるのにも、なかから洞窟内を観察するのにもうってつけだった。エロディは、双頭のドラゴンの下の頭のあごからなかに入り、そこから胴体と首を登っていって、上の頭の口内でしゃがんだ。父の剣は二股に分かれた舌の上に置いておく。

これだけ高いところまで上がると、本物のドラゴンの姿も見えた。黄金のコインが敷き詰められた一角で巨大な身を丸めている。ところが不思議なことに、濃い灰色だった鱗《うろこ》が、いまはほんのりラベンダー色を帯びていて、その一枚一枚が鱗の中心からへりのほうまで玉虫のようにちらちら光っている。そのラベンダー色は、ドラゴンが黄金のコインにむかって甘い声で歌うと、なお一層濃くなっていく。

歌う？　エロディは自分の見たてに眉をひそめた。けれど、本当に子守歌を歌っているようなのだ。人間のそれとは意味合いが異なるものの、ドラゴンがコインを見つめるまなざしには、優しさとしかいいようのないものがにじんでいる。くすぶる炭が吐きだす煙のようないがらっぽい声が、いまは蒸気のようにやわらかな声に変わっている。

と、ドラゴンのむこう側の風景が目の内で像を結び、エロディは大きく息を呑んだ。見るからに深そうな緑の池のまんなかに岩の台があり、その上でフロリアが身を縮こめている。濡れたドレスに藻《も》が縞をつくっていて、これまでになく妹がとても小さく見える。片方の腕をもう片方の腕で抱き、ぶるぶる震える体に押しつけて小声で泣いており、あたりの空気に泣き声が充満しているようだった。

ドラゴンがいきなり頭を持ちあげて、くんくん匂いをかいだ。背骨が硬直し、鋸歯状の翼が波打ち、ラベンダー色だった鱗が、瞬時のうちに捕食者の灰色に変わった。ああ、きっと息を呑む音をきかれたに違いない。くちびるを噛んで、脈を落ちつかせようとするものの、思うようにいかない。たとえ樹木の灰が匂いを隠してくれなかったとしても、彫像のなかにいるのだから、血の匂いが外にもれることはないと、自分にいいきかせる。

「ゼドラエか?」ドラゴンがしゃがれ声でいった。

フロリアは顔をあげ、洞窟内に急いで目を走らせる。それから首を横に振った。エロディがどこにいるかわからないが、それでもなんとかして警告を送りたかった。

ドラゴンがゆっくりと頭を巡らせて洞窟内を探す。深々と息を吸っている。プリンセスの血の匂いがどこから漂っているのか、突きとめようとしているのだ。

やっぱり肌にぬりつけた樹木の灰に効果があったとエロディは思う。ドラゴンはわたしの匂いをかぎとれていない。

動くなと、自分にいいきかせる。できる限りそっと呼吸する。フロリアとドラゴンの両方に目を配り、まばたきひとつしないでいる。

遠くで大きな物音がした。金属が石にぶつかる音が隧道内に響きわたっている。物音のしたほうにドラゴンがさっと顔をむけた。歯をすべて剝きだし、残忍な笑みを浮かべている。「ゼドラエ、もう逃がさない」

ドラゴンは洞窟から勢いよく滑りだし、エロディが仕掛けを施した遠くの洞窟へ通じる道を下っていく。革水筒がからっぽになって梃子《てこ》のバランスが崩れ、盾《たて》の重みが勝って剣が支点からはずれたのだ。あの大きな音は剣が地面に落ちた音だった。

物理学のおかげで助かった。エロディは彫像から外へ飛びだした。

フロリアも台のまんなかで、はじかれたように立ちあがった。「エル！」

「必ず助けるから、でも時間がないの！」

手にした父の剣の重みと、くじいた片足のせいで、足取りはおぼつかないが、それでも敷き詰められたコインを蹴散らすようにひた走る。と、足の下でずれたコインに足をとられて転倒した。あわてて立ちあがったが、またずるりと滑って転び、コインの上にうつ伏せになって倒れた。

いや、倒れたときにはもうそこにコインはなかった。転んだ拍子にコインはどかされ、その下に隠れていたものが露《あら》わになっている。

「それ……なに？」おそるおそるといった調子でフロリアにきかれ、エロディの背筋に寒気が走る。

自分の体の下にあるものに目をやって息を呑んだ。

卵。ひびが入ったもの。割れているもの。人間のこぶし大のものから頭大ぐらいまで、さまざまな大きさの卵がある。なかに入っているのは、ミイラと化したドラゴンの赤ん坊。卵の殻《から》は薄い紫色で、金色の斑点がついている。死んだ赤ん坊は干からびて、華奢《きやしや》な骨に灰色の皮がぴんと張っているが、それも乾ききって、端からほろほろはがれている。

「ここは墓地」いったそばからエロディはごくりと唾を呑み、そこから顔を離そうと、あわてて上体を起こす。

ふいにドラゴンの甘い歌声がよみがえってきた。あのときは、なんといっているのかわからなかった言葉も。わたしを追っていないとき、ドラゴンはこの自分のすみかにいて、甘い声で歌っていた。その声だけが隧道を通じて、わたしの耳にもとどいた。あのときドラゴンがささやいていたのは……わたしの赤ちゃんたち。

ドラゴンは、死んだ赤ん坊たちに子守歌を歌っていたのだ。

ああ……。

エロディのなかで何かがはじけた。体内のメカニズムを司る時計の部品が、いきなりはじけ飛んだようだった。邪悪な生き物とばかり思っていたドラゴンは、家族を亡くした母親でもあった。子どもたちを失ったのだ。

悲しみが、どれだけの破壊力を持つものか、わたしは知っている。フロリアを失うかもしれないと、そう思っただけで、体内に激しい怒りがたぎり、固い決意が結晶した。ドラゴンが束になってかかってきても、勝算などまったくなくても、戦ってやる。そんな蛮勇を生みだすのが、悲しみだ。妹を失うかもしれない、その「可能性」だけで、そこまで駆り立てられる。

母親が赤ん坊を「実際に」失ったら、どうなるだろう？　ひとりではない、何十人もの赤ん坊を失ったら？

自分は生き残るのに必死で、どうしてドラゴンがこんなことをしているのか、理由を考えもしなかった。せいぜいその程度の知能なのだ、動物の本能に突き動かされているだけだと、そう思っていた。

しかしいまとなっては、ドラゴンが頭のいい動物であることは否定できない。それに、プリンセス・エリンの残した血の記憶は、ドラゴンにもかつて家族がいたと語っていた。

ここに至ってエロディは初めて、ドラゴンの気持ちが痛いほどわかった。

「この場所にたったひとりでいて、途方もない年月を過ごしていた」あたりを見まわして、崩れかけた彫像の群れに目をやる。どれもこれも、信心深いオーリアの民が何百年にもわたってつくってきたのだろう。それと同じ長年月をかけてドラゴンが集め、独り居の友とした。

「何をいっているの？」フロリアがきいた。

「ドラゴン。この洞窟にずっと長いことひとりでいた。ある人によれば、かつてドラゴンにも家族がいたらしい。いったい何があったんだろう？　どのぐらい長いこと、ドラゴンはここで孤独を耐え忍んでいたの？」

「なんのことかわからないけど、あんなやつに同情するなんてやめて！　わたしたちのような人間を食らう生き物よ。いまにも、ここにもどってくる。急がないと、わたしたちも食べられてしまう！」

エロディはまばたきをし、その瞬間、目の前に現実が迫ってきた。

あわてて立ちあがり、ドラゴンの赤ん坊の墓場から逃げだす。けれど、池の岸までたどり着いたところで、はっとして足をとめた。目の前に広がる緑色の水。底なしとも思える、満々と水をたたえた池を渡って、フロリアのいる台まで行って、もどらないといけない。

「わたしは泳げない」もちろん、フロリアだって泳げない。

姉妹は互いをまじまじと見る。こんなに近くにいるのに、近づくことができない。

すると隧道のほうから、灼熱する炎のような声が響いてきた。怒りに任せて皮を石にこすりつけるような音も。「Ni reka. Nytuirrai se, akrerrit. Fy nitrerra ni e re. わたしが当然得るべきものを、いまからもらいに行く。おまえの血と、おまえの妹の血を」

エロディ

そこから動くなと、エロディは妹にまなざしで伝えた。フロリアも泳げないのだから、動きようがない。それでも念押しをしたのは、この先の展開を考えてのこと。とにかく、そこにじっとして、早まったことは決してしないでほしかった。

皮が岩を叩いてはこする、その音が隧道《すいどう》内に響きわたっている。ドラゴンがそこから出てくると予想した隧道の入り口には、彫像が群れをなしており、そのひとつの陰にエロディは走っていって隠れた。こうして、つねにドラゴンと妹のあいだに自分がいるようにする。ドラゴンは、剣、盾《たて》、革水筒でつくった仕掛けのある場所へ走っていった。怒りに満ちた声と物音からすると、きっと同じ隧道を引き返してくるものと思ってまちがいない。

父の剣を持つ手に力をこめ、深く息を吸って覚悟を決める。ドラゴンはもう近くまで来ている。鱗《うろこ》にこすられる岩の震動が感じられる。

すみかに飛びこんできたドラゴンは、早くも鼻孔から煙を吐きだし、牙を剝きだしていた。

しかし最初にドラゴンが目をむけたのは、卵と干からびた赤ん坊だった。

「DEV ADERRUT!」黄金のコインの上で、ふいにドラゴンが動かなくなった。

その瞬間、エロディは彫像の陰から飛びだしていき、ドラゴンの紫の目の片方に、剣の切っ先をむけた。

「Kho aderrit」殺してやる。ドラゴンの言葉で脅した。

ドラゴンは鼻を鳴らし、新たな煙を鼻孔からもくもくと吐きだした。目の前に突きつけられた剣の切っ先をにらみつけながらいう。「Voro nyothyrrud kho. Sodo ferrad raenif」

そんなもので、わたしは殺せない。怒らせるだけだ。

危ない橋を渡っているのは百も承知だった。しかし、こちらには作戦があり、それを成功させるためには、自分もドラゴンも所定の位置まで移動しないといけない。そのために時間を稼ぐ必要があった。

エロディが一歩前へ進み、ドラゴンが数歩下がる。剣の切っ先が目にむけられているのだから、ドラゴンはそうするしかない。エロディはじりっと右へ動く。たとえ剣の切っ先をむけられていても、ドラゴンは依然捕食者であり、獲物の動きにあわせて自分も巧みに動く。エロディのほうは、これをひたすら繰りかえすだけでいい。池の岸に沿ってじりじりと動きながら、方向をわずかずつ変えていき、ついには自分と妹を救うチャンスを得るのだ。こちらのしていることからドラゴンの注意をそらすために、エロディは話を続ける。

「Vis kir vis. sanae kir res」エロディはいった。「命の代わりに命を。炎の代わりに血を。最初の部分の意味はわかる――もし王国が犠牲として命を差しだせば、オーリアで暮らすそれ以外の人間の命は助けてやる」

「いまごろになって、ようやくそれがわかったのか?」ドラゴンがうなり声でいう。「おまえには失望した」

「いいえ。その部分は最初からわかりきっていた。ただ『炎の代わりに血……』」エロディはキノコとつららの洞窟にいたときに、ドラゴンがいったことを思いだした。Nyonnedrae. Verif drae. Syrrif drae. Drae suverru. ドラゴンは、王族の子孫ならだれでもいいから食らいたいのではない。条件があった。賢い者。生き残るプリンセス。

血は単なる象徴ではなく、ドラゴンにとって何か実利性があるのかもしれない。わたしが現れるのをずっと前から待っていたと、そういっていた。たしかにわたしは、賢い。いまのところ、生き残ってもいる。

ドラゴンには何か大きな計画があって、それを実現するために、このわたしが必要だということか。

「炎の代わりに血……」エロディは割れた卵と、死んだ赤ん坊に目をむける。「わたしたちの血によって、ドラゴンたちがよみがえると、まさかそんなことを思っているの？」

からかうような口調に、ドラゴンはわずかにたじろいだが、眼球に剣の切っ先がむいているので、それ以上は動かない。「思っているのではない。わかっている。Sanae kir res. 母がわたしにかけた最後の言葉だ。その者が、ドラゴン族の新時代を到来させる」

エロディはまた数歩動き、ドラゴンの眼球を突っつくふりをした。「自分勝手ね。自分が寂しいからって、多くの人間を殺すんでしょ？　まったく血も涙もない生き物ね」それら悪態を、エロディはすべてハエヴィス・ヴェントヴィスでいった。

「とんでもない嘘をついて、わたしの言語を汚すな！」ドラゴンが吐き捨てるようにいい、口から火花が飛び散った。「血も涙もない生き物は人間だ。わたしがひとりになったのは人間のせいだ！」

ドラゴンはエロディに襲いかかった。歯がドレスを引き裂き、胸の皮膚に食いこむ。同時にエロディも父の剣でドラゴンの眼球を突いた。

刃は刺さらなかった。ドラゴンの眼球は大理石のように硬く、剣の刃は表面をつるりと滑っただけ。メルドゥ！　しかし、その滑った剣の刃が、ドラゴンの目の端で襞《ひだ》をたたむ、やわらかな皮膚を刺し貫いた。

思わぬ場所に剣がずぶりと入って、エロディはバランスを失った。傷ついた胸でドラゴンの体に体当たりし、相手の頬にしがみつく格好になった。頬にはいま、ドラゴンの紫の血が、涙さながらにどくどくと流れている。

ドラゴンが金切り声をあげた。千の槍でガラスを貫いたような絶叫。痛みのあまりエロディを突き飛ばし、池の反対岸まで飛ばされたエロディは、泥に叩きつけられた衝撃で手から剣を落とした。

「エロディ！」フロリアが叫ぶ。

エロディの胸とドレスは血まみれになり、目はあけているものの視界は紫色にぼやけて光の冠が燃え立っている。脳しんとうを起こすかもしれないと思い、池に落ちないよう、急いで剣を拾って移動する。が、それで力尽きて倒れ、次の瞬間、見るものすべてが紫の雲で覆われた。

「レタザ！」哀れっぽい声がした。見れば、幼いドラゴンが泣きべそをかいている。「レタザ、お腹が痛いよう」

幼いドラゴンのとなりには、ラベンダー色の鱗《うろこ》を光らせる大人のドラゴンがいる。そこは洞窟にある池の岸。

エロディがいまいる洞窟と同じだが、ドラゴンの彫像はひとつもない。黄金のコインもない。池があって、ドラゴンの母子がいるだけだ。

レタザ、というのはママのこと。

これは……だれかの記憶？

目の前のシーンは自分の頭のなかで再現されているが、そのなかに自分はいない。だれか他人の目を通して見ているような――。

ドラゴン！ そうだ、その血を全身に浴びている。それで、ドラゴンの記憶にある場面が見えているのだ。プリンセスたちの過去の映像と同じように。

けれど、これはずっと昔の一場面。ドラゴンがまだ赤ん坊のときの記憶だ。どのぐらい昔？ 千年前？

とにかく、続きを見てみよう。

エロディはもう何も疑問を持たず、自分の全存在を血の記憶にゆだねる。不吉で、耳にとげとげしく突き刺さるようだったハエヴィス・ヴェントヴィスの発音も、その言語で語られる思いも、いまはどこか懐かしく耳に響き、心が落ちついてくる。ドラゴンの耳にはいつもこんなふうにきこえているのだろう。

母ドラゴンが、眠たそうな目をあける。まぶたを持ちあげるだけでも、一苦労のようだ。

「レタザ、お腹が痛い」小さなドラゴンがまたいった。

「お眠りなさい、kho aikoro」

「でも、お腹がすいてるの。もっと肉が食べたい」

「もうないのよ」

「あたし、ほんのちょっとしか食べてないもん」哀れっぽい声でいう。

母親がいきなり上体を起こし、金色の瞳孔が大きく広がる。「あれでも多すぎたの！ ヴィクトリア王女が自分の血に毒を混ぜた。気づいたときには、もう遅かった。腕の一本をおまえにやってしまったばっかりに……」

小さなドラゴンは痛む腹を抱えるように身を丸め、べそをかいている。

ドラゴンと最近島に到着した人間たちは、どうしていっしょに仲良く暮らせないの？ なぜ人間は、千年の昔からここに棲み着いているドラゴンを無理やり追い出そうとするの？

小さなドラゴンは考えを巡らし、そこではたと思いだした。人間はあたしのことを知らない。レタザがあたしのことをずっと隠しているから。人間はここにやってきてレタザを見るなり、悪い生き物だと決めつけた。自分たちとは違う姿形をしているものを理解できないという、ただそれだけの理由で。

レタザはずっとあたしを守ろうとしてくれた。王と王妃に送りだされた騎士にも負けずに生き残った。けれど、王女の血に毒が混じっていたというなら……。

だからレタザは川岸に横たわって、ほとんど動けないの？　あたしが食べたのはほんの二口ほどだけど、レタザは残りを全部食べたから。

「レタザ？」小さなドラゴンはぶるぶる震えており、もう蚊の泣くような声しか出ない。「レタザもあたしも、死んじゃうの？」

「Ny」母がいい、ぜいぜいしながらも、鼻孔から炎をひらめかせた。立ちあがるのも一苦労で足がぐらつくが、黄金の瞳は澄みきっている。「おまえを死なせはしない。何があろうと、死なせはしない」

洞窟内にドラゴンの咆哮《ほうこう》が響きわたった。過去の記憶ではなく、現実のドラゴン。エロディは弾かれたように上体を起こす。まばたきと同時に記憶の場面は霧消し、こちらへ忍びよるドラゴンが視界に立ちはだかった。傷ついた目のまわりにこびりつく、乾いた紫の血。

父の剣を握る手に力をこめる。よろけながら立ちあがり、次の攻撃に備えて剣を構えた。けれどいまとなっては、ドラゴンをひどい目に遭わせようと闘争心をたぎらせるのが難しい。母親といっしょにいる赤ん坊時代のドラゴンを見てしまった。それに彼女の赤ん坊も……ミイラになったそれらは見るからにおぞましかったが、どれも、この世界に何ひとつ悪いことはしていない無垢《むく》の命だった。

「あなたのお母さんは、どうなったの？」エロディはきいた。

こちらに近づいてくるドラゴンの足がぴたりととまった。「Kho retaza? どうして、わたしの母のことを知っている?」

エロディは短剣にこびりつく乾いた紫の血に手をふれてみせる。

ドラゴンが喉の奥から低いうなり声を発した。「おまえにそこまで踏みこんでくる権利はない。これはわたしの記憶だ!」

たしかに。ドラゴンの目から過去を覗き見たことで、自分はいま彼女に親近感を抱いているのかもしれない。しかしだからといって、ドラゴンのわたしに対する見方は変わらない。それどころか、記憶を共有するということは、すみかのいちばん奥に隠した、彼女にとって最も大切な宝物を盗むことに等しいのかもしれない。

最初の計画にたちもどらねば。自分とフロリアを救いだすのだ。妹の様子を確認しようと、池のまんなかに立つ台に目をやる。無事だった。

あとはドラゴンを、もう少しだけ遠くへ引き離して……。

「ごめんなさい」エロディはいった。「あなたの記憶に土足で踏みこむつもりはなかった。ただ、あなたのお母さんを見てしまったの。いったいヴィクトリアは――」

「ヴィクトリアはわたしのレタザを殺した」ドラゴンが歯のすきまから鋭く息をもらし、煙と灰を吐きだした。

「さぞつらかったでしょうね」エロディはいった。本心でそう思った。自分も母親を亡くしている。

「人間は同情心など持ち合わせない！」ドラゴンは怒鳴りながら、エロディにじりじりと接近する。「池のほとりに横たわる母は死に瀕して、最初の王族が持ちかけた契約を、わたしの記憶に刻みつけた。ヴィクトリアの奸計によって母が殺されたことを決して忘れるなといい、いつの日か復讐が叶う日がやってくると母は予言した。プリンセスの血が、生き残るプリンセスの血が、ドラゴンの新時代をもたらすと。Sanae kir res」

生き残るプリンセスが欲しいのに、どうして殺そうとするのか、まだエロディには理解できない。もしかしたら、ドラゴンと人間とでは言葉の定義が違うのかもしれない。逃げて抗戦できるだけで、生き残ると見なされるのなら、わたしはそれに該当する。しかし、むこうはそれだけでよくても、こちらはそうじゃない。真の意味で生き残りたい。

洞窟内における自分たちの位置を再確認する。あともう少しだ。フロリアはあそこでじっとして、こちらの様子をうかがっている。しっかり警戒しているようだし、距離も十分に離れている。

「で、あなたはお母さんが死の床で口走ったうわごとを信じているわけ？」エロディはきいた。あとほんの数メートル……。

「うわごとではない」ドラゴンがいう。「おまえたち人間の小さな頭では世界がどのように動いているか、本当のところを理解できない。わたしの母には未来がわかっていた。わたしは生き続けるが、ヴィクトリアの毒によって、未来永劫、子孫を残せないと母は知っていた」

「なるほど」エロディはいいながら、最後の数メートルを移動する。「つまりあなたは、何百年もかけて復讐をしているわけね。母親の予言を頑《かたく》なに信じて」

「Ed. zedrae. 世界はつねに均衡を求めてやまない。いつの日か、プリンセスの血が過去の誤りを正す。Vis kir vis. Sanae kir res」

そこでエロディは、ドラゴンの鱗の色を思いだした。死んだ赤ん坊に甘い声で歌っているときの鱗の色。記憶のなかの母ドラゴンの鱗も同じ色だった。それに、わたしが犠牲に捧げられるときに着せられたドレスの色も。巫女《みこ》たちはドラゴンの言語で朗唱をしていたが、言葉の意味はとうの昔に失われている。ドレスの色が持つ意味も、同じように忘れ去られたということか？

おそらく初期の――ヴィクトリアの時代の――巫女たちは、ラベンダー色は母親の役割を担うときに、ドラゴンの鱗が呈する色だと知っていたのだろう。ドラゴンが自身の子どもをこいねがうときの色。もし予言が正しければ、犠牲に捧げられるプリンセスの血が、このドラゴンが再び母になれる鍵となる。

そういうことなら、残虐者は人間だというドラゴンの見たては正しい。同種の仲間に対してさえ、残虐な行為をする人間という生き物。ドラゴンが母性のシンボルとしている色のドレスを王女に着せて、犠牲として平気で差しだすのだから。

しかし、だからといって、自分がドラゴンを倒さねばならない事実に変わりはない。勝者はどちらかひとり。ちょうどドラゴンは、こちらが狙ったとおりの位置に来ている。

「Vorra kho tke raz!」ドラゴンがエロディにむかって火柱を吐きだした。エロディの腕を炎が食らい、炎といっしょに吐きだされた可燃性のタールが髪に飛び散って、そこにも火がついた。レディ・ベイフォードのケープの裏に張った毛皮が爆発するように燃えあがり、焼けるような熱が全身を包む。激しい痛みに、視界は白い星に覆われて、何も見えない。

池……。

見えない。泳げない。けれど火を消さなければそれで終わりだ。エロディは池に身を投げた。

火は一瞬で消えた。はっとして水中で目をあける。焦げた髪がまわりに浮いて、ただれた腕が、黒焦げの剣をつかんでいる。

まるで時の流れが突然ゆるやかになったようだった。色という色が鮮やかさを増し、継母《ままはは》のケープが深緑の水をはらんで大きくふくらんでいる。火傷《やけど》の痛みが重くのしかかり、つぶされると思った瞬間、刺すような鋭い痛みに続けざまに襲われた。皮膚を引き裂かれる拷問を受けているようだった。そんななか、青く光る発光虫が、ケープのポケットからふわふわと浮きあがって流されていく。もうランタンとしての用はなさないから、さようなら、とでもいうように――。

待って！　いきなり頭が現実に切りかわった。発光虫は傷を治してくれると気づき、鷲づかみにして、火傷した皮膚に押しつける。しかし水中ではそこにとどまっていられず、またふわふわと流されていく。

肺が焼けるようだ。すぐに水面に上がらないとおぼれ死んでしまう。視界に白い星がもどってくる。生き残りたいなら、フロリアを救いたいなら、あと数秒が勝負。

発光虫を鷲づかみにし、口のなかに押しこむと同時に丸呑みすることを繰りかえす。ドラゴンの母親の予言のように、半分朦朧《もうろう》とした頭が考えだしたことだが、残り半分の頭脳が明晰であることに望みをかける。

本能的に足が水を蹴り、頭が水面を突き破った。まわりに浮いている発光虫が目に入り、それをすくいあげて体に押しつけ、どうかとどまっていてと必死に祈る。

「エル！」フロリアが叫んだ。

顔をあげたちょうどそのとき、ドラゴンがザブンと池に飛びこんだ。エロディの目の前で大波が立ちあがり、それに流されて体が岸へ運ばれていく。足が水底の岩をこすった。

「Senir vo errut ni desto、エロディ。Nykomarr. おまえはこうなる運命だと、ずっと前から決まっていた。それを忘れるな」

「わたしは運命なんか信じない」エロディはいった。手足をばたつかせて、沈まないようにするのに必死だった。「自分の運命は自分で切り拓く」

「陳腐。おまえにはもっと期待していた」ドラゴンはエロディに敵意の目をむけ、それから池の水に口を浸した。水が泡だち、かきまわされる。

そして、沸騰《ふっとう》しだした。ドラゴンは池に炎を吹きこみ、熱湯が波となって、エロディのすでに火傷した体に押し寄せる。金切り声をあげるエロディを、熱湯の波が岸へ押す、その勢いに乗って、熱湯が鼻と口と肺を焼くのもかまわずに、エロディは水底の傾斜を這い上がって岸に上がった。

ドラゴンは沸騰する水のなかをザブザブと進んでエロディを追いかけ、岸へむかっていく。エロディは咳きこんで水を吐きだした。ここで屈するわけにはいかない。あたりに目を走らせる。

最初の作戦を実行するのに、そう遠くない位置にいた。さらに咳きこんで水を吐きだす。それから背を起こし、手にした父の剣を引きずりながら、飛び跳ねるようにして目的の場所へ走った。

「わたしは負けない」エロディはいった。「わたしの血が欲しいというなら、ここまで来て、食らうがいい。あなたの母親がヴィクトリアにしたように」

「エル、やめて！」フロリアが叫んだ。

フロリアの声でドラゴンが一瞬気をそらしたすきに、エロディは双頭のドラゴンの真ん前に移動することができた。「ほら、ここよ！」とドラゴンをからかう。言葉は手加減しない。とことんドラゴンを怒らせないと、この作戦は成功しない。「何をぐずぐずしているの？　ママからお許しをもらわないといけない？　あなたをここにひとりぼっちで置きざりにした母親の？　気味悪い人形のようにあなたが集めている、死んだ赤ん坊たちから許しが出るのを待っているの？　もうこんなゲームはうんざり。さっさと焼き殺しなさいよ、このあばずれが！」

激怒したドラゴンの眼がまったき金色に変わった。その眼が溶けた黄金のようにぎらぎら光ったかと思うと、ドラゴンの口から炎の巨大なかたまりが、ごうっと吐きだされた。全身にたぎる激しい怒りが、何もかも焼き尽くす炎に結晶したのだ。

エロディはとっさに脇へ飛んだ。地獄の炎のかたまりが双頭のドラゴンの片方の口へ飛びこんだ。炎は彫像のCの字に曲がった内部を勢いよく突き抜け、もう一方の口からブーメランのように飛びだした。その炎がドラゴンを直撃し、いっしょに飛んできたタールのかたまりが顔、首、胴体、翼に飛び散って、次の瞬間全身が炎に包まれた。

ドラゴンが咆哮をあげる。洞窟の地面に体を叩きつけ、彫像に翼を打ちつける。尾が壁を連打し、何百年にもわたって埋めこまれたエメラルドやルビーやサファイアがはずれて飛び散り、極彩色の紙吹雪のように洞窟内に舞いあがる。

ドラゴンは立ちあがって、翼で炎を消そうとする。しかし、粘つくタールが全身を覆っているので、そう簡単に火は消えない。のたうちまわるドラゴンの体がふいに空中に飛びあがり、巨大な火の玉のように天井に衝突した。クリスタルの鍾乳石《しょうにゅうせき》が粉々になって天井から降ってくる。

ドラゴンは地上に急降下し、フロリアのいる岩の台に体当たりした。その衝撃で岩の柱の一部が砕け、全体がぐらぐら揺れ出した。

「エル！」

「フロリア！」

ドラゴンが吠えて、転がりながら池に落ちる。

エロディは全力疾走で妹のもとへむかった。

台が崩れ、それといっしょにフロリアも水のなかに転がりおちた。

ハエヴィス

池の深みに落ちていきながら、ドラゴンは感じている。

これが苦しみの極みというものか。

あらゆる細胞がのたうちまわっている。

頭のなかにはもう、絶望しかない。

燃えて、死んでいく。赤ん坊たちとのつながりも断たれ、あの子たちを孤独のうちに置きざりにする。わたしの生涯がつねに孤独であったように、あの子たちも同じ運命をたどるのだ。

身を焼かれて死んでいくのは、すべてあの、あり得ないプリンセスのせいだ。生き残ったプリンセスは、偉大なるドラゴンの新時代を到来させるはずだったのに、そうはならず、とうとうドラゴンは絶滅する……。

これは約束違反だ。

ドラゴンの偉大なる伝説がこんな形で終わっていいはずがない。

ひとり、
　ひとり、
　　たったひとりで……。

しかし火は池の水によって消され、ひどい重傷を負ってはいるものの、痛みに曇っていたハエヴィスの頭は徐々に晴れていく——。

どうせ死ぬのなら、ひとりでは死なない。おまえを連れていく。

エロディ。

「Vis kir vis. Sanae kir res」

それができないのなら、わたしはおまえと新たな契約をする。

これからは、どちらも相手なしでは生きられないと。

ハエヴィスは目を閉じた。心のなかで、赤ん坊たちに最後のお別れをする。

それから水中でかぎ爪をぐっと曲げ、最後にもう一度だけ立ちあがる準備をする。

エロディ

岩の台は完全に崩壊し、砕け散った岩石が岸へも飛んで雪崩《なだれ》のように降り積もった。いっしょに岸に飛ばされたフロリアの体に、鋭い岩の破片が打ちつけ、皮膚を切る。落ちついたときには、フロリアはもう雪崩の下に埋まっていた。

エロディは剣を脇に放り投げて、重たい岩をどかしにかかる。発光虫が皮膚の火傷《やけど》に取りついて、できる限りの治療をしてくれてはいたが、まだ腕を動かすと悲鳴が口からもれるほど痛く、激しい苦痛と妹を失うことへの恐怖で、涙がとめどなく顔を流れていく。

「フロリア、きこえる?」

答えはない。

エロディは次から次へ岩を放り投げていく。ドラゴンが何より興奮するアドレナリンが全身にみなぎり、痛みはもう遠い背景となっている。ブーンと妙な音が頭のなかでしていることから、この身も危ないとわかるが、いまは自分の体に注意をむける余裕はない。

「お願い、フロリア、何かいって!」

岩がどんどん重くなるように感じられる。休むことなく掘り続け、どかし続けるものの、長いこと眠っていないし、十分な栄養もとっていない。戦いに明け暮れた体からは、エネルギーがほぼ枯渇《こかつ》していた。

岩と宝石の山が雪崩落ちてきて、せっかく掘った穴が埋まってしまった。

「もう！　もう！　もう！」エロディは泣きそうだ。

ところがそれから……。

「エル？」かすかな声がした。

「フロ！　フロ！　きこえてるよ！　いますぐ出してあげるから！」エロディは新たに落ちてきた岩の下に手を突っこんで、がむしゃらに掘っていく。深く、速くと、ただそれだけを願いながら、まるでなんの価値もない石ころのようにルビーやエメラルドを無差別に脇へ放り投げていく。実際いまのエロディにとって、石ころ同然に無価値だった。いま、助ける価値があるのは妹だけなのだ。

とうとうフロリアの腕が見えてきた。不自然な角度でねじ曲がっている。どかした岩のかけらはどれも血まみれだった。かたっぱしからどけていくと、やがてフロリアの傷だらけの顔が現れた。

「ああ、フロ！」

フロリアが弱々しい笑みを見せる。「お姉様のハネムーン、まさかこんなことになるなんてね」

エロディは涙をぼろぼろこぼしながら、声をあげて笑った。さらに岩をどけていって、フロリアを外に出すのに十分な空きをつくる。

けれど、折れた腕を引っぱって外に出すことはできない。

「脇の下に手を入れて引っぱりあげるから」エロディはいった。

フロリアはうなずいて、姉が脇に手を入れられるよう、精一杯体の位置を調整する。

エロディはしゃがみ、両腕を前に伸ばして妹の脇の下に入れた。

「動かすとき、ちょっと痛いよ」

「大丈夫」とフロリア。

「一、二の三！」エロディは力をこめて妹を引っぱりあげた。

フロリアが悲鳴をあげた。腕のせいではない。「エロディ、見て！」

奔流《ほんりゅう》のような波しぶきとともに、ドラゴンが立ちあがった。まるで脱皮したように、焼けた鱗《うろこ》がはがれ落ち、生々しい薄紫色の皮膚が露《あら》わになっている。「Mirr dek kirrai zi!」

叫ぶと同時に、崩壊した岩の台に全力でぶつかっていく。エロディはフロリアの体をつかんで回転し、危機一髪で逃れた。

「走って！」フロリアに怒鳴る。

自分は剣のあるところへ飛んでいって、素早く柄をつかんだ。

ドラゴンがまたエロディにむかってくる。とはいえ技も何もあったものではなく、怒りまかせに、ただもうがむしゃらだった。突進してきたドラゴンをさっと避け、エロディはボールのように身を丸めて岩と水晶のかけらが散らばる地面をごろごろ転がっていく。

勢いよく立ちあがったエロディに、ドラゴンが甲高い叫びをあげる。金属をガラスにこすりつけるようなおぞましい声に、エロディはとっさに両手で耳を覆った。

ドラゴンがその場でぐるりと回転してあたりを検分する。「Mirr dek kirrai zi...」見よ、これがおまえの仕業だ。歯を剝きだしてそういう。

ドラゴンが舞いあがり、エロディの頭上でとまった。剣の翼を広げたコブラのような姿に、エロディは目を大きく見ひらく。紫の皮膚が池の水でつやつや光っている。身を守る鱗がない！　エロディは気がついた。鱗がはがれて剝きだしになった皮膚は、胎児のそれのように傷つきやすいだろう。エロディは剣を握る手に力をこめた。

ドラゴンがまた甲高い声をあげ、炎を吐きだす。そうしてエロディに覆いかぶさるように、頭上からまっすぐ落ちてきた。

ドラゴンの鱗のない皮膚にエロディは剣を突きたてた。無防備な皮膚を切って刃が肉にめりこんでいく感触があり、鼓動する心臓の柔らかな筋肉に刺さるのがわかった。黒っぽい紫の血が胸から勢いよく噴きだした。

ドラゴンの瞳孔が大きくなる。エロディに視線をむけると、その目が細くせばまった。エロディはまだ剣から手を離さず、持ちこたえている。

「死ぬなら、おまえも道連れだ！」ドラゴンがハエヴィス・ヴェントヴィスで叫んだ。かぎ爪を伸ばした前足をエロディの背中に力一杯打ちつけ、エロディの胸はドラゴンの胸に叩きつけられる。かぎ爪の一本がエロディの背中を刺し貫いた。

爪は心臓を貫通している。

「うっ……」エロディは息を呑んだ。

臨終のときは、もっと感銘深いものと想像していた。老いてなお品格を保ち、子どもや孫たちに囲まれて、愛情あふれる部屋で死を迎える。

ところが現実の死の床は熱気と湿気に満ちたドラゴンのすみかであり、「うっ」という、たった一音を吐きだす息しか残っていない。

なんという理不尽だ。あれだけ怯えていた死なのに、いざ目の前に来てみれば、もう恐怖は霧散している。

エロディの体から緋色の血がほとばしり、ドラゴンの致命傷から流れだす黒っぽい紫の血と混じり合っていく。

「エロディ!」フロリアの叫び声。妹は逃げていなかった。逃げるはずはない。

しかしエロディの目にはもう、赤と紫の血と、鱗のないドラゴンの皮膚しか映っていない。最後は皆こうなるのだろう。魂が肉体を与えられているのはほんの束の間。閃光のようにはかないひとときであっても、母として、娘として、姉として、友として生きるべく、それぞれが精一杯奮闘する。魂が再び、その肉体から出ていく瞬間まで。ドラゴンも必死なのだろう。人間だってそうだ。生きとし生けるものはすべて、自分が生まれ落ちた不完全な世界で、最善を尽くそうと、もがいている。

最後の力を振りしぼって、ドラゴンの胸から剣を引き抜く。「ごめんなさい」そっとささやいた。「もうあなたを恨んではいない」

ドラゴンの視線とエロディの視線がほんの一瞬からみあう。大きな紫色の涙が一粒、ドラゴンの眼からあふれ、傷だらけの顔を滑り落ちた。

次の瞬間、ドラゴンはのけぞって、洞窟の地面にばったりと倒れた。かぎ爪で背中を刺し貫かれたエロディも道連れとなり、ドラゴンの胸に抱かれながら、死の世界へ運ばれていく。

フロリア

フロリアは泣き叫びながら姉のもとへ走った。ドラゴンのまだ温かい体に這い上がって、ばかでかいかぎ爪をつかむと、力をこめて抜きにかかる。

しかし、爪は体を完全に刺し貫いていて、エロディの顔は黒っぽい紫の熱い血だまりに浸かっている。血の表面から蒸気が立ちのぼり、喉にからみつく鉄の味の瘴気《しょうき》に、フロリアは吐き気を催した。

「死んでない、死んでないから」泣きながらエロディの頭の横にしゃがみ、今度はべつのやり方で爪を抜きにかかる。姉の両肩をつかみ、なんとかして爪をはずそうとする。折れた腕に突きあげてくる鋭い痛みに顔をしかめながらも、力を入れ続けて、ついに爪がはずれた。

それでも体を運ぶことはできず、血だまりに横顔が浸かったままドラゴンの上に寝かせているしかなかった。と、ふいに青いナメクジのようなものが落ちてきた。以前に見たことのある青い光と同じものを放ちながら、洞窟の天井から雨あられと降ってくる。「いったい、どうなってるの?」

フロリアの顔にも、エロディのうつ伏せになった体にも、青い生き物がポタポタと落ちてくる。フロリアの首筋のそこらじゅうをくねくね動いて、エロディのひらいた傷口へ、一心に移動しようとしている。「やだやだ、蛆虫《うじむし》なんて、やめて！」フロリアはエロディの体から蛆虫を払いおとす。「死んでない！　死んでないから！」

しかし、ドラゴンのかぎ爪で心臓を貫かれながら、生き残れる人間はいないのもわかっている。フロリアは姉の体にくずおれて激しく泣きじゃくった。蛆虫が入りこまないよう、傷口を手で覆いながら姉に話しかける。

「エル、大好きよ。いっしょに成長して、優しい男性と結婚して、毎週手紙のやりとりをして、毎年夏には子どもたちを連れてお互いの家を訪ねるはずだった。ふたりは最高の親友よ。わたしはどこで暮らすことになっても、新しい料理のレシピを送るし、エルは迷路をつくって送ってくれるはずだった。そういう未来が全部消えた」フロリアは泣きながらいう。「でも、こんなドラゴンの迷宮は大嫌い！　もう迷路なんて二度と見たくない！」

フロリアが生まれて最初に見たのが姉の顔だった。母親でも産婆でもなく、姉。だからおまえたちは、いつでもこんなに仲がいいのだと、父にいわれた。母の子宮から出てきたフロリアに、エロディはにっこり笑いかけて、「わたしの赤ちゃん」といったそうだ。

あんまり激しく泣いたものだから、フロリアの視界はぼやけている。母には未来がわかっていたと、ドラゴンはそういった。なまじっか嘘でもないのだろう。息をしていない姉の体に身をかぶせていると、わたしにだって、これから自分が生きていく荒涼たる人生行路が見える。この先、どれだけ日差しがさんさんと降りそいでも、つねに日の当たらない道はあって、灰色の暗がりに立つたびに、わたしはこの世にひとりぼっちであると思い知らされる。つねにそばにいると思っていた、自分の半身のような姉がいなくなってしまった。

フロリアは目をぎゅっとつぶり、姉の体に顔を押しつけて大声をあげて泣いた。

いくら流しても涙は川のように、まったく尽きることはなく、どれだけ時間が経ったのか、もうフロリアにはわからない。喉がひりひりして、胸が石のように重たくなり、もうどれだけ絞っても体からは何も出てこない。ドラゴンがいなくなった洞窟から歩み出て、姉が命がけで守ってくれたこの体で、残りの人生を生きぬこうという気力さえもわかなかった。

それでも、とうとう涙が尽きると、フロリアは腫れぼったいまぶたをしぶしぶあけた。

何もかもが青く光っている。

なんて残酷な！　青は希望の色だと、エロディはいつもいっていた。それなのに、ここには希望を持てるようなものが何ひとつない。うなじを這いまわる気持ち悪い青い蛆虫がいるだけで、そのぞっとする青い光は、エロディの体からももれていて——。

フロリアは弾かれたように背を起こした。

どうしてエロディの体内が光っているの？　ずっと傷口を押さえていたから、青く光る蛆虫がなかに入るはずはないのに。

見れば、傷口の血が乾いていた。皮膚にはまだ傷が残っているものの、治りかかっている。

フロリアの口があんぐりとあいた。

「穴……ドラゴンのかぎ爪が引き裂いてあけた穴はどうしたの？」

塞がっていた。

どうして、そんなことが？

ついさっきまで、ぱっくり口をあけていた傷のあたりをおそるおそる指でたどってみる。光る蛆虫が通ったあとに、青い粘液が残り、それがちらちら光っていた。そうだ、継母《ままはは》の軟《なん》膏《こう》。エロディが木から落ちて膝をすりむくたびに、いつも傷口に塗っていた、あれに似ている。

だけど、どうして――？

自分のうなじから、光る蛆虫をつまみあげて腕の擦り傷に置いてみる。不思議なことに、ヒルのような生き物はすぐに傷口の上でくねくね動いて、玉虫色に光る青い粘液を放出しだした。傷の周囲の皮膚に、ほんのかすかな、さざ波が立った。まるで皮膚のその部分が、うたた寝から目覚めて、伸びをしているようだった。と、驚いたことに、赤みがかっていた傷が濃いピンク色になり、それがさらに色を薄くして……やがて傷口が塞がった。

「信じられない……」思わずつぶやいた。

「何が信じられないの？」エロディが眠たげにいった。

フロリアは息を呑み、腕を脇に落とした。光る蛆虫はまだ皮膚に取りついて、着々と仕事を続けている。

「エル……いま……。ちょっと待って、これは幻聴じゃない！　いま何かいったわね？」

横にむけているエロディの顔で、まぶたがゆっくりとあいた。蛆虫の青い光を反射して、瞳が紫色に、瞳孔は金色に光って見える。

エロディがまばたきをすると、瞳も瞳孔も普通にもどった。妹の顔を見て、エロディはいう。

「何があったの？」

新たな涙がフロリアの顔を流れていく。「知らない！　死んじゃったと思ったんだから！」

エロディは痛そうに顔をしかめ、それからまた目を閉じた。「たぶん、死んだのは本当だと思う」

「それじゃあ、どうして――？」

「わからない」目をあけてフロリアの顔をじっと見る。エロディの口角が持ち上がり、ちょっと笑ったようだった。

「うまくいったんだ」畏敬《いけい》の念に打たれたようにいう。

「何が？」フロリアがきく。

エロディは腕を伸ばして、フロリアの顔から青い発光虫を一匹はがした。「水中にいるときに、これを山ほど丸呑みしたの。保険としてね」

事情を理解したフロリアは、はっと息を呑んだ。「それじゃあ、ドラゴンのかぎ爪を打ちこまれたとき、体の内側から傷を治療することができたのね」

エロディはうなずいた。「だけど、まさかこんなにきれいに、早く治るなんて思わなかった」

するとフロリアが心配そうに眉を寄せた。

「どうしたの？」エロディは肘を地面についてゆっくりとあおむけになり、上体を起こした。たとえ傷口は塞がっていても、内臓や骨の治療はたぶんまだ進行中で、火傷《やけど》した皮膚も発光虫がせっせと治してくれている。

フロリアは震える手で、自分たちがいま浸かっている血だまりを指さした。「ドラゴンの血……それが体内に入った状態で、傷口が塞がってしまったかもしれない」それからフロリアは、エロディが最初にまぶたをあけたときの異変についても話をする。

エロディの顔から血の気が引いた。

胸に手を当てて目を閉じる。まるで心の声に耳をかたむけているかのようだった。おそらく、胸の奥底から何かきこえているのだろう。

エロディの顔にゆっくり笑みが広がっていく。

「もし、それが本当なら。いいことを思いついた」

それをきいてフロリアはニッと笑った。ほっとしたのが半分、期待が半分。

こういうときの姉の思いつきが、フロリアは大好きだった。

ルシンダ

　ルシンダは波止場で、オーリア国を脱出する人々をひとりひとり迎え、デオメラス号に乗せている。その反対側にはアレクサンドラと夫と娘が立って、国を去ると決めた人々とハグをしあっている。オーリア国の市民たちに力を貸してくれないかと、ルシンダにそう頼んだのは、アレクサンドラとコーラだった。それからふたりは、国内にニュースを広めた。罪のない人々の血で栄える王国を、これ以上支えることはできないと思う人間は、だれでもデオメラス号に乗って国外へ脱出できると知らせたのだ。

　ユートピアといっていい土地を、自身の信条ゆえに離れると決めた気高い人々。彼らがつくる厳かな行列を見守りながらも、ルシンダの目はちらちらと地平線にむけられる。だれよりもこの船に乗ってほしいと願ってやまない娘たちの姿を探しているのだ。自身の腹を痛めた子ではないが、エロディとフロリアは紛れもない自分の娘であり、自身の全存在を賭けて守りたい子たちだった。愛情は血縁からのみ生まれるのではない。さまざまな経験と苦しみを分かちあうなかで鍛造《たんぞう》される愛もある。何がなんでもこの子たちを慈しみたいという、それは見返りを求めない欲望に近かった。

　どうか、どうか、無事でいて。どうにかして、ここへたどり着いて、ともに出航しましょう。

何があろうとも、わたしたちはいっしょ。いっしょにいられれば、それでもう十分。「レディ・ベイフォード？」コーラが自分を呼んでいるのに気づいた。伏し目がちにこちらを見ているところからすると、しばらく前から、もう何度も呼んでいたに違いない。「大丈夫ですか？」

ルシンダは悲しげな笑みを返した。「まだ本調子とはいえないけれど、いずれは」

ちょうどそのとき、馬のひづめの音が波止場に通じる道からきこえてきて、ルシンダの胃がひっくり返った。娘たちがやってきたと喜ぶべきなのか。それとも、馬に乗っているのはオーリアの騎士で、エロディとフロリアの死の知らせを得意満面でとどけにやってきて、さっさと出航しろと命じるのだろうか。夫も子どもも連れずに、からっぽの心を抱えて。

気がつくとルシンダはコーラに手を握られていた。まるでそうしてもらう必要があるのをコーラが察したかのようだった。コーラはその手をいつまでも放さない。

ひづめの音が近づいてきて、まもなく丘のてっぺんに、馬の背にまたがった人影が見えてきた。

乗っているのはひとりではない。

「エロディ！　フロリア！」ルシンダは波止場から飛びだして、ふたりのもとへ走った。生まれてこの方、走ったことなどない。走るのは、はしたないことであり、この自分が走ったら、まだ足取りもおぼつかない、生まれたばかりの砂漠のヤギのようにぶざまに見えるだろう。しかし、いまはそんなことを気にしていられなかった。娘たちのもとへ一刻も早くたどり着きたい、その思いで胸がはちきれそうになっている。ふたりをすぐさま抱きしめて、これからはもっといい継母《ままはは》になるからと約束しよう。

土の道がカーブを描いて波止場に入る地点で、ルシンダは馬から下りたエロディとフロリアに飛びついた。

「失ってしまったかと思った」ぎゅっと抱きしめて、娘たちの髪に埋もれながらいう。

「それはあり得ないわ」とエロディ。「塞がなきゃいけない古傷はあるけれど、ひとつ、約束できる。わたしたちがすぐそばにいようと、地球の反対側にいようと、あなたは二度と、わたしたちを失うことはない」

ルシンダは心配げに、空とハエヴィス山を見あげた。

「ドラゴンなら来ませんよ」とエロディ。「もう安全」

「ごめんなさい、わたしったら何もわかっていなくて」フロリアが継母にあやまる。「エルにききました。わたしを取りもどそうと、追いかけてきてくれたって。ありがとう……ママ」

ママ。ルシンダは泣きだしそうになった。継母ではない。ママ。

「いいえ、悪いのはわたしのほうです」ルシンダはクスンと鼻をすすった。「ごめんなさい」

離れがたく、それからもうしばらく三人は抱き合っていた。

とうとうルシンダが抱擁を解いた。「ふたりで一頭の馬に乗ってきたのはわかるけれど、ここまでよく来られましたね」

エロディがにやっと笑う。「知りたいのはそれですか？　どうやってドラゴンを倒したかじやなくて?」

ルシンダの顔がぽっと赤くなった。「いいえ、もちろんそれも知りたいわ。ちょっとショックが強すぎて、質問の優先順位がおかしくなっているのです」

フロリアが無事なほうの腕をまたルシンダの背中にまわしてきた。ずっと昔から憧れていた、その感触に、ルシンダはとろけそうになる。

遠くから音楽がきこえてきた。黄金の城から風に乗って流れてくるそれは、オーリアに到着して最初に耳にした楽曲だった。エロディの結婚が何を意味するのかわかったときに、流れていた。

エロディも宮殿のほうにむかって首をかしげた。「三度目の結婚式は明日だと思っていたけど」

「ドラゴンを恐れて、日取りを早めたのです」とルシンダ。けれど、ここでエロディに自身の経験した恐ろしい結婚式を思いださせるのは酷だと思い、「さあ、乗って」とルシンダは娘ふたりを船へと促す。「フロリアの腕とそのほかの傷は、船医に診てもらいますから。脱出劇の顛末も船に乗ってからゆっくり話してちょうだい」

「でも……」エロディはまだ音楽に耳をかたむけている。「やっぱり話はフロリアからきいてください。わたしにはもうひとつ、やらねばならないことがあります」そういって、その場から去ろうと背をむける。

「でも、出航の準備はととのっているのよ」ルシンダが顔をしかめる。「いったいどこへ行くつもり?」

「王族の結婚式に飛び入り参加しようと思って」

ルシンダはわけがわからず、目をぱちくりさせる。それでもすぐに事情を呑みこんだようで、顔に面白がるような笑みが広がった。

「あなたは、その格好で結婚式に参加するつもりですか?」いまやぼろきれと化して、ただ体にまとわりついているだけの、焦げて血まみれになった服と、全身に付着した灰と古い絵の具を指さしてルシンダがいった。「ベイフォード家の代表として参加するつもりなら、それは許しません」

エロディは声をあげて笑い、ルシンダを抱きしめた。「それでこそ、わたしのよく知っている大好きな母親だわ」

ルシンダが気取った笑みを浮かべていう。「そういうことなら、きれいにして、お支度をしましょう。ちょうどいいドレスがあります」

エロディ

エロディが宮殿のテラスに上がったときには、三度目の結婚式がすでにはじまっていた。エロディが身につけているのはレディ・ベイフォードお手製のドレス。もともと娘の結婚式に着せようと仕立てておいたのに、オーリアのお針子たちに、その栄誉を奪われてしまった。エロディはここに至って初めてそれを目にしたが、まったく非の打ち所のないデザインだと感服している。薄いグレーのコルセットが繊細《せんさい》なゴールドのレースで覆われており、同じレースでできた袖が、肩からウエストにかけて優美に流れている。スカート部分は黒と白のチュールが層になっていて、これはレディ・ベイフォードが何年にもわたって生活を切り詰めて貯めたお金で買ったものだろう。スカートの下には、銀色の布地でつくった膝丈のズボン。花嫁が結婚式の日に木に登りたくなったり、馬に乗りたくなったりすることもあろうかと、あらかじめレディ・ベイフォードはそれもデザインに取りこんでいた。

最初はだれもエロディに気づかなかった。あれはきっと、遅くやってきた招待客が椅子の並んだ最後尾に空席を探しているのだろうと、皆そう思ったに違いない。前方にはヘンリーが、ほんの数日前の夜にエロディと結婚式をあげた黄金のパビリオンの下に立っている。エロディが立っていた場所にはいま、血のような赤いドレスを着て、ウエストをぎゅっと絞った若い女性がいる。肌は茶褐色で、黒い髪がウェーブを描きながら腰まで垂れている。髪にはドラゴンの鱗《うろこ》模様がついたゴールドの櫛《くし》、首には、嫌でも忘れられない、あの見慣れたネックレス。王室の宝物庫に安全にしまっておくよ。ヘンリーはそういっていた。次の花嫁に渡すためだったのだ。

それまで注意をむけなかった客たちも、儀式の最中にエロディがすわらずに通路を歩きだすと、ひとり、ふたりと目をむけるようになった。最初のうちは、後部の椅子席でひそひそ声があがる程度だったが、エロディがゆっくり、堂々とその横を過ぎていくと、声がさざ波となって、前方へ打ち寄せていく。

ひそひそ声の波がパビリオンまでとどいたところで、エロディは腰をかがめ、儀式につかう手のひら大のコインを通路に転がした。

コインはヘンリーのブーツに当たってとまった。なんだと、いらだつヘンリーだったが、目を落として、転がってきたものの正体に気づいてはっとする。

コインは、三人の王女の肖像が刻まれた面を上にしてとまっていた。

「それ、あなたのものですよね」と、エロディ。

ヘンリーが驚いて顔をあげた。その目が、エロディの目と合うのと、イザベル王妃が玉座から立ちあがるのが同時だった。刺青《いれずみ》を入れた巫女《みこ》と、まもなく皇太子妃となる女性はひと呼吸遅れて、異変が起きているのに気づいた。やがてロドリック王も気づき、弾かれたように、玉座から立ちあがった。

「生きていた！」王が叫んだ。

イザベル王妃が目を狭めてエロディをじっと見る。「ここで何をしているのです？」

「この結婚式は無効だと申しあげます」エロディはいった。

「なんですって？」花嫁が眉を寄せた。最前列から、花嫁の父と思われる男が勢いよく立ちあがって、大声でがなりたてた。「いったい、おまえは何者だ？」

「わたしは、ヘンリー皇太子の妻です」

「嘘だ」花嫁の父はいった。「皇太子の妻になるのは、わたしの娘だ」

「残念ですが、それは無理な話です」エロディはいった。「ヘンリーは三日前にわたしと結婚したのです。信じられないのでしたら、本人にきいてみてください」

男もその娘も、会場にいるあらゆる客も、いっせいにヘンリーに顔をむけた。ヘンリーの顔は醜い暗褐色になっている。

「エロディ」トーストにハチミツをかけすぎたような甘ったるい声で、ヘンリーが呼びかける。「ずっと心配していたんだよ。行方がまったくわからなくなって、以来、夜も眠れず――」

「以来というのは、わたしの妹を殺そうとして以来？」

会場がざわついた。花嫁が犠牲になるという筋書きには慣れているものの、今回はそこに新しいひねりが加わった。

イザベル王妃が、パビリオンの前方にいる巫女もヘンリーも未来の皇太子妃も押しのけて前に出てきた。両手をこぶしに握っていて、まるでかつての――法的には現在の――義理の娘とけんか騒ぎを起こしてでも、この儀式を最後まで行おうとするかのようだった。

「そもそも、どうしてここにいるのです?」吐き捨てるようにいった。「本当ならあなたは……」王妃はそこで祭壇を前に圧倒されている女性にちらっと目をやり、言葉尻を濁《にご》した。

しかしエロディのほうは、王妃の言葉の続きを引き取るのに、なんのためらいもなかった。

「本当ならあなたは、ドラゴンに食われているはずだと、そうおっしゃりたいのですね? 二度にわたってわたしを食わせようとした。王族が八百年のあいだ、皇太子妃を犠牲として捧げてきた相手に?」

花嫁が金切り声をあげた。

エロディは彼女に優しいまなざしをむける。「今夜のあなたはとてもきれいです。完璧ね。でも、同じ女性としてひとつ助言できるなら――こんな経験はしたくないはずよ。ここを出て、できるだけ遠くへ逃げなさい。さあ」

「そんな――そんな話は信じない」と花嫁。

「わたしがあなたの立場にいても、信じないでしょうね。ならば教えてちょうだい。ヘンリーは、あなたの家族に、十階建ての美しい黄金の塔に部屋を用意していなかった? その櫛は、『ふたりの婚礼の日に、あなたの髪に飾ってくれたら、とてもうれしい』というメモをつけて、ヘンリーがあなたの部屋に置いたのではないかしら? ヘンリーは胸壁であなたの前にひざまずき、ネックレスをプレゼントして求婚したのではないかしら? 政略結婚ではあるものの、自分は心の底からきみを愛していると、そういって?」

花嫁は目を大きく見ひらいている。しかしそれからすぐ、スカートの布を両手でたくしあげると、走って逃げだした。

エロディは王族のほうへむきなおる。「ドラゴンは、わたしが殺しました」

王妃はエロディの顔を見ながら目をぱちくりさせた。それから声をあげて笑いだした。「あなたが、ドラゴンを負かしたですって？　八百年のあいだ、ドラゴンに匹敵する者はだれひとり現れなかったのに、あなたのような、名もない公国出身の小娘が、本当にドラゴンを退治した。それをわたしに信じろというの？」

「ええ。そしてわたしは、彼女、すなわちドラゴンを救ったのです」エロディは一歩前へ踏みだして、両の腕を掲げてみせる。

袖のゴールドのレースにつけられた、肩を覆う小さなケープが広がった。うすぎぬでできたラベンダー色のそれは、巫女たちに着せられたドレスの残骸を材料に、レディ・ベイフォードにつくってもらったものだった。

誇らしげに腕をあげたエロディの肩で、光を通すケープがそよ風にはためいている。

まるで翼のようだった。

すると、そう遠くないところで、本物の翼のはためきが、陣太鼓のように響きわたった。音の振動が空気を震わせる。

空が突如、通常の濃紺から、まぶしいばかりの黄金色に変わった。

「あれはいったい――」ヘンリー皇太子が口をひらいた。

雲のあいだからドラゴンが下降してきて、みんなの視界に入った。胸がまぶしい青い光を放って輝いているのは、彼女の心臓を治癒させるために、エロディが山ほどの発光虫を詰めこんだせいだ。

結婚式の客たちは悲鳴をあげて逃げだした。

イザベル王妃とロドリック王、ヘンリー皇太子とエロディだけがテラスに残った。

「Thoserra rekirre ferek?」ドラゴンがきく。

「いいえ、まだ焼き殺してはだめ」エロディがいう。

「信じられない」とヘンリー。「どうやって操っているんだ?」

「操ってはいない」とエロディ。「彼女がここにいるのは、わたしと同族だから」エロディは自分の肩に手を伸ばすと、ゴールドのレース襟を引きちぎった。

一見したところ、そこには柔らかな皮膚があるだけで、火傷《やけど》が治ったあとのようだった。エロディが腕の角度を変えると、べつの角度から月光が反射した。ちらちら光る金色の盾《たて》の形をした鱗が、月光と、そこにあるのは人間の皮膚ではなかった。ちらちら光る金色の盾の形をした鱗が、月光を浴びて輝いている。

「Sanae kir res」エロディはいった。「わたしたちは血を共有している。ドラゴンとわたしが血縁になったことにより、新たな力が生まれ、これから新しい世代が台頭する」

「嘘よ」王妃がつぶやく。

「いいえ、本当」そういったエロディの目が紫色に光った。

黄金の鱗が、肩でもう一度きらきら輝いたと思ったら、次の瞬間、光る鱗が腕へ雪崩《なだれ》落ち、首筋をのぼり、体中の皮膚を覆った。エロディの全身を包む黄金の光が光量を増しながら、みるみる大きくなっていく。

過去のエロディは消え、その代わりに、プリンセスだったときの三倍の大きさの金色の、ドラゴンがそこに立っていた。

「Movdarr ferek dek neresurruk!」年かさの、もっと体の大きなドラゴンがしゃがれ声でいった。「さあ、彼らに裁きを下してやるがいい」

「いいえ」金色のドラゴンがいう。炎と煙と魔法の力でかすれてはいるものの、その声は紛れもないエロディのものだった。「わたしは裁きを下さない。裁きは彼らに選ばせる」

「わけが──わけがわからない」ヘンリーがささやいた。理解に苦しんでいるのはエロディの変身か、それとも即座に自分を殺さないという判断か。

エロディは後者について答えることにした。「あなたは他者に苦しみを押しつけたけれど、あなたがこの王国の残忍な伝統を継承することで、いかなる苦しみを味わったのかは、わたしにはわからない。だから自分で選びなさい。ここで人生を終えるか、それとも皇太子の地位を捨ててオーリアを去り、二度ともどらないか」

ヘンリーは涙声をもらすと、エロディにくるりと背をむけて駆けだした。

ロドリック王がエロディにむかってお辞儀をした。全身の緊張が一気に解けたようだった。

「ようやく終わった」

そういうと、王は立ちあがり、イザベル王妃に手を差しのべた。王妃は躊躇《ちゅうちょ》することなく王の手を取り、ともに前へ進みでた。

エロディは金色の頭をふたりにむかって下げ、それからドラゴンにむかってうなずいた。王と王妃の最期を見とどけることはしない。それでも翼を広げて宮殿のテラスから飛びあがったエロディは、これまでの疲労と感傷を長いため息とともに空いっぱいに吐きだした。

「空に感謝。とうとう終わった」

フロリア

船に乗ったフロリアがドラゴンの洞窟で過ごしたときのことを、継母《ままはは》に話し終えたちょうどそのとき、オーリアの黄金の宮殿が炎に包まれた。

だれもが息を呑み、デオメラス号の手すりに走っていく。フロリアを除いて全員が。後ろに立っているフロリアを振りかえって、コーラがきいた。国を脱出したい人々の力になった少女だ。「あれは、どういうことですか？」

「エロディのやるつもりだったことが成功したってこと」フロリアがいった。「王族はいなくなって、ドラゴンをもう恐れなくてもよくなった」

王国の元大使であるコーラの母親、アレクサンドラ・ラヴェラが手すりから離れて、娘たちに加わった。「ならばもう、家へ帰ってもいいということですね。オーリアは安全な国になって、プリンセスを犠牲にするという唾棄《だき》すべき慣習は終わりを告げた」

フロリアはうなずいた。「もどりたいと思う人は、船を下りていいと思います」

レディ・ベイフォードがフロリアのとなりにやってきた。「けれど、わたしたちといっしょに出航したければ、このまま船に乗っていてかまいません。イノフェはオーリアのように経済的に豊かな国ではありませんが、住民は皆善良で、皆さんを心から歓迎いたします」

「うちはどうしようかね？」コーラの父がきいた。「慣れ親しんだ土地で、よく知っている住人と暮らすべきかな」

するとアレクサンドラがいった。「でも、オーリアの忌むべき過去にわたしが果たしてきた役割は、ここにいれば嫌でも思いだすことになります」

両親ともに、コーラにじっと目をやっているのを見て、フロリアの胸にたちまち尊敬の念が湧きあがってきた。娘の考えをきこうというのだろう。素晴らしい親だ。

「あたしは、世界を見てみたいな」とコーラ。「いい？」

アレクサンドラと夫がうなずいた。どちらも目を潤ませながら、コーラをぎゅっと抱きしめる。「もちろん、いいさ。新しい土地で一からはじめよう」

フロリアは涙をさっと手で払う。ふいに父親が恋しくなった。

と、レディ・ベイフォードがフロリアに腕をまわして抱きよせた。「それで、あなたはどうするのかしら？」

フロリアはレディ・ベイフォードの温かい胸に身を押しつけた。生まれたときからずっとそばにいる女性の安全な懐《ふところ》から離れたくなかった。しかしそれと同時に、ハエヴィス山の麓《ふもと》に広がる城に目をやり、そこからくすぶっている煙を見て想像する。いま姉は、あそこで新たなスタートを切っている。

「母親にとって、最もつらい仕事は、子どもを巣立たせること」レディ・ベイフォードがフロリアの髪をなでながらいった。「わたしの翼の下にずっと置いておきたいけれど、もしあなたが飛びたいと思うなら、飛んだらいいわ」

「でも、そうしたら、ママがひとりになってしまう」

「そんなことはありません」レディ・ベイフォードがにっこり笑う。「わたしには、新しいひな鳥たちができましたから」そういって、コーラやアレクサンドラをはじめ、イノフェへむかうと決めた人々を翼の下に入れるように大きく腕を広げた。「それに、エロディがいっていたように、そばにいようと、地球の反対側にいようと、わたしはいつでもあなたの心のなかにいますから。そう簡単に、やっかい払いはできませんよ」

フロリアは声をあげて笑いだし、母親をぎゅっと抱きしめた。「寂しくなるわ」

「折々にイノフェを訪ねてちょうだい」レディ・ベイフォードがいう。「そのときには、オーリアのおいしいものを、少しずつ持ってきてね」

「はい、必ず」

それからフロリアは船を下り、ここにとどまることにした人々を引き連れて、オーリアの地にもどっていった。

エピローグ

一週間後、日が昇ると同時に、エロディは人間の姿でハエヴィス山の山頂に立った。ここからだと、宮殿の溶けた屋根が見える。数日だけ夫だった人が、地位を放棄して逃げた場所。イザベル王妃が最後にロドリック王の手を取って、自分たちの運命を厳粛に受け入れた場所でもある。

そして自分は、あそこで今後の計画を立てた。

フロリアが上がってきてとなりに並ぶ。「次はどうされますか、陛下？」

まだ現実感がないものの、その呼び名はまちがっていない。人々の先頭に立ってみんなを率いるのが自分の運命だと、ずっとそう思って生きてきた。いまさら戸惑う必要もない。

もっと小さなときには、優れたリーダーは民のために何もかも犠牲にするものだと信じていた。実際喜んで、そうしてきた。その仕事がどれだけ骨の折れるものであろうとも。厳しい風土のなかで民がずっと生きていけるよう気を配るのが、どれだけ重荷であろうとも。しかしそれからヘンリーが結婚を申しこんできて、それに応じれば、イノフェの問題は楽に解決できると思った。

自分にいいきかせる物語というのは、何度語り直そうと、そこに真実はめったに現れない。

真実は、語り手の心の奥深くに埋もれていて、本人に用意がととのって初めて、自然に顔を出す。たとえそれがどんなに厳しい真実であっても。ただ、ほとんどの人間は用意がととのわず、真実を知らぬまま一生を終える。

真実を知るのは勇敢な者だけ。

エロディは再び山に目をむけた。いまならわかる。成功の鍵は、大げさなふるまいではなく、日々の小さな決断にある。民の力になるためには、民だけでなく自身をも大切にしなければならない。

「オーリアでは、これからすべてが変わる」妹を振りかえってエロディはいった。「もはやだれもドラゴンを恐れる必要はない。この国の民には、繁栄ばかりでなく、平和と安心と楽しみも享受してほしい。

わたしは、彼らがこれまで慣れ親しんできた支配者とは違う道を行くつもり。まずは自分が統治する人々のことをよく知りたい。イノフェにいたときと同じようにね。彼らが必要とするもの、望むものを理解して、何を大切に思い、何を夢見ているのかを知る。それにわたしは自分の意見だけじゃなく、みんなの意見にも耳をかたむける。自分にはまだ学ぶことがたくさんあると、わかっているから」

エロディの腕で日差しがきらりと反射した。フロリアがそこにそっと手をふれると、人間の皮膚がドラゴンの金色の鱗《うろこ》に変わり、またもどりを繰りかえす。「それで、これはどうするつもり？　みんなには隠し通すの？」

エロディは首を横に振った。「いいえ。この王国では透明性を保ちたい。わたしは民から隠れることはしないし、オーリアの国自体も世界から隠すことはしない。最初はわたしの姿に怯える人たちがいるかもしれないし、それが原因でここを去るかもしれない。それでも、最終的に、わたしはドラゴンがどれだけ美しい生き物なのか、みんなに見せたいと思うの。その前にやるべきことはたくさんあるけれど」

「わたしがいつでも力を貸す」

「わかってる」エロディは紫がかった灰色の山の斜面をじっと見つめ、それから山の谷、銀梨の果樹園の広がり、黄金の麦が育つ広大な畑へと順繰りに目を移す。果樹園や農地のむこうにはわら葺《ぶ》き屋根の家が建ち並ぶ村落があって、農家の人々が収穫の歌声を響かせる一方、船乗りたちは貿易船に乗りこんで、オーリアの産物を世界にもたらし、世界の産物をオーリアに持ち帰ろうと準備をしている。

するとふたりの視界にドラゴンが入ってきた。地平線から舞いあがり、空を悠々と切って飛んでいる。

「彼女の名前は知っているの？」フロリアがきいた。

「ドラゴンは名前を持たない」とエロディ。「でも、自分のことはレタザと呼んでほしいと、そういっていた」

「レタザ」フロリアが口に出していってみる。「素敵ね。どういう意味？」

「母」エロディが笑顔で答えたちょうどそのとき、日差しがドラゴンの鱗に当たった。全身がラベンダー色に輝き、鱗の一枚一枚のへりが玉虫色に発光している。

エロディの腕にも日差しが当たり、鱗がさざ波のように全身へ広がっていき、それを追いかけるように力と魔法が炸裂《さくれつ》して、皮膚全体がじんじんしてくる。周囲の空気にも力と魔法は広がっていき、あたりに古代の森と琥珀《こはく》と麝香《じゃこう》の匂いが漂った。花芽と降りはじめの雨と、新たなはじまりの匂いもする。

エロディは胸に深々と空気を吸いこむと、あとは変化に身をゆだねた。黄金の光のぬくみに全身をさらし、ドミノ倒しのように鱗が全身を覆っていくのを感じている。そのしびれるような強い力がいまの自分を変え、未来の自分をつくっていくのだとわかる。

「陛下」ドラゴンがハエヴィス・ヴェントヴィスでいって、深々と頭を下げた。

「Retaza」エロディが答えた。「Erra mirvu rukhif mirre ni」口からすらすら出てくるドラゴンの言語が気持ちにしっくりくる。これまで失言が多かったのは、皮膚が違っていたせいかもしれない。「Dakh vivorru novif makho?」

「Aezorru. Akorru santerif onne divkor. Kodu ni sanae. Farris errut verif」

「ちょっと、わたしだけ会話からはずさないで」フロリアがいう。

エロディはにっこり笑った。「ごめん、ごめん。レタザに卵のことをきいていたの。日ごとに光を増して大きくなっているそうよ。わたしの血がドラゴン種族をよみがえらせてくれたって、そんなうれしいことをいってくれて」

「Sanae kir res」レタザがいう。

「それはお互いさまよ」エロディは腕を伸ばしてみせる。金色の鱗が太陽の光を浴びて、さざ波のように光っている。「これはあなたのおかげ。Sanae kir res」

「やだ、得意になってる」フロリアがからかった。

エロディは声をあげて笑った。「たぶん、少しね。じゃあ、この魔法をつかって、ふたりで空中散歩というのはいかがかしら？」

「そんなこと、きくまでもないわ」フロリアはエロディの黄金の背に乗りあがって、やわらかな首にしっかりつかまった。

「用意はいい？」とエロディ。

「いつでもオーケー」

ふたりを案内すべく、レタザが先に飛び立った。

それから、エロディもハエヴィス山から飛びおりた。

最初は落下するばかり。

下へ

下へ

下へ……。

けれどそれからエロディは翼を大きく広げ、にっこり笑った。
女王であり、
ドラゴンであり、

何よりも、自分である。
その思いを胸に、空高く舞いあがった。

謝辞

ここまで来るのにどれだけ大変な思いをしたでしょう。この信じられない旅をともに乗りきってくださった、わたしの版元と、Netflix のチームに心より感謝を申しあげます。この本を書くところからはじまって、撮影現場を訪れて頭の切れる大勢の人たちと力を合わせた日々……ただもう驚くばかりです。

ランダムハウスワールズのスタッフの皆さん、ありがとうございました。わたしの編集者エリザベス・シェーファーは輝く光であり、彼女との仕事はわたしにとって純粋な喜びでした。さらに版元のスコット・シャノン、出版ディレクターのキース・クレイトン（コーヒーのセンスが素晴らしい）、アレックス・ラーンド、ジョスリン・キカー、ファーレン・ベイチェリス、ララ・ケネディ、ジュリア・ヘンダーソン、フリーダ・ダガン、リディア・エストラーダ、エリザベス・レンドフレイシュ、キャシー・ゴンザレス、デイヴィッド・メンヒ、ジョーダン・ペイス、アダオビ・マドゥカ、アシュレイ・ヒートン、トリ・ヘンソン、サブリナ・シェン、リサ・ケラー、メガン・トリップ、マヤ・フェンター、マット・シュウォルツ、キャサリン・ブカリア、アビー・オラディポ、モリー・ロ・レ、ロブ・グズマン、エレン・フォラン、ブリタニー・ブラック、エリザベス・ファビアン。わたしがこの作品をつくりあげるために驚くべき情熱で支えてくださった皆さんに、心より感謝を申しあげます。
素晴らしい映画制作チーム――ジョー・ローソン、シンディ・チャン、ニック・ネズビット、エミリー・ウルフ、ベロニカ・ヒダルゴ、Netflix のサミュエル・ヘイズ、ディレクターのフアン・カルロス・フレスナディージョ、映画脚本家のダン・マゾー、ロス・キルシェンバウム・フィルムズのジェフ・キルシェンバウムをはじめとする皆様、広報係のニコラ・グレイドン・ハリスとロビン・マクマラン。わたしに映画 *Damsel* の制作過程を見せてくださってありがとう。

ミリー・ボビー・ブラウン、ロビン・ライト、アンジェラ・バセット、ニック・ロビンソン、レイ・ウィンストン、ブルック・カーター、ショーレ・アグダシュルーをはじめとするキャストの方々――皆さんの才能には畏敬《いけい》の念を覚えます。あなた方とともに芸術をつくりだす仕事ができてとても光栄でした。

優秀で疲れを知らない、わたしのエージェント、タオ・リー――あなたは魔法を現実にしてくれました。感謝の言葉を千回唱えたうえに、さらに千回以上を捧げます。

わたしにアーシュラ・K・ル＝グウィンの「オメラスから歩み去る人々」を紹介してくれたトム・ストリップリングにも感謝を捧げます。ドラゴンの言語、ハエヴィス・ヴェントヴィスをつくってくれたリース・スカイと、わたしの生みだしたキャラクターについて鋭いフィードバックをくれたジョアンナ・フェニックスにも感謝を。

そしていつものように、わたしにどこまでもついてきてくださる、読者、書店員、図書館司書の皆さんと、わたしの小説を応援してくださるソーシャルメディアの本の虫さんたちに感謝を捧げます。あなた方がいなかったら、わたしにこの仕事はできませんでした！

著者について

イヴリン・スカイは『ニューヨーク・タイムズ』のベストセラーリストに名を連ねる作家。これまで八冊の小説を発表している。スタンフォード大学とハーバード・ロースクールを卒業し、現在サンフランシスコのベイエリアに夫と娘のリースとともに暮らす。リースは本作『ダムゼル　運命を拓きし者』に登場するドラゴンの言語を生みだした。

evelynskye.com Instagram: @evelyn_skye

訳者あとがき

本書はミリー・ボビー・ブラウンが主演と製作総指揮を担当し、Netflixより二〇二四年三月配信予定のファンタジイ映画*Damsel*の公式小説の邦訳である。「映画の脚本の初期の草稿を読むことができて、自分なりのストーリーを自由に書く権限を与えられました。小説も映画も源は同じかもしれないけれど、それぞれ独自の芸術作品でもあります」と、著者のイヴリン・スカイがいっているとおり、映画も小説も単独でも楽しめるうえに、ふたつともに味わうことで楽しみが何倍にも膨らむこと請け合いだ。

刊行スケジュールの関係上、訳者はNetflixの配信をまだ見ていない。この作品が書店に並ぶ頃に初めて視聴できるわけで、その日がいまから待ち遠しくてならない。かといって、小説を読んだだけでは物足りないから映像に手を伸ばすのではない。これほど魅力的な登場人物と奇想天外な異世界をどうやって映像化するのかという、純粋な興味からである。

ニューヨークタイムズのベストセラー作家イヴリン・スカイは、まるで映画を観ているような迫力満点の鮮烈な世界を小説内に生み出している。豊かな描写と巧みな語り口で、読者はあっというまに物語の世界に引きこまれ、まるでその現場に実際に立たされているかのような錯覚を覚える。異世界の異様なまでの美しさと厳しさがひしひしと感じられ、登場人物たちの顔や仕草が見えるのはもちろん、息づかいまでがきこえ、その心中が手にとるようにわかるのである。

主人公は、干魃《かんばつ》と飢饉《ききん》にあえぐ砂漠の国のプリンセス、エロディ。鋭い知性と強靭な肉体で厳しい環境に負けず生き抜いてきた彼女が、自国を救うために政略結婚に応じ、オーリア国という夢のように美しく豊かな王国へ旅立つところから物語ははじまる。しかし、この政略結婚には裏があって、エロディは結婚式が終わるなり想像もしない苦境に立たされる。ドラゴンへの生贄《いけにえ》として、地下世界に突き落とされるのである。

孤島にたったひとりで漂着したロビンソン・クルーソーさながらに、エロディもまた地下世界で生き残る術を探して孤軍奮闘する。光、食料、水、薬、武器……などなど、生存に必要なものをひとつひとつ見いだしていく過程がスリリングで、ページをめくる指がとまらない。自国がいくら厳しい環境だったとはいえ、この地下世界の過酷さとは比べものにならない。恐怖と閉塞感を、持ち前の機知と旺盛な体力で突き破ろうとする主人公と、いつのまにか読者も一心同体になって、気がつけば手に汗握る冒険のさなかにいる。

しかし、ここは孤島ではなく、ドラゴンのすみかだ。生きのびるために最も必要なのは、自分が絶対に勝てないと思える、人智を超える強大な敵からひたすら逃げること。逃げられなくなったら、あとは対決するしかない。

いくら強い主人公であっても、これではいずれ音を上げるはずで、エロディも例外ではない。しかし、人の気配のまったくない無人島と違って、この地下には先人たちの生きた徴《しるし》が残っていた。すなわち、「血」である。それは、時を隔てて、自分と同じ年頃の若い王女たちが苦闘の末に、命の続く限り懸命に生き抜いた証であり、地下世界のあちこちに残されたそれが、自己憐憫と絶望に陥りそうになる主人公を叱咤激励《しったげきれい》する。無念の内にこの世を去った死者たちの思いが、まだ生き残れる可能性を持つ仲間の背中を強く押し、主人公を決して絶望させない。希望に満ちたストーリーに読者は間違いなく胸を熱くするだろう。

まったく予想もつかない展開と、ふつうなら絶対あり得ないと思える結末。それが読者の胸にすんなりと、ごく自然に落ちてきて、ラストに至っては魂を揺さぶられるような感動をもたらす。いったいどうしたらこんなことが可能なのか。著者の手腕には舌を巻くばかりだ。

さらに驚くべきは、この作品では異世界のリアリティのみならず、異世界に生息するドラゴンの言語までが綿密に構築されていることだ。日本語では意味が通りにくいので本書では割愛したが、原著の巻末にはドラゴンの言語と英語を対訳形式にした、小型の辞書にも匹敵する充実の一覧表とドラゴン言語の文法規則と発音規則が収録されている。しかも信じがたいことに、この言語の考案者は著者の十三歳の娘、リース・スカイなのである。著者によるその言語の説明を一部ここに紹介しよう。

ドラゴンの言語といったところで、どうせその場しのぎの勝手なものと思うかもしれない。ところがこのハエヴィス・ヴェントヴィスは、『ダムゼル 運命を拓きし者』の世界のために編み出された、十全に機能する言語なのである。ここから先は、ハエヴィス・ヴェントヴィスの音韻体系、文法、構文、語彙について解説する。強大な力を持つ伝説の生き物が千年にわたってつくりあげた言語。それを想像するにあたっては、この生き物の生活圏がごく限られた世界であることも考慮しないといけない。

とはいえ、この言語の生みの親はわたしではなく、娘のリース・スカイだ。言語学の天才かつ文法オタクである彼女は、独学でスペイン語と日本語を習得しており、フランス語をモノにできる日もそう遠くない。わたしがこの覚え書きを書いている時点で、リースは十三歳（トールキンが生まれて初めて手がけたと見なされている自作の言語 Nevbosh をつくりあげたのも偶然ながら同じ年頃である）。リースがこの言語を進んで発明し、一から説明してくれたのは、わたしにとってこのうえない幸運だった。

ハエヴィス・ヴェントヴィスをつくるにあたって最初に考えたのは、ドラゴンにとって重要なものは何か、であった。ドラゴンの生きる世界はどのようなものか？　優先順位は？　逆にドラゴンにとって、どうでもいいことは？

例を挙げると、「ハエヴィス・ヴェントヴィス」（khaevis ventvis）は、「ドラゴン」（khae：空、vis：力）と「言語」（vent：風、vis：力）を合体させてつくった。ドラゴンは自分のことを「ドラゴン」とは呼ばないだろう。何しろ人間（自分たちより明らかに下等な生き物）が勝手につけた名前なのだ。むしろドラゴンは、自らを「空の力」、口から出る呼気や言葉を「風の力」と考えるだろうと推測した。

誰もが共感できる魅力的な主人公。サバイバル物語の持つスリルと興奮と緊張感。ダイナミックなアクション描写と数多の伏線を生かした巧みなストーリー展開。時代を超えた女性たちの団結心とファンタジイならではの魅惑的な要素の数々……。例を挙げていけば切りが無いが、とにかく、どこをとっても見事というほかない作品なのである。

単に脚本の上っ面をなぞっただけではない、映像と完全に切り離しても独自に楽しめるだけの厚みと深みがある小説。そしておそらく、小説では不可能な圧倒する仕掛けを用意して、視聴者の度肝を抜くであろう Netflix の映像。どちらを先に楽しんでも、必ずもう一方にも手を出さずにはいられない。そんな万人の心を鷲づかみにする魅力的な物語の誕生に大きな拍手を贈りたい。

最後になりましたが、本作を高く評価して日本語版を企画し、日本の読者に最高の形で送り届けるために尽力してくださった編集の小林甘奈さんに感謝を捧げます。

訳者紹介　東京都生まれ。東京学芸大学卒。英米文学翻訳家。主な訳書にマコックラン『世界のはての少年』、ヴィック『少女と少年と海の物語』、ドルニック『ヒエログリフを解け』、ダルリンプル&アナンド『コ・イ・ヌール』がある。

検印
廃止

ダムゼル　運命を拓きし者

2024年3月8日　初版

著者　イヴリン・スカイ

訳者　杉《すぎ》　田《た》　七《なな》　重《え》

発行所　(株)東京創元社
代表者　渋谷健太郎

162-0814/東京都新宿区新小川町1-5
電話　03・3268・8231-営業部
03・3268・8204-編集部
URL　http://www.tsogen.co.jp
DTP　工友会印刷
暁印刷・本間製本

乱丁・落丁本は、ご面倒ですが小社までご送付ください。送料小社負担にてお取替えいたします。

ISBN978-4-488-54005-0　C0197